Angela Berger
Die falsche Zofe

Buch

Mila und Liam. Sie sind füreinander gemacht – denkt zumindest Mila! Liam sieht das etwas anders. Nicht nur, dass er seine Frau überaus chaotisch findet, er kann sich auch ganz und gar nicht dafür begeistern, endlich eine Familie zu gründen. Als Liam überraschend eine Kreuzfahrt gewinnt, tritt er die Reise nicht mit Mila, sondern mit Sydney, seiner Praktikantin – und Geliebten! – an. Doch Mila wäre nicht Mila, wenn sie nicht die Fäden in die Hand nehmen würde. Sie heuert heimlich als Zimmermädchen auf dem Kreuzfahrtschiff an. Kann doch nicht so schwer sein! Dummerweise läuft alles ein bisschen aus dem Ruder. Und dann verschwindet auch noch Lady Baskin spurlos …

Autorin

Angela Berger ist 1973 in der Nähe von Basel als Angela D'Angelo in eine norddeutsch-süditalienische Familie hineingeboren worden. Was an und für sich schon Stoff für ein Buch gewesen wäre. Als Kind und Jugendliche begnügte sie sich aber noch damit, ihre Erlebnisse in fantasievolle Aufsätze einfließen zu lassen. Erst später, als sie im Zürcher Unterland mit dem Schreiben eigener Bücher begann, wurde ihre Familie miteinbezogen. Nur ein bisschen allerdings, denn das Leben hält genug Alltagsepisoden bereit, die sich als Stoff in einem Buch wiederverwerten lassen. Und wenn mal gar nichts mehr geht, muss auch ihr Mann, mit dem sie seit 1999 glücklich verheiratet ist, als Inspirationsquelle herhalten. Heimlich natürlich. Das Glück sollte man nicht zu sehr herausfordern!

Angela Berger

Die falsche Zofe

Roman

Bibliografische Information der Deutschen Nationalbibliothek:
Die Deutsche Nationalbibliothek verzeichnet diese Publikation
in der Deutschen Nationalbibliografie, detaillierte bibliografische
Daten sind im Internet über *dnb.dnb.de* abrufbar.

TWENTYSIX – Der Self-Publishing-Verlag
Eine Kooperation zwischen der Verlagsgruppe Random House und
Books on Demand

Copyright © 2018 by Angela Berger

Umschlaggestaltung: l.ars Kommunikationskunst, Eglisau, *www.l-ars.net*
Bildnachweis: *www.istockphoto.com*
Satz: Lars Berger
Herstellung und Verlag: BoD – Books on Demand, Norderstedt
Printed in Germany
ISBN: 978-3-740-74325-3

www.angelaberger.de
www.twentysix.de

Prolog

»Fisch oder Hühnchen?«

Die dicke Frau hinter dem Tresen sah mich gelangweilt an. »Fisch!«, sagte ich selbstbewusst und steckte mir eine Strähne meines langen, braunen Haares hinter die Ohren. »Und keine Pommes dazu. Nur Gemüse.« Nach einem Blick auf die ziemlich fettig aussehende Fertig-Gemüse-Mischung schnalzte ich entschieden mit den Fingern.

»Ähm, vielleicht *nur* Brokkoli.«

Die Angestellte verdrehte die Augen, griff nach einem Teller, klatschte Brokkoli neben einen kümmerlich aussehenden Fisch und überreichte mir das Ganze säuerlich lächelnd. Ich musterte sie verächtlich und überschlug in meinem Kopf ihren BMI.

Ob sie vielleicht jemand darauf hinweisen …

»Fisch mit Brokkoli, bitte!«, tönte es hinter mir.

»Gerne …« Ein Strahlen breitete sich auf dem Gesicht der Wuchtbrumme aus. Sie suchte einen Moment lang nach dem schönsten Fisch und platzierte liebevoll den Brokkoli daneben. Nachdem sie alles schön arrangiert hatte, nahm sie zwei Zitronenschnitze aus einem Gefäß und drapierte sie richtiggehend auf dem Fisch. Mit vor Eifer rotglühendem Gesicht hielt sie den Teller hoch. *Wie bitte?!* Empört drehte ich mich um und sah, wie ein dunkelhaariger junger Mann der Angestellten ungeniert zuzwinkerte.

»Hey, Schönling!«, fauchte ich aufgebracht.

Dann fiel mir nichts Passendes mehr ein und ich atmete

wütend ein und aus. Der Typ grinste nur.

»Was denn …?«, sagte er gedehnt und seine dunklen Augen musterten mich von oben bis unten. Irgendetwas in diesem arroganten Blick kam mir bekannt vor. Dann, auf einmal, sah ich in seinen Augen ein plötzliches Erkennen.

»*Mila?* Bist *du* das?« Ungläubig sah er mich an.

»Ja?« Unsicher geworden blinzelte ich.

»Ich glaube es nicht!« Er schob mich vom Tresen weg, damit wir nicht den Weg blockierten. Aus den Augenwinkeln heraus sah ich, wie sich die Bedienung hinter dem Tresen wütend abwandte und dem Nächsten in der Schlange einfach etwas auf den Teller klatschte.

»Du weißt voll nicht mehr, wer ich bin«, stellte mein Gegenüber amüsiert fest. Dann zeigte er auf einen freien Tisch. »Setzt du dich zu mir?«

Irgendetwas in seinen dunklen Augen rief entfernte Erinnerungen an eine längst vergangene Zeit wach, aber ich kam einfach nicht darauf, wann wir uns begegnet waren …

»Na los, setz dich!«, forderte mich der Typ jetzt auf. Er nahm mir mein Tablett ab und stellte es auf den Tisch. Zögernd setzte ich mich. Eigentlich hatte ich Gary gerade noch versprochen, nur schnell etwas in der Kantine zu holen und dann gleich wieder an die Arbeit zu gehen.

Wie so oft war die Buchhaltung am Rotieren.

»Halte ich dich auf? Bist du mit jemand verabredet?«

Der hübsche junge Mann lehnte sich lässig im Stuhl zurück und musterte mich versonnen.

»Nein, alles gut!«, sagte ich entschieden und wischte den Gedanken an Gary, meinen Vorgesetzten, beiseite. War es mein Problem, dass gerade heute zwei Kollegen wegen Krankheit fehlten? »Aber sorry«, entschuldigte ich mich achselzuckend, »ich habe wirklich keinen blassen Schimmer, wer du bist.«

Mein Gegenüber fing schallend an zu lachen.

Er zog ein Handy aus der Tasche und wählte dann eine Nummer. »Linda? Hör mal, bei mir wirds heute etwas später. Könntest du mir die Unterlagen für die Forman-Gruppe bereitlegen? Und ich brauche auch die Analyse der letzten Monate. Danke dir!«

Dann legte er auf.

»Liam«, sagte er gedehnt und streckte mir die Hand entgegen. »Liam Carter.«

Liam Carter?

Das war Liam Carter?!

Meine Kinnlade fiel herunter. Vor meinem geistigen Auge erschien der kleine picklige Klugscheißer, der mir auf dem Schulhof den letzten Nerv geraubt hatte. Unsere Mütter hatten es mit uns Streithähnen nicht leicht gehabt.

Wie lange wir uns wohl nicht mehr gesehen hatten?

»Lange ists her«, sagte Liam wie auf Kommando. Er betrachtete mich wohlwollend. »Und was genau ist aus der Kratzbürste von damals geworden?« Lachend fügte er an: »Und wo um alles in der Welt sind die Zöpfe und die hässliche Brille geblieben?« Er schob sich näher an mich heran und sah mir in die Augen.

»Braun. Hm, sehr hübsch.«

In meiner Tasche fing mein Handy an zu klingeln. Ich zog es heraus und schaute auf das Display.

Gary.

»Hey, fühl dich frei!« Liam deutete auf mein Handy.

»Kein Problem, easy.« Ich machte eine dementsprechende Geste und stellte mein Handy auf lautlos. Dann schob ich es zurück in meine Tasche. Unter den Schal.

„Also, Liam …«, begann ich. Und stockte.

Im Eingang zur Cafeteria erschien Carol, meine Kollegin aus der Buchhaltung. Sie sah sich suchend um. Und wirkte dabei ziemlich gestresst. Kein Wunder, nachdem vermutlich *sie* alle mit ihrer »nur leichten Sommergrippe, kein Grund zu Hause zu bleiben!« angesteckt hatte ...

Ich nahm meinen Schal aus der Handtasche. Das Handy klingelte schon wieder. Oder immer noch. Ich ließ den Schal fallen und bückte mich dann umständlich danach.

„Mila, was machst du denn da?", fragte Liam und bückte sich ebenfalls nach unten.

„Nichts, nichts, alles gut", antwortete ich und wischte gleich ein paar Krümel vom Boden auf die Seite. Unglaublich, was sich so alles unter einem Tisch tummelte!

„Mila?" Liam, der sich immer noch zu mir hinunterbeugte, sah mich mit zusammengekniffenen Augen an.

„Pscht", meinte ich und bedeutete ihm, still zu sein.

Carol stakste an unserem Tisch vorbei. Ich erkannte sie an ihrem Schritt. Und an ihren dämlichen Manolo Blahniks. Ein klassischer Fall von *Sex-and-the-City*-Opfer ... Meine Arbeitskollegin drehte eine Runde in der Cafeteria, dann hastete sie wieder in Richtung Ausgang. Na endlich! Schließlich gab es genug zu tun in unserer Abteilung.

»So«, sagte ich und setzte mich aufrecht hin. Meinen Schal stopfte ich zurück in die Handtasche. Auch Liam setzte sich wieder hin. Und sah mich fragend an.

Ich winkte ab, machte eine belanglose Geste und griff nach dem Salzstreuer. Gleichmäßig verteile ich etwas Salz auf Fisch und Brokkoli. Die viel zu kleine und echt billig aussehende Serviette faltete ich fein säuberlich auf meinem Schoß auf. Zur Sicherheit strich ich auch noch meine Haare glatt.

Dann strahlte ich Liam an.

»Also, was gibt es Neues, Liam Carter?«

Teil 1

Die Kreuzfahrt

1

Sieben Jahre später

Selbstvergessen summte ich vor mich hin. Nahezu jedes Lied auf diesem Sender gefiel mir. Seit ich mit Liam in unser hübsches Häuschen in San Francisco gezogen war, hörte ich fast nichts anderes mehr. Ed Sheeran sang gerade die letzten Töne seines Liedes. »*I see fire, oh you know I saw a city burning* ...«, als der Moderator sich wieder einschaltete.

»Willkommen bei unserem Breakfast Special! Und an alle, die gerade frisch dazugekommen sind, willkommen bei *Hot Radio 21!* Ich hoffe, ihr habt neben eurem Telefon übernachtet. Denn heute ist kein normaler Donnerstag. Nein, es ist ein Super-Donnerstag! Leute, es gibt eine Kreuzfahrt zu gewinnen! Ich sage nur Karibik für zwei Personen, acht Tage lang ...«

Wow, das war ja cool – eine *Karibikreise!*

Mein Herz schlug automatisch etwas schneller und mit einem Sprung war ich beim Telefon. Fast stolperte ich über das Tischchen. *Wo war das Telefon?!* Die Station war leer.

Mann, war das ärgerlich! Wer hatte denn ...?

Plötzlich fiel es mir wieder ein. Gestern, nachdem ich das Telefonat mit Mom beendet hatte, hatte mich Liam noch ermahnt, das Telefon wieder zurückzustellen. »Mache ich doch immer!«, hatte ich leicht beleidigt erwidert. Ich hastete zu meinem Handy, das gerade in der Küche am Aufladen war, und drückte auf den Start-Button ...

Nichts geschah. Das Handy war tot.

Das konnte doch nicht wahr sein!

Wütend knallte ich das Handy einige Male gegen den Küchentresen, doch nichts rührte sich. Aber ich hatte es doch soeben aufgeladen! Ich sah mir das Ladekabel genauer an. Stimmte doch alles. Es war richtig eingesteckt und an meinem Handyanschluss hatte ich auch ... Oh!

Der Anschluss war zu klein.

Ich steckte es einige Male ins Handy und wieder raus, aber leider änderte sich nichts an der Tatsache, dass ich offenbar Liams Ladekabel für mein Handy verwendet hatte. Was musste der auch sein Handy immer in der Küche aufladen! Es gab so viele Orte in diesem Haus und er musste *ausgerechnet in der Küche ...*

»Wie ich sehe, haben wir einen Anrufer in der Leitung.«

Entnervt setzte ich mich auf den Küchentresen. Liam mochte das zwar ganz und gar nicht, aber das war mir im Moment egal. Jetzt würde ich mir auch noch anhören müssen, wer an meiner Stelle die Reise gewonnen hatte.

Und das – genaugenommen – nur wegen Liam!

»Kleiner Scherz«, sagte der Moderator gerade lachend, »es ist ein Anrufer plus, na, sagen wir mal, ein paar zerquetschte mehr. So, wen picken wir denn hier heraus? Wen picken wir denn hier heraus ... Mal sehen ...«

Okay, das reichte. Ich würde das Radio jetzt ausschalten!

Das musste ich mir nicht antun.

»Hallo, wen habe ich denn da in der Leitung?«

Meine Hand hielt über dem Einschaltknopf inne.

»Hey«, tönte es gutgelaunt aus dem Radio, »bin ich echt auf Sendung? Ich glaubs ja nicht!«

Mein Herzschlag setzte kurz aus.

Das war unmöglich ...

»Liam, mein Name ist Liam«, beantwortete mein Mann gerade die Frage des Moderators. Ich hüpfte vom Küchentresen und klatschte begeistert in die Hände. Liam hatte auch zugehört und zum Telefon gegriffen! Ich führte einen Freudentanz auf, dann besann ich mich, ruhig zu sein und zuzuhören, was die beiden besprachen.

»Also, Liam. Ich schätze, du bist heute der Glückspilz des Tages. Du musst mir nur *eine* Frage beantworten. Und die Reise gehört dir!«

»Nur zu«, sagte Liam selbstbewusst.

Gedankenverloren strich ich über Liams Handykabel. Mein Mann war einfach der Beste.

»Welche Seite wird in der Schiffssprache als *Backbord* bezeichnet?« Ich klatschte erneut in die Hände. Das war einfach! Das wusste jedes Kind! »*Rechts, rechts*«, schrie ich ins Radio. Was natürlich absolut keinen Sinn ergab. Liam konnte mich nicht hören.

»Also, *das* weiß ja jedes Kind …«, meinte Liam gedehnt. Hihi, wir passten einfach perfekt zusammen! Ich würde ihm später erzählen, dass ich dasselbe auch zu mir gesagt hatte.

»Rechts, rechts«, wiederholte ich mein Mantra.

»Links, Backbord ist links«, hörte ich Liam sagen.

»Super, Liam! Okay, die Frage war wirklich babyleicht!«

Naja …

»Toll, dann schätze ich, haben wir einen Gewinner. *Herzlichen Glückwunsch zu einer achttägigen Karibikreise auf der beliebten Maid of the Caribbean!*«

Auch der Moderator schien sich zu freuen.

Vergnügt drehte ich mich im Kreis. Wir hatten eine Karibikreise gewonnen!!! Außer mir vor Freude griff ich zu meinem Handy, um Liam anzurufen. Ich drückte auf den Einschaltknopf, aber das Display blieb dunkel.

Ach so, ja.

Okay, ich würde es zuerst aufladen und dann später Liam anrufen. Oder noch besser, ich würde ihn gar nicht anrufen und ihn dafür mit einem Candle-Light-Dinner überraschen. Ja, das würde ich tun! Ich legte das Handy beiseite und machte mir eine Einkaufsliste.

Gegen siebzehn Uhr war ich ziemlich fertig. Ich hatte im Reformhaus um die Ecke nur die besten Zutaten besorgt, um Liam das Hühnchen mit Reis zu machen, das er beim Thailänder immer bestellte. Jetzt schmorte ein ziemlich verbrannt aussehendes Etwas im Ofen, die Green-Curry-Sauce schien auch nicht ganz das zu sein, was sie sollte und die Pappe, die sich in der Pfanne festgeklebt hatte, war schon fast nicht mehr als Reis erkennbar. Liam behauptete immer, ich könne nicht kochen. Da lag er natürlich falsch. Heute war es allerdings ein ganz klein bisschen schief gelaufen. Ich schüttete die Pappe in den Ausguss und nahm mein Handy zur Hand, um beim Thailänder ein Hühnchen mit Green-Curry zu bestellen. Das Handy war vollkommen dunkel.
Genau.
Ich öffnete jede Schublade und schaute in jede Tasche, aber das Handykabel war nicht auffindbar. Nachdem ich den ganzen oberen Stock erfolglos abgesucht hatte, machte ich mich auf die Suche nach dem Festnetztelefon. Es war wie vom Erdboden verschwunden. Nachdem es fast halb sechs war – Liam würde in einer knappen Stunde nach Hause kommen – kapitulierte ich entnervt und verließ das Haus. Zwei Häuser weiter klingelte ich bei meiner Nachbarin Monica. Seit sie Mutter geworden war, war die übervorsichtige Frau fast immer in ihren eigenen vier Wänden anzutreffen.

Monica öffnete gleich nach dem Klingeln.

»Hey, Mila. Alles klar? Was brauchst du denn heute?«

Was ich *heute* brauchte? Das klang ja fast so, als würde ich nur bei ihr klingeln, wenn ich etwas von ihr haben wollte. Ich zog etwas beleidigt die Mundwinkel nach unten.

»Dürfte ich kurz dein Telefon benutzen?«

»Mein Telefon?« Monica sah mich verwirrt an. Dann sagte sie aber, ohne weitere Fragen zu stellen: »Okay, komm herein.« Sie deutete auf ein Wandtelefon in der Küche. »Muss ich für dich eine Nummer heraussuchen?«

»Nein, nein, schon gut, danke dir!« Etwas verschämt wählte ich die mir bestens bekannte Nummer. Möglicherweise hatte ich in letzter Zeit öfters beim Thailänder bestellt … Sanya nahm am anderen Ende der Leitung das Telefonat entgegen. »Oh, Mrs. Mila, *Sawadee kha!*«, sagte sie erfreut, als sie meine Stimme hörte. Ich bestellte das Green-Curry-Hühnchen für zwei und legte dankend auf.

Dann bedankte ich mich auch bei Monica, die diskret ins Wohnzimmer gegangen war, um mein Telefonat nicht zu belauschen. »Danke! Supernett von dir!«, rief ich und reckte meinen Daumen in die Höhe. »Und falls *du* mal was brauchst. Windeln, was auch immer. Einfach vorbeikommen!«

Monica sah mich komisch an. Ich winkte nochmal und lief dann schnellen Schrittes zurück zu unserem Haus. Jetzt musste ich mich aber etwas beeilen! Liam würde bald nach Hause kommen und ich hatte noch nicht einmal den Tisch gedeckt. Als ich zur Tür hereinkam, quoll mir dicker Rauch aus der Küche entgegen. Ich rannte in die Küche und öffnete das Fenster. Dann schaltete ich den Ofen aus und öffnete ihn mit einem Ruck. Wieso hatte ich vergessen, den Ofen auszuschalten? Ich war mir sicher, dass ich es vorgehabt hatte …

Naja, zu spät, um sich noch darüber Gedanken zu machen! Ich zog mir Topflappen über und nahm das verbrannte Hühnchen aus dem Ofen. Im Hinterhof entsorgte ich es in der Mülltonne. Die Glasform, in der ich das Hühnchen gebraten hatte, sah ziemlich übel aus. Eingebranntes Fett überall. Ich ließ auch die Form in die Tonne gleiten.

So, schnell zurück ins Haus! Die Küche sah aus, als hätte eine Bombe eingeschlagen. Zum Glück hatten wir eine geschlossene Küche und so zog ich einfach die Türe hinter mir zu. Jetzt Tisch decken, Mila!

Ich öffnete die Schublade, in der wir für gewöhnlich die Servietten hatten und durchwühlte sie. Nichts. In der nächsten Schublade fand ich eine angefangene Kinderschokolade und mein Bikinioberteil, das ich schon lange gesucht hatte. Super! Nach zehn Minuten hatte ich meine italienische Armbanduhr, Liams Schwimmbrille (die er mir netterweise vor einem halben Jahr ausgeliehen hatte. Ich *wusste* doch, dass ich sie nicht verloren hatte!), einen sehr alten, total verschrumpelten Apfel, einen Hundeknochen und eine eingetrocknete Mascara gefunden.

Keine Servietten.

Rasch stellte ich die Teller auf den Tisch, inklusive den wunderschönen Platztellern, die wir von Tante Martha zur Hochzeit bekommen hatten. Dann rannte ich ins Bad hinauf und nahm zwei gerollte Waschlappen unter dem Waschbecken hervor. Mit denen sprintete ich wieder hinunter in den Essbereich. Wie war das noch mal gewesen mit dem Serviettenfalten? In unserem letzten Urlaub hatten wir einen Kurs besucht und uns köstlich amüsiert, da wir uns so doof angestellt hatten. Doof war hier wohl das Stichwort. Ich würde es auch heute nicht auf die Reihe kriegen. Ich rollte die Lappen wieder etwas ein und steckte sie ins Weinglas. Na, ging doch!

Dann sah ich mich im Wohnzimmer um.

Woher kam denn jetzt wieder dieses Chaos?

Ich hatte doch erst vor Kurzem aufgeräumt! Vielleicht war es doch nicht so eine gute Idee gewesen, Liam davon zu überzeugen, dass ich jetzt, wo ich gerade keinen Job hatte, selber putzen wollte. Allerdings, ich war jetzt eine Ehefrau und Hausfrau und schließlich konnten Ehefrauen und Hausfrauen kochen, putzen und backen! Backen ... Ich überlegte, ob ich wohl noch Zeit hätte, etwas für Liam zu backen, verwarf es dann aber wieder.

Ich hatte schlicht keine Ahnung, was.

Auf dem Boden lagen einige Kleider herum, die ich gleich zusammensammelte. Seltsamerweise waren es nur meine Kleider. Aber ich war ja auch mehr zuhause als Liam! Kurz hielt ich den Stapel unentschlossen in der Hand, als mir ein Gedanke kam: Hatte ich einen Nachtisch? Ich ging in die Küche, mittlerweile hatte sich der Gestank etwas gelegt, und öffnete den Gefrierschrank. Sehr gut, wir hatten immer noch jede Menge Eis. Liam liebte Eis. Sogar sein Lieblingseis war vorhanden. Dann konnte ich mich also wieder ans Aufräumen machen.

Wo hatte ich denn jetzt die Kleider hingetan?

Ich hatte sie doch gerade noch in der Hand gehabt ...

Naja, egal, ich schob ein paar Hefte unter das Sofa, vergewisserte mich, dass kein Krimskrams mehr auf den Kommoden und dem Sofatisch lag (Liam hasste das!) und wischte alle Krümel vom Sofa unter den Schrank. Dann fiel mir ein, dass Liam seit Neuestem seine Liegestütze im Wohnzimmer machte und mich seither schon ein- oder zweimal darauf hingewiesen hatte, dass es unter dem Schrank Schmutz hatte. Ich hastete also nochmal in die Küche, nahm den kleinen Wischer unter der Spüle raus und fegte allen Schmutz unter dem Schrank hervor ...

Mein Handykabel!

Na bitte.

Und was war das? Igitt, das schien ein Stück Pizza zu sein. Nicht mehr ganz so frisch. Ich nahm zuerst mein Handykabel aus dem Dreckhaufen, pustete es kurz sauber und schaufelte dann alles auf den Wischer. Inklusive Pizzastück. Es stank schon ziemlich. Ich hielt den Wischer mitsamt Pizza soweit wie möglich von mir weg und lief damit in den Hinterhof. Dann ließ ich den Wischer gleich mit in den Abfalleimer fallen. Ich würde gleich morgen, oder ganz sicher, wenn ich das nächste Mal einkaufen fahren würde, einen neuen besorgen.

Pünktlich klingelte es an der Türe und das thailändische Essen wurde geliefert. Im Esszimmer verteilte ich alles in den bereitgestellten Schüsseln. Liam würde jeden Moment nach Hause kommen und ich wollte, dass alles perfekt war. Ich zündete die Kerzen an und wechselte den Radiosender. Smooth Jazz war jetzt passender!

In diesem Moment öffnete sich die Haustüre.

Mann, war ich gut! Ich hatte alles in der mir zur Verfügung stehenden Zeit hinbekommen. Liam trat in die Diele und ich schlenderte ihm gelassen entgegen.

»Hallo, mein Schatz«, sagte ich und legte ihm beide Arme um den Hals, »wie war dein Tag?«

Erwartungsvoll sah ich ihn an.

Und fühlte mich nur ein *ganz* kleines bisschen als Heuchlerin. Ich wollte ihm wirklich nicht den Moment wegnehmen. *Er* sollte es mir erzählen …

»Mila, wir müssen reden.« Liam sah mich ernst an.

Ich konnte gerade noch ein Kichern verhindern.

Er machte es aber auch spannend!

»Klar, Schatzi. Aber willst du nicht zuerst schauen, was ich für dich gekoch … was ich für dich bestellt habe?«

Ich zeigte auf das Esszimmer und schob meinen Mann hinein. Der Moment musste perfekt sein! Liam sollte mir alles bei seinem Lieblingsessen erzählen.

»Thailändisches Hühnchen?« Liam hob einen Deckel hoch und schnupperte daran. Als sein Blick auf die Gläser fiel, entgleiste sein Gesicht. »Sind das *unsere Waschlappen?*«

„Ach …", meinte ich cool und zwinkerte ihm zu. Er wirkte auf einmal ganz nervös. Wie süß! Unentschlossen stand Liam herum, dann zog er mich auf einmal mit sich mit ins Wohnzimmer.

Und bedeutete mir, mich aufs Sofa zu setzen.

»Mila, ich«, begann er, stoppte dann aber und blinzelte irritiert. »Hast du etwa aufgeräumt?«

Stolz nickte ich.

»Und was riecht hier so verbrannt?«

Ich zuckte nur mit den Schultern und lächelte.

»Also, Mila …« Liam nahm tief Luft, seufzte und begann dann noch einmal. „Ich muss dir etwas Wichtiges sagen."

Aus irgendeinem Grund hatte mein Mann Mühe, mir die Überraschung mitzuteilen. So kannte ich ihn gar nicht! Ich würde ihm etwas auf die Sprünge helfen …

»Das Leben ist eine Reise«, begann ich, »eine Fahrt. Sagen wir mal … auf einem *großen Schiff!*«

Ich machte eine ausladende Geste.

»Voller Abenteuer. Ein richtiges Wellental! Mit Aufs und Abs. Und manchmal, ja manchmal da läuft es ganz anders, als man es geplant hat«, ich holte tief Luft, »als man es sich je erträumt hätte.« Dann sah ich ihn verschwörerisch an und meinte abschließend: »Nicht wahr?«

Liam sah einfach ins Leere. Es dauerte einen Moment, dann sah er mir fest in die Augen. Zuerst schaute er mich ungläubig an. Aber als er merkte, dass ich ihn anlächelte,

lächelte auch er. Wehmütig.

O nein, er war traurig, dass ich es bereits gewusst hatte!

»Du weißt es also?« Jetzt nahm Liam meine Hände in seine und hielt sie ganz fest. Ich drückte aufmunternd zu und hörte nicht auf, ihn anzulächeln.

»Ich weiß es, Schatzi. Aber mach dir nichts draus. Ich wollte, dass *du* es mir sagst.«

Liam sah mich unglaublich erleichtert an.

»Echt jetzt, Baby, du hast es gewusst und einfach darauf gewartet, dass *ich* etwas sage? Jetzt bin ich aber platt! Ich weiß gar nicht, was ich darauf erwidern soll.«

Ich führte seine Hände nacheinander an meinen Mund und hauchte einen Kuss darauf. »Na, dann sag nichts. Es spricht eh alles für sich.«

Liam nahm meinen Kopf in seine Hände und drückte mir einen festen Kuss auf den Mund. »Mila, du bist die Beste. Ich hoffe, ich werde meine Entscheidung nicht bereuen.«

Verdutzt sah ich ihn an. »Wieso solltest du das bereuen? Da gibt es nichts zu bereuen, Schatzi.«

Dann fiel mir etwas ein.

»Sag mal, hast du die nötigen Papiere schon?«

Über Liams Gesicht zog ein Schatten. Er seufzte.

»Bist du sicher, dass du dafür schon bereit bist?«

»Na, und ob!«, sagte ich tadelnd. „Lass mich mal sehen! Kein Versteckspiel mehr, Schatzi.«

Liam seufzte ein weiteres Mal (also, heute war er ja richtig theatralisch! Wobei, angesichts der Umstände …) und schlurfte zu seiner Aktentasche, die er am Eingang abgestellt hatte. Mit einem Griff zog er einen Umschlag heraus. Mit diesem kam er ins Wohnzimmer zurück und setzte sich wieder neben mich.

»Hier«, er überreichte mir den Umschlag. »Nimm dir alle

Zeit, die du brauchst.«

Ich fing an zu kichern. Alle Zeit, die ich brauchte … Mein Mann war heute ja ganz witzig. Ungeduldig nahm ich den Umschlag entgegen, zog die Papiere heraus und suchte nach den Destinationen der Kreuzfahrt.

Die Kopfzeile stammte von einer Anwaltskanzlei, von der ich schon gehört hatte. Komisch, die hatten auf mich immer einen eher beschäftigten Eindruck gemacht. Dass sie sich jetzt auch um Kreuzfahrten kümmerten, fand ich etwas befremdlich. Allerdings handelte es sich hier um einen Gewinn. Da musste wohl alles seine Richtigkeit haben. Ich überflog die drei Seiten, konnte aber weder eine Reiseroute noch ein Reiseprogramm erkennen.

Dann würden sie das wohl noch nachreichen.

Ich schaute kurz zu Liam auf, der mich mit nervösem Blick betrachtete und dabei seine Hände knetete und lächelte ihn noch einmal aufmunternd an.

»Alles gut, Schatzi!«, sagte ich und streichelte ihm über die Wange. Dann wandte ich mich wieder den Unterlagen zu. Wenn sie schon kein Reiseprogramm beigelegt hatten, hatten sie bestimmt andere, wichtige Informationen in diesem Schreiben festgehalten.

Aha, jetzt sah ich es! Hier war Liams Name, seine Adresse und einige persönliche Daten fein säuberlich notiert. Die Kanzlei hatte gründliche Arbeit geleistet! Ich überflog Liams Daten und dann sah ich, dass weiter unten meine Daten eingetragen worden waren. Gute Arbeit, echt! Ich kicherte erneut. Also hier konnte niemand behaupten, dass wir nicht die rechtmäßigen Besitzer dieser Papiere waren.

Mein Blick blieb an einem Wort hängen, das ich ganz und gar nicht verstand. Nicht in diesem Zusammenhang.

Was hatte die Kreuzfahrt mit …? Komisch.

Das kapierte ich jetzt nicht.

Langsam las ich alle drei Seiten sorgfältig durch. Ich las sie einmal, zweimal und dann noch ein drittes Mal durch. Und erst beim dritten Mal, als ich den Brief ungläubig anstarrte, sprang mir der Betreff ins Auge. Gleich unter der Kopfzeile der Anwälte. Ich blinzelte, aber der Betreff rührte sich nicht vom Fleck. In großen, schwarzen, fettgedruckten Lettern stand nur ein Wort:

Scheidungspapiere.

2

Liam und Mila.

Das war ein L, ein I, ein A und ein M. Oder ein M, ein I, ein L und ein A. Liam. Mila. Oder Liam *und* Mila. Ein Anagramm. Auf ewig miteinander verbunden. Wir gehörten zusammen! Für immer. Das hatten wir uns vor, während und immer wieder nach unserer Hochzeit versprochen.

Liam war mein und ich war sein.

Diese Tatsache schoss mir immer wieder durch den Kopf, während ich Liam zum x-ten Mal sagen hörte: »Und deshalb passen wir einfach nicht zusammen, Baby.«

Er hatte mir in der letzten Stunde eindringlich erklärt, dass ich unordentlich war – während er die Ordnung quasi erfunden hatte. Dass ich nicht kochen konnte. Während er ein absoluter Feinschmecker war. Dass ich ein Chaot war und Dinge immer wieder verlor oder verlegte, während er nie auch nur irgendetwas unbedacht hinstellte. Dass er Ruhe und Ordnung mochte, während ich praktisch ein Tsunami war. Unberechenbar, zerstörend, unaufhaltsam. Dass ich öfters nicht richtig zuhörte, nicht richtig hinsah und mich meistens auch nicht konzentriere. Während er fokussiert und strukturiert an Dinge heranging.

Und dann sagte er, und das war echt ein bisschen verletzend, dass ich in letzter Zeit ein Schnorrer geworden war und nur von seinem Geld lebte. Meine neue Aufgabe als Hausfrau und Ehefrau ließ er dabei nicht gelten. Denn er müsse ehrlich sagen, ich hätte absolut kein Talent dafür.

Das war der Moment, in dem ich auf das aufgeräumte Wohnzimmer zeigte und ihn fragend ansah. Liam seufzte nur und schob einen der Sessel beiseite. Darunter hatte sich komischerweise ein bisschen Schmutz angesammelt. Und einige Kaugummipapiere. Inmitten des Schmutzes entdeckte ich meine Sonnenbrille, die ich seit einiger Zeit vermisst hatte. Dankbar hatte ich die an mich genommen und dann den Sessel wieder an seinen Platz geschoben.

»Siehst du, das meine ich«, hatte Liam resigniert gesagt. Wollte er sich etwa von mir scheiden lassen, weil ich *meine Sonnenbrille* unter einem Sessel verloren hatte?

»Und du begreifst es nicht einmal, nicht wahr?«

Mit ausdruckslosem Gesicht hatte Liam mich angesehen.

Da hatte er recht! Ich begriff ganz und gar nicht! Alles, was er mir bisher an den Kopf geworfen hatte (okay, nicht gerade geworfen, er sprach ganz ruhig mit mir. Vielleicht hatte *ich* ein bisschen überreagiert, als ich erst mit einer Vase und dann mit einer Lampe nach ihm geworfen hatte), hatte weder Hand noch Fuß. Ich und unordentlich? Das war ja wohl gelacht! Manchmal waren die Dinge nicht genau da, wo sie sein sollten, aber das war ja dann ganz bestimmt nicht meine Schuld.

Und hatte ich nicht gerade bewiesen, dass ich eine unglaublich talentierte Hausfrau war? Entschlossen wandte ich mich an Liam. »Ich bin keine schlechte Hausfrau! Sieh mal im Esszimmer nach, falls du vergessen hast, was ich heute gekoch … was ich heute bestellt habe!« Dann breitete ich meine Arme aus und zeigte nochmals auf das Wohnzimmer. »Und ist es hier jetzt aufgeräumt oder nicht?«

Liam barg seinen Kopf in den Händen. »Baby, es hat keinen Zweck. Ich mag nicht mehr diskutieren.« Dann sah er mich an und mir fiel auf, dass er ehrlich zerknirscht und irgendwie extrem müde wirkte. Ich strich ihm über den Kopf. Vielleicht müsste er einfach wieder einmal richtig ausschlafen, dann würde er alles mit anderen Augen sehen. Er hatte in letzter Zeit so viel gearbeitet.

Hey, das war die Lösung! Schlaf!

»Bist du müde? Würdest du gerne ein bisschen schlafen?«, fragte ich und streichelte sanft seine Hand.

Liam wirkte etwas verunsichert. Zögernd fragte er: »Wäre das okay für dich? Ich bin echt total müde. Wenn ich mich für ein, zwei Stunden hinlegen könnte …«

»Alles, was du willst, Schatzi«, sagte ich großmütig. Ich strich ihm noch einmal über den Kopf, dann ließ ich die Hand sinken und bedeutete ihm, dass er ruhig gehen dürfe.

Er stand auf und schlurfte schwerfällig in den ersten Stock. Kurz überlegte ich, ob ich ihm folgen sollte, um mich danebenzulegen. Andererseits … Nein, es war im Moment besser, ihn in Ruhe zu lassen! Bald würde der alte Liam wieder auf der Bildfläche erscheinen.

Ausgeschlafen. Und um Entschuldigung bittend.

Ich lächelte. Fast hätte ich angefangen, mir Sorgen zu machen … Eine Scheidung! Dass ich nicht lache! Wie hatte ich auch nur eine Sekunde an seiner Liebe zu mir zweifeln können. Wir gehörten zusammen! Das wusste ich und das wusste er. Allerdings, und da musste ich mich ab jetzt wohl etwas an der Nase nehmen, musste ich besser darauf achten, dass er genügend Schlaf bekam und nicht zu viel arbeitete.

Entschlossen stand ich auf und nahm den Brief zur Hand. Scheidungspapiere … Tsss! Das Schlimmste am Ganzen war, dass er dieser Kanzlei bestimmt einiges an Geld in den Allerwertesten geschoben hatte. Die sollten sich was schämen! Nahmen glückliche Paare aus!

In der Küche holte ich einen Feueranzünder aus der Schublade (na, wer sagte denn, dass ich das meiste nicht griffbereit hatte!) und trat auf die Terrasse. Ich hielt den Brief in die Höhe und zündete ihn an. Dann wartete ich, bis die Flammen meine Hand erreicht hatten und ließ den letzten, noch nicht verkohlten Rest des Briefes auf unsere hübschen Terrakottafliesen fallen.

Er verbrannte innert Sekunden.

Ich pustete die Asche weg und ging wieder ins Haus.

Summend schlenderte ich zum Eingang, wo immer noch Liams Aktentasche stand. Ich öffnete sie. Zwischen einigen Geschäftsunterlagen entdeckte ich die Unterlagen für die Kreuzfahrt. Wahrscheinlich hatte Liam sie selber ausgedruckt. Sie enthielten seinen Namen und einige persönliche Angaben. Dann entdeckte ich etwas, was mich stutzig machte …

Liam hatte bereits eine Buchung vorgenommen!

Er hatte sich für übernächsten Samstag, in neun Tagen also, eine Kabine für zwei Personen bestätigen lassen. Kingsize-Bett, Nichtraucher. Außenkabine auf Deck acht. Wieso kam Liam mit Scheidungspapieren daher, wo er doch die Reise schon gebucht hatte?

Ich setzte mich auf den Boden und lehnte mich an die Wand. Dann starrte ich einen Moment lang ins Leere. Das alles war ein bisschen komisch. Den Papieren konnte ich entnehmen, dass Liam die Reise für uns beide gebucht hatte. Er hatte zwei Personen angemeldet. Hm … War ihm vielleicht von Anfang an klar gewesen, dass das mit der Scheidung keine so gute Idee war und dass uns diese Reise wieder näher bringen würde? Hatte er immer gewusst, dass er mich gar nicht verlassen würde, aber vielleicht trotzdem das Bedürfnis gehabt, ein bisschen Dampf abzulassen?

Wäre möglich.

Andererseits, weshalb hatte er das Bedürfnis, mir wieder näher zu kommen? Hatten wir uns je voneinander entfremdet? Also *ich* fühlte mich ihm nah. Ich brauchte bestimmt keine Reise, um ihm näher zu kommen!

Plötzlich wurde mir alles klar … Der Schlafmangel! Der Schlafmangel war an allem schuld. Der Schlafmangel hatte ihn zu einem anderen Menschen werden lassen.

Am Dienstag hatten sie bei *Ask Dr. Hobbs* einen Bericht über eine Frau gebracht, die von einem Tag auf den anderen an Parkinson erkrankt war. Soweit ich mich erinnern konnte, hatte sie das Gen – oder was auch immer dafür verantwortlich war – schon länger in sich gehabt, aber die Krankheit war trotzdem ohne Vorwarnung ausgebrochen. Sie und ihr Mann hatten sich mit dem neuen Leben arrangieren müssen. Ich erinnerte mich noch genau an den Schluss des Beitrages. Der Ehemann war zu Wort gekommen. Er hatte gesagt: »Wenn Bertha nicht kann, dann übernehme ich. Wir sind ein Team. Und nur gemeinsam sind wir stark.«

Ich schnippte mit dem Finger. Das war es! Liam war im Moment nicht ganz auf der Höhe und nur mit meiner Hilfe würde es ihm gelingen, ohne Rückfälle zu leben. Gemeinsam waren wir stark! Aber für mich bedeutete das, in Zukunft ganz viel Stärke in mir selbst zu finden. Denn das Leben mit einem chronisch Kranken erforderte viel Energie und Hingabe! Das hatten sie auch in der Sendung gesagt. Ich musste unbedingt …

Das Klingeln von Liams Handy ließ mich aufschrecken.

Schnell griff ich danach, um den Anruf entgegenzunehmen. Ich wollte nicht, dass Liam vom Klingeln aufwachte.

»Hallo?«

»Ach hallo, ist hier nicht Liam?«

»Nein, ich bin seine Frau. Wer spricht denn da?«

»Sydney.«

»Sydney?«

»Ja, Sydney aus dem Geschäft.«

Liam hatte mir ein paar Mal von einer sympathischen und witzigen Praktikantin erzählt, die bei ihnen in der Versicherung arbeitete.

Soweit ich mich erinnern konnte, hieß die Sydney.

»Wo ist denn Liam?«, fragte Sydney jetzt.

Irgendwie schien sie leicht irritiert.

»Er schläft«, sagte ich leise, aber energisch. Bei *Ask Dr. Hobbs* hatten sie auch erklärt, dass man chronisch Kranke vor jeglichen Störungen – und sei es nur ein Telefonanruf! – abschirmen sollte.

»Er *schläft?*« Jetzt war Sydney unüberhörbar verwundert. »Aber es ist nicht einmal acht Uhr!«

Wissend lächelte ich vor mich hin.

Das neue Leben hatte also begonnen ...

»Richtig, Sydney, er schläft«, sagte ich sanft, aber bestimmt. Des Weiteren hatte man in *Ask Dr. Hobbs* davor gewarnt, dass es Freunde zwar gut meinten, aber natürlich nicht wissen konnten, was für den Kranken das Beste war.

»Kann ich ihm etwas ausrichten? Allerdings kann ich Ihnen nicht garantieren, dass er Sie heute noch zurückrufen wird.«

Am anderen Ende der Leitung war es einige Sekunden lang still. Dann hörte ich Sydney sagen: »Okay, schon gut. Ich werde mich einfach wieder melden.«

Und damit legte sie auf.

Nachdem ich das Handy auf stumm geschaltet hatte, legte ich es zurück in Liams Aktentasche. Natürlich durfte sich diese junge Dame nochmals melden. Aber ich würde sie erst dann wieder mit Liam sprechen lassen, wenn er bereit wäre für das Leben da draußen.

Und das konnte unter Umständen dauern.

»Haben Sie keine Angst, auch mal unpopuläre Entscheidungen zu treffen. Und fühlen Sie sich nie verpflichtet, Ihre Entscheidungen zu begründen«, hatte Dr. Hobbs gesagt.

Ich nickte bestätigend.

Ob es wohl sinnvoll wäre, während unserer Reise um eine Spezialkost zu bitten? Hm, gute Frage ... Allerdings, um *welche* Spezialkost sollte ich bitten? »Mein Mann leidet an

Wahnvorstellungen, wenn er übermüdet ist. Würden Sie da eher Rohkost oder eiweißreich empfehlen?«

Okay.

Ich musste in die neue Situation noch hineinwachsen.

»Vertrauen Sie auf Ihre Intuition und haben Sie auch mal den Mut, eigenmächtig zu handeln!« Dr. Hobbs Worte klangen mir noch immer im Ohr. Unglaublich, wie schnell man selbst zu einer Betroffenen werden konnte! Erst vor zwei Tagen hatte ich noch gelangweilt in die Sendung hineingezappt. Und von einem Moment auf den anderen war alles traurige Realität für mich geworden. Jetzt galt es, nicht zu verbittern. (»Bewahren Sie sich eine positive Haltung!«)

Ich nahm das Reiseprogramm wieder zur Hand. Voller Freude registrierte ich, dass einige Destinationen dabei waren, die ich schon lange im Auge gehabt hatte. Starten würden wir in Miami (und wie ich Liam kannte, hatte er sich bestimmt schon darum gekümmert, wie wir nach Miami kommen würden. Er war so toll! Unglaublich, wie er mit seiner Krankheit umging!). Als Erstes würden wir nach Jamaika fahren, dann zu den Kaimaninseln. Schließlich Cozumel, die größte Insel Mexikos, besuchen und als Letztes die Bahamas ansteuern.

Genial!

Die Zeit, in der Liam am Schlafen war, würde ich noch etwas nutzen – um mir online einige Strandsachen zu bestellen …

»Was machst du denn da?«

Liam stand hinter mir und rieb sich die Augen. Der Computer war die einzige Lichtquelle im Raum. Ich sah auf die Zeit auf dem Bildschirm. Kurz nach zehn!

War es möglich, dass ich seit zwei Stunden am Shoppen war? Ich hatte die Zeit völlig vergessen!

»Ich, äh …, ich habe mir ein paar Dinge bestellt.«

Schnell schloss ich das Programm. Dieser Zweiteiler wäre eh nur noch optional gewesen.

»Und? Wie geht es dir?«, fragte Liam.

Ich sah ihn an. Das war ja süß! Lächelnd sagte ich: »Die Frage ist wohl eher, wie es *dir* geht!«

Nachdem ich Liams Kreditkarte unter einen Stapel Briefe geschoben hatte – »Und achten Sie bei allem, was Sie tun darauf, dass Sie die Kranken nicht unnötig aufregen!« – zog ich Liam mit mir mit. Als wir am Esszimmer vorbeikamen, fiel mir ein, dass wir ja noch gar nichts gegessen hatten.

»Hast du Hunger?«, fragte ich und zeigte auf den gedeckten Tisch. Die Kerzen waren bereits zur Hälfte heruntergebrannt. Liam schüttelte den Kopf.

»Mann, habe ich einen Brummschädel!«

»Echt?« Das tat mir leid. Aber nachdem er noch nichts gegessen hatte, kein Wunder. Liam ging am Esszimmer vorbei in die Küche. Als er die Türe öffnete, weiteten sich seine Augen etwas.

Richtig, da musste ich ja noch aufräumen. Morgen.

Liam öffnete den Kühlschrank und nahm sich ein Bier.

»Bist du sicher, dass das gut ist? Ich meine mit deinem Kopfweh und so«, rief ich ihm über die Schultern zu.

Liam schaute mich nur an und erwiderte nichts. Mit dem Bier ging er ins Wohnzimmer und setzte sich aufs Sofa.

Und rieb sich den Kopf.

Nachdem er einen großen Schluck Bier getrunken hatte, fragte er: »Also, was machen wir jetzt?«

»Wir?« Ich spürte, wie ich anfing zu lächeln. Dann ging ich zum Eingang, nahm die Papiere für die Kreuzfahrt aus Liams Aktentasche und rief ins Wohnzimmer: »Übrigens,

Sydney aus deinem Geschäft hat angerufen!«

Ich hörte, wie Liam sich am Bier verschluckte.

»Sydney?« Nachdem er einige Male gehustet hatte, fragte er: »Hat sie etwas gesagt?«

Grinsend schlenderte ich mitsamt den Papieren ins Wohnzimmer. »Ob sie etwas gesagt hat? Nein, nur dass sie es später noch mal versucht. Ach, und sooo witzig kam sie mir jetzt übrigens auch nicht vor.«

»*Witzig?*« Wieder fing Liam an zu husten. Diesmal schien er sich an seiner Spucke verschluckt zu haben. »Wieso *witzig?*«

»Och«, ich setzte mich neben Liam aufs Sofa. In der Hand hielt ich die Papiere.

»Einfach so. Du hast mal gesagt, sie sei witzig.«

»Ich habe *was?!*«

»Naja, egal. Lass uns über Wichtigeres sprechen.« Die Papiere hin- und herschwenkend sagte ich: »Zum Beispiel über das hier!«

Liam nahm mir die Papiere aus der Hand. »Und, hast du schon unterschrieben?«

»*Unterschrieben?* Ich wusste gar nicht, dass man da unterschreiben muss …« Seltsam, ein Feld zur Unterschrift war mir nicht aufgefallen.

»Ich glaube, du irrst dich«, sagte ich entschlossen, »hier muss nichts unterschrieben werden.«

»Doch, ganz bestimmt! Sonst ist es nicht rechtskräftig. Allerdings, wenn du noch etwas Zeit brauchst …«

Ich grinste breit. »Ist mir schon aufgefallen, wie schnell du Nägel mit Köpfen machen willst. Aber kein Problem. Umso schneller, desto besser.« Dann nahm ich Liams Hand in meine. »Du kannst es wohl nicht erwarten, was?«

Liam sah mich mit einem komischen Ausdruck an.

»Was ist denn?«, fragte ich und drückte seine Hand.

»Ich … äh … ich weiß nicht … Ich …« Er starrte einen Moment lang einfach ins Leere, dann sagte er langsam: »*Du*, du bist es! Du bist ganz anders, als ich das erwartet hatte.«

Also das fand ich jetzt schon fast wieder beleidigend!

Ich wollte schon zu einer Erklärung ansetzen, als mir einfiel, dass Liam im Moment ja nicht ganz auf der Höhe war. Ich streichelte sanft seine Hand und sagte dann. »Wie du meinst, Schatzi. Aber alles, was ich dazu sagen kann ist: Ich bin mehr als bereit für alles!« (Einschließlich drei neuer Bikinis, einer luftigen Strandhose, vier Pareos, zwei neuer Sandalen, eines Paars Sneakers, vier Shorts, sieben oder acht T-Shirts, eines Panamahuts, einer kleinen und einer großen Umhängetasche mit je dazu passender Geldbörse, zwei neuer Sonnenbrillen, eines Abendkleides und zwei Strandkleidern. Das Nötigste halt.)

Liam sah mich an und schüttelte den Kopf. »Du bist unglaublich, Mila. Und wie du dich vom ersten Schock erholt hast. Das hätte ich nicht von dir gedacht.«

»Naja, also Schock …«, wiegelte ich ab.

Liam zeigte auf die Überreste der Vase, die zwischen dem Fernseher und unserem Ficus lagen.

Also das war jetzt wohl nicht ganz fair! Schließlich hatte *er* noch vor einigen Stunden eine Bombe platzen lassen. Krankheit hin oder her! Ich überlegte, ob ich ihm eine gehörige Standpauke halten oder lieber auf den Mund sitzen sollte. Gerade als ich mich für Letzteres entschieden hatte, klingelte es an der Haustüre.

Für einen kleinen Moment erschrak ich. Normalerweise klingelte es bei uns um diese Zeit nicht mehr. Wer konnte das sein? Wir standen gemeinsam vom Sofa auf und gingen Richtung Eingang.

Liam öffnete die Türe.

Davor stand eine etwa zwanzigjährige Blondine, vielleicht auch älter. Wer konnte das heute noch sagen? Bei diesen chronisch überstylten Dingern … Als ich zwanzig gewesen war – und das war erst zehn Jahre her! –, hatte man noch mit den Mitteln gearbeitet, die einem zur Verfügung standen. Hier hingegen war völlig unklar, ob die junge Frau Extensions trug und ob ihre vollen Wimpern echt waren. Tatsache aber war, dass sie überaus attraktiv war.

Sie war mir auf Anhieb unsympathisch.

»Hey, Sydney«, sagte Liam.

»Hey«, erwiderte die Blondine. »Hast du tatsächlich geschlafen?«

»Ja, ich war so was von kaputt!«

»Alles klar. Und, habt ihr geredet?«

»Ja, das haben wir.« Liam sah mich an. Er wirkte irgendwie peinlich berührt. »Allerdings habe ich ihr noch nicht von dir erzählt.«

Ich sah Liam fragend an. Aber er *hatte* mir doch von Sydney erzählt. Das einzige, was ich zu bemängeln hatte, war, dass sie weder witzig noch sonderlich sympathisch wirkte. Und was machte sie überhaupt um diese Zeit bei uns?

»Hey, Mila, das ist Sydney«, sagte Liam jetzt. Sehr unnötig, wie ich fand. Ich war ja nicht doof.

»Sydney, Mila.«

Jetzt machte er auch Sydney mit mir bekannt.

Ich hob die Hand zum Gruß. »Hi«, sagte ich. Dann fügte ich (nur ein *bisschen* streng, sie war ja praktisch noch ein Kind) an: »Ich will ja nicht unhöflich sein, aber hättest du nicht einfach nochmal anrufen können? Ich finde es etwas spät, um jetzt noch einen Besuch zu machen.«

Sydney starrte mich an, als wäre ich von einem anderen Stern. Dann meinte sie: »Kommst du noch zu mir?«

»Ähm, nein, ich denke nicht«, erwiderte ich.

Meinte sie voll, ich würde *jetzt* noch zu ihr gehen?

»Ja klar, gib mir noch eine Minute«, antwortete Liam. Dann legte er seine Hände auf meine Schultern und fragte: »Meinst du, du kannst die Scheidungspapiere heute noch unterschreiben?«

»Die Scheidungspapiere? Ich verstehe nicht ganz …«

Ich ging zurück ins Wohnzimmer und holte die Unterlagen für die Kreuzfahrt. Als ich wieder vor die Haustüre trat, löste sich Liam gerade von Sydney. Hatte er ihr etwas zugeflüstert? Vielleicht hatte er sie nett gebeten zu gehen.

»Hier«, sagte ich und hielt die Papiere in die Luft. »Sieh selber nach. Hier muss man nirgends unterschreiben.«

Liam nahm die Unterlagen zur Hand und überflog sie.

Dann lächelte er erleichtert.

»Ach so! Jetzt verstehe ich … Nein, natürlich musst du *hier* nicht unterschreiben. Schließlich bist du nicht eingetragen, also musst du auch keine Verzichtserklärung abgeben.« Er streckte Sydney die Unterlagen entgegen. »Ich kann mir alles nochmal ausdrucken. Behalte du die hier!« Dann kam er zu mir, legte mir einen Arm um die Schultern und sagte feierlich zu Sydney: »Pusteblume, sie ist mit der Scheidung einverstanden! Cool, nicht wahr?«

Liam löste seinen Arm von mir und stellte sich lächelnd hinter Sydney. Mit beiden Armen umfasste er sie und drückte ihr einen Kuss auf den Scheitel. Dann kitzelte er sie ein wenig. Sydney fing augenblicklich an zu kichern. Nachdem beide kurz vor sich hin gekichert hatten, wandte sich Liam wieder mir zu.

»Baby«, sagte er strahlend, »stell dir vor, Syd und ich werden eine Kreuzfahrt machen!«

3

Unser erstes Treffen war in die Hose gegangen.

Buchstäblich.

Nachdem ich Liams Auto geschrottet hatte, ging er wutentbrannt auf mich los und beschimpfte mich aufs Übelste. Woraufhin ich meine Wasserflasche mit voller Wucht nach ihm warf. Die Flasche war sehr leicht und hatte einen defekten Verschluss. Bis sie bei Liam angekommen war, hatte sie sich fast vollständig entleert und der schwache Aufprall war überaus unbefriedigend für mich. Ein kleiner Rest Wasser landete auf seiner Hose, was ich allerdings in meiner Wut gar nicht bemerkte. Erst als alle Freunde Liams um ihn herumstanden und lachend auf seinen nassen Schritt zeigten, wurde mir bewusst, dass ich doch erfolgreich gewesen war!

Es dauerte Wochen, bis es unseren Müttern gelang, uns auf neutralem Boden wieder zusammenzuführen. Ein Zirkus war in unsere Stadt gekommen und wir wollten beide unbedingt die Kindervorstellung am Samstagnachmittag besuchen. So kam es, dass wir – Liam in Reihe zwei, ich in Reihe vier – leicht schmollend, aber ansonsten friedlich auf unseren Plätzen saßen und mit offenen Mündern dem Programm folgten.

Der Zufall wollte es, dass wir beide auf die Bühne geholt wurden. Als Liams Assistentin sollte ich ihm helfen, in eine Kiste zu steigen und daraufhin vor den Augen der Zuschauer zu verschwinden. Gebannt verfolgte ich Liams Verschwinden und vergaß dabei völlig, dass ich ihn eigentlich ja gar nicht mehr zurückhaben wollte. Als Liam nervös aber strahlend wieder auftauchte, war ich die erste, die ihn mit Fragen bombardierte und wissen wollte, wie das alles hatte funktionieren können. Von diesem Tag an wurde unser Kriegsbeil begraben.

Auch wenn wir nach wie vor nicht zusammen spielten.

Liam behauptete, ich sei eine doofe Sechsjährige, die nur Autos kaputt machen könne. Ich hingegen fand ihn für einen Zehnjährigen ziemlich etepetete. Aber wir duldeten uns und ließen uns leben.

Nachdem wir beide die Schulzeit unbeschadet und ohne weiteren Auto- und Wasserflaschenpannen überlebt hatten, verließen wir den kleinen Vorort San Diegos und studierten schließlich an verschiedenen Unis. Wir verschwendeten auch keine Gedanken mehr aneinander. Bis wir uns in der Cafeteria eines Versicherungsunternehmens in San Diego über den Weg liefen. Ohne das Wissen des jeweils anderen, waren wir zur fast gleichen Zeit angestellt worden. Liam in einer leitenden Funktion, ich als Schreibkraft in der Buchhaltung, da ich keine andere Stelle gefunden hatte.

Aus Liam war ein gutaussehender und charmanter junger Mann geworden. Und ich hatte meine Zahnspange und meine Brille gegen einen moderneren Kleidungsstil eingetauscht und war, dank meiner gesundheitsbewussten Kommilitonin an der Uni, nicht mehr das Pummelchen, das ich einmal gewesen war. Kurz: Wir lernten uns nicht nur neu kennen, wir *waren* auch zu neuen Menschen geworden.

Liam und ich fingen an, miteinander auszugehen.

Er fand mich zwar immer noch etwas rabiat und leicht chaotisch, aber, im Gegensatz zu früher, regte ihn das nicht mehr auf, sondern veranlasste ihn, sich Hals über Kopf in mich zu verlieben. Ich nannte ihn immer noch etepetete, aber das war nie böse gemeint, sondern eher scherzhaft. Wir waren *das* Traumpaar. Nie werde ich den Tag vergessen, an dem wir unseren Freunden eröffneten, dass wir heiraten wollten. Alle kamen und umarmten uns und viele sagten, dass sie unseren Mut bewunderten und dass wir wirklich risikofreudig seien.

Als Liam dann ganz überraschend eine leitende und sehr gut bezahlte Stelle in einer Niederlassung in San Francisco angeboten bekam, zögerte ich keinen Augenblick, ihn dorthin zu begleiten. Ich kündigte meinen Job und folgte meinem Mann. Wir kauften uns ein hübsches Häuschen und ich tat endlich das, was ich schon lange hätte tun sollen: Ich wurde Hausfrau! Anfangs war Liam nicht so begeistert von meiner Idee. Im Gegensatz zu mir fand er, dass ich nicht die perfekte Hausfrau war. Auch mein Argument, dass ich mich so am besten aufs Muttersein vorbereiten könne, ließ er nicht gelten. Im Gegenteil. Er wolle ja gar keine Kinder.

Das war das erste Mal, dass wir richtig aneinandergerieten. Er sei nicht bereit für Kinder, meinte er. Ich fand, dass wir nach fast sieben gemeinsamen Jahren mehr als bereit für Kinder seien. Nachdem wir auf keinen gemeinsamen Nenner kamen, wusste ich, was zu tun war. Ich musste die Zeit für mich arbeiten lassen. Der Tag würde kommen, an dem Liam meine Qualitäten als Hausfrau und Mutter erkennen würde. Der Plan war, ihm zu beweisen, was in mir steckte.

Ihm und nicht zuletzt auch: seiner Mom!

Margaux war ein wirklich lieber Mensch. Aber war sie am Tag unseres Kennenlernens noch ganz besorgt um mich gewesen (auweia, hatte sie ihren Sohn vor seinen Freunden ausgeschimpft!), so hatte sie mir doch später deutlich zu verstehen gegeben, dass ich nicht die geeignete Frau für ihren Sohn sei. Bis zu unserer Hochzeit hatte sie Liam und mir immer wieder in den Ohren gelegen, unsere Beziehung doch noch einmal zu überdenken. Erst nach unserer Hochzeit verstummte sie. Aber ich musste ihr nur in die Augen sehen, um zu erkennen, dass sie ihre Meinung nicht geändert hatte. »Weißt du, Schatz, sie kennt euch durch und durch«, hatte meine Mom einmal gesagt, als ich ihr mein Leid geklagt hatte. »Sie meint es nicht böse.« Da hatte ich gemerkt, dass ich in ihr auch keine Verbündete finden würde. Im Gegenteil. Als ich Mom bei anderer Gelegenheit von meinem verhinderten Kinderwunsch erzählte, meinte sie nur: »Aber du weißt doch, dass Liam keine Kinder will.«

Liam und keine Kinder? Das war mir neu!

Klar hatte er mir einmal erklärt, dass er keine Kinder wolle. Aber das war nichts weiter als eine unbedeutende Laune des Augenblicks. Nichts, was von Dauer sein würde. Und wenn meine Mom behauptete, Liam wolle *grundsätzlich* keine Kinder, dann lag sie schlicht und einfach falsch. Denn Liam und ich tickten gleich!

Immer.

Als Liam jetzt, an diesem wunderschönen Donnerstagabend im Mai, knapp einen Monat vor unserem fünften Hochzeitstag, nach Hause kam und mir mitteilte, dass er sich scheiden lassen wollte, wusste ich, dass mein Mann nicht im Vollbesitz seiner Sinne war. Dass irgendwer oder irgendwas ihn dazu gebracht hatte, anders zu denken. Ich war mir absolut sicher, dass alles, was er gerade sagte oder tat, nicht seinem Wollen entsprach.

Das war nicht Liam!

Das war eine Manipulation.

Ob es jetzt der Schlafmangel war oder eine Krankheit, die wir noch nicht entdeckt hatten, oder eine Verkettung von Umständen, die mir bisher fremd waren. Ziemlich egal. Es gab im Moment eigentlich nur etwas, das ganz dringend getan werden musste.

Ich musste handeln!

4

»Also, ich muss sagen, ich bin sehr erfreut!«
Die ältere Dame, die mir gegenübersaß, strahlte mich an.
»Sehr gute Zeugnisse, beste Qualifikationen. Perfekt! Fast tut es mir leid, dass wir Sie nur als Zimmermädchen einstellen können. Wobei …«
Zögernd wandte sie sich wieder ihrem Computer zu. Ihr Blick wanderte über den Bildschirm und sie überflog die Informationen, die sie auf dem Monitor vor sich hatte.
»Hm … so … aha … okay …Oh!«
Zufrieden lächelnd sah sie von ihrem Bildschirm auf.
»Auf der *Blue Elena* hätten wir noch eine Stelle frei. Als leitende Hausdame. Das könnte ich Ihnen alternativ anbieten. Dabei würde sich der Lohn für Sie verdoppeln!«
Sie lehnte sich in ihrem Stuhl zurück und meinte: »Dann wären Sie zwar immer noch überqualifiziert, aber immerhin müssten Sie nicht für einen Hungerlohn arbeiten.«
Als sie sich besann, was sie da gerade gesagt hatte, wurde sie ein bisschen rot und verzog grinsend ihren Mund. »Das haben Sie jetzt einfach überhört, okay?«
Eifrig begann sie, Daten in den Computer einzugeben.
»Ähm …«
Ich machte eine entsprechende Geste, um ihre Aufmerksamkeit auf mich zu lenken, aber sie war völlig mit Schreiben beschäftigt.
»Misses, Misses …«
Wie hieß sie nochmal? Sie hatte sich zwar vorgestellt, aber ehrlich gesagt hatte ich nicht richtig zugehört. Ich drehte meinen Kopf, um das Namensschild auf ihrer Bluse lesen zu können. *Viola Davies* stand darauf.
»Misses Davies«, sagte ich bestimmt.

Sie sah mich fragend an und hörte auf zu tippen.

»Misses Davies, *Miss* Davies«, verbesserte ich mich schnell, als ich einen kleinen Unwillen in ihren Augen zu entdecken glaubte. »Miss Davies, ich danke Ihnen sehr für Ihre Mühe ...« Nein, das klang nicht gut!

Ich setzte nochmals an. Diesmal allerdings einnehmend lächelnd. »Miss Davies, Ihr Angebot klingt mehr als verlockend. Aber ich würde wirklich gerne auf der *Maid of the Caribbean* arbeiten. Und wenn es als Zimmermädchen ist, dann ist das völlig okay.«

Miss Davies sah mich ungläubig an. »Aber die Stelle auf der *Blue Elena* ...«

»Nächstes Mal!«, unterbrach ich sie und schaute sie zuversichtlich an. »Und zudem«, ich zwinkerte ihr zu, »gibt es auf Karibikreisen fürstliches Trinkgeld.«

»Oh, stimmt ja«, Miss Davies blätterte in meinen Unterlagen. Als sie den Punkt gefunden hatte, den sie suchte, strahlte sie mich wieder an. »Sie spenden Ihr Trinkgeld fast vollständig einer gemeinnützigen Organisation. Sehr schön!«

Sie machte eine lobende Geste.

Ich lächelte zurück. Den Punkt mit dem Trinkgeld hatte ich in meinen Bewerbungsunterlagen gleich nach *Mache bevorzugt Doppelschichten* und *Koche auf Anfrage auch direkt in der Kabine* eingesetzt. Nach der Strapaze auf dem Kreuzfahrtschiff würde ich mir mit Liam einen Beauty-Tag im neuen Spa in der *Fisherman's Wharf* leisten.

Eine äußerst gemeinnützige Sache.

Des Weiteren hatte ich Französisch, Deutsch, Italienisch und (fast hätte ich es vergessen!) auch Spanisch als Fremdsprachen angegeben. Als wir vor Kurzem bei Cousine Betty zu Besuch gewesen waren, hatte ich, nachdem wir ihre neue Putzfrau kennengelernt hatten, zu Liam gesagt: »Sie hat uns mit *¡Hola!* begrüßt. Sie kommt bestimmt aus Mexiko!«

Und ich hatte recht!

Dann hatte ich aufgelistet, auf welchen Kreuzfahrtschiffen ich bereits gearbeitet hatte. Hier hatte ich mich schweren Herzens entschieden, ein klitzekleines bisschen zu schummeln. Zuerst hatte ich *Titanic* als Referenz angegeben. Wenn man wie ich den Film auf Blu-ray besaß und ihn schon achtmal gesehen hatte, war das eine mehr als zuverlässige Referenz. Allerdings war ich mir nicht ganz sicher, ob ich auf einen geneigten Filmfan treffen würde (und ganz ehrlich, ein Blick auf Miss Viola Davies sagte mir, dass mich meine Intuition wohl nicht getäuscht hatte!). Auch die Tatsache, dass das Schiff, nun ja, abgesoffen war, verunsicherte mich etwas. Und wer könnte meine Eignung bestätigen? Kate Winslet kannte ich leider nicht persönlich und Leonardo DiCaprio schien sich in letzter Zeit mehr um seine Model-Freundinnen zu kümmern als um seine Filme. So kam es, dass ich – stellvertretend für Titanic – einfach einige aktuelle Riesendampfer angab.

Meine große Belastbarkeit hatte ich ebenso angegeben wie mein Organisationstalent, meine Multitasking-Fähigkeiten, meine Kochkünste und meine Zuverlässigkeit. Ich hatte extra tiefgestapelt. Schließlich wollte ich auch als das erkannt und geschätzt werden, was ich wirklich war.

»Sind Sie sicher, dass Sie nicht wechseln wollen?« Miss Davies musterte mich leicht besorgt. »Wenn ich Sie für dieses Schiff einbuche, ist das verbindlich.«

Sie sah mich fragend an.

Ich legte meine Hände in den Schoß und nickte zustimmend. »Bitte einbuchen!«, sagte ich freundlich und zeigte auf den Computer. »Und Einsatz auf Deck acht passt perfekt!«

Zieht euch warm an, Liam und Sydney …

Miss Davies sah mich einen Moment lang skeptisch an, dann resignierte sie. »Okay, gut, wie Sie wünschen ...«

Sie nahm meine Unterlagen zur Hand und blätterte sie durch. Während des Blätterns sagte sie mehr zu sich: »Dann bleibt mir nur noch eins ...«

Sie suchte ein bisschen und, als sie fündig geworden war, sagte sie erfreut: »Hier, die Referenzen ...«

Oh, richtig, die Referenzen.

Ich rutschte ein wenig im Stuhl hin und her. Meine Eltern als zweite Referenz anzugeben, fand ich nur vernünftig.

Wer kannte mich besser als sie?

Ich hätte niemand nennen können.

Außer vielleicht der Person, die ich als Hauptreferenz angegeben hatte ...

»Dürfte ich die Zeit nutzen, um ins Bad zu gehen?«, fragte ich und beugte mich etwas zu Miss Davies nach vorne.

»Selbstverständlich!« Sie hatte bereits das Telefon in der Hand, als sie mir den Weg zur Gästetoilette bedeutete.

Ich nickte, nahm meine Handtasche an mich und schlenderte aus ihrem Büro hinaus. Als ich aus ihrem Blickwinkel verschwunden war, fing ich an zu rennen. Gerade rechtzeitig landete ich in einem anderen Gang des Gebäudes.

»Hallo, hier spricht Martin?«, nahm ich das eingehende Telefonat mit Moms Mädchennamen entgegen.

»Guten Tag, hier spricht Viola Davies!« Miss Davies' Stimme klang am Telefon sehr viel älter. Würde ich ihr aber nicht unter die Nase binden.

»Es geht um eine Referenz.«

»Ja, bitte, ich stehe zu Ihrer Verfügung«, sagte ich mit britischen Akzent und eine Oktave höher. Meine ehemaligen Mitschüler hatten es geliebt, wenn ich einen britischen Akzent imitierte.

»Ich habe hier eine Misses Mila Carter, die …«

»Ach, unsere Mila …«, unterbrach ich Miss Davies. »Wir hätten sie so gerne zurück. Sie ist Gold wert, sage ich Ihnen, Gold! Schnappen Sie sich die Kleine und lassen Sie sie nie mehr gehen! Haben Sie mich verstanden?«

Keine Ahnung, ob man das so bei einer Referenz sagte, aber ich fand diese Beurteilung meiner Person sehr angemessen.

Dann, als mir plötzlich Liam einfiel, der mittlerweile wahrscheinlich am Kofferpacken war – mit Sydney! – sagte ich entschlossen: »Und stellen Sie sicher, dass ihr niemand Unrecht tut. Denn das hat sie ganz bestimmt nicht verdient!« Ich fügte ein strenges »Haben wir uns verstanden!« an.

Miss Davies am anderen Ende wirkte etwas verstört. »Ich verstehe nicht ganz … Niemand will Misses Carter hier übervorteilen. Sie scheint auch genau zu wissen, was sie will.«

Dann machte sie eine Pause und beendete das Telefonat mit den Worten: »Ich danke Ihnen, Misses Martin. Auf Wiedersehen!«

»Bye!«, sagte ich und legte auf. Ich zählte von hundert abwärts und ging dann zurück ins Büro.

Miss Davies war bereits am Ausfüllen meines Arbeitsvertrages. Als sie mich sah, lächelte sie und sagte: »Alles in Ordnung. Da hat sich aber jemand für Sie ins Zeug gelegt!«

Ich atmete erleichtert aus. Meine Eltern würden von ihr nicht behelligt werden, die erste Referenz hatte gereicht. Das war gut. Meine Eltern hätten zu Recht eine Erklärung von mir verlangt und ich wollte sie nicht unnötig beunruhigen. Bestimmt würde sich mein kleines Problem mit Liam bald in Wohlgefallen auflösen.

Wie auch die blonde Tussi. Zisch und weg …

Zufrieden grinste ich vor mich her.

»So!« Miss Davies hatte den Vertrag vollständig ausgefüllt und druckte ihn jetzt zweimal aus. Sie unterschrieb und hielt mir dann beide Exemplare zur Unterschrift hin.

Mit schwungvollen Lettern unterschrieb ich.

»Ich hatte auch noch die Gelegenheit, sie mit einer anderen Arbeitskraft auszutauschen. Mit Ihren Qualifikationen sind Sie einfach besser dafür geeignet. Ich habe Sie jetzt auf Deck zehn eingeteilt.«

Entsetzt schaute ich auf.

Was Miss Davies aber nicht zu bemerken schien. Vergnügt plauderte sie weiter: »Hier haben Sie zwar die anspruchsvolleren Leute und die schwierigeren Aufgaben, aber dafür ...«, sie nahm den unterschriebenen Arbeitsvertag in die Hand, faltete ihn und schob ihn in einen Umschlag. »Dafür werden Sie sich bestimmt nie langweilen.«

Dann schob sie mir den Umschlag zu und sagte fröhlich: »Sie werden schlicht keine Zeit dazu haben!«

5

»Alles klar?«

Catalina drückte mir die Unterlagen in die Hand.

Nickend nahm ich den Stapel Papiere entgegen. Catalina hatte mir in der letzten halben Stunde die Extrawünsche der Reisenden in den zehn zu betreuenden Kabinen erklärt. Sie hatte es zwar ein bisschen anders genannt. Irgendwas mit »besonderen Bedürfnissen« hatte sie mir mit ernster Miene erläutert. Aber egal. Ganz genau konnte ich eh nicht mehr wiedergeben, was sie alles gesagt hatte. Mir war lediglich aufgefallen, dass öfters die Worte »und ganz wichtig ist …« gefallen waren.

Ich machte Catalina ein Zeichen, dass sie sich keine Sorgen zu machen brauche und ging mit meinen Unterlagen in Richtung Putzkammer. Am Ende war nur wichtig, dass der zahlende Gast glücklich war. Und Glück weiterzugeben hatte ich – bei aller Bescheidenheit! – drauf.

Das Schiff war seit zwei Stunden auf See. Ich hatte pünktlich eingecheckt und bereits meine Kabine bezogen. Die war ziemlich klein und ich musste sie mit einer Angestellten teilen. Auf meinen Wunsch, mir bitte eine Kabine mit Meersicht zu besorgen, hatte Miss Davies irgendwie komisch reagiert. Zuerst hatte sie mich irritiert angeschaut, dann hatte sie nur gelacht und gesagt, Humor hätte ich auch noch. Ich war dummerweise davon ausgegangen, dass es klappen würde. Sehr ärgerlich!

Vielleicht würde ich Miss Davies nochmals kontaktieren.

Die Unterkünfte für die Angestellten fand ich recht schäbig. Wir hatten gar keinen Teppich am Boden und die Gänge wirkten unglaublich steril. Man hatte mir erklärt, wo die Kantine für die Angestellten war. Eine Kantine für

Angestellte! Als wenn wir Menschen zweiter Klasse wären. Bei Gelegenheit würde ich dem Manager des Schiffes sagen, dass er sich einfach mal *Cruise to Happiness* anschauen solle. Da konnte er definitiv noch was lernen! Dort lebten Passagiere und Angestellte einträchtig auf dem Schiff zusammen. Und die Angestellten lösten alle Probleme der Passagiere – auch Eheprobleme, welche Ironie! –, was diese mit größter Dankbarkeit und stets lieben Worten honorierten. *Das* war eine Kreuzfahrt!

Den Manager hatte ich noch gar nicht kennengelernt. Er hieß Shoebuyer oder Shoetailor. Irgendwas mit Shoe und einer Tätigkeit. Miss Davies hatte mir eingetrichtert, dass ich weder den Manager des Schiffes, noch den Ersten Offizier und ganz bestimmt nicht den Kapitän ansprechen solle, wenn ich nicht explizit danach gefragt würde. Ich solle von mir aus mit gar keiner Autoritätsperson auf dem Schiff sprechen. Natürlich würde ich die nicht wegen *irgendetwas* behelligen. Aber so ein kurzes, konstruktives Feedback wegen der Ausstattung wäre bestimmt erwünscht.

Man hatte mir tatsächlich eine Doppelschicht aufgebrummt. Hier konnte ich (ich war ja weder ungerecht noch doof!) niemand einen Vorwurf machen. Das hatte ich mir selbst eingebrockt. Allerdings war ich damals noch davon ausgegangen, dass ich auf Liams und Sydneys Deck arbeiten würde. *Liam und Sydney* ... Ich lachte verbittert. Das hörte jedes Kind, dass diese beiden Namen nicht zusammenpassten!

Entnervt nahm ich die Unterlagen zur Hand, die Catalina mir mitgegeben hatte. Die Namen, Nationalitäten und das Alter der Passagiere, für die ich in den nächsten Tagen sorgen sollte, waren eingetragen sowie bestimmte Wünsche, die sie offenbar schon vor ihrer Abreise geäußert hatten.

Ich überflog die Liste.

Fünf Kabinen würden Amerikaner beherbergen. Davon schien es sich bei einer Kabine um eine Doppelkabine zu handeln, die aber nur als eine ausgewiesen wurde. Natürlich, hier wohnte auch eine Familie mit ihren beiden Kindern. Dann gab es noch zwei Männer, beide in den Fünfzigern, die je eine Kabine bewohnten. Die letzten beiden Kabinen mit Amerikanern waren auf zwei allein reisende Frauen eingetragen. Die erste, eine Tiffany Anderson, war zweiunddreißig und die andere, eine Laura Davies, vierundsechzig. Wieder Davies? War die vielleicht verwandt mit Misses, oh, Entschuldigung, *Miss* Olivia Davies? Der Name war einfach sehr gebräuchlich bei uns, also vermutlich nicht.

Die anderen fünf Kabinen waren von zwei deutschen Ehepaaren und je einem italienischen und einem englischen Ehepaar gebucht worden. Die letzte Kabine bewohnte eine Evelyn Baskin, bereits achtundsiebzig. Ich schaute mir den Namen genauer an. Wow, das war ja gar keine normale Frau. Das war eine Lady! *Lady* Baskin. Hatte sie diesen Titel verliehen bekommen oder war sie vielleicht sogar adelig? Ich würde sie bei Gelegenheit fragen ...

»*Was machst du denn so lange!*«

Ich sah erschrocken auf. Hinter mir stand eine Frau in den Zwanzigern. Sie hatte einen dunklen Teint, war klein und leicht untersetzt.

Vermutlich war sie Mexikanerin.

»Hey«, sagte ich freundlich und streckte ihr meine Hand entgegen. Es war wichtig, die Kluft zwischen den Kulturen zu überbrücken.

Langsam und deutlich, damit sie mich auch ja verstehen würde, sagte ich: »Ich heiße Miiila. Und du?«

»Elma«, sagte diese gereizt und ignorierte meine ausgestreckte Hand. »Würdest du bitte deinen Hintern von hier fortbewegen und in den Kabinen nachfragen, ob alles zur

Zufriedenheit unserer Gäste ist?«

Ihr Englisch war akzentfrei.

»Ich leite diesen Stock hier und ich wünsche, dass schnell und effizient gearbeitet wird. Ist das für dich soweit klar?«

»Ich, ähm, ja, klar!« Ich wusste nicht, was ich sonst darauf erwidern sollte. Elmas Augen blitzten ziemlich böse.

»Und warum stehst du dann immer noch herum *als ob deine Beine eingewachsen wären?*«

Nachdem ich kurz ein- und ausgeatmet hatte, biss ich mir leicht auf die Zunge. Das hatte ich bei einem Anti-Aggressions-Seminar gelernt, das ich vor einigen Jahren aufgebrummt bekommen hatte, nachdem ich einem zu langsam fahrenden Autofahrer vor mir ...

Wie auch immer.

Mir fiel ein, dass ich hier am besten mit *Gewaltfreier Kommunikation* arbeiten sollte. Liam hatte mir diesen Kurs vor zwei Jahren geschenkt und dabei so ausgesehen, als hätte er mir den größten Gefallen getan. Ich hatte den Teilnahme-Coupon erst einer Freundin von mir schenken wollen und war dann nur hingegangen, weil Liam so darauf bestanden hatte. In meinem Kopf kramte ich nach den Tipps, die wir mitgekriegt hatten. Was war es noch mal gleich gewesen? Ah, genau! Beschreibe deine Beobachtung. Dann benenne das Gefühl, das es bei dir auslöst. Versuche im nächsten Schritt, das Bedürfnis zu erkennen, das *dahinter* liegt. Und schließlich: Formuliere eine Bitte an dein Gegenüber.

»Elma«, sagte ich gewinnend. »Wie ich sehe, willst du, dass ich *jetzt gleich* anfange ...«

»Richtig, und zwar ein bisschen plötzlich!«, zischte Elma, machte auf dem Absatz kehrt und verließ die Putzkammer. »Dreißig Minuten!«, hörte ich sie noch über ihre Schultern rufen. »Dann bist du wieder zurück!«

Na bitte, das war ja super gelaufen!

Gutgelaunt machte ich mich auf zu den Kabinen und nahm meine Unterlagen gleich mit. Auswendig konnte ich mir die Namen unmöglich merken.

Bei der zweiunddreißigjährigen Tiffany Anderson klopfte ich als Erstes. Mal sehen, wie die so drauf war ...

»Herein!«, tönte es gutgelaunt von der Kabine zu mir nach draußen.

Ich öffnete die Türe. Ein attraktive Brünette saß im Schneidersitz auf dem Bett, einen Laptop vor sich. Als ich eintrat, sah sie auf und lächelte.

»Hallo ...«, begann ich zögerlich.

Und jetzt?

Was sagte man denn so als Zimmermädchen?

Elma hatte gesagt, ich solle schauen, ob alles zur Zufriedenheit der Gäste war. Mit schiefem Lächeln fuhr ich fort: »Miss Anderson, schön, dass Sie sich für unser Schiff entschieden haben.«

»Danke!«, sagte die Brünette und klappte ihren Laptop zu. Erwartungsvoll sah sie mich an. Toll, sie schien sich tatsächlich für das, was ich zu sagen hatte, zu interessieren!

Ich stellte mich etwas in Position, dann sagte ich jovial: »Nichtsdestotrotz, falls Sie einen Wunsch haben oder ein Problem, das wir für Sie lösen müss ... dürfen, fühlen Sie sich frei, mir dies mitzuteilen.« Also ich wollte wirklich nicht übermäßig eingebildet klingen, aber ich fand mich gerade richtig gut.

Wie eine erfahrene Kreuzfahrt-Gäste-Befragerin!

»Vielen Dank ...«, Tiffany Anderson sah auf mein Namensschild, »... *Mila!*«

Dann strahlte sie mich an und sagte: »Und bitte, nennen Sie mich doch Tiffany!«

»Gerne, danke, Tiffany!« Ich reckte meinen Daumen in

die Höhe. Lief ja wie geschmiert. »Und falls Sie doch mal ein Problem haben sollten …«

Tiffany unterbrach mich.

Augenzwinkernd sagte sie: »Keine Probleme, Mila. Nur Herausforderungen. Und die werden wir bei Bedarf lösungsorientiert angehen, nicht wahr?«

Wow, also da hatte sie natürlich recht!

Begeistert pflichtete ich ihr bei. Diesen Satz würde ich mir merken. Dann verabschiedete ich mich und winkte ihr beim Verlassen der Kabine zu. Diese Tiffany war echt nett!

Vor der nächsten Kabine warf ich einen Blick in meine Unterlagen. Elfriede und Theodor Krummbichler. Die Deutschen. Ich klopfte an und trat, nachdem man mich hereingebeten hatte, ein.

In der Kabine erwartete mich eine blonde Frau mit Bob. Sie stand am Fenster und schaute aufs Meer. Ihr Mann, großgewachsen und hager, mit schütterem Haar, saß am Sekretär und studierte irgendwelche Papiere. Den Unterlagen hatte ich entnommen, dass beide in den Fünfzigern waren. Ich hätte sie, ehrlich gesagt, älter geschätzt.

Der Mann stand auf und kam mir entgegen. Eindringlich sagte er: »*Her wud enege Fellr gemmat!*« Dann schaute er mich an, als ob er eine Antwort von mir erwarten würde.

Ich zuckte nur mit den Schultern. Als er begriff, dass ich ihn wohl nicht verstanden hatte, schaute er seine Frau an. Sie wirkte etwas verstört und sagte zu ihm: »*Se sprenn kenn Detsch!*«

»*Sprennenn Se kenn Detsch?*«

Ich zuckte nochmals mit den Schultern und machte eine entschuldigende Geste. »Sprechen Sie Deutsch?«, fragte Mr. Krummbichler jetzt auf Englisch. Er hatte einen starken Akzent.

Ach so!

Natürlich sprach ich Deutsch!

Ich sah von Mr. Krummbichler zu seiner Frau und sagte stolz: »Kartoffel!« Dann lächelte ich die beiden an.

Der Deutsche und seine Frau tauschten einen seltsamen Blick aus, dann sagte Mr. Krummbichler: »Uns wurde gesagt, dass der Großteil des Personals Deutsch spricht.« Er sagte zwar nur diesen einen Satz, aber er schaffte es, mindestens drei Fehler reinzupacken. Von seinem Akzent ganz zu schweigen.

Aber ich war ja nicht kleinlich.

Großmütig sah ich ihn an und meinte: »Wie es Ihnen aufgefallen sein dürfte, bin *ich* diejenige mit den Deutschkenntnissen.« Dann klopfte ich ihm auf die Schulter. »Bitte wenden Sie sich jederzeit an mich, wenn Sie einen Wunsch haben.« Augenzwinkernd fügte ich an: »Und keine Sorge wegen Ihres Englischs!«

Zufrieden verließ ich die Kabine.

Den Spa-Tag hatte ich so gut wie in der Tasche!

Fröhlich pfeifend näherte ich mich der nächsten Kabine. Hier wohnten die Italiener. Vincenzo und Gloria Bellini. Ich klopfte an und von drinnen ertönte ein strenges »*Sì!*«

Oha, ein Feldmarschall …

Ich trat ein und grüßte. Gloria und Vinzenco Bellini waren beide klein, aber dafür ziemlich dick. Gloria hatte sich in ein schwarzes Abendkleid gezwängt, das alles andere als schmeichelhaft war. Ihr Mann steckte in einem teuren Anzug, der vor Jahren vermutlich gut an ihm ausgesehen hatte. Mittlerweile war sein Besitzer leider hinausgewachsen. Und dies wohlgemerkt nicht in der Höhe! Die beiden waren erst in den Dreißigern. Ich wollte nicht wissen, wie sie in zwanzig Jahren aussehen würden. Aber das ging mich nichts an. Allerdings wäre es sicher nicht verkehrt, sie auf einen der exklusiven Shops auf dem Schiff hinzuweisen.

»Guten Tag!«, sagte ich beflissen.

Mit zwei Schritten trat Mr. Bellini auf mich zu – unglaublich, wie flink diese kurzen Beine waren! – und textete mich verärgert zu. Auf Italienisch. Er schien über etwas sehr erbost zu sein. Ich ließ ihn einige Sätze lang gewähren, dann unterbrach ich ihn sanft.

»Mr. Bellini, ich bemerke gerade, dass Sie sehr aufgebracht sind. Das macht mich wirklich traurig. Vermutlich möchten Sie einfach gehört werden. Gerade kleine Menschen neigen dazu – wie kleine Hunde übrigens auch ...«

Nein, das war nicht gut.

Ich lächelte den letzten Satz einfach weg, dann fuhr ich fort: »Wenn ich Sie bitten dürfte, das nächste Mal ...«

Weiter kam ich nicht. Mr. Bellini sah mich böse an.

»Sie sprecke keine Italiano?«, fragte er, immer noch sehr wütend, und baute sich vor mir auf. Ich überlegte kurz, ob ich seine schlechte Grammatik korrigieren sollte, entschied mich dann aber dagegen. Ich wollte nicht altklug rüberkommen.

»Doch, doch, ich spreche Italienisch«, ließ ich ihn zuvorkommend wissen. »Sì, no, ti amo, oh, ähm ...« Leicht errötend sah ich zu Mrs. Bellini. »Das war nur ein Beispiel!«, beeilte ich mich zu sagen und machte dann eine abwiegelnde Geste.

Mrs. Bellini und ihr Mann starrten mich wortlos an.

»Dann wünsche ich noch einen guten Appeti ... äh, Abend!« Schnell verließ ich die Kabine.

Dann wandte ich mich seufzend meiner Liste zu. Die nächsten waren Mr. und Mrs. Simmons. Engländer, beide in den Fünfzigern. Mal sehen, was mich erwarten würde.

Ich klopfte an und hörte ein gehauchtes »Ja« aus der Kabine. Aha, hier schien es sich um eher zarte Pflänzchen zu handeln. Eine willkommene Abwechslung zu den italienischen Dickerchen.

Ich trat ein und stellte mich vor.

»Guten Abend, die Herrschaften. Mein Name ist Mila. Wenn Sie in den nächsten Tagen irgendeinen Wunsch haben, zögern Sie nicht ...« Dann unterbrach ich mich.

Mr. Simmons lag auf einem Fleischberg. Nackt. Sein wulstiger Hintern streckte sich mir entgegen.

»Um Himmels Willen!«, rief der Fleischberg.

Es schien sich um Mrs. Simmons zu handeln.

»... sich an mich zu wenden. Ich wünsche noch einen schönen Abend!«, beendete ich meine Rede und verließ die Kabine. Schnell zückte ich meine Liste und sah mir die nächsten Gäste an.

Familie Bates aus Pennsylvania.

Nach einmaligem Klopfen wurde die Türe von innen aufgerissen. Ein kleiner Rotschopf sah mich herausfordernd an. »Na, aber hallo«, sagte ich und beugte mich zu dem Mädchen hinunter. »Wer bist du denn?«

»Ich bin Charlotte!«, erwiderte das Mädchen.

»Und wie alt bist du?«

»Elf. Und du?«

»Dreißig«, sagte ich und lächelte. »Und ich heiße Mila.«

Das Mädchen musterte mich interessiert. Dann fragte sie: »Bist du auch mit deiner Familie hier?«

Ich überlegte kurz, dann sagte ich: »Nur mit meinem Mann. Du hast aber noch Mommy, Daddy und deinen Bruder dabei, stimmts?«

»Charlotte, wer ist denn da?«, ertönte eine liebenswürdige Frauenstimme aus der Kabine.

Das Mädchen sah nach hinten, dann verschwand es aus meinem Blickfeld. Ich klopfte noch einmal an die geöffnete Türe, dann ging ich in die Kabine hinein. Die Eltern saßen mit Charlottes jüngerem Bruder auf dem Sofa und spielten ein Spiel. Charlotte setzte sich gerade wieder dazu.

»Willst du auch mitspielen?«, rief sie mir zu, als sie sah, dass ich in die Kabine getreten war.

Jetzt sahen auch die Eltern auf. Charlotte und ihr kleiner Bruder hatten ihre roten Haare von ihrem Vater geerbt. Einem sportlich aussehenden Mann in den Vierzigern. Die Mutter war eher klein. Ihr blondes Haar fiel ihr in leichten Wellen bis knapp unters Kinn. Sie hatte, soweit ich das erkennen konnte, eine etwas fülligere Figur. Mit Kurven an den richtigen Stellen.

Vier Augenpaare in verschiedenen Blau- und Grüntönen richteten sich auf mich. Alle vier strahlten mich an. Beim Anblick dieser sympathischen Familie machte mein Herz unwillkürlich einen Sprung.

»Hi, ich bin Mila!«, stellte ich mich vor. »Ich werde Ihnen in den nächsten Tagen zu Diensten sein. Falls Sie irgendeinen Wunsch haben, lassen Sie mich das bitte wissen!«

»Danke!«, sagte Mr. Bates. Er kam auf mich zu und gab mir die Hand. »Ich bin Dan, das ist meine Frau Cindy«, sie winkte mir zu, »Charlotte haben Sie ja schon kennengelernt und unser Jüngster hier ist Bobby.«

Bobby stand auf und kam auf mich zu.

»Hi, ich bin Bobby!«, wiederholte er.

Ich kniete mich zu ihm hinunter und gab ihm meine Hand. »Hey, Bobby, freut mich sehr. Und wie alt bist du?«

»Neun«, protokollierte er mit sichtlichem Stolz. »Seit letztem Monat.«

»Na, dann würde ich sagen, gehörst du jetzt zu den Großen!« Ich hielt ihm meine Hand hin für einen High five. Bobby schlug begeistert ein und strahlte mich an.

Jetzt kam auch Charlotte zu uns geschlendert.

»Schau mal. Ich bin über Bobbys Koffer gestolpert.« Sie

hielt mir ihren Unterarm hin, über den ein mittelgroßer Schnitt verlief. Nicht allzu tief, aber bestimmt schmerzhaft. Ich verzog mitfühlend den Mund.

»Das hat bestimmt wehgetan!«

Charlotte winkte mit ihrem gesunden Arm ab. »Hab fast nicht geweint.«

Ich strich ihr übers Haar. »Tapferes Mädchen!«

Cindy stand vom Sofa auf und kam schmunzelnd auf uns zu. Sie streckte mir ihre Hand entgegen und schüttelte sie. »Freut mich sehr, Mila! Wir werden bei Bedarf gerne auf Ihr Angebot zurückkommen.«

Dann nahm sie ihre beiden Kinder in die Arme und wandte sich den beiden zu. »Und jetzt denke ich, sollten wir Mila weiterarbeiten lassen. Sie hat bestimmt noch viel zu tun.«

Bobby nickte.

Charlotte schmollte ein bisschen. Dann nahm sie meine Hand und fragte: »Kommst du mal mit uns spielen?«

Wieder machte mein Herz einen Sprung.

Ich drückte ihre Hand und sagte feierlich: »Versprochen, sobald ich etwas freie Zeit habe.«

Charlotte nickte zufrieden, Bobby strahlte. Dan und Cindy lächelten mich dankbar an. Ich winkte nochmals kurz, dann verließ ich die Kabine.

Draußen seufzte ich wehmütig.

Das hätten Liam und ich auch haben können …

Auf der Liste sah ich, dass ich in der nächsten Kabine auf den siebenundfünfzigjährigen Mr. Brown – auch Amerikaner – treffen würde. Ich klopfte an und wartete.

Kein Mucks.

Also klopfte ich ein weiteres Mal an.

Nach einigen Sekunden öffnete sich die Türe. Die Kabine war in völlige Dunkelheit getaucht. Mr. Brown hatte alle

Verdunklungsmöglichkeiten genutzt und, wie ich zu erkennen glaubte, noch zusätzlich ein Handtuch um die Luke im Badezimmer gehängt. Der Herr, der mir die Kabinentür geöffnet hatte, sah mich nur an, sagte aber nichts. Er hatte graumeliertes, etwas längeres Haar, das nur noch an den Seiten wuchs, eine Adlernase und kleine, braune Augen, die mich durchdringend musterten.

Mir lief ein Schauer über den Rücken.

»Ähm, guten Abend!«, sagte ich schnell. »Ich wollte nur fragen, ob Sie einen Wunsch haben.« Als er nichts darauf erwiderte, fügte ich an: »Super, ein zufriedener Gast! Na, dann wünsche ich Ihnen noch einen schönen Abend!«

Ich war gerade im Begriff mich wegzudrehen, als er die Hand hob. Erstarrt blieb ich stehen …

»Und Ihr werter Name ist?«, fragte er und sah mich streng an.

»Oh, Entschuldigung! Mila, mein Name ist Mila. Ja dann, war nett, mit Ihnen zu plaudern!«

Mit diesen Worten ließ ich ihn einfach in der Türe stehen und wandte mich der nächsten zu. Beim Klopfen sah ich nochmal über die Schultern und lächelte schief in seine Richtung. Ich hatte keine Ahnung, ob er noch in der Türe stand und ob er mich noch beobachtete, aber ich wollte auf jeden Fall schnell weg.

»Ja, bitte!«, tönte es aus der Kabine.

Ich riss die Türe auf und stürzte hinein.

Am Fenster stand eine ältere Dame, die mich belustigt anschaute. »Kindchen, Sie sehen aus, als hätten Sie einen Geist gesehen!«

Die Kabine war etwas größer als die anderen und geschmackvoll eigerichtet. Ich registrierte, dass die Dame sehr vornehm gekleidet war und eine unglaubliche Eleganz ausströmte. Das musste Lady Baskin sein!

Nachdem ich mich auf meine Atmung konzentriert hatte, streckte ich der Dame die Hand entgegen. »Lady Baskin? Ich bin Mila. Bitte entschuldigen Sie mein schnelles Eindringen. Eventuell habe ich tatsächlich einen Geist gesehen.«

Lady Baskin lachte laut auf, dann kam sie auf mich zu. Für ihr Alter war sie erstaunlich agil. Sie nahm meine ausgestreckte Hand entgegen und sagte: »Freut mich, Mila! Ich schätze, Sie haben also schon meinen Nachbarn Mr. Brown kennengelernt.«

Immer noch meine Hand haltend, sagte sie bestimmt: »Und nennen Sie mich um Himmels Willen nicht Lady Baskin. Da fühle ich mich immer so alt! Bitte, nennen Sie mich Evelyn.«

Was für eine süße Erscheinung!

Lady Baskin, Evelyn, lächelte schelmisch und zeigte auf die immer noch geöffnete Tür. »Mein Daddy pflegte immer zu sagen: ›Auf dem Meer tummeln sich Abenteurer – und Verrückte!‹« Sie lachte laut auf und machte die Türe mit einem Ruck zu.

»Also, nochmals, was hat Sie zu mir gebracht, Mila?«

»Nun«, begann ich, »ich werde Ihnen in den nächsten Tagen zu Diensten sein. Wenn Sie einen Wunsch haben, egal was, lassen Sie es mich wissen!«

Evelyn lächelte mich an. Es war ein offenes, ehrliches Lächeln. »Das ist nett von Ihnen, Mila.« Dann musterte sie mich nachdenklich. »Wenn Sie nicht in dieser Uniform stecken würden, hätte ich geschworen, Sie wären ein Gast auf dem Schiff.«

Ich sah sie erschrocken an.

Wieder lachte sie laut auf. »Kindchen, das war als Kompliment gemeint! Irgendwie fehlt Ihnen diese unterwürfige Art, die ich, ehrlich gesagt, nicht ausstehen kann.« Dann klopfte sie mir auf die Schultern und meinte: »Ich komme bei Bedarf auf Ihr Angebot zurück!«

Erleichtert atmete ich auf.

Lächelnd ging ich zur Türe und sagte: »Dann will ich Sie auch nicht länger belästigen.« Spontan ergänzte ich: »Hat mich sehr gefreut, Sie kennenzulernen!«

Die Hand zum Gruß erhebend, verließ ich die Kabine.

In einer Ecke des Flures entdeckte ich meine Unterlagen, die ich vermutlich vor Mr. Browns Türe fallen gelassen hatte. Die nächsten auf der Liste, und folglich auch in der nächsten Kabine einquartiert, waren Rüdiger und Chantal Hausmann. Das andere deutsche Ehepaar. Gemäß meinen Unterlagen waren sie jünger als die Krummbichlers. Rüdiger war einundvierzig und seine Frau Chantal Ende dreißig.

Ich klopfte an und wurde gleich hereingebeten.

»Hallo!« Mr. Hausmann kam strahlend auf mich zu. Er hatte eine athletische Figur und ganz kurz geschnittene, dunkelblonde Haare. »Schön, Sie kennenzulernen!« Er hielt mir seine Hand entgegen und drückte ganz enthusiastisch zu. Leicht verwirrt erwiderte ich seinen Händedruck.

Sollte nicht ich es sein, die motiviert war?

»Hallo?«, stammelte ich und merkte erst, nachdem ich es ausgesprochen hatte, dass meine Begrüßung eher nach einer Frage klang.

»Hey!« Mrs. Hausmann erschien in der Tür zum Bad. Auch sie kam strahlend auf mich zu und schüttelte begeistert meine Hand. Sie war etwas kleiner als ihr Mann und hatte kurze, braune Haare. Unter ihrer Brille war sie gänzlich ungeschminkt. Sie war ein eher unscheinbarer Typ, was sie aber mit ihrer auffälligen, übermotivierten Art kompensierte.

»Ich bin Mila ...«, begann ich. Dann fiel mir auf, dass ich mich von der dynamischen Art dieses Ehepaares verunsichern ließ und straffte meine Schultern. »Ich werde Ihnen in den nächsten acht Tagen zu Diensten sein! Wenn Sie also einen Wunsch haben …«

»Hey, Mila, ich bin Rüdiger. Und das ist Chantal!« Ich sah zu Chantal die bestätigend nickte. Rüdiger fuhr fort: »Da wäre tatsächlich was. Dürften wir Sie bitten, uns *keine* Pflegeprodukte hinzustellen!«

Rüdiger sprach ein ziemlich gutes Englisch. Allerdings hatte auch er einen Akzent.

»K-e-i-n-e Pflegeprodukte …« Ich notierte mir seinen Wunsch, dann sah ich wieder auf. Ein Blick in die Kabine erklärte, warum die beiden keine unserer Produkte brauchen würden. Sie hatten ihre eigenen dabei! Ich sah zwei geöffnete Koffer, prall gefüllt mit Shampoos, Bodylotionen, Duschgelen, allerlei Cremen und verschiedenen Eau de Toilettes. Auf allen Packungen prangte dasselbe Logo: *1-2-Shampoo!*

Vor einigen Wochen hatte ich einen Bericht über diese Produkte gesehen. Sie wurden im Schneeballsystem und völlig übertewert verkauft. Die Inhaltsstoffe waren eher bedenklich und über die Verkäufer hieß es, dass sie häufig sehr aggressiv auftraten.

»Keine Pflegeprodukte, verstanden!«, wiederholte ich das Anliegen des Ehepaares.

Rüdiger legte mir eine Hand auf die Schulter. »Falls Sie, sagen wir, als kleines Willkommensgeschenk, den anderen Gästen einige unserer Produkte hinlegen wollen …«

Ich setzte ein Lächeln auf.

»Dann wüsste ich ja, wo diese Produkte zu holen sind!«, versichert ich ihm und machte auf dem Absatz kehrt. »Ich wünsche noch einen schönen Abend!«

Rüdiger sah mich einen Moment lang fassungslos an.

Dann nahm er wieder Haltung an und lächelte mir zum

Abschied zu. Auch Chantal lächelte. Jetzt allerdings etwas säuerlich, wie mir schien. Ich schloss die Türe zur Kabine und blieb dann hinter der geschlossenen Türe stehen.

»*De blede Keh!*«, tönte es nach einigen Sekunden. Chantal schimpfte auf Deutsch mit ihrem Mann. Ich hörte ihn zustimmen. Keine Ahnung, was sie sagten, aber es schien um mich zu gehen. Ich grinste in mich hinein und ging weiter. Jetzt blieben mir noch zwei weitere ...

»*Sag mal, hast du dich verlaufen oder was?!*«

Eine schimpfende Elma kam auf mich zu. Als sie sich darauf besann, dass wir ja in der Passagier-Zone waren, drosselte sie ihre Stimme etwas. Leiser, aber nicht weniger unfreundlich, zischte sie: »Du bist schon fast eine Stunde unterwegs! Ich sagte dreißig Minuten!« Sie baute sich vor mir auf und schaute mich abschätzig an.

»Elma«, begann ich sanft, »wie ich feststelle, bist du aufgebracht.« Dann versuchte ich, eine mitfühlende Miene aufzusetzen. »Das macht mich sehr traurig.«

Ich legte meine Hand auf ihren Arm. »Bestimmt möchtest du einfach nur gehört werden. Ich wünschte mir ...«

»*Halt die Klappe! Mit dir hat man wohl nur Probleme!*«

Elmas Gesicht hatte eine dunkelrote Tönung angenommen. Sie schlug meinen Arm weg.

»Aber, Elma«, erwiderte ich und nahm ihre Hand in meine. »Nennen wir es nicht ein Problem. Nennen wir es eine Herausforderung. Eine Herausforderung, die wir bei Bedarf lösungsorientiert angehen werden, nicht wahr?«

Ich zwinkerte, wie vorhin Tiffany.

Elma sah mich perplex an. Sie war zwar immer noch puterrot, aber sie sagte auf einmal nichts mehr. Sie schnappte nach Luft wie ein Fisch an Land.

Na also, ich hatte sie geknackt!

Nachdem ich ihren Arm getätschelt hatte, drehte ich

mich um und ging zurück zur Putzkammer. Es war jetzt tatsächlich langsam zu spät, um die Gäste noch zu stören. Die beiden verbleibenden, Mr. Armstrong und Ms. Davies, konnte ich auch morgen noch begrüßen.

Ich verstaute meine Unterlagen in meinem Fach in der Putzkammer und verließ sie, leise vor mich hin pfeifend.

Nachdem ich alle Aufgaben äußerst erfolgreich absolviert hatte, würde ich mich jetzt noch ein wenig entspannen. Ich überlegte kurz, worauf ich am meisten Lust hatte und bog dann kurz entschlossen ab in Richtung Oberdeck.

Zwei Dinge gab es für heute noch zu erledigen: Salzwasserpool – und Mitternachtsbüffet!

6

Der fette Wal setzte sich auf meinen Bauch.

Als ich ihn wegstoßen wollte, merkte ich, dass es Elma war! »Geh weg, Elma, geh weg! Mir ist schlecht!«

Elma lachte nur. »Selber schuld. Hättest du mal nicht die Putzkammer so verwüstet!«

»Aber ich habe doch gar nicht ...«

Schwer atmend wachte ich auf. Ich hechtete aus dem Bett und schaffte es gerade noch, den Kopf übers Klo zu halten, wo ich mich in einem Riesenschwall erbrach.

Das gesamte Mitternachtsbüffet fand sich in der Kloschüssel wieder. Ich spülte die Überreste weg, dann wusch ich mir Gesicht und Zähne.

Wie spät war es überhaupt?

Ich griff nach meinem Handy und zuckte zusammen. Schon zehn Uhr? Meine heutige Schicht hätte vor drei Stunden beginnen sollen ...

Allerdings konnte ich das jetzt auch nicht mehr ändern. Das Bett meiner Zimmernachbarin Frida war fein säuberlich gemacht. Sie hatte gestern etwas von Frühschicht und sechs Uhr morgens gesagt. Mit ihrem schlechten Englisch war es aber auch möglich, dass ich sie falsch verstanden hatte. Wie auch immer, es war wohl besser, nicht mehr in der Kabine zu sein, wenn sie zurückkam.

Meine Schicht hätte heute bis elf Uhr gedauert. Da lohnte es sich jetzt auch nicht mehr, dort aufzukreuzen. Ich würde den verbleibenden Tag nutzen, um Liam und Sydney aufzuspüren. Gestern Abend waren sie wie vom Erdboden verschluckt gewesen. Aber egal, heute war ein neuer Tag, und nachdem ich meinen Mageninhalt losgeworden war, fühlte ich mich wieder voller Tatendrang!

Vergnügt pfeifend duschte ich, dann legte ich etwas Make-up auf und zog mir eines der neuen Strandkleider an, die ich mir für die Kreuzfahrt bestellt hatte. Das bodenlange und farbenfrohe Kleid sah hinreißend aus an mir! Liam hatte ja keine Ahnung, was er gerade verpasste. Ich schlüpfte in die goldenen Sandalen, die ich mir gestern noch in Miami gekauft hatte, dann verließ ich die Kabine.

Hinter der Türe hörte ich gedämpftes Kichern.
»Nicht, du weißt doch, wie kitzlig ich bin!« Sydney klang eher begeistert als genervt.
»Aber, ich bin doch das Krümelmonster und *muss* dich anbeißen!« Kicher, kicher.
Liam gab *das Krümelmonster?*
Aber das war doch unser Ding!
Ich stampfte entsetzt mit dem Bein auf. Dann ermahnte ich mich zur Ruhe. Was wollte ich erreichen, wenn ich jetzt gleich von den beiden vor ihrem Zimmer entdeckt wurde?
Nachdem ich Liam und Sydney nirgends auf dem Schiff gefunden hatte, war ich auf Deck acht gegangen und hatte mich vor ihre Türe geschlichen. Eigentlich hatte ich vorgehabt, ein bisschen in ihrer Kabine zu schnüffeln, aber als ich an ihrem Zimmer angekommen war, hatte ich ihre Stimmen hinter der Türe gehört.
»Wann hast du deinen Friseurtermin?« Liam nuschelte leicht, was darauf hindeutete, dass er wahrscheinlich gerade dabei war, Sydney zu küssen. *Eklig!*
»Um … zwei!« Sydneys Antwort erfolgte zwischen zwei Küssen und leicht schleppend.
»Super, dann haben wir ja noch genügend Zeit …« Stille.
Den Rest wollte ich auf keinen Fall hören!
Ich hastete den Flur entlang zum Ausgang. Draußen an-

gekommen schnappte ich erst einmal nach Luft.

Dieses Weib! Was erlaubte die sich eigentlich? Klaute mir meinen Mann und machte dann noch einen auf kokett!

»Nicht, du weißt doch, wie kitzlig ich bin …«, imitierte ich Sydney und stapfte wütend die Treppe zu Deck elf hinauf. Oben angekommen stand ich erst einmal planlos herum. Was sollte ich denn jetzt unternehmen? Heute waren wir den ganzen Tag auf See, es gab also nichts anzuschauen. Ob ich vielleicht das Schiff etwas erkunden …

»Entschuldigung!«

Eine ältere Dame schob mich ungeduldig zur Seite und trat durch eine Tür hinter mir. Ich blickte ihr nach und merkte erst jetzt, dass ich vor dem Beauty Salon stand. Durch die verglaste Scheibe sah ich verschiedene Angestellte, die sich eifrig um ihre Kunden kümmerten. Gleich im Eingangsbereich befand sich der Friseur. Der Friseur?

Hm …

Fies grinsend betrat ich den Beauty Salon. Eine attraktive Brünette stand hinter dem Empfang. Als sie mich eintreten sah, fragte sie freundlich: »Hi, wie kann ich Ihnen denn behilflich sein?«

»Hi. Ich bin Sydney. Ich habe um zwei einen Friseurtermin. Allerdings ist mir etwas dazwischengekommen. Wäre es möglich, den Termin auf jetzt vorzuverlegen?«

Die Brünette beugte sich über den Terminplaner und überlegte kurz.

»Und falls es gar nicht passt, lassen wir den Termin einfach sausen«, flötete ich hilfsbereit.

»Moment, ich schau mal kurz …« Sie nahm das Telefon zur Hand und wählte eine Nummer. Nach einigen Sekunden sagte sie: »Hey, Eileen, hier Trish. Ich weiß, du wolltest gerade Mittag machen. Aber deine Zwei-Uhr-Kundin hätte jetzt Zeit. Wie sieht es bei dir aus?« Sie wartete die Antwort ab, dann erhellte sich ihr Gesicht.

»Super, danke dir!«

Strahlend sah sie mich an und reckte beide Daumen in die Höhe. Dann machte sie mir ein Zeichen, mit ihr zu gehen und geleitete mich an einen hübschen Platz am Fenster. Sie musterte mich lächelnd und legte mir dann einen Umhang über. Nachdem sie mir noch ein paar Zeitschriften zurechtgelegt hatte, sagte sie beim Weggehen: »Eileen wird gleich bei Ihnen sein!«

Kurz darauf setzte sich eine Blondine mit einem hübschen Kurzhaarschnitt auf den Stuhl neben mich und streckte mir ihre Hand entgegen. »Hi, ich bin Eileen.«

»Sydney, sehr erfreut!«

Eileen begutachtete meine Haare, dann fragte sie freundlich: »Und, was möchtest du denn mit deinem Haar machen? Am Telefon hast du angegeben, dass du gerne die Spitzen schneiden und Strähnchen machen möchtest. Und eventuell einige Extensions auffüllen.«

Ha, ich wusste es! Die Kuh *war* aus Plastik!

»Meine Extensions ... die, äh, sind schon wieder weg! Am liebsten würde ich etwas ohne Farbe machen. Nur schneiden.«

Eileen ließ einige Strähnen durch ihre Finger gleiten. »Am besten wäre es, etwas Gewicht herauszunehmen. Du hast unglaublich viele Haare. Gute Qualität. Aber es würde nicht schaden, etwas Schwere herauszunehmen. Die Länge würde ich aber unbedingt stehen lassen.«

Kurz ließ ich mir den Vorschlag durch den Kopf gehen. Er klang auf jeden Fall plausibel. Allerdings ging es hier eigentlich nicht nur um mich. Es ging auch um Liam. Was würde mein Mann sich wünschen, wenn er endlich wieder bei Sinnen war. Würde er sich nicht nach Normalität sehnen? Nach Alltag? Nach Einfachheit?

Einfachheit – das war es! Bald würde Liam sich seine einfache, unkomplizierte Frau zurückwünschen! Und ich, ich würde da sein!

Entschlossen zeigte ich auf Eileens Haare. »*Das* will ich!«

»Das? Also, meinen Haarschnitt?« Eileen fasste sich an den Kopf. »Das wird aber schwierig, Sydney. Du hast viel dickere Haare als ich. Und so schön deine Wellen und Wirbel bei deiner jetzigen Länge sind, so schwierig würde sich damit ein Kurzhaarschnitt gestalten.«

Ich hörte gar nicht mehr richtig hin.

Im Geiste sah ich Liam und mich eng umschlungen an der Reling des Schiffes stehen. Sydney mitsamt ihren Koffern und schleppenden Schrittes nur noch ein kleiner Fleck am Horizont. Liam würde mir das Krümelmonster machen und wir würden uns lachend in den Armen liegen. Dann würde Liam mit verführerischer Stimme sagen: »Baby, ich liebe dich! Und weißt du, was mir *richtig* gefällt?« Er würde beide Hände in meinem neuen, kecken Kurzhaarschnitt vergraben und ...

»Sydney?« Eileen sah mich fragend an. »Hast du dir meine Argumente überhaupt angehört?«

Ich nickte eifrig.

»Jep! Abschneiden, und zwar genau so!«

Wieder zeigte ich auf ihre Haare.

»Darf ich die Frisur wenigstens etwas anpassen? Mindestens den Pony müssten wir bei dir anders schneiden.«

Ich schüttelte den Kopf.

Eisern wiederholte ich: »Genau so!«

Eileen seufzte, dann sagte sie resigniert: »Okay ...«

Wir wechselten zur Waschstation und Eileen begann, meine Haare zu waschen. Täuschte ich mich oder ließ sie sich extra lange Zeit? Als sie fertig war, schob sie mich wieder an meinen Platz zurück. Sie frottierte meine Haare leicht, dann griff sie zur Schere, schloss kurz die Augen und machte sich dann an die Arbeit. Mit flinken Fingern kürzte sie meine Haare immer mehr. Das erste Mal in meinen Erwachsenenleben würde ich kurze Haare haben. Wow!

Nach einiger Zeit nahm sie den Föhn zur Hand und föhnte meine Haare in Form. Am Ende pustete sie ein paar Haare weg, dann nahm sie nochmals eine der Scheren zur Hand.

»Jetzt hast du meine Frisur. Ich würde aber gerne noch ein bisschen Fülle wegnehmen, da du wie gesagt eine ganz andere Haarstruktur hast als ich.«

Ich sah mich im Spiegel an. Die Frisur sah super aus!

»Schon gut, Eileen. Lass es genau so, wie es ist. Ich weiß gar nicht, was du hast. Die Haare sehen doch toll aus!«

Eileen fing an, die Schere, die sie in den Händen hielt von einer Hand in die andere fallen zu lassen.

Sie wirkte nervös.

»Weißt du, Sydney«, begann sie, »erstens habe ich sie jetzt auch schön geföhnt. Natürlich sehen sie jetzt noch gut aus. Aber ich fürchte, dass nach dem nächsten Waschen alle Wirbel zum Vorschein kommen werden. Und dann haben wir auf dem Schiff noch folgendes Problem: Wir haben häufig Wind! Der ist nicht gerade ein Freund von Frisuren. Ganz zu schweigen von Kurzhaarfrisuren ...«

»Lieb von dir, Eileen!«, entgegnete ich. »Aber ich fühle mich wohl mit dieser Frisur.«

Eileen ließ die Schere sinken. »Okay. Aber versprich mir eins, Sydney. Wenn du Probleme mit deiner Frisur hast, dann kommst du wieder, einverstanden? Ich werde dir deine Haare jederzeit kostenlos nachschneiden.«

Ich lächelte Eileen an. Es war ja richtig rührend, wie sehr sie sich um mich sorgte.

»Danke«, sagte ich und tätschelte ihre Hand.

Eileen befreite mich von meinem Umhang und pustete noch einige Haare weg. Gemeinsam gingen wir zum Empfangsbereich. Trish erwartete uns und sah anerkennend meine Haare an. »Wow, toll! Mutig! Von lang auf kurz …«
Sie reckte beide Daumen in die Höhe.

»Ja!«, antworteten Eileen und ich gleichzeitig.

Im Gegensatz zu mir klang Eileen aber eher frustriert.

Nachdem meine Friseuse einige Sekunden lang planlos rumgestanden war, schien ihr etwas einzufallen. Sie zog den Terminplaner zu sich und überflog ihn kurz. Als sie entdeckte, was sie gesucht hatte, sah sie wieder auf und sagte: »Und du hast ja noch ein Wimpern-Auffüllen gebucht. Das wäre um sechzehn Uhr gewesen. Würdest du diesen Termin auch gerne vorverschieben?«

Ich sah auf meine Armbanduhr. Es war gerade mal dreizehn Uhr. Sydney würde in einer Stunde hier aufkreuzen …

»Ach, weißt du was? Am liebsten würde ich das Wimpern-Auffüllen sausen lassen. Irgendwie ist mir die Lust darauf vergangen!« Hoffnungsvoll sah ich Eileen an. »Wäre das so kurzfristig überhaupt möglich?«

Eileen musterte mich. Wahrscheinlich versuchte sie immer noch, aus mir schlau zu werden. Dann sagte sie: »Klar ist das möglich, Sydney. Und unter uns gesagt, ich dachte mir schon, wieso du das gebucht hast. Du hast sehr schöne Wimpern, du hast ein Auffüllen gar nicht nötig!«

Ein zufriedenes Lächeln umspielte meine Lippen. Tja, im Gegensatz zu Plastik-Sydney war *ich* echt!

»Danke!«, sagte ich zufrieden. Dann fiel mir noch etwas ein. »Könnte ich noch einige Produkte mitnehmen?«

»Klar, was du willst!« Eileen zeigte mit ihrer Hand auf die ausgelegte Ware.

Es gab verschiedene Linien. Bei einer schien es sich um eine Luxuslinie zu handeln – zumindest was die Preise anging. Ich zeigte darauf und nahm drei Packungen Shampoo aus dem Gestell.

»*Die* brauche ich! Und dann hätte ich noch gerne einen, zwei, drei, *vier* Conditioner!«

Ich überreichte einer perplexen Eileen die Produkte, damit ich meine Hände wieder frei hatte.

»Dann nehme ich noch dieses Haaröl«, ich schaufelte Eileen gleich zwei davon auf den Arm.

»Und dann? Hm … Ach ja, Bürsten! Ihr habt sogar die ganze Kollektion. Cool! Die werde ich gleich mal alle durchtesten …«

Nachdem ich den Stapel Bürsten vom Halter genommen hatte, stellte ich sie wohlweislich auf die Theke. Die arme Eileen hatte keinen Platz mehr in ihren Armen.

»Supi, das wärs. Ich kann doch alles aufs Zimmer buchen, oder?«

Die immer noch überforderte Eileen nickte, dann begann sie alles einzutippen. Als sie den Endbetrag sah, weiteten sich ihre Augen.

Sie zögerte kurz, dann sagte sie: »Ich werde dir auf alles zwanzig Prozent Rabatt geben.«

»Vielen Dank«, winkte ich ab, »aber das ist wirklich nicht nötig!« Ich beugte mich so zur Kasse hin, dass ich den Betrag lesen konnte.

Ups, das war wirklich übel …

»Aber stattdessen, Eileen, würde ich mich gerne erkenntlich zeigen. Mit Trinkgeld! Bitte rechne doch zwanzig Prozent Trinkgeld dazu.«

Wieder zögerte Eileen, doch dann sagte sie schließlich: »Okay, wie du meinst. Vielen Dank!«

Sie änderte die Buchung. Ich beugte mich noch einmal zur Kasse. »Nein, Eileen. Nicht nur zwanzig Prozent vom Haarschnitt. Zwanzig Prozent vom Endbetrag. Inklusive der Produkte.«

Eileen schluckte, dann tippte sie etwas ein. Unsicher fragte sie: »Richtig so?«

Ich beugte mich ein letztes Mal zur Kasse.

»Perfekt!«, sagte ich und strahlte Eileen und Trish an, die erst jetzt begriffen hatte, um welchen Betrag es sich handelte. Trish tauschte einen unsicheren Blick mit Eileen aus.

Fröhlich fragte ich: »Und jetzt ist Mittag angesagt oder was?«

»Richtig, ich, äh, werde jetzt Pause machen.« Eileen sah Trish an. »Und du?«

Trish war ganz durch den Wind. Sie schaute den Betrag im Computer an, dann mich, dann die Tüte voller Produkte, dann wieder den Betrag im Computer.

»Mittag! Ja, Mittag!«, sagte sie mit piepsiger Stimme und beendete den Satz mit einem unsicheren »Hihi«.

Eileen druckte die Rechnung aus und gab mir ein Doppel zur Unterschrift. Ich unterschrieb mit schwungvollen Lettern. *Sydney Coleman.*

Lächelnd verabschiedete ich mich zuerst von Eileen und dann von Trish. Beide konnte nicht aufhören, sich zu bedanken. Als ich die Treppe in Richtung meiner Unterkunft nahm, breitete sich ein großes Grinsen auf meinem Gesicht aus.

»*Ach ihr Lieben*«, imitierte ich Sydneys Stimme, »*das war doch nichts. Nur eine Kleinigkeit*«

Ich macht eine ausladende Geste. »*Aber dafür kam sie von Herzen!*«

7

»Na, komm schon, Pusteblume, probier schon!«

»Nein, davon werde ich fett!«

»*Was?!* Du bist doch nicht *fett!*«

»Doch, ich *bin* fett. Und davon werde ich *noch fetter!*«

»Hä?! Und *wo* bitte bist du fett?«

Sydney klopfte auf ihren perfekt definierten Bauch. »Hier, hier bin ich fett!«

Liam sah sie ratlos an. »Da ist kein Gramm Fett.«

Sydney sah sich ihren Bauch noch einmal an. Schmollend schob sie nach: »Aber ich bin auch nicht dünn!«

»*Natürlich* bist du dünn!« Liam ließ die Gabel mit der Portion Lasagne sinken, die er ihr in den Mund hatte schieben wollen. »Komm schon, Pusti, du bist perfekt. Iss doch etwas.«

»Ich esse ja …«

»Dieses Süppchen nennst du *Essen?*«

»Honey …«

»Komm schon, probier hiervon. Nur ein ganz kleines Stückchen, ein ganz, ganz, ganz, ganz …«

Es kostete mich alle erdenkliche Mühe, nicht hinter der Säule hervorzukommen und Sydney die Gabel voller Lasagne gleich selbst in den Mund zu rammen.

Als die beiden vor etwa einer halben Stunde (und nach einem ganzen Tag in der Kabine!) endlich ihr Liebesnest verlassen hatten, um etwas zu Abend zu essen, war ich ihnen in das italienische Restaurant gefolgt. Die auf antik getrimmten Säulen im Saal – und diese hier in Hörweite ihres Tisches – kamen mir da sehr gelegen.

Angewidert wandte ich mich wieder den beiden Turteltauben zu und konnte jetzt beobachten, wie Liam Sydney kitzelte. Als sie den Mund schön weit offen hatte, stieß er ihr die Gabel liebevoll in den Mund und klatschte dann in die Hände. Na toll, mit mir hatte er das noch nie gemacht!

»Du bist das Letzte!« Sydney lachte kauend und hob dann ihre Serviette an den Mund.

»Ich?« Liam setzte einen Welpenblick auf.

»Na warte, das wirst du mir büßen!« Sydney sah Liam zweideutig an. Sie nahm einen Löffel ihrer Gemüsesuppe in den Mund und zwinkerte ihm zu.

Liam fing fast an zu sabbern. *Würg!*

»Und dann haben die echt behauptet, du wärst schon dagewesen?«

Liams Worte ließen mich wieder aufhorchen.

»Ja, voll! Die haben gesagt, mein Termin sei vorverlegt worden.« Sydney legte den Löffel zur Seite. »Aber das ist ein Witz. Ich war gar nicht da! Und dann hat die am Empfang behauptet, die Friseuse hätte meine Haare und gleich anschließend Mittagspause gemacht. Und ich so zu ihr, ja und Sie, *Sie* sollten doch bemerkt haben, dass ich nicht vor zwei Stunden hier war. Und die so, vor zwei Stunden war ich im Mittag, da hat meine Kollegin den Empfang betreut.« Sydney hatte sich richtig in Rage geredet. »Kann man das glauben? Das ist doch eine Frechheit! Weißt du, was ich denke?«

Liam schüttelte den Kopf.

»Ich denke, die haben zu viele Termine reingedrückt und dann gemerkt, dass sie gar nicht alle bewältigen können. Und dann kommen so Ausreden wie ›Die ist im Mittag. Und zudem waren Sie eh schon da …‹ Nicht mit mir, sage ich dir!«

Ohne es zu merken hatte Sydney angefangen, das lecker aussehende Weißbrot in kleine Stücke zu brechen und in sich hineinzustopfen.

»Na, wenigstens entgeht denen 'ne schöne Stange Geld!« Ich lachte in mich hinein.

»Ja aber, Pusti, ich dachte, du wolltest nur die Haare in Form föhnen lassen und danach noch einen schönen Spaziergang an Deck machen. So schlimm ist das jetzt auch wieder nicht.«

Sydney hielt kurz in ihrer Fressorgie inne.

»Ähm, ja«, sagte sie und blinzelte. Dann fügte sie an: »Aber es geht, äh, *ums Prinzip!*«

Sie steckte sich ein weiteres Stück Brot in den Mund und sagte bissig: »Na, denen werde ich bestimmt keinen Cent mehr in den Hintern schieben.«

Sydney und Liam standen von ihrem Zweiertisch auf.

»Und jetzt?«, fragte Liam. »Willst du noch ein bisschen an die Bar? Dieser *Caribbean Dream* ist der Hammer!«

Er hielt sein leeres Cocktailglas in die Höhe.

»Wir haben auch eine Bar im Zimmer …«, hauchte Sydney und sah Liam vielsagend an. Liams Augen weiteten sich vorfreudig und er winkte rasch einen Kellner an den Tisch.

»Dürften wir bitte die Rechnung unterschreiben?«

Ich biss mir in die Hand um nicht gleich loszukreischen. Dann kam mir ein Gedanke … Ich verließ meinen Posten hinter der Säule und hastete aus dem Restaurant.

Draußen blies mir der Wind um die Ohren. Jetzt war mir klar, was Eileen mit dem Wind und den Haaren gemeint hatte. Mein hübscher Kurzhaarschnitt war im Laufe des Tages immer wieder unbarmherzig hin und her geschüttelt worden und glich langsam mehr einem Mopp als einem Kopfschmuck. Morgen nach dem Waschen würde bestimmt alles besser werden!

Ich erreichte die Putzkammer auf Deck acht. Da es bereits nach acht war, war alles fein säuberlich verstaut und niemand mehr am Arbeiten. Ich schaute kurz auf der Liste nach, dann wählte ich eine Nummer über das Wandtelefon.

»*Housekeeping*«, meldete sich eine Stimme.

»Hi, Deck acht hier. Ich habe einen Gästewunsch, für den ich Hilfe brauche. Könntet ihr jemanden schicken?«

»Selbstverständlich«, sagte die Dame am anderen Ende der Leitung. »Um wen handelt es sich denn und was sollen wir machen?«

»Zimmer achthundertacht. Eine Sydney Coleman hat sich bei mir gemeldet. Sie wünscht sich eine andere Matratze. Extrahart bitte. Und dann ist da noch ein kleiner Fehler unterlaufen. Ihr Begleiter scheint trockener Alkoholiker zu sein und die Minibar ist voller alkoholischer Getränke. Sie sollte dringend ausgeräumt werden!«

»Oh …«, Die Stimme am anderen Ende der Leitung wirkte etwas irritiert. »Ich habe gar keine diesbezügliche Anweisung erhalten.«

Es war einen Moment lang still. Wahrscheinlich sah mein Gegenüber gerade alle Daten durch. Nach einer Pause meinte sie eifrig: »Wir kümmern uns selbstverständlich *sofort* darum.«

Sie wollte schon auflegen, als mir noch etwas einfiel.

»Noch etwas. Zimmer zehnneunzehn. Hausmann. Offenbar wurde bei ihnen vergessen, die Pflegeprodukte aufzufüllen. Am besten, man stellt ihnen doppelten Nachschub hin, vielleicht inklusive einer kurzen Notiz? ›Mit den besten Wünschen‹ oder so.«

»Wird erledigt«, sagte die Hausdame und hängte auf.

Beschwingt verließ ich die Putzkammer. Bisher hatte ich immer nur gehört, dass die Arbeit auf einem Kreuzfahrtschiff belastend sei und überaus stressig. Womit mal wieder bewiesen wurde, dass in Bezug auf Arbeit maßlos übertrieben wurde …

Ich fand es überhaupt nicht anstrengend.

8

»Mila, sind Sie wach?«

Schlaftrunken hielt ich mir den Hörer ans Ohr.

»Mmh«, nuschelte ich. Sollte heißen: Jetzt schon!

»Hier spricht Alison vom Kinderhort. Bitte entschuldigen Sie die Störung zu solch früher Stunde.«

Ich sah auf meine Uhr. Es war kurz nach sieben. Meine Schicht sollte heute um neun beginnen.

Ein Blick auf Fridas Bett zeigte mir, dass die Arme bereits wieder im Einsatz war. Bis jetzt waren wir uns nur einmal in unserem gemeinsamen Zimmer begegnet.

»Es ist so«, fuhr Alison fort, »wir haben einen Ausfall bei der Kinderanimation …«

»Aber ich bin doch gar nicht für den Kinderhort zuständig«, erklärte ich. Langsam wurde ich wach.

»Das stimmt.« Alison zögerte leicht. »Aber mir wurde eine Kopie Ihrer Unterlagen von Misses, Miss Viola Davies gegeben. Sie hat Sie explizit als Springer empfohlen, da Sie überaus qualifiziert seien.«

Ich wurde hellhörig. Miss Davies hatte mich empfohlen? Das war aber nett!

»Und da Sie ja auch schon gestern als Springer gearbeitet haben, wie ich gerade von Ihrer Chef-Stewardess erfahren habe …«

Alison machte eine Pause. Vermutlich wusste sie nicht, wo ich gestern eingeteilt worden war.

Ich überlegte kurz, dann sagte ich: »Beauty Salon.«

»Ah, ja, Beauty Salon. *Oh* …« Alison schien von meinen Qualifikationen sehr beeindruckt zu sein.

»Ja, also, ich, ähm, habe das mit Ihrer Chef-Stewardess abgeklärt, Sie dürfen heute für uns arbeiten.«

Vor meinem geistigen Auge sah ich die keifende Elma.

»Lassen Sie mich raten«, erwiderte ich. »Sie war nicht gerade erfreut?«

»Äh …« Alison kam ins Stocken.

»Schon gut«, sagte ich beschwichtigend. »Wann brauchen Sie mich denn?«

»Ja, also die Kinderbetreuung der Seesterne beginnt um neun.«

»*See … was?!*« Gerade dabei aus dem Bett zu steigen hielt ich mitten in der Bewegung inne.

»Ach so, ja, Entschuldigung, die Seesterne sind die Altersgruppe acht bis elf. Da haben wir den Ausfall.«

»Verstehe. Und wann und wo soll ich erscheinen?«

»Wenn Sie bitte eine halbe Stunde vor Beginn auf Deck neun erscheinen würden. Am Blue Elephant.«

»Blue Elephant?«

»Blue Elephant. Das ist der Kinderpool mit Spielplatz.«

»Alles klar!«

»Und, Mila …«, sagte Alison noch schnell.

»Ja?«

»Gestern war viel los, Seetag halt. Heute dürfte es viel lockerer werden. Sobald das Schiff um halb elf in Ocho Rios anlegen wird, werden die meisten Kinder mit den Eltern an Land gehen. Allerdings …«

»Allerdings?«, fragte ich langsam ungeduldig. Mein Bauch grummelte mittlerweile gefährlich.

»Allerdings sind Sie … alleine.«

Ich war alleine mit den Kindern?

Na, das wurde doch immer besser!

»Kein Problem, Alison!«, sagte ich gepresst, dann hängte ich auf.

Schnell sprintete ich ins Bad und erbrach mich erneut. Diese Seekrankheit würde mich noch ganz verrückt machen! Nachdem ich mir im Dunkeln das Gesicht gewaschen hatte, tastete ich nach dem Lichtschalter und betätigte ihn.

Unwillkürlich zuckte ich vor meinem Spiegelbild zurück. Der Mopp war mutiert – zu einem undefinierbaren Etwas. Ich drückte das Etwas glatt.

Erfolglos.

Seufzend stellte ich mich unter die Dusche und wusch mir ausgiebig die Haare. Dann föhnte ich sie so, wie ich es gestern bei Eileen beobachtet hatte.

Nach zwanzig Minuten ließ ich entnervt den Föhn sinken. Meine Kopfhaut war von dem vielen Glattziehen der Haare ganz rot geworden und brannte. Die Haare standen elektrisiert in alle Richtungen ab.

Erzürnt betrachtete ich mich im Spiegel.

Nachdem ich mich etwa eine Minute lang einfach nur angestarrt hatte, fiel mir etwas ein. Ich hatte gestern doch noch ein Haaröl gekauft! Hastig suchte ich in meiner Schublade danach, pumpte mir etwas auf meine Hände und verstrich es auf dem Kopf. Die aufgeladenen Haare legten sich jetzt zwar, aber dafür fingen sie an, sich zu krausen. Das durfte doch alles nicht wahr sein!

Resigniert verließ ich das Bad und setzte mir eine Baseball-Kappe mit dem Logo des Schiffes auf.

Na also, ging doch!

Jetzt hatte ich noch eine gute halbe Stunde zum Frühstücken. Ich musste nur noch kurz meinen Angestellten-Ausweis suchen, dann konnte ich aufbrechen …

Kurz nach halb neun erschien ich missmutig und mit knurrendem Magen beim Kinderpool.

Eine ältere Dame erwartete mich bereits.

»Nur, dass Sies gleich wissen, ich habe meinen Ausweis nicht dabei«, sagte ich und schaute sehnsüchtig auf den Pfannkuchen mit Vanilleeis, den ein Gast auf seinem Liegestuhl genüsslich am Verspeisen war.

»Kein Problem!«, sagte diese gutgelaunt. Sie streckte mir ihre Hand entgegen. »Freut mich, Alison. Wir haben telefoniert. Nett, dass Sie einspringen!«

Alison hielt mir einen Stapel Kleidung entgegen. »Hier, das sollten Sie anziehen.«

Sie zog umständlich etwas aus dem Stapel heraus. Es war dieselbe Baseball-Kappe, die ich gerade trug. »Die haben Sie ja bereits.«

Sie wartete, bis ich die Kleidung begutachtet hatte, dann fuhr sie fort: »Ihr Einsatz wird bis sechzehn Uhr dauern. Um zwölf Uhr werden Sie mit den verbliebenen Kindern einen Lunch im Ali Baba einnehmen.«

Cool, das Familienrestaurant war im orientalischen Stil eingerichtet. Von außen sah es richtig einladend aus. Ich hatte mir vorgenommen, es bald einmal zu besuchen. Was heute also der Fall sein würde!

»Und hier noch das heutige Tagesprogramm …« Alison legte ein computerbeschriebenes Blatt Papier auf den Stapel. Als sie merkte, dass ich darauf schielte, drehte sie es so zu mir, dass ich es lesen konnte.

Fein säuberlich waren Uhrzeit und Aktivität vermerkt. Als Erstes sollte ich mit den Kindern malen, danach einen Spaziergang an Deck machen und nach dem Mittagessen war Minigolf angesagt. *Gähn …*

»Supi!« Den Stapel Kleidung balancierend reckte ich umständlich einen Daumen in die Höhe. »Dann werde ich mich mal schnell umziehen gehen!«

Beflissen nickte ich Alison zum Abschied zu. Sie nickte

ebenfalls und sah mir bewundernd nach. Womöglich war sie immer noch von meinen Qualifikationen beeindruckt.

In der Damentoilette zog ich mich um und entsorgte auch gleich das Blatt mit dem Tagesprogramm. Meine Kleider legte ich auf einen freien Liegestuhl. Da ich bereits um sechzehn Uhr fertig sein würde, konnte ich später noch ein bisschen rumhängen. Oder vielleicht Liam und Sydney ausspionieren. Na, wenn das nicht vielversprechend war!

Gute sieben Stunden später legte ich mich auf den bereits reservierten Stuhl. Das war alles andere als anstrengend gewesen. Und das, obwohl die meisten Kinder es vorgezogen hatten, bei mir zu bleiben, anstatt mit den Eltern an Land zu gehen! Grinsend dachte ich daran, wie die Kinder sich über meine improvisierte Hinter-den-Kulissen-Tour gefreut hatten.

Wir waren gleich nach dem Mittagessen im Ali Baba in die Küche gegangen (wo der Chefkoch mich irritiert gefragt hatte, ob *heute* der Gäste-Besuchstag in der Küche sei und warum diese Gäste *so jung* seien!), hatten den Kapitän Mr. Baker auf der Schiffsbrücke besucht (dessen Lächeln ehrlich gesagt etwas aufgesetzt gewirkt hatte. Komisch, dabei waren die Kinder sehr motiviert gewesen und hatten ihn richtiggehend mit Fragen bombardiert …) und dann auch noch einen Abstecher in die Wäscherei gemacht. Allerdings war daraus eher ein Kurzbesuch geworden, da man uns dort ziemlich schnell weggescheucht hatte. Zu gefährlich für Kinder, hatte uns eine missmutige Angestellte mit dunklem Teint zugeraunt.

Im Gegenzug hatte ich sie gefragt, ob sie mit einer Elma verwandt sei. Ohne eine weiteres Wort hatte sie uns daraufhin schimpfend hinausgeschoben.

Den Besuch auf Deck zehn hatte ich aufgrund dieser Erfahrung nach reiflicher Überlegung gestrichen. *Eine* Elma am Tag war für die Kinder genug. Und dann war ich ehrlich gesagt auch nicht sicher, ob Elma in der Verfassung gewesen wäre, mich mit den Kindern zu ertragen. Menschen mit schwachen Nerven reagierten nicht immer positiv auf die kleinen Energiebündel. Die so gewonnene Zeit verbrachten wir noch im hintersten Winkel des Schiffes (immer noch Crewbereich, aber absolut ruhig! Schließlich wusste man nie, bei welchem vordergründig freundlichen Angestellten doch noch ein Miesepeter zum Vorschein kam …) und ich erzählte den Kindern Geschichten. Das liebte ich! Und die Kinder schienen es auch zu lieben. Bis zum Ende meiner Schicht saßen wir andächtig beisammen und ich unterhielt die Kinder mit Geschichten über fremde Seefahrer und wunderschönen Meerjungfrauen und allerlei Meeresbewohnern, die den Menschen immer wieder zu Hilfe kamen.

Als ich die Kinder um sechzehn Uhr wieder beim Blue Elephant abgeliefert hatte, hatten mich alle stürmisch umarmt. Zu meiner großen Freude waren auch Charlotte und Bobby heute Morgen zum Treffpunkt gekommen und hatten dann mit ihren ziemlich zufrieden wirkenden Eltern ausgemacht, dass auch sie bleiben durften.

»Sehen wir uns morgen wieder?«, hatte mich Charlotte am Ende der Schicht hoffnungsvoll gefragt.

»Tja, ich schätze, morgen werde ich wieder auf den Zimmern arbeiten müssen.«

»Kann denn nicht jemand anders für dich die Zimmer machen?« Bobby hatte mich mit großen Augen angesehen.

»Oder wir helfen dir einfach bei deiner Arbeit!« Die achtjährige Ava war unglaublich begeistert gewesen von ihrem Einfall. Wieder hatte ich einen Kloß im Hals verspürt und mich zu den Kindern heruntergebeugt. »Das ist ja lieb von euch! Aber ich denke, das geht nicht. Vielleicht haben wir Glück und ich darf nochmals einspringen.«

Das hatte die ganze Bande einigermaßen versöhnlich gestimmt und sie waren zu den Erwachsenen gerannt, die gekommen waren, um ihre Kinder in Empfang zu nehmen.

Der heutige Tag hatte mir wirklich sehr gefallen. Ich klappte die Lehne meines Liegestuhles herunter und kuschelte mich in mein Handtuch. Schläfrig malte ich mir aus, wie Liam und ich in einigen Jahren wieder auf diesem Kreuzfahrtschiff einchecken würden. Dann allerdings nicht mehr nur zu zweit, sondern als richtige Familie!

Einer Familie mit … zwei Mädchen? Hm, wieso nicht mit einem Jungen und einem Mädchen. Einer kleinen Charlotte und einem kleinen Bobby. Au ja, das wäre schön. Wenn Liam wieder ganz der Alte wäre, musste ich ihm unbedingt die Bates-Kinder vorstellen. Wenn das sein Herz nicht zum Schmelzen brachte, dann wusste ich auch nicht weiter!

Während ich sanft ins Reich der Träume glitt, ging ich die Liste aller Kindernamen durch, die mir gefielen …

9

Am nächsten Morgen erwachte ich vom Klingeln meines Weckers. Ohne die Schlummer-Funktion zu betätigen, stand ich sofort auf. Ich würde heute pünktlich zu meiner Schicht erscheinen müssen, sonst hätte ich es mir bis auf Weiteres mit Elma verspielt.

Diesmal lag Frida noch in ihrem Bett. Auf Zehenspitzen schlich ich ins Bad – um mich dort als Erstes gleich zu übergeben. Langsam gewöhnte ich mich daran. Auch der Blick in den Spiegel war nicht mehr so schlimm für mich wie gestern. Heute würde ich meine Haare an der Luft trocknen lassen.

Vielleicht war das des Rätsels Lösung!

Ich duschte, kämmte meine Haare in Form, zog mich an und kramte dann alles zusammen, was ich zum Arbeiten brauchte. Da ich gestern wirklich nur noch am Pool herumgegangen war, hatte ich mich gar nicht mehr auf die Suche nach Liam und Sydney gemacht. Das würde ich gleich nach der Arbeit nachholen. Aber jetzt erst mal eine Stärkung! Ich betrat den Speisesaal für die Angestellten (der wirklich ganz mickrig eingerichtet war!) und stellte mich in die Schlange. Vor und hinter mir standen junge Frauen, die sich auf Spanisch unterhielten.

»Guten Morgen!«, rief ich fröhlich in die Runde.

Einige nickten mir knapp zu, andere sahen mich nur böse an. Aha, Konversation mit Fremden wurde hier scheinbar nicht geschätzt.

Nachdem ich mir etwas Rührei und Speck genommen hatte, setzte ich mich alleine an das Ende eines langen Tisches. Dort aß ich schweigend mein Frühstück. Liam und ich unterhielten uns immer angeregt während des Frühstücks. Auf das würde ich wohl während der nächsten Tage verzichten müssen.

Im Gegensatz zu Liam …

Ich spürte einen Stich in der Magengegend. Schnell beendete ich meine einsame Mahlzeit, brachte das leere Tablett wieder zurück und verließ den Speisesaal.

In der Putzkammer auf Deck zehn nahm ich meine Notizen entgegen. Beim Durchlesen entdeckte ich unter der Spalte »Spezialwünsche«, dass Mr. und Mrs. Simmons – Herr und Frau Fleischberg – später einen Überraschungslunch in ihrem Zimmer wünschten. Ich würde alle dafür benötigten Kochutensilien, inklusive fahrbarer Kochinsel, in der Küche im Ali Baba finden. Dann hatte Mr. Brown – die gruselige Adlernase mit dem Verdunkelungswahn – eine Großreinigung seiner Kabine angefordert. Jemand hatte von Hand (ich tippte auf Elma!) danebengeschrieben, dass *ich* die vorzunehmen hätte. Na gut, schließlich war ich ja auch zum Arbeiten eingestellt worden. Und alles, was zusätzliches Trinkgeld brachte, sollte mir recht sein.

Ich belud meinen Wagen mit allem, was ich in der Putzkammer fand. Dabei stopfte ich sicherheitshalber auch noch eine ausreichende Menge Putzhandschuhe in das oberste Fach und startete dann meinen Rundgang. Da ich am Samstag Mr. Armstrong in Zimmer zehnzwanzig und Ms. Davies in Zimmer zehneinundzwanzig ausgelassen hatte, beschloss ich, als Erstes bei den beiden zu beginnen. Ich würde mich heute einfach von oben nach unten durcharbeiten, wobei ich mir Mr. Browns Kabine zuletzt vornehmen würde. Bis ich mit allem fertig war, wäre es vermutlich auch schon Zeit für den Lunch für das Ehepaar Simmons.

Na, wenn das keine perfekte Planung war!

Entschlossen klopfte ich an Ms. Davies Türe und rief entschlossen: »*Housekeeping!*«

»Ja, bitte!«, tönte es resolut von hinter der Türe her.

Ich öffnete die Türe und trat lächelnd ein.

Eine ältere Dame mit dunkelbraun gefärbtem Haar sah mich skeptisch an. »Housekeeping«, wiederholte ich und streckte ihr meine Hand entgegen. »Ms. Davies, freut mich sehr, Sie kennenzulernen!«

Die ältere Dame sah verdutzt meine Hand an.

Ermutigend bewegte ich sie daraufhin auf und ab. Irgendwie schien sie das noch mehr zu irritieren. Sie strich sich eine Haarsträhne hinters Ohr und drückte diese mit ihren Fingern mehrmals flach. Nachdem meine Hand immer noch nicht entgegengenommen worden war, ließ ich sie wieder sinken.

»Haben Sie einen besonderen Wunsch, zum Beispiel eine blitzeblank saubere Kabine, Ms. Davies?«, fragte ich augenzwinkernd. Jetzt erwachte sie aus ihrer Schockstarre.

Ihre Augen blitzten mich böse an.

»Was ist das für eine unangebrachte Konversation? Natürlich erwarte ich von Ihnen eine saubere Kabine! Und wo ist die andere Putzfrau?«

Das Wort »Putzfrau« klang aus ihrem Mund sehr abwertend. Sie sah mich von oben bis unten an. Giftig fuhr sie fort: »Die hat wenigstens nur spanisch gesprochen. Und ihre Arbeit gemacht!«

»Nun, Ms. Davies, ich glaube nicht …«, begann ich und wurde sogleich wieder unterbrochen.

»*Miss* Davies! Unsere Konversation ist hiermit beendet!« Sie wandte sich von mir ab und trat auf den Balkon hinaus.

Ich schob meinen Putzwagen in die Kabine hinein und schloss die Türe hinter mir. Dann sah ich mich in der Kabine um. Miss Davies hatte alles ordentlich verstaut und auch schon das Bett gemacht. Sehr gut! Ich nahm den Antimilbenspray und sprayte damit das Bett ein. Wahrscheinlich war das noch nicht nötig, aber der Spray duftete echt lecker und ich hatte vorsorglich gleich mehrere in meinen Wagen gepackt.

Dann nahm ich den Staubwedel und fuhr einige Male über das Mobiliar. Im Bad entdeckte ich einige Handtücher auf dem Boden. Ich hängte sie alle wieder an ihren Platz. Nach Größe geordnet. Danach sprayte ich etwas Milbenspray ins Bad. Sofort duftete auch das Bad wieder frisch.

Die Toilette war ein Problem. Die machte ich auch zuhause nicht gerne sauber. Ich ging zurück zum Wagen, zog mir ein zweites Paar Handschuhe über und nahm widerstrebend die Klobürste in die Hand. Dann pumpte ich ein paar Stöße Milbenspray in die Toilette und wischte alles mit der Bürste weg.

Als ich die Bürste wieder in die Halterung zurückstellte, tropfte etwas Wasser auf den Klodeckel. Ich nahm eines der noch nassen Handtücher von der Stange und wischte damit den Klodeckel sauber. Vorsorglich wischte ich auch das Innere der Toilette trocken. Mir war aufgefallen, dass die frisch geputzten Toiletten in den Hotels immer wie neu aussahen. Das Handtuch hängte ich danach wieder fein säuberlich auf.

Na prima!

Ich schob den Wagen nach draußen. Bevor ich die Kabine verließ, klopfte ich noch an die Scheibe zum Balkon und öffnete die Balkontüre. »Entschuldigung, äh … Mea Culpa!«, wandte ich mich an Miss Davies. »Ich bin fertig. Äh, *finido?*« Ich war mir nicht ganz sicher, ob das stimmte, aber vermutlich würde es mein Gegenüber auch nicht wissen.

Miss Davies sah mich giftig an. »So schnell?«

»So schnell!«, erwiderte ich stolz. »Ihre, äh, Schwester?«

Ich sah sie fragend an.

Als sie mir nicht antwortete fuhr ich fort: »Ja, also Ihre

Schwester wäre mehr als zufrieden mit mir!«

»Meine Schwester?«

Miss Davies sah mich perplex an.

»Ich habe gar keine Schwester.«

»Oh, mein Fehler!« Ich winkte ab. »Mea Cu ... Was auch immer! Dann wünsche ich noch einen schönen Tag. *Saludo!*«

Und damit verließ ich die Kabine.

Jetzt war Kabine zehnzwanzig dran und somit Mr. Armstrong. Auch hier klopfte ich sehr bestimmt an. Von innen hörte ich ein unverständliches Gemurmel.

Schwungvoll öffnete ich die Türe.

An dem kleinen Tisch neben dem Fenster saß ein grauhaariger Herr. Er schrieb konzentriert einige Daten in ein Heft.

»Guten Tag, Mr. Armstrong ...«, begann ich.

»Schscht!«, raunte er und hob einen Finger in meine Richtung. Ohne mich anzusehen schrieb er weiter.

Ich blieb reglos stehen und wartete, bis Mr. Armstrong sich mir zuwandte. »Guten Tag, Mr. Armstrong!«

Der ältere Herr – Typ zerstreuter Professor – sah mich fragend, aber nicht unfreundlich an. »Haben Sie denn nicht gesehen, dass ich nicht gestört werden will?«

Ich drehte meinen Kopf Richtung Türe. Am vorderen Türknauf hatte ich kein entsprechendes Schild gesehen.

»Ich, äh, nein«, sagte ich und wies auf den Türknauf.

Mr. Armstrong legte seine Stirn in Falten, dann stand er auf und kam auf mich zu. An der Türe angelangt zeigte er auf eine kleine elektronische Vorrichtung im Flur gleich neben dem Eingang. Dort leuchtete ein rotes Licht. »Nicht stören« stand in kleinen gedruckten Lettern darunter. Daneben entdeckte ich einen grünen Knopf für »Bitte Zimmer aufräumen«.

»Na, das ist mal was!«, meinte ich begeistert und reckte meinen Daumen in die Höhe. »Tolle Erfindung!«

Der zerstreute Professor sah mich immer noch mit zusammengekniffenen Augen an, setzte sich aber wieder an den Tisch. »Ich sollte mich hier wirklich konzentrieren«, meinte er und wandte sich wieder seiner Arbeit zu.

»Klar! *Nullo Problemo!*« Ich stellte ihm den Milbenspray auf den Tisch, mitten auf seine Notizen. Ein kleiner Fettring bildete sich um die Flasche herum.

»Oh, Entschuldigung!« Sofort entfernte ich den angebrochenen Milbenspray und zog einen neuen aus dem Wagen hervor.

Diesen stellte ich wohlweislich auf den Nachttisch.

»Hier. Dann können Sie alles selbst erledigen, sobald Sie mit Ihrer Arbeit fertig sind.«

Mr. Armstrong sah entsetzt von dem Fettring zu mir und dann wieder zum Fettring. Dann begann er, ihn mit den Ärmeln seiner Jacke wegzureiben.

»Ja, dann will ich Sie nicht länger stören!«, sagte ich, schob den Wagen wieder hinaus und verwies beflissen auf den rotleuchtenden Knopf.

»Junge Dame, Sie ... Sie ...« Der ältere Herr schien vergessen zu haben, was er sagen wollte. Erst schnappte er nach Luft, dann fragte er, wie mir schien, mittlerweile doch leicht erbost: »Und Ihr Name ist?«

»Oh, ich habe mich gar nicht vorgestellt ... Mein Name ist ... Elma! Stets zu Diensten!«

Schnell schloss ich die Tür.

Und warf einen Blick in meine Unterlagen. Mr. Armstrong schien ein Wissenschaftler zu sein. Allerdings konnte ich mit den Fachbegriffen, die seinem Beruf zugeordnet waren, nichts anfangen. Ich schluckte schwer und hoffte inständig, dass er nicht für wichtige Dinge wie das Walsterben oder die Überfischung der Weltmeere zuständig war. Oh, oder noch schlimmer, den Klimawandel! Nicht der Flügelschlag eines Schmetterlings würde alles zunichte machen sondern ein, äh, Fettfleck …

Die nächste Kabine war die zehnneunzehn.

Die Hausmanns. Auweia, das waren die *1-2-Shampoo!*-Heinis … Vor der Türe entdeckte ich eine vollbepackte Tüte. Ich beugte mich hinunter und öffnete sie. Sie enthielt eine große Menge unserer schiffseigenen Pflegeprodukte.

Hihi, meiner Bitte war also stattgegeben worden! Und wie es schien, wurde diese Geste von den Gästen ganz und gar nicht geschätzt … Na, so was. Grinsend hob ich meine Hand, um anzuklopfen, als ich – gerade noch rechtzeitig! – das rote Lämpchen blinken sah. Auch die Hausmanns wollten ihre Ruhe haben. Ich suchte in meinem Wagen nach einem Notizblock und einem Stift.

»Führt 1-2-Shampoo! auch Milbensprays?«, schrieb ich in Großbuchstaben. »Sonst können wir Ihnen gerne mit unserem aushelfen. Freundliche Grüße.« Nach kurzem Zögern setzte ich »Elma« drunter.

Den Zettel schob ich unter der Türe durch.

Dann machte ich mich auf den Weg zur nächsten Türe. Zehnachtzehn, Lady Baskin. Bei ihr leuchtete das grüne Licht und so klopfte ich vorfreudig an. Sie war am Samstag so nett gewesen!

»Ja, bitte?«

Ich trat ein. »Guten Tag, Lady Baskin!« Dann besann ich mich und fügte schnell an: »Evelyn …«

Lady Baskin war, wie bereits am Samstag, elegant gekleidet. Sie trug ein Kostüm, heute in grau, das sie mit einer blassrosafarbenen Rüschenbluse und einer wunderschönen, farbenfrohen Kette kombiniert hatte. Ihr Haar war in leichte Wasserwellen gelegt worden. Ich fragte mich, ob sie dafür auch Eileens Dienste in Anspruch genommen hatte.

»Wie nett, Sie wiederzusehen!« Lady Baskin kam auf mich zu. »Nur weiß ich leider Ihren Namen nicht mehr.« Sie sah mich fragend an und hielt mir Ihre Hand entgegen.

»Mila«, sagte ich und schüttelte ihre Hand.

Lady Baskin lächelte mich an, wiederholte meinen Namen und musterte mich einige Sekunden lang freundlich. Dann kniff sie plötzlich ihre Augen zusammen. Sie nahm mir die Kappe mit Schiffslogo vom Kopf und fragte leicht entsetzt: »Was zum Kuckuck haben Sie denn mit Ihren Haaren gemacht?«

»Abgeschnitten«, sagte ich zerknirscht. Langsam aber sicher war mir mein Fehler deutlich bewusst geworden. Ich hatte mir vorgenommen, sie so bald wie möglich von Eileen nachschneiden zu lassen. Zu ihren Bedingungen.

»Ach, du meine Güte …« Evelyn strich über meine Haare. »Wie ist das denn passiert?«

»Ein dummer, spontaner Einfall …«

»Und das haben Sie *hier* auf dem Schiff machen lassen?« Sie sah mich ungläubig an.

»Ja«, entgegnete ich seufzend. »Allerdings muss ich jede Schuld auf mich nehmen. Ich habe auf diesem Schnitt bestanden.«

Lady Baskin fing an zu kichern. »Da muss Sie aber jemand sehr verletzt haben. Wir Frauen machen solche Sachen nur, wenn wir richtig, richtig frustriert sind.«

»Ich bin ganz und gar nicht frus …«

Mitten in meiner Verteidigungsrede hielt ich inne. Lady Baskin hatte recht. Natürlich war ich frustriert! Kleinlaut meinte ich: »Ich dachte, der Schnitt wird voll der Knaller.«

Die ältere Dame verzog ihren Mund zu einem breiten Lachen. »Kindchen«, begann sie, »ich weiß zwar nicht, wer Ihnen das angetan hat. Und damit meine ich nicht den

Haarschnitt! Allerdings hätte ich da was für Sie …«

Sie verschwand kurz in ihrem Bad. Nach einigen Sekunden kam sie wieder heraus und schwenkte etwas aus Stoff in ihrer Hand.

»Das Gute an Haaren ist, sie wachsen wieder nach. Und bis dahin«, sie streifte mir das Etwas über den Kopf, »behalten Sie diese hier.«

Nachdem sie noch ein bisschen daran herumgezuppelt hatte, schob sie mich in ihr Bad. Es war etwas größer als die Bäder der anderen und eine Wand war gänzlich verspiegelt. Ich sah mich darin an. Sie hatte mir eine äußerst hübsche, taupefarbene Mütze aufgesetzt, die es unmöglich machte zu erkennen, ob ich kurze oder unter der Mütze versteckte lange Haare trug. Die Mütze war ein absoluter Hingucker.

An ihr sah sie bestimmt hinreißend aus!

»Das kann ich nicht annehmen …«, stotterte ich. Doch Lady Baskin winkte lächelnd ab.

Spontan umarmte ich sie.

»Sie sind echt ein Riesenschatz. Vielen, vielen Dank!«

Erneut kicherte die ältere Dame. Auf einmal wirkte sie viel jünger. Verschmitzt sagte sie: »Wer auch immer Ihnen Kummer bereitet hat, das wird schon wieder. Nur nicht den Kopf hängen lassen. Und machen Sie in den nächsten Monaten ja einen Riesenbogen um alle Haarscheren, verstanden?«

Jetzt musste auch ich kichern. Ich verließ das hübsche Badezimmer und wandte mich wieder meinem Putzwagen zu. Schließlich hatte ich hier noch was zu tun!

Lady Baskin folgte mir. Als sie sah, was ich im Begriff war zu tun, baute sie sich vor mir auf.

»Kommen Sie ja nicht auf die Idee, bei mir zu putzen! Das kann ich immer noch selbst tun. Was denken Sie denn, was mich so jung gehalten hat? Sicher nicht, mich von vorne bis hinten bedienen zu lassen!«

Mir fiel die Kinnlade herunter. »Aber ich kann doch nicht *nicht* bei Ihnen putzen!«, meinte ich zögerlich.

»Selbstverständlich können Sie *nicht* bei mir putzen!«, entgegnete sie bestimmt und wandte sich zur Tür. »Und wenn diese andere wieder Schicht hat, kann die meinetwegen putzen. Die ist mir nämlich ziemlich unsympathisch.«

»*Elma?!*« Ich unterdrückte ein Lachen.

»Keine Ahnung. Leider kann ich mir Namen einfach nicht merken. Aber als sie gestern vorbeikam und ich nach Ihnen fragte, hat sie ziemlich wütend ausgesehen.«

»Ach«, sagte ich einrenkend, »Elma ist wohl generell nicht der bestgelaunte Mensch.«

Dann fiel mir etwas ein. »Dafür spricht sie gut auf Gewaltfreie Kommunikation an!«

»Gewaltfreie *was?!*« Evelyn legte ihren Kopf schief. »Dieses Jahrhundert ist mir irgendwie zu anstrengend. Ich komme da schon lange nicht mehr mit … Jetzt muss ich aber wirklich zu meinem Yoga-Kurs aufbrechen! Und morgen erwarte ich Sie zum Tee bei mir. Wenn Sie mögen, erzählen Sie mir dann auch gleich, wer Ihnen *das* angetan hat.« Sie zeigte auf meine Haare, die gut versteckt unter der Mütze ruhten. Ich nickte folgsam und wusste gar nicht, was ich sagen sollte.

Lady Baskin nahm ein Tuch vom Haken und band es sich mit geübten Handgriffen um den Hals. Das Tuch war wunderschön und schmeichelte ihr ungemein.

Als sie meinen bewundernden Blick sah, lachte sie laut auf. »Sehen Sie, ich habe noch andere schöne Dinge. Es macht also gar nichts, auch mal was zu verschenken.«

Sie fuhr mit der Hand über das Tuch, betrachtete sich im Spiegel am Eingang der Kabine und sagte liebevoll: »Ab und zu finde auch ich noch Dinge, die mich sprachlos machen. Den Stoff habe ich gestern in Ocho Rios entdeckt. Ich sagte denen, ich würde ihren Laden nicht eher verlassen, bis sie mir daraus einen Schal geschneidert hätten.«

Dann drehte sie sich wieder zu mir um und meinte: »Manchmal muss man hartnäckig sein.« Sie sah mir in die Augen und musterte mich so intensiv, dass ich plötzlich nicht mehr wusste, ob sie von ihrem Schal sprach oder von etwas anderem.

Ehe ich mir darüber im Klaren werden konnte, schob sie mich mitsamt meines Wagens zur Türe hinaus und folgte mir. Diese Lady war einfach unglaublich! Gemäß meiner Passagierliste war sie bereits achtundsiebzig, aber sie wirkte so viel jünger. Sie war noch so agil und voller Leben. Wir winkten uns noch einmal zu, dann nahm sie die Treppe zum oberen Stock.

Zufrieden strich ich über meine neue Mütze.

Sie würde mir beim Arbeiten bestimmt gute Dienste erweisen. Selbst Miss Davies hatte skeptisch meinen Kopf beäugt. Und die war ganz sicher nicht der Typ, der sich über das Äußere des Personals Gedanken machte. Hauptsache, es wurde fleißig und schweigsam geputzt.

Als ich den Wagen von Evelyns Tür wegschob, musste ich unwillkürlich grinsen. In meinem Bauch machte sich eine kleine Vorfreude auf den morgigen Tag breit.

Mit ihr Tee zu trinken, würde bestimmt Spaß machen!

Und zudem war ja alles geregelt.

Denn: Ich trank Tee.

Und Elma putzte …

10

Vor mich hin summend machte ich mich an die weitere Arbeit. Zehnsechzehn – Familie Bates – erwartete mich bereits mit grünem Licht.

Ich klopfte an und wartete.

Ziemlich schnell wurde die Türe aufgerissen und Charlotte stand strahlend im Eingang. »Hier bist du ja!«, rief sie aufgeregt. Und dann nach hinten: »Mommy, Daddy, Mila ist da!«

»Ja-a!« Tönte es aus dem Bad. Dann erschien Cindy im Badeanzug und einem Kaftan.

Sie kam lächelnd auf mich zu.

»Mila, die Kinder waren ganz begeistert von Ihnen gestern. Sie konnten gar nicht mehr aufhören zu erzählen! Vielen Dank.«

»Ach, das habe ich wirklich gerne gemacht.«

Bobby und sein Vater kamen aus dem Schlafzimmer. Beide hatten Badehose und T-Shirt an. Bobby rannte aufgeregt auf mich zu und umarmte mich stürmisch.

»Hi, Mila«, sagte Dan. »Hier muss man ja fast anstehen, um Sie zu begrüßen.«

Ich kicherte und gab ihm die Hand.

Charlotte sah ungeduldig zu ihren Eltern. »Darf ich sie jetzt fragen?«

»Mich *was* fragen?«, entgegnete ich und sah Charlotte an.

Cindy zog ihre Stirn in Falten. »Ich weiß nicht recht, mein Schatz ...«

»Bitte, bitte, biiiiitte!« Charlotte sah ihren Vater an.

Auch er zögerte.

Das Ganze schien Charlotte zu lange zu dauern. Entschlossen straffte sie ihre Schultern und wandte sich dann an mich. »Mila, darf ich dir heute beim Putzen helfen? Mommy und Daddy haben gesagt, dass sie es sich überlegen.« Mit bösem Blick auf ihre Eltern, fügte sie an: »Aber *gar nichts* haben sie überlegt!«

»Charlotte ...«, ermahnte Cindy ihre Tochter.

»Mir helfen?«, fragte ich überrascht.

»Nur, wenn es keine Umstände macht«, sagte Cindy, die jetzt merkte, dass ich der Idee nicht gänzlich abgeneigt war. »Und natürlich nur unsere Kabine. Danach müsste sie zu uns an den Pool kommen. Wir wollen auf keinen Fall, dass sie Sie aufhält.«

»Hm, wieso eigentlich nicht«, sagte ich und legte Charlotte eine Hand auf die Schulter. »Bleib hier und hilf mir!«

»Jaaaa!« Charlotte jubelte und drehte sich im Kreis.

»Und ich?!« Bobby stampfte mit einem Bein auf den Boden.

Dan kniete sich zu seinem Sohn herunter und sagte streng: »Bobby! Mila ist heute zum Arbeiten hier und nicht, um mit euch zu spielen.« Er schnappte sich die bereits gepackte Strandtasche und sagte: »Wir drei gehen jetzt an den Pool. Charlotte, sobald ihr hier fertig seid, kommst du nach und wir gehen gemeinsam an Land.«

Dann schob er den schmollenden Bobby aus der Türe und sagte: »Hey, Kleiner, die Kaimaninseln, auf die hast du dich doch so gefreut ...«

»Und jetzt?«, fragte Charlotte, nachdem ihre Familie das Zimmer verlassen hatte.

»Hm, jetzt machen wir zuerst eure Betten.«

Die Kabine, eine Suite, war für eine Familie gedacht und hatte zwei kleine Schlafzimmer, ein Bad und ein Wohnzimmer, in dem wir uns jetzt befanden.

»Weißt du was?« Mir war eine Idee gekommen. »Lass

uns die Decken zu einem Herz formen!« Das hatten Liam und ich einmal in einem Wellness-Hotel in Aspen vorgefunden und es hatte uns ausnehmend gefallen.

»Au ja!« Charlotte klatschte in die Hände. Dann verfinsterte sich ihr Gesicht. »Aber Bobby kriegt kein Herz!«

Ich musste lachen. Als Einzelkind kannte ich diese Art von Auseinandersetzung zwar nicht, aber ich konnte sie mir lebhaft vorstellen.

»Na gut«, meinte ich. »Aber dann lass dir was anderes für Bobby einfallen.«

»Okay!«, rief sie noch, während sie in das Schlafzimmer ihrer Eltern stürmte.

Eine halbe Stunde später betrachteten wir unser Werk. Ich hatte alle Zimmer und die Toilette mit Milbenspray behandelt, während Charlotte ein wirklich hübsches Herz auf das Bett ihrer Eltern gezaubert hatte. Bei Bobby hatte sie ein undefinierbares Etwas mit der Bettdecke geformt.

»Und das da?«, fragte ich.

Charlotte kicherte. »Das ist ein Kuhfladen! Aber wenn er fragt, ist es eine Hüpfburg.«

Ich lachte und reckte meinen Daumen anerkennend in die Höhe. Gemeinsam verließen wir das Zimmer. Auf dem Flur umarmten wir uns und Charlotte machte sich auf den Weg zum Pool. Sie sang vergnügt vor sich hin und hüpfte von einem Quadrat auf dem Teppich auf das nächste.

Lächelnd sah ich ihr nach. Was für ein süßer Fratz!

Da es schon nach zehn war, waren die nächsten Kabinen alle leer. Das Schiff hatte vor einer Stunde auf den Kaimaninseln geankert und die meisten waren mittlerweile wohl an Land.

Ich zog bei allen mein gründliches Reinigungsprogramm durch. Bei den Bellinis, Kabine zehnvierzehn, entfernte ich vor Verlassen der Kabine wohlweislich noch die Süßigkeiten, die ich im Kühlschrank und in einem Korb auf dem Tisch vorfand. Dann rief ich in der Küche an, ob man bitte einige Früchte – außer Bananen, die waren zum Abnehmen ungeeignet! – aufs Zimmer bringen könne.

Bei Tiffany Anderson, der netten, motivierten jungen Amerikanerin, fand ich eine Notiz vor, dass ihre Klimaanlage nicht richtig funktionierte. Sie bitte darum, dies umgehend zu beheben. Ich rief beim technischen Dienst an und bat um Reparatur.

Dann nahm ich meinen Notizblock zur Hand und schrieb ihr folgende Nachricht: »Liebe Tiffany, die Klimaanlage ist so gut wie neu! Das Problem ist …« Nachdem mir mein Fauxpas bewusst geworden war, strich ich »Das Problem« durch und schrieb stattdessen: »Die Herausforderung wurde vom Technischen Dienst angenommen. Ich bin zuversichtlich, dass sie es lösungsorientiert angehen werden. Ich verstehe, dass Sie sich deshalb unwohl fühlen. Das lässt mich auch unwohl fühlen! Natürlich wünschen Sie sich eine funktionierende Klimaanlage.«

Ich hielt inne und überlegte mir eine Bitte, die ich an mein Gegenüber formulieren konnte. Dann fuhr ich fort: »Dürfte ich Sie bitten, weiterhin einen schönen Tag zu haben? Hochachtungsvoll, Ihre Mila.«

Ich legte ihr den Zettel auf das Bett, auf dem ich Charlottes Kuhfladen nachgestellt hatte. Das Herz war mir einfach nicht gelungen. Natürlich war das hier *kein* Kuhfladen und womöglich wünschte sie sich auch keine Hüpfburg. Bei entsprechender Nachfrage würde ich sie einfach auffordern, ihre Fantasie walten zu lassen.

Jetzt war es aber wirklich an der Zeit, Mr. Browns Kabine zu säubern! Ich schob den Wagen wieder zurück und klopfte an Kabine zehnsiebzehn an.

»Ja, bitte!«, erklang es schroff von hinter der Türe.

Ich öffnete die Türe und fand die Kabine wieder gänzlich verdunkelt vor. Mr. Brown saß am Sekretär und schrieb etwas in ein Buch, das er vor sich liegen hatte. Die angeschaltete Tischlampe war die einzige Lichtquelle im Raum.

»Guten Tag, Mr. Brown«, sagte ich und zeigte auf die Lampe. »Möchten Sie nicht lieber bei Tageslicht arbeiten?«

»Um Himmels Willen, nein!«

Mr. Brown stand vehement auf.

Kurz schoss mir durch den Kopf, ob Mr. Brown ein Vampir war. Allerdings konnte ich mit ziemlicher Sicherheit sagen, dass Vampire nur Fabelwesen waren.

Ich schüttelte den Gedanken ab.

»Sie haben eine Generalreinigung gewünscht?«, fragte ich so freundlich wie möglich.

»Korrekt!«, antwortete Mr. Brown und fing bereits wieder an, mich mit seinen kleinen dunklen Augen zu mustern.

Mir lief ein Schauer über den Rücken.

»Möchten Sie in der Zwischenzeit einen Besuch auf dem Oberdeck machen? Vielleicht einen leckeren Drink genießen?«

Hoffnungsvoll sah ich ihn an.

Er schüttelte nur den Kopf. »Nein, ich werde lieber sicherstellen, dass Sie Ihre Arbeit korrekt ausführen.«

Ich seufzte innerlich und nickte. Dann würde ich halt mit Dracu im Rücken arbeiten ... Nachdem ich den Wagen vollständig in die Kabine geschoben hatte, zog ich mir frische Handschuhe über. Mit einem Seitenblick auf Mr. Brown, der sich wieder seinem Buch zugewandt hatte, streifte ich mir gleich noch ein zweites Paar über. Ich nahm einen frischen Milbenspray zur Hand und sprayte zuerst alle Räume voll. Danach sprayte ich auch alle Oberflächen und die Toilette voll. Mit einem Lumpen, den ich zuerst in der Kloschüssel befeuchtete, rieb ich alle Oberflächen wieder sauber. Das Ganze war ziemlich klebrig.

Der Milbenspray war eindeutig nicht für Oberflächen geeignet.

Ich nahm ein kleines Handtuch aus dem Bad und rieb die Oberflächen damit sauber. Ich konnte es in der Dunkelheit zwar nicht genau erkennen, aber jetzt schien es wieder ziemlich sauber zu sein. Zuerst hängte ich das Handtuch wieder zurück und ordnete dann alle restlichen Handtücher nach Größe.

Stolz sah ich mich um. Ich war wirklich gut!

In meinem Nacken spürte ich etwas und unwillkürlich stellten sich meine Nackenhaare auf. Hinter mir stand Mr. Brown und betrachtete wortlos das Bad. Schnell schlüpfte ich an ihm vorbei ins Wohn- und Schlafzimmer und schüttelte das Bett auf. Mr. Brown folgte mir, sagte aber kein Wort. Ich wendete das Bettzeugs einige Male hin und her und überlegte mir, welche Figur Mr. Brown wohl Freude bereiten würde.

Eine Hüpfburg konnte ich dabei ausschließen.

Nach einiger Zeit kam mir ein Einfall. Ich formte alles zu einem Kreis, klopfte ihn flach und dekorierte ihn mit einem Teil der Süßigkeiten, die ich bei den Bellinis an mich genommen hatte. Dann nahm ich den Staubsauger zur Hand und saugte die Kabine. Bei einer Großreinigung war staubsaugen bestimmt angebracht. Da die Kabine nicht sehr groß war, war ich innert kürzester Zeit fertig damit. So eine Kabinenreinigung war wirklich ein Kinderspiel!

Ich belud meinen Putzwagen und schob ihn nach draußen. Dann kehrte ich noch einmal in die Kabine zurück, um mich zu verabschieden. Mr. Brown stand vor seinem Bett und betrachtete meine Kreation.

»Gefällt es Ihnen?«

Ich war wirklich stolz auf mein Werk.

Mr. Brown sah mich fragend an.

Ich stellte mich neben das Bett und referierte: »Es ist der Mond, Mr. Brown. Der Vollmond! Und vielleicht fragen Sie sich jetzt, warum Vollmond? Ich kann Ihnen versichern, dass ich dabei *nicht* an einen Vampir oder gar einen Werwolf gedacht habe, auch wenn beide …«

Ich räusperte mich und fuhr dann ohne Umschweife fort: »Der Vollmond steht für Dunkelheit, für Nacht, für Einsamkeit. Der Vollmond lebt in der Nacht, ja, er *liebt* die Nacht, er liebt die Dunkelheit. Ist das nicht so etwas wie eine Analogie zu Ihnen, Mr. Brown?«

Mr. Brown sagte immer noch nichts.

Er sah von mir zu meinem Mond und dann wieder zu mir. In seinen Augen konnte ich rein gar nichts erkennen.

Mitfühlend tätschelte ich seinen Arm, dann drehte ich mich um und verließ das Zimmer. Am besten wäre es, ihn jetzt alleine zu lassen. Bestimmt war er es nicht gewohnt, emotionale Momente mit anderen zu teilen.

Ich kehrte zur Putzkammer zurück und verstaute alles fein säuberlich. Elma machte ich eine Notiz, dass der Milbenspray wieder aufzufüllen sei. Unter meine Unterschrift setzte ich ein Herzchen. Wenn sie das nicht milde stimmte, dann wusste ich auch nicht weiter.

Gutgelaunt stieg ich in den Fahrstuhl zum Restaurant, wo ich einige Utensilien holen wollte. Die letzte zu erledigende Aufgabe war von allen heute die einfachste.

Der Überraschungslunch für das Ehepaar Simmons!

Im Restaurant deckte ich mich mit allem ein, was mir für den Lunch angemessen erschien und verstaute alle Zutaten in der Schublade unter der fahrbaren Kochinsel. Dann borgte ich mir auch noch eine Schürze, die ich mir gleich umband.

Wieder summte ich gutgelaunt vor mich hin und schob den Wagen aus dem Ali Baba hinaus in Richtung Fahrstuhl.

Direkt in Liams und Sydneys Arme.

11

»Nein, davon werde ich fett ...«

Sydney, die ich gerade noch mit dem Wagen gestreift hatte, zog ihren Arm ein und richtete ihre Aufmerksamkeit weiter auf Liam. Die beiden waren so in ihre Diskussion vertieft, dass sie mich gar nicht bemerkten.

Ich trat etwas in den Schatten und zog den Wagen unauffällig mit mir mit. Vorsichtshalber hielt ich die Luft an. Uns trennte nur meine Kochinsel, die mir gerade mal an die Oberschenkel reichte, und ein halber Meter Luftlinie.

»Pusti, *ein* kleiner Kebab macht dich sicher nicht fett! Und ich besorge mir noch einen *Caribbean Dream*. Danach gehen wir an Land! Na, was meinst du?«

»Wieso gehen wir nicht gleich an Land? Ich würde so gerne schnorcheln gehen.« Sydney hielt Liam zwei Coupons hin. »Gratis.«

»Na klar gehen wir schnorcheln, Pusteblume, aber zuerst essen wir eine Kleinigkeit.«

»Honey, ein Kebab ist keine *Kleinigkeit!*«

Sydney hatte jetzt wieder ihre typische Schmollpose eingenommen. Liam wirkte etwas genervt. Für einen Moment war ich geneigt, Pusti den Wagen in ihren fetten Bauch zu rammen. Aber ich war mir nicht ganz sicher, ob das Liams und meiner Wiedervereinigung zuträglich wäre.

»Hey, Honey, wie wärs, wenn du dir einen Kebab holst und ihn mit aufs Zimmer nimmst?«

Sydney wirkte auf einmal ganz versöhnlich.

»Ich habe noch einige Früchte auf dem Zimmer. Und weißt du, was wir auch noch auf dem Zimmer haben?«

»Unsere extraharte Matratze?« Liams Hände wanderten über Sydneys Körper. »Genial, dieses Teil!«

Das war jetzt wohl ein Witz!
Ich verfluchte mich innerlich für meine Idee ...

Liam und Sydney schien es nichts auszumachen, dass sie in der Öffentlichkeit waren. Sie knutschten ungehemmt. Schnell hielt ich mir die Ohren zu und schloss die Augen. Dann ging ich in die Knie und schob den Wagen Zentimeter um Zentimeter von den beiden weg in Richtung Fahrstuhl, die Augen immer noch geschlossen. Leider brauchte ich beide Hände und so kam ich nicht umhin, das Schmatzen ihrer Küsse mitzukriegen.

Nach etwa dreißig Sekunden donnerte ich gegen etwas Hartes und bemerkte, dass ich am Fahrstuhl angekommen war. Die beiden schienen das dumpfe Geräusch nicht gehört zu haben. Verzweifelt versuchte ich, von unten den Knopf zu drücken. Erfolglos.

Super, soviel zu rollstuhlgängigen – und fluchtgeeigneten! – Aufzügen.

Verärgert öffnete ich die Schublade meiner Kochinsel und kramte darin nach einer geeigneten Armverlängerung. Dummerweise hatte ich mich bei den Kochzutaten auf Libido steigernde Esswaren beschränkt – schließlich handelte es sich bei meiner Kundschaft um Mr. und Mrs. Simmons – und so befanden sich in der Schublade Chilipulver, Schokolade, Zimt, Ingwer, vier Eier und zwei bereits in Stücke geschnittene Avocados. Ganz hinten in der Ecke fand ich noch eine Selleriestange. Na, immerhin. Ich drückte mit dem Sellerie auf den Aufzugknopf und wartete ungeduldig.

Nach einer gefühlten Ewigkeit öffnete sich der Fahrstuhl und ich schob den Wagen hinein. Auf allen Vieren folgte ich ihm. Mit der Selleriestange drückte ich den Knopf für den zehnten Stock.

»*Dürfte ich Sie fragen, was das wird?*«

Ich drehte mich mitsamt des Selleries in der Hand nach der Stimme um. Über mir standen drei Herren in Uniform. Einen von ihnen erkannte ich als den Kapitän, Mr. Baker, den ich gestern, Montag, mit den Kinder besucht hatte. Ich winke ihm mit dem Sellerie freudig zu und stand dann auf. In diesem Moment hielt der Aufzug auch schon in meinem Stock.

Ich strich meine Schürze glatt, verstaute den Sellerie wieder in der Schublade und schob den Wagen nach draußen. Die Herren wechselten einige Blicke und folgten mir dann.

»Würde es Ihnen etwas ausmachen, uns eine Erklärung zu liefern?« Der größte der Dreiergruppe richtete jetzt das Wort an mich. Er hatte schwarzes Haar – ganz bestimmt gefärbt! – und war etwa in den Fünfzigern. Zudem hatte er eine überaus laute, dröhnende Stimme. Während er mit mir sprach, versuchte er, ein Namensschild zu erspähen.

»Oh«, ich schob die Schürze etwas beiseite, damit mein Namensschild zum Vorschein kam.

»Mila«, sagte ich und zeigte bestätigend darauf.

Dann tat ich es ihm gleich und beäugte sein Namensschild. *C. Shoemaker* stand darauf. Und: *Manager*.

»Shoemaker!« Ich strahlte ihn an. »Dann sind *Sie* also der Manager des Schiffes!« Ich schüttelte begeistert seine Hand. »Und es ist Shoe*maker* – Schuster. Na, wenn das kein Zufall ist! Das braucht nicht einmal eine Eselsbrücke. Wissen Sie, in der Grundschule hatten wir den Sohn eines Schusters in der Klasse. Carl. Heißen Sie etwa auch Carl?«

Mr. Shoemaker antwortete nicht.

»Ja, auf jeden Fall war mein Carl *total* unbeliebt. Alle haben ihn gemobbt. Und wissen Sie was, ein bisschen war er ja selber Schuld. Weil …« Ich hielt inne. »Egal! Jetzt muss ich nur an *ihn* denken und weiß, wer *Sie* sind. Also nicht, dass ich damit sagen will, Sie und Carl seien sich gleich!

Nein, um Himmels Willen. Carl und …?«

Ich gab Mr. Shoemaker die Gelegenheit, mir seinen Vornamen zu verraten, aber er stand nur reglos da.

»Ja, also Carl und Sie, das sind Welten. Carl war so was von ätzend, nervig und spaßbefreit. Kein Wunder, hatte er keine Freunde!«

Mr. Shoemaker starrte mich irritiert an. Dann blinzelte er und drehte sich nach seinen Begleitern um.

Schnell sagte ich: »Nicht so wie Sie, Mr. Shoemaker. *Sie* haben tolle Freunde. Wie Ihren Mr. Baker hier, nicht wahr?« Ich nickte dem Kapitän aufmunternd zu und tätschelte seinen Arm. »Die Kinder fanden Sie gestern ganz toll!« Mr. Baker zog schnell seinen Arm zurück und entfernte sich zwei Schritte von mir.

»Und dann haben Sie ja auch noch Ihren anderen guten Freund …« Ich machte eine entsprechende Geste in Richtung des Dritten, um ihn aufzufordern, mir seinen Namen zu verraten. Dieser war der Kleinste in der Gruppe und hatte dunkelblondes, schütteres Haar. Er schien sich nicht so viel aus Haaren zu machen, obwohl er mindestens zehn Jahre jünger war als Mr. Shoemaker.

Als er keinen Mucks machte, schielte ich auf sein Namensschild. *B. Young, 1. Offizier* stand darauf.

» … Mr. Young! Ihren guten Freund, Mr. Young. Freut mich, Mila!«

Ich streckte dem Ersten Offizier die Hand hin. Er machte keine Anstalten, sie entgegenzunehmen. Irgendwie hatte ich den Eisbrecher noch nicht gefunden. Bei keinem.

»Mr. Shoemaker«, wandte ich mich dann halt wieder an den Manager, »wenn ich Sie schon einmal hier habe … Wegen der Einrichtungen, in denen die Angestellten wohnen müssen. Haben Sie die schon einmal genauer angeschaut? Ich meine, ich habe mich ja damit abgefunden, auf

Meersicht verzichten zu müssen. Aber die Kantine für die Angestellten ... Sind Sie ein Morgenmensch, Mr. Shoemaker?«

Da er es offenbar generell nicht so mit dem Antworten hatte, fuhr ich einfach fort. »Ich, Mr. Shoemaker, bin ganz und gar *kein* Morgenmensch. Und wenn man dann noch in diesen Unfreundlichkeits-Pfuhl hinein muss, dann fühlt man sich *definitiv* wie ein Mensch zweiter Klasse. Kennen Sie *Cruise to Happiness?*«

Diesmal wandte ich mich an Mr. Baker. Immerhin hatten wir schon eine gemeinsame Geschichte. Ich sah ihn erwartungsvoll an.

»Äh ...«

»Cruise ... to ... Happiness!«, wiederholte ich extra deutlich. »*Und immer, wenn du einsam bist, sind wir für dich dahaaa. Denn vergiss nie, mein Freund, es ist eine Reise ins Glühüück!*«, sang ich.

Die drei Männer tauschten komische Blicke aus. War es möglich, dass sie die Serie gar nicht kannten?

»Wie auch immer, ich dachte mir ...«

»Darf ich fragen, wer Sie eingestellt hat?« Mr. Shoemaker unterbrach mich. Seine Stimme hatte wieder einen barschen Tonfall angenommen.

Langsam war ich mir nicht mehr so sicher, ob er nicht doch einige Gemeinsamkeiten mit Carl hatte.

»Miss Davies hat mich eingestellt. Und sie war ausgenommen angetan von meinen Qualifikationen.« Was hatte Miss Davies jetzt plötzlich mit meinem konstruktiven Feedback zu tun?

»Miss Davies. Hm, ich verstehe. Würde es Ihnen etwas ausmachen, wenn wir das überprüfen?« Mr. Shoemaker machte sich eine Notiz auf einem Block, den er aus seiner Jackentaschen gezogen hatte.

»Ganz und gar nicht!«, antwortete ich kooperativ und lächelte die Herren aufmunternd an. »Und wenn Sie bei der Gelegenheit gleich wegen der Meersicht nachfragen könnten? Das wäre sehr nett!«

Ich reckte meinen Daumen in die Höhe. Dann hob ich meine Hand zum Gruß und schob den Wagen in Richtung der Zimmer. Aus der Entfernung nahm ich wahr, wie die Männer heftig über etwas diskutierten.

Wie es schien, waren sie aus ihrer Lethargie erwacht.

Kurz bevor ich das Zimmer von Mr. und Mrs. Simmons erreichte, hörte ich, wie Mr. Baker sagte: »Stimmt, Carl ...«

O-oh, da war ich wohl, ohne es zu wissen, ins Fettnäpfchen getreten. Vielleicht würde ich Mr. Shoemaker – Carl – noch einen kurzen, aufmunternden Brief schreiben, bevor ich das Schiff verließ.

An der Kabine zehnfünfzehn klopfte ich an.

»Ja, bitte!«

Ich öffnete die Kabinentür und sah das Ehepaar Simmons das erste Mal bei Tag – und angezogen.

»Guten Tag, mein Name ist Mila!«, sagte ich freundlich und streckte beiden meine Hand hin.

Auch sie schienen etwas irritiert, nahmen dann aber gehorsam meine Hand entgegen. Alle beide waren gemäß Unterlagen in den Fünfzigern, sahen aber älter aus. Ansonsten wirkten sie recht unscheinbar. Beide hatten mausbraune, mit grauen Strähnen durchzogene Haare und waren klein und untersetzt. Definitiv nicht das Paar, das man auf dem Cover einer Lifestyle-Zeitschrift platzieren würde.

»Bitte setzen Sie sich doch!«, sagte ich und zeigte auf den kleinen Tisch am Fenster. Sie setzten sich. Ich breitete eine Tischdecke über dem Tisch aus. Dann deckte ich den Tisch.

Im fahrbaren Kochherd eingelassen war ein Wok und

diesen erhitzte ich jetzt. Zuerst ließ ich die gehackte Schokolade hineingleiten. Sie wurde ziemlich schnell weich und fing an zu schmelzen. Dann gab ich die Avocado dazu und würzte alles mit Chili. Mr. und Mrs. Simmons sahen mir gespannt zu. Ich lächelte sie an und widmete mich dann wieder meinem Werk. Plötzlich klebte die Avocado am Wok an und die Schokolade wurde auf einmal ganz klumpig.

Schnell schlug ich die Eier auf und verquirlte sie mit der Avocado und der Schokolade. Während die Eier stockten rührte ich immer wieder um, damit nichts mehr anbrennen konnte. Das Ganze würzte ich mit Salz, Ingwerpulver und Zimt. Ich verteilte das Rührei auf zwei Tellern und garnierte es mit je einer halben Selleriestange.

Stolz stellte ich die Teller vor das Ehepaar.

Mr. und Mrs. Simmons starrten etwas ratlos auf die Teller. Natürlich, sie wussten ja noch gar nicht, was es war!

»*Bon appétit!*« sagte ich in meinem besten Französisch. »*Voilà*, Rührei, à la, äh ... *Bunga Bunga!*«

Immer noch unentschlossen schauten sie von mir zu ihren Tellern und dann wieder zu mir.

Ach so!

Da alle verfügbaren Stühle besetzt waren, nahm ich einen Hocker, schob ihn zum Tisch und setzte mich dazu.

»Lassen Sie es sich schmecken!«, sagte ich und signalisierte mit einem aufmunternden Nicken, dass sie jetzt wirklich beginnen durften.

Die beiden tauschten einen Blick aus und fingen dann langsam an zu essen. Ich stützte meine Ellbogen auf dem Tisch auf und barg mein Gesicht in meinen Händen. Dabei schaute ich den beiden vorfreudig zu. Als sie auch nach dem dritten Bissen noch nichts sagten, fragte ich voller Erwartung: »Und, schmeckts?«

Mrs. Simmons wollte gerade etwas erwidern, als sie von einem Hustenkrampf geschüttelt wurde. Vermutlich der Chili. Ich klopfte ihr auf den Rücken und schenkte ihr etwas von dem Wasser ein, das auf dem Tisch stand.

»Hier!«

Sie trank gierig ein paar Schlucke, dann stellte sie das Glas beiseite und sah hilfesuchend ihren Mann an. Mr. Simmons legte entschlossen die Gabel auf den Teller und putzte sich mit der Serviette den Mund ab.

»Es schmeckt grauenhaft! Zu viel Salz, viel zu scharf! Und was um alles in der Welt ist das hier?« Er zeigte auf die Schokolade im Rührei.

»Schokolade«, antwortete ich.

»Soll sehr Libi …, äh, also sehr gesund sein.«

»Das sehe ich selbst, dass das Schokolade ist!«, keifte er. »Aber was hat das in diesem, in diesem komischen *Rührei* zu suchen? Und dann noch so verklumpt …«

Er stach mit der Gabel ins Rührei, spießte ein Stück Schokolade auf, wedelte damit vor meiner Nase herum und ließ die Gabel dann auf den Teller fallen.

Es klirrte ziemlich.

Mrs. Simmons schaute peinlich berührt zu Boden.

»O ja, das tut mir leid. Ich konnte unmöglich wissen, dass Schokolade so schnell verklumpt. Darf ich mal?«

Ich nahm das Stück Schokolade, das er mir zu Demonstrationszwecken vor der Nase herumgeschwenkt hatte, von Mr. Simmons Teller, und steckte es mir in den Mund.

»Mmh«, sagte ich. »Schmeckt aber lecker! Ganz nach Schokolade!«

»Natürlich! Es *ist* ja Schokolade!«

Mr. Simmons Augen funkelten böse.

»Mögen Sie denn keine Schokolade?«, fragte ich überrascht und sah dabei auch Mrs. Simmons an, die immer noch irgend etwas am Boden fixierte.

Jetzt wurde Mr. Simmons wütend. Ich sah es an seiner Halsschlagader, die immer stärker zu pochen begann. Auch in mir machte sich langsam Wut breit! Was war denn das für eine Undankbarkeit?!

Dann besann ich mich …

Aufregen würde hier nichts bringen. Und schließlich gab der Klügere nach. Ich holte tief Luft, zählte auf drei und sagte dann gewaltfrei: »Mr. Simmons, wie ich sehe, sind Sie gerade ziemlich wütend.« Sicherheitshalber schloss ich auch Mrs. Simmons ein und fügte an: »Und Sie, Mrs. Simmons, sind auch, äh, anwesend.« Wieder an den Ehemann gewandt meinte ich: »Das – also nicht, dass Ihre Frau anwesend ist, aber dass Sie wütend sind – macht mich sehr …«

Ja, was denn? Welches Gefühl löste seine Wut in mir aus?

Trauer, Angst, Betroffenheit?

Irgendwie war alles nicht zutreffend.

»Also, dass Sie wütend sind«, fuhr ich fort, »macht mich sehr, äh, macht mich, macht mich *auch wütend!*«

Und jetzt, welches Bedürfnis hatte er wohl?

»Natürlich wollen Sie essen und danach mit Ihrer Frau Se …, äh, schöne Stunden verbringen!«

Jetzt eine Bitte, eine Bitte an mein Gegenüber. Mann, heute wurde mir auch wirklich nichts geschenkt! Mittlerweile hatte Mrs. Simmons ihren Starrblick vom Boden auf mich verlagert. Mr. Simmons hingegen schien sich wieder etwas beruhigt zu haben. Seine Halsschlagader hatte aufgehört zu pochen. In beider Augen sah ich jetzt aber etwas Neues. War das etwa Angst?

Da konnte ich etwas dagegen tun!

»*Und immer, wenn du einsam bist, sind wir für dich dahaaa. Denn vergiss nie, mein Freund, es ist eine Reise ins Glühüück,*

ins Glühüück, ins Glühüück«, sang ich inbrünstig und knuffte Mr. Simmons. Dann winkelte ich meine Arme an und nahm eine Schunkelposition ein. Mit meinem Kopf machte ich eine entsprechende Geste und signalisierte ihnen, dass sie gerne mitsingen durften. *»Denn vergiss nie, mein Freund, es ist eine Reise ins Glühüück, ins Glühüück, ins Glühüück.«*
Die beiden gafften nur.
Ich ließ die Arme wieder sinken.
Man konnte Menschen nicht zu ihrem Glück zwingen.
»Na gut«, sagte ich und nahm die Teller mit dem restlichen Rührei an mich. Dann deckte ich den Tisch wieder ab und verstaute alles in meiner Kochinsel. »Soll ich Ihnen etwas vom Restaurant aufs Zimmer liefern lassen?«
»Um Gottes Willen, nein! Wir kümmern uns selbst darum.« Mr. Simmons stand vom Tisch auf und öffnete mir die Tür. Wie es schien, wollte er noch etwas Versöhnliches für mich tun. Lieb von ihm.
»Vielen Dank, Mr. Simmons!«, sagte ich im Hinausgehen. »Und wenn Sie wieder einmal auf meine Kochkünste zurückkommen wollen ... Jetzt weiß ich ja, dass Sie keine Schokolade mögen!«
In Windeseile brachte ich den Wagen zurück ins Restaurant. Auch das gehörte zum Leben als Angestellte eines Schiffes dazu. Undankbare Gäste. Schwamm drüber!
Ich wollte gerade den Weg zu meinem Zimmer einschlagen, um mir etwas Bequemeres anzuziehen und mich dann noch ein wenig an den Pool zu legen, als mir eine Idee kam.
Chillen konnte ich auch später noch!
Jetzt galt es endlich mal, aktiv zu werden ... Ich machte auf dem Absatz kehrt und nahm die Treppe nach unten.
In den achten Stock.

12

Die Türe fiel hinter mir ins Schloss.

Zimmer achthundertacht war nicht besonders groß, hatte dafür aber einen hübschen Balkon, der von seinen Gästen genutzt zu werden schien. Auf beiden Stühlen waren Sitzpolster aufgespannt und es lagen Zeitschriften und Bücher darauf.

Ich verstaute den Zimmerschlüssel in meiner Tasche. Dass Miss Davies mir als Springer extra noch einen Generalschlüssel hatte machen lassen, war super. Bereits gestern mit den Kindern hatte er sich als nützlich erwiesen.

An der rechten Zimmerwand stand das Bett. Kurzentschlossen ließ ich mich darauf fallen. Aua! *Das* sollte gemütlich sein? Schnell stand ich wieder auf und sah ich mich im Raum um. Was sollte ich als Erstes tun?

Mir fiel ein, dass ich so gut wie gar nichts über diese Sydney Coleman wusste. Nachdem sie an unserer Haustüre geklingelt und Liam endlich begriffen hatte, dass ich *ganz und gar nicht* an einer Scheidung interessiert war, hatte er Sydney wieder weggeschickt. Wir beide hatten dann ein ziemlich langes Gespräch. Er hatte erneut versucht, mir klarzumachen, dass wir einfach nicht zusammenpassten, woraufhin ich ihm bedeutet hatte, dass er möglicherweise einen Tumor im Kopf hätte, der ihn nicht klar denken ließe.

Als ich von Liam wissen wollte, wer diese Schlange von Frau denn überhaupt wäre, hatte er nur ausweichend geantwortet. Wörter wie »Praktikantin« und »anfangs nur gute Freunde« waren gefallen. Lächerlich!

Liam hatte dann noch etwas von einer Coleman-Stiftung gesagt, die ihrem Vater gehörte und von dem großen, sozialen Engagement der Familie. Pah! Alles, was hier engagiert behandelt wurde, war mein Mann!

Ich beugte mich über Sydneys (pinken!) Koffer, der zwischen Bett und Balkon geschoben worden war. Während ich ihre Sachen durchwühlte, fielen mir die weiteren Geschehnisse nach dem folgenschweren Donnerstagabend wieder ein. Nach einem langen Gespräch, und nachdem Liam gemerkt hatte, dass ich seine Scheidungspapiere nicht unterschreiben würde, verließ er in den frühen Morgenstunden unser Haus. Woraufhin ich in meiner Wut seine Kleider vor die Türe warf. Was am Ende weniger eindrucksvoll aussah, als ich es mir erhofft hatte.

Liam faltete seine Kleider so akribisch genau zusammen, dass sie selbst auf einem Haufen vor der Haustüre immer noch ordentlich wirkten.

Als Liam am nächsten Morgen zurückkam, packte er die Kleider vor der Haustüre in zwei Koffer und sah mich nur mitleidig an. »Du musst dich nicht beeilen, Mila. Nimm dir soviel Zeit, wie du brauchst, um aus dem Haus auszuziehen.« *Ich und aus dem Haus ausziehen?!* Das war ja wohl die Höhe! Damit dann seine Gespielin dort mit ihm leben konnte? Nicht mit mir! Anstelle einer Antwort schnappte ich mir eine von Liams Hanteln und warf sie nach ihm. Er hatte sich gerade noch bücken können und so war sie, anstatt in ihn, in die Kühlerhaube seines Fords geknallt. Ohne mir seinen Protest anzuhören, hatte ich daraufhin die Haustüre zugeknallt …

Ich merkte, wie ich bei der Erinnerung an den Freitagmorgen vor nicht einmal zwei Wochen einen Büstenhalter Sydneys zerknüllte. Sie hatte ganz viel Spitzenunterwäsche dabei. Ansonsten befanden sich auch viele Sportklamotten im Koffer. Bestimmt machte sie einen auf sportlich, um Liam zu gefallen. Doofe Kuh, das.

Nachdem ich in ihrem Koffer nichts wirklich Aufschlussreiches entdeckte, stand ich vom Boden auf und sah mich erneut in der Kabine um. Liam hatte seinen Koffer in eine Nische der Kabine gestellt und alle seine Kleider fein säuberlich in Schubladen oder auf Ablagen verstaut.

Ich kontrollierte alle Schubladen und Fächer, fand aber nichts von Belang darin. Dann sah ich mir die Nachttischschubladen an. Auf der Bettseite, neben der auch Sydneys Koffer stand, fand ich einige weitere Zeitschriften, eine Packung Taschentücher und eine pinke Lippenpomade.

Was für eine Tussi ...

Als Nächstes ging ich ins Bad, das sich ebenfalls auf der rechten Zimmerseite befand, gleich beim Eingang. Von allen Bädern, die ich bisher auf dem Schiff gesehen hatte, war dies das kleinste. Zu zweit würde man sich hier nur auf den Füssen herumstehen. Es gab eine kleine Dusche und das Klo war so nahe daran gebaut, dass man unmöglich aus der Dusche kommen und der andere gleichzeitig das Klo benutzen konnte.

Auf den wenigen vorhandenen Ablageflächen hatte sich Sydney breit gemacht – mit sehr exklusiven Pflegeprodukten. Unter dem Waschbecken entdeckte ich eine hübsche kleine Tasche, die Sydney zum Kulturbeutel umfunktioniert hatte. Ich bückte mich und öffnete sie. Sie war prall gefüllt mit weiteren Luxusartikeln. Ein sehr teuer aussehendes Shampoo für Haar-Extensions befand sich darin sowie ein Glätteisen, das ich erst kürzlich auf einem Homeshopping-Kanal als exklusive Weltneuheit gesehen hatte. Sydney schien sehr viel Geld in ihr Äußeres zu investieren. Ich konnte echt nicht verstehen, was mein Mann an ihr fand.

Als ich weiter in der Tasche kramte, kamen noch mehr Cremen, allerlei Seren und tonnenweise Gesichts-Ampullen zum Vorschein. Kein geheimes, bewusstseinsveränderndes

Mittel wie ich es mir insgeheim erhofft hatte. Schade.

Ich verließ das Bad und sah mich noch einmal im Zimmer um. Alles sah normal aus. Wie bei einem ganz normalen Pärchen, das gemeinsam eine ganz normale Kreuzfahrt unternahm. Nur, dass Liam und Sydney *kein* normales Pärchen waren! Eine Riesenwut kroch in mir hoch. Vielleicht sollte ich den beiden ...

»Lass uns doch darüber reden!«, hörte ich vom Gang her. *Liam!*

Hektisch sah ich mich im Zimmer um. Es gab hier wirklich kein geeignetes Versteck! In Sekunden maß ich das Zimmer ab ... Die Dusche?

Nein, die Duschkabine war durchsichtig!

Balkon?

Keine Möglichkeit, sich zu verstecken ...

Vom Balkon auf den nächsten klettern?

Ich war doch nicht lebensmüde!

Die Schlüsselkarte wurde von außen in die Türe gesteckt und öffnete sie mit einem Klicken. Ich hechtete übers Bett und versteckte mich zwischen Sydneys Koffer und dem Bett.

»Ist okay.« Sydney.

Es war offenkundig, dass sie beleidigt war.

»Na, hör mal, Pusteblume. Ich sehe doch, dass es *nicht* okay ist. Willst du darüber reden?«

»Alles bestens«, sagte Sydney eine Oktave höher als sonst und setzte sich aufs Bett. Wenn sie sich nur ein bisschen nach hinten beugte, würde sie mich sehen ...

Ich hielt die Luft an.

»Pusti, Süße, wir können das doch besprechen.«

Sydney sagte kein Wort.

»Na gut, wie du willst. Dann reden wir halt nicht.« Stille.

Und dann das schmatzende Geräusch eines Kusses.

Was?! Das war jetzt aber nicht deren Ernst!!!
»Reden wird eh überbewertet ...« Liam.
Aaaargh! Ich hielt mir eine Hand vor den Mund, um nicht laut loszuschreien.
Kuss. Geraschel. Kuss.
»Lass das, Honey!«
Sydney schob Liam entschlossen von sich weg.
Ja, ja, lass das!
Dann stand sie auf. »Ich gehe jetzt duschen!«
Ja, jaaaaa, duschen!
»Na gut! Dann gehe ich halt an die Bar.«
Liam stand vom Bett auf.
Bar! Bar! Super Idee!
Sydney antwortete nicht. Sie ging ins Bad und schlug die Türe hinter sich zu. Liam schnaubte wütend, dann verließ er das Zimmer. Kurze Zeit später wurde der Duschknopf betätigt. Unendlich erleichtert kam ich aus meinem Versteck hervor. Zuerst auf allen Vieren, dann, sobald ich den Mut dazu hatte, stand ich auf und verließ so schnell wie möglich das Zimmer. Seufzend schloss ich die Türe zur Kabine und sah mich auf dem Flur um ...

Liam hatte sich bereits verdünnisiert. Gut so.

Für heute hatte ich definitiv genug von den beiden!

Rasend vor Wut nahm ich die Treppe zu meinem Zimmer. Und wusste in dem Moment nicht, auf wen ich wütender war. Auf Liam und Sydney.

Oder auf mich.

13

Nach diesem Desaster ging ich selbst duschen! Ich kämmte meine nassen Haare nur in Form, dann zog ich mir ein Strandkleid über und packte meine Badesachen ein.

Jetzt musste ich mir erst einmal bewusst machen, wie ich weiter vorgehen wollte. Immer noch wütend stieg ich die Stufen zum Oberdeck hinauf. Als ich auf der Höhe der Shops war, bemerkte ich ein Schild, das auf Konferenzräume am Ende des Decks hinwies. Ich beschloss, mir diese Räume etwas genauer anzusehen. Vielleicht lenkte mich das etwas ab. Vom Ende des Flurs, aus dem letzten Konferenzraum, drang euphorisches Klatschen.

Neugierig schob ich mich in den Saal.

Im Saal waren mindestens fünfzig Leute anwesend. Fast alle Plätze waren besetzt. Auf dem Podium stand eine Frau mit Headset. Überrascht stellte ich fest, dass es Tiffany Anderson – die defekte Klimaanlage! – war.

Als sie mich hereintreten sah, schaute sie zuerst irritiert auf meinen Kopf, winkte dann aber freundlich. Ich winkte zurück und setzte mich, um nicht zu stören, auf einen freien Platz in der ersten Reihe.

»So, meine Damen und Herren, und jetzt freue ich mich auf Ihre Fragen!« Tiffany stellte sich in der Mitte der Bühne auf und sah aufmerksam ins Publikum.

»Ja, bitte, der Herr in der hinteren Reihe.«

»Mein Name ist Tom«, hörte ich über den Lautsprecher, »Sie sagten, dass der Innere Dialog gefestigt sein muss.«

»Richtig, Tom.«

Ich drehte mich um. Der Fragesteller war ein stark übergewichtiger Mann mit Glatze, etwa fünfzig Jahre alt. Zwei Männer standen am Rand, um Mikrofone zu verteilen.

Eines hielt der Glatzkopf jetzt in der Hand.

»Und den Inneren, gefestigten Dialog erreicht man durch die Spiral-Atmung«, fuhr Tom fort. »Angenommen, mein Gegenüber kennt den Inneren Dialog und die Spiral-Atmung nicht. Wie kann ich dann trotzdem eine friedliche Basis für ein Gespräch schaffen?«

»Das ist eine tolle Frage, vielen Dank, Tom! Sie haben da einen wichtigen Punkt angesprochen.«

Einen friedlichen, inneren Dialog?!

Fragend drehte ich mich ein weiteres Mal nach Tom um. Nachdem er sich mit einem Taschentuch die Stirn abgetupft hatte, verschränkte er die Hände vor seinem Bauch und schaute zufrieden vor sich her. Sprach er jetzt gerade mit der Pizza vom Mittagessen?

Tiffany hatte angefangen, auf der Bühne herumzugehen. Engagiert sagte sie: »Angenommen, unser Gegenüber verfügt über keinerlei Kenntnisse der Introvertierten Kommunikation. Nehmen wir an, Sie haben ein Meeting und plötzlich merken Sie, dass Ihr Chef – es kann selbstverständlich auch Ihr Angestellter sein – die Leitlinie verlässt. Und seien Sie sich bitte bewusst, geschätzte Anwesende, das *wird* passieren, wenn Ihr Gegenüber bezüglich der Leitlinie völlig ungeschult ist.«

Sie hielt in ihrer Bewegung inne und sah eindringlich ins Publikum. »Wenn Ihr Gegenüber die Leitlinie verlässt, dann fangen Sie an,« sie machte eine Geste mit beiden Händen, »zu spiegeln.« Ich verstand nur Bahnhof.

Ein Raunen ging durch die Menge. Tiffany machte ein Zeichen. Wahrscheinlich hatte jemand eine Frage dazu.

»Bob. Heißt das also, dass wir das Spiegeln bei jedem anwenden können, der die Leitlinie verlässt?«

»Korrekt, Bob«, antwortete Tiffany. »Sie können immer und jederzeit spiegeln, wenn die Leitlinie überschritten wird. Wichtig ist, dass Sie vorher die Spiral-Atmung gemacht haben.«

Wieder wurde im Publikum getuschelt.

Ich nutzte die Unterbrechung und nahm einen der bereitgelegten Notizblöcke inklusive Bleistift vom Nebenstuhl. Nach kurzem Überlegen schrieb ich *spiegeln* auf und unterstrich es. Daneben schrieb ich *zuerst atmen* und setzte, nachdem ich mich nicht mehr an den Namen der Atmung erinnern konnte, ein Fragezeichen daneben.

Mittlerweile konzentrierte sich Tiffany bereits auf die nächste Frage aus dem Publikum und machte dann einer Dame hinter mir ein Zeichen.

»Cynthia. Aber manchmal ist es gar nicht mehr möglich, die Spiral-Atmung zu machen. Kürzlich wurde bei einem Meeting mein Vorschlag abgewiesen. Ich musste sofort reagieren!«

Tiffany hatte aufmerksam zugehört. Jetzt nickte sie und machte dem Mikrofonträger ein Zeichen, Cynthia das Mikrofon wieder in die Hand zu drücken.

»Danke für dieses tolle Beispiel, Cynthia. Darf ich Sie fragen, ob Sie sich vor dem Meeting Zeit für die Spiral-Atmung genommen haben?«

Ich setzte *Spiral-Atmung* neben *atmen*, ließ das Fragezeichen aber stehen, da Tiffany das Wort Spiraaal sehr gedehnt aussprach. Ich war mir nicht sicher, ob ich sie richtig verstanden hatte.

»Nein«, sagte Cynthia zerknirscht. »Das Meeting wurde ganz kurzfristig einberufen.«

Tiffany nickte unauffällig als Zeichen, dass das Mikrofon wieder weggenommen werden durfte.

»Also«, begann sie, »wenn Sie die Möglichkeit haben, sich vorzubereiten, dann machen Sie *immer* die Spiral-Atmung und zwar *vor jedem wichtigen Gespräch*.«

Die letzten Worte betonte sie mit einer passenden Geste.

»Und was tun wir, wenn wir keine Gelegenheit dazu hatten?« Sie stellte sich in der Mitte der Bühne aufrecht hin und platzierte ihre Arme parallel zueinander auf Hals- und Bauchnabelhöhe, mit nach innen gekehrten Handflächen.

»Dann arbeiten wir mit der Stimulanz-Atmung.«

Sie atmete einmal tief ein und wieder aus.

Ich strich *Spiral-Atmung* und das Fragezeichen durch und schrieb *Stimulanz-Atmung* auf den Block. Hier war ich mir ziemlich sicher, dass ich das Wort richtig mitbekommen hatte. Mit einigen Strichen skizzierte ich Tiffany, wie sie da stand. Sicherheitshalber zeichnete ich die Position der Hände etwas genauer ein.

»Wichtig ist, dass Sie das gut für sich trainieren, dann können Sie es in jedem Gespräch tun – ohne, dass es Ihrem Gegenüber auffallen wird.«

Sie verharrte in der Pose, die sie anfangs eingenommen hatte und atmete einige Male ein und aus.

»Und jetzt sind wir bereit zu spiegeln.«

Erneutes Getuschel.

Tiffany ließ ihre Arme wieder sinken und machte jemandem hinter mir ein Zeichen, eine Frage zu stellen.

»Meghan. Habe ich das richtig erkannt? Die Stimulanz-Atmung lehnt sich an der Spiral-Atmung an, ist allerdings etwas flacher?«

»Absolut korrekt.«

»Und die Kraft hole ich in diesem Fall aus dem Intestinum«, beendete Meghan ihre Feststellung.

»Gut erkannt!« Tiffany nickte anerkennend in Meghans Richtung. Ich drehte mich nach Meghan um. Sie wurde von ihren Sitznachbarn gelobt und blickte freudig in alle Richtungen. *Kraft aus dem Intestinum holen*, schrieb ich auf den Block. Dann: *Was ist das Intestinum?* Nach kurzem Zögern fügte ich *Tiffany oder Meghan fragen* ein. Ich drehte mich noch einmal nach Meghan um. Ein ganz kleines bisschen erinnerte sie mich an Mrs. Simmons.

Ich strich *oder Meghan* wieder durch.

Tiffany wartete, bis die Unruhe in den Reihen etwas abgeklungen war, dann stellte sie sich so hin, dass allen klar war, dass die nächste Frage gestellt werden durfte. Ihr Blick glitt über die Reihen und blieb dann an jemandem hängen. Sie machte dem Mikrofonträger ein Zeichen.

»Danke«, hörte ich durchs Mikrofon. »Bill Richmond. Ich habe eine Frage zur Genesung der Inneren Mauer. Meine Frau und ich arbeiten schon lange daran.«

Tiffany nickte nach hinten. Vermutlich saß Bills Frau neben ihm und Tiffany hatte sie so gerade begrüßt.

»Manchmal stürzt bei uns die Große Brücke ein. Das kriegen wir zwar meistens mit dem Goldenen Statuum hin. Und natürlich einer Riesenmenge Geduld.«

Gelächter aus dem Publikum. Tiffany nickte beflissen.

Erneut nutzte ich die Unterbrechung, um Notizen zu machen und schrieb *innere Mauer* auf meinen Block. Allerdings hatte ich nicht ganz mitbekommen, was mit ihr geschehen war. War sie zu hoch? Rostig? Sanierungsbedürftig? Ich setzte ein Fragezeichen hinter *innere Mauer*. Dann überlegte ich, was Bill eine Hilfe gewesen war, konnte mich aber nur noch an Geduld erinnern. Unsicher schrieb ich *Geduld* neben *innere Mauer*.

»Aber manchmal«, fuhr Bill gerade fort, »ist die Innere Mauer so in sich verkapselt, dass, wie soll ich das sagen ...« Er machte eine Pause, um zu überlegen. Tiffany ließ ihn geduldig ausreden.

»Dass das Goldene Statuum fast *kontra*produktiv ist.«

Tiffany dankte ihm und machte dann ein Zeichen ins Publikum.

»Ein sehr wertvoller Beitrag von Bill. Gibt es sonst noch jemanden, der ähnliche Erfahrungen mit dem Goldenen Statuum gemacht hat?«

Während Tiffany ins Publikum sah, versuchte ich, meiner Sitznachbarin in die Notizen zu schauen. Ich hatte nicht ganz mitbekommen, wie dieses goldene Ding hieß.

»Goldenes *was?!*«, flüsterte ich ihr zu.

Sie sah mich mit zusammengekniffenen Augen böse an und drehte ihre Notizen von mir weg. Seufzend zeigte ich auf. Dann würde mir halt Tiffany weiterhelfen müssen.

»Ich zähle vierzehn, nein, fünfzehn Hände«, sagte Tiffany gerade, »vielen Dank, meine Damen und Herren, für Ihre Offenheit.« Dann sah sie mich an und sagte: »Sechzehn! Bestens!«

Ohne mich aufzurufen richtete sie sich ihr Headset neu und fing dann wieder an, auf der Bühne hin- und herzugehen.

»Während wir bei der Großen Brücke erfolgreich mit dem Goldenen Statuum arbeiten, also auch immer schnelle Ergebnisse sehen, *wirkt* es bei einer Verkapselung der Inneren Mauer tatsächlich eher kontraproduktiv. Und ich lege die Betonung bewusst auf wirkt. Was ist hier passiert? Nun, die Genesung der Inneren Mauer wird *immer* mit einer Verkapselung einhergehen. Im Gegensatz zu der Großen Brücke, die Schwankungen ausgesetzt ist«, sie zeigte auf Bill und seine Frau, »und uns ein Leben lang begleiten wird, ist die Innere Mauer in der Lage zu genesen. Wenn Sie also eine Verkapselung feststellen, dann herzlichen Glückwunsch! Ihre Innere Mauer ist auf dem Weg der Genesung!«

Ich hatte hektisch versucht, einige Notizen zu machen, war aber nicht mitgekommen mit schreiben.

Resigniert ließ ich den Bleistift sinken.

Tiffany rief jemanden hinter mir auf.

»Nora. Das heißt also, es ist ein gutes Zeichen, wenn die Innere Mauer verkapselt?«

Ich drehte mich zu Nora hin. Sie war etwa in meinem Alter und ausgesprochen hässlich. Ich schrieb *Nora dazu raten, hinter der Mauer zu bleiben* auf meinen Block.

»Absolut korrekt«, erwiderte Tiffany gerade, »*wenn* sie in Verbindung mit dem Goldenen Statuum verkapselt.«

Es herrschte offenbar das Bedürfnis, das Gehörte zu verarbeiten, denn viele fingen auf einmal an, miteinander zu flüstern. Tiffany lächelte einfach ins Publikum und wartete, bis sich das Getuschel wieder gelegt hatte. Dann machte sie einem weiteren Zuhörer ein Zeichen, seine Frage zu stellen.

»Rüdiger. Ich habe dazu ein spannendes Studienergebnis, das ich mit den Anwesenden *teilen* möchte.«

Der Name in Verbindung mit dem deutschen Akzent ließ mich aufhorchen. Ich drehte mich um und entdeckte in einem mir bisher unentdeckten Winkel des Raumes den Shampoo-Typen und seine Frau. Als ich mich wieder zu Tiffany umdrehte, sah ich, wie sie ihm ermutigend zunickte.

»Unser *inneres Wohlbefinden* hängt nicht zuletzt davon ab, wie sehr wir uns in unserer Haut *wohlfühlen*«, referierte Rüdiger und sprach dabei etwas zu laut ins Mikrofon. »Im wahrsten Sinne des Wortes. Wer sich mit *Haut und Haaren* wohlfühlt, wird auch *schneller* eine Genesung der Inneren Mauer erzielen.«

Tiffany nickte, kniff aber auch ihre Augen zusammen, was auf eine aufkommende Skepsis hindeutete.

»Wir werden nie *perfekte* Ergebnisse erzielen, *wenn* wir nicht auf gesamtheitlicher Ebene *arbeiten*.« Rüdiger sprach nicht nur zu laut, er betonte auch immer wieder willkürlich einige Wörter, was ziemlich aufgesetzt wirkte. Entweder lag es daran, dass Englisch nicht seine Muttersprache war oder er klang generell aufgesetzt, wenn es um Produktevermarktung ging. Ich tippte auf Letzteres.

»Und was schlagen Sie vor, Rüdiger?«, fragte Tiffany und stellte ihren Kopf leicht schräg. Sie schien auf der Hut zu sein.

»Ich schlage vor, dass wir uns *mehr* pflegen. Unser Äußeres, unseren Körper, *unseren Tempel!* Wir haben nur *diese eine* Hülle. Meine Frau und ich haben *festgestellt*, wie sehr uns die Produkte von *1-2-Shampoo* guttun. Alles hundert *Prozent* natürlich in Labors entwickelt.«

Tiffanys Blick schnellte zur Seite und sie machte ein unauffälliges Zeichen. Vermutlich kommunizierte sie gerade ohne Worte mit dem Mikrofonträger. Rüdiger sprach jetzt etwas schneller.

»Beste Produkte für *ein einmaliges* Wohlbefinden. *Meine Frau* und ich beantworten *gerne* alle Fragen dazu nach dieser Veranstalt …« Der letzte Teil des Wortes wurde vom weggerissenen Mikro geschluckt. Tiffany nickte genervt und bedankte sich dann mit säuerlichen Worten für den »wertvollen Beitrag«.

Wieder wurde getuschelt. Wie es schien hatte niemand eine weitere Frage. Ich drehte mich nach dem Publikum um und sah meine Vermutung bestätigt.

Entschlossen streckte ich meine Hand in die Höhe.

»Mila, nicht wahr?«

Tiffany schien ein gutes Namensgedächtnis zu haben! Vielleicht half ihr ihre Schnapp-Atmung dabei?

»Danke«, sagte ich, als mir das Mikrofon gereicht wurde. »Mein Name ist Mila. Also zunächst einmal …«, ich räusperte mich und stand auf, damit ich einen besseren Überblick im Saal hatte. Dann wandte ich mich an Tom und sagte: »Die Pizza im Ali Baba ist auf jeden Fall die beste!« Kurz nickte ich ermutigend in Noras Richtung und vermied es, die Hausmanns anzuschauen.

Dann drehte ich mich wieder zu Tiffany um.

»Gut. Ich habe folgendes Problem ...«

Ich nahm meinen Block, überflog rasch meine Notizen und sagte dann: »Also, mein Mann spiegelt sich im Moment mit einer anderen. Und ich bin mir ziemlich sicher, dass sie mit der Stimulanz-Atmung arbeiten. Jetzt wollte ich fragen,« ich sah Tiffany an, »wo ich dieses Goldene Strak ... Stramm ... Stamm ... Samsung kaufen kann, um sie wieder zu trennen?«

Hinter mir brach ein ziemlicher Tumult aus.

Ich drehte mich in Richtung des Publikums und blickte in lauter ratlos dreinblickende Gesichter. Nora hingegen starrte mich abschätzig an. Als mein Blick zu den Hausmanns wanderte, sah ich, dass sie mit verschränkten Armen dasaßen und mich mit versteinerten Mienen musterten.

Irgendetwas hatte ich falsch verstanden.

Ich nahm den Bleistift vom Stuhl und strich *spiegeln* und *Stimulanz-Atmung* durch. Nach einer kurzen Überlegungspause strich ich auch *Nora dazu raten, hinter der Mauer zu bleiben* durch. Gerade als ich mir auch eine geeignete Notiz für die Hausmanns überlegte, kam der Mikrofonträger auf mich zu und streckte seine Hand nach dem Mikro aus. Verstimmt zog ich es von ihm weg, krampfte meine Hand darum und hielt es mir erneut an den Mund.

»Alles klar«, bellte ich und ignorierte, dass sich meine Stimme überschlug. Wütend musterte ich zuerst Nora und dann die Hausmanns. Dann drehte ich mich zu Tiffany um, die mich mit offenem Mund anstarrte.

»Jetzt habe ich mal eine richtige Frage! Kann mir einer von euch Losern sagen, wo Backboard liegt?«

14

Im Nachhinein ist man immer klüger.

Und so wurde auch mir, als ich am nächsten Morgen mit Kopfschmerzen erwachte, bewusst, *wann* ich am besten den Mund hätte halten sollen. Nicht meine Backboard-Frage hatte das Fass zum Überlaufen gebracht, sondern alles, was *danach* geschehen war ...

Die Frage einfach ignorierend hatte jemand aus dem Publikum gerufen, was denn eigentlich mein Problem sei. Dankbar für das Stichwort hatte ich die Gelegenheit ergriffen, ausführlich von Liam und Sydney zu erzählen. Zuerst hatte es noch eine große Unruhe im Saal gegeben, aber dann hatten alle immer aufmerksamer zugehört. Irgendwann hatte eine Frau reingerufen, dass nun mal alle Männer Schweine seien, woraufhin ein anderer Mann geschrien hatte, dass das kein Wunder sie, sie solle doch mal in den Spiegel schauen.

Das hatte eine, naja, hitzige Debatte ausgelöst.

Tiffany hatte zuerst versucht zu schlichten, aber als dann all ihre Brücken-Mauer-Atmungs-Versuche keinen Erfolg gezeigt hatten, war sie nur noch wütend auf der Bühne hin- und hergetigert und hatte laut geflucht. Am Ende hatte sie ins Mikrofon geschrien, alle sollten gefälligst ihr Maul halten, während von hinten eine aufgebrachte Männerstimme schrie, sie solle doch *ihr* Maul halten und die Frau mit der komischen Frisur reden lassen. Die habe wenigstens was zu erzählen.

Als ich merkte, dass er damit mich meinte, fiel mir nichts anderes mehr ein, als die Titelmelodie von *Cruise to Happiness* anzustimmen, woraufhin mich die Mikrofonträger mit Gewalt hinauszerrten. Immerhin bekam ich beim unfreiwilligen Verlassen des Saales noch mit, wie einige der Anwesenden lauthals mitsangen.

Als ich jetzt meinen Wagen an Tiffanys Zimmer vorbeischob, machte ich nicht einmal den Versuch, bei ihr anzuklopfen. Es war anzunehmen, dass ich unerwünscht sei.

Heute hatten die meisten ihr Zimmer bereits verlassen. Im Laufe des Morgens waren wir in Cozumel angekommen und die Gäste waren vermutlich gerade dabei, die größte Insel Mexikos zu besichtigen. Das hatte mir die Gelegenheit gegeben, die Zimmer gründlich mit Milbenspray zu behandeln und allen eine schöne Skulptur mit ihren Bettdecken zu formen.

Naja, insofern Schönheit im Auge des Betrachters lag.

An Lady Baskins Zimmer klopfte ich voller Freude an.

»Ja, bitte!«

Ich öffnete die Türe und schob meinen Wagen ins Zimmer. Lady Baskin saß auf dem Sofa und hatte einen Krug Tee und Kekse vor sich stehen.

»Mila! Ich hatte Sie bereits erwartet!«

Sie machte mir ein Zeichen, den Wagen stehen zu lassen und mich zu ihr aufs Sofa zu setzen. Was ich gehorsam tat.

»Hübsch!« Evelyn zupfte an meiner Mütze herum und nickte zufrieden. Dann sah sie mich erwartungsvoll an: »Und, Mila, ist Ihnen aufgefallen, dass ...« Sie hielt inne: »Ist Ihnen etwas aufgefallen?«

Ich sah sie ratlos an. Dann suchte ich ihre Person nach einer Veränderung ab, fand aber nichts Auffälliges. Sie war wie immer sehr geschmackvoll angezogen. Ein hellgrünes Kostüm hatte sie mit einer blassgelben Bluse und ihrem wunderschönen, neuen Schal kombiniert.

Mit den Schultern zuckend lächelte ich sie fragend an.

Lady Baskin schmunzelte. »Nein, nicht an mir. Zumindest nicht, was mein Äußeres betrifft. An unserer Konversation, Mila.«

Ich verstand immer noch nicht.

Evelyn lachte laut und schüttete uns beiden etwas Tee ein. Dann zeigte sie auf die Zuckerdose und die Mich, die sie auch bereitgestellt hatte.

»Bitte, bedienen Sie sich.« Ohne Umschweife fuhr sie fort: »Ich habe mir Ihren Namen gemerkt, Mila! Das meinte ich.«

»Oh ...«

Tatsächlich, sie hatte sich meinen Namen gemerkt. Das war echt süß! Ich lächelte sie an und schüttete mir dann etwas Milch in den Tee. Eine englische Teezeremonie. Mit Lady Baskin – Evelyn – die sich meinen Namen gemerkt hatte. Für einen Moment vergaß ich meine privaten Sorgen und spürte richtig, wie ich mich entspannte.

»Also, Mila. Erzählen Sie mir etwas von sich. Wer sind Sie, woher kommen Sie. Und wer um alles in der Welt«, sie zeigte auf meine Mütze, »ist für das verantwortlich?«

Als hätte jemand mit einer Nadel in einen Ballon gestochen zerplatzte meine Unbeschwertheit augenblicklich.

»Oh, Mila ... Bitte entschuldigen Sie!«

Lady Baskin sah mich besorgt an und legte ihre Hand auf meine. »Manchmal bin ich einfach zu direkt.« Sie zögerte. »Vielleicht liegt es daran, dass ich einfach nicht mehr so viel Lebenszeit habe wie ihr jungen Leute.« Sie machte eine kurze Pause und sah mir nach einiger Zeit wieder direkt in die Augen. Schmunzelnd fügte sie an: »Oder es liegt schlicht und einfach an meinem ungehobelten Charakter!«

Ich lächelte sie dankbar an. Diese Frau war ein wandelnder Eisbrecher. Gerne hätte ich sie mit Mr. Shoemaker und seinen zwei Freunden bekanntgemacht.

»Ich bin meinem Mann hinterhergereist, heimlich«, sagte ich spontan und erschrak selbst über meine Offenheit.

Evelyns Augen weiteten sich.

»Sie sind Ihrem Mann hinterhergereist? Soll das heißen, er wollte Sie nicht dabeihaben?« Dann begriff sie … »Ach du meine Güte! Ist er etwa *mit einer anderen Frau* hier?«

Ich nicke nur.

»Das tut mir sehr leid.« Lady Baskin drückte meine Hand. »Wie haben Sie das denn herausgefunden?« Sie sah mich fragend an. In ihren Augen sah ich keine Neugier, sondern echtes Interesse und Mitgefühl.

»Das werden Sie mir nicht glauben.« Ich seufzte und nahm einen Schluck Tee. Dann stellte ich den Tee ab und begann zu erzählen. »Alles begann vor zwei Wochen mit einem Gewinnspiel im Radio …«

Ich erzählte ihr von Liams Gewinn, von seiner Heimkehr an dem Abend, dem Missverständnis mit den Scheidungspapieren und von Sydney. Dann holte ich etwas aus und erzählte ihr von unserem Kennenlernen und unserer Ehe und von dem, was mir Liam in den letzten Tagen alles an den Kopf geworfen hatte. Ich ließ nichts aus und Lady Baskin unterbrach mich kein einziges Mal. Sie nickte nur und wirkte beim Zuhören sehr nachdenklich.

Dann erzählte ich ihr von dem Vorstellungsgespräch mit Miss Davies und den Ereignissen auf dem Schiff, von der Kinderbetreuung, von Elma, vom Friseurbesuch und wie ich Liam und Sydney bereits belauscht hatte. Ich erzähle, wie ich vor dem Ali Baba buchstäblich in die beiden hineingedonnert war und wie sie mich später in ihrer Kabine fast erwischt hätten. Evelyn hörte aufmerksam zu, lächelte auch mal oder schüttelte ungläubig den Kopf.

Als ich alles erzählt hatte, schwieg sie lange. Ich konnte förmlich spüren, wie sie alles am Verarbeiten war und sagte deshalb auch nichts. Nach einiger Zeit sah Evelyn mich an und lächelte dabei sanft.

»Mila, das ist eine der unglaublichsten Geschichten, die ich je gehört habe. Sie sind eine wirklich unerschrockene Frau. Und Sie lieben Ihren Liam sehr, nicht wahr?«
Ich nickte.
Evelyn sah wieder in die Ferne. »Egal, was diese Ratgeber uns weismachen wollen, ein Seitensprung ist so ziemlich das Schlimmste, was man einer Beziehung antun kann.«
Wieder nickte ich, diesmal dankbar.
»Und er löst auch nicht Probleme, denen wir uns eigentlich stellen sollten.«
Ich schüttelte heftig den Kopf.
»Sie zu betrügen war eindeutig falsch.«
Ich seufzte. Evelyn sah mich mitfühlend an.
»Aber Mila«, jetzt nahm sie meine Hand in ihre, »ich glaube auch, dass Sie und Liam nicht wirklich zusammenpassen. Sie sind so unterschiedlich, wie es nicht unterschiedlicher sein könnte ….«
Ungläubig sah ich sie an. *Was* hatte sie gerade gesagt?
Liam und ich passten nicht zueinander?!
Nein, nein, nein, da lag sie eindeutig falsch!
Vehement schüttelte ich den Kopf. Lady Baskin hielt immer noch meine Hand in ihrer und drückte sie liebevoll.
»Mila, ich weiß, ich bin nur eine alte Frau und wir kennen uns auch noch nicht lange genug, dass Sie auf mich hören sollten. Aber andererseits habe ich schon so viel gesehen und erlebt.« Sie sah mich aufmunternd an und fuhr fort: »Ich spüre, dass Sie ein guter Mensch sind, Mila. Sie meinen es wirklich gut. Aber ich denke auch, dass Sie die Dinge nicht immer so sehen, wie sie sind.«
Lächelnd zeigte sie auf meinen Putzwagen, den ich im Eingangsbereich der Kabine abgestellt hatte. »Zum Beispiel sind Sie als Zimmermädchen gänzlich ungeeignet.«
Ich sah sie fragend an.

Sie stand auf und schob den Wagen zu uns. Dann zeigte sie auf all die angefangenen Milbensprays, die ich auf der Ablage platziert hatte. Schmunzelnd sagte sie: »Ich sehe weder gebrauchte, noch frische Handtücher. Nur haufenweise angebrochene Milbensprays.« Sie zählte alle durch und kam auf neun Stück. Augenzwinkernd drehte sie sich zu mir um.

»Haben Sie die Kabinen etwa mit Milbenspray geputzt?«
Ich sah sie ratlos an. »Ja. Der eignet sich hervorragend. Und er riecht sehr lecker!«

Evelyn lachte laut auf. »Gutes Argument. Und haben Sie jemals ein Handtuch gewechselt?«

»Nein? Sollte ich das?«

»Ach was, wird nur überbewertet!« Sie grinste breit und setzte sich wieder zu mir aufs Sofa.

»Mila, Sie sind wirklich kreativ. Sie sind witzig. Ich bin mir sicher, die Kinder haben Sie geliebt!« Ernst sagte sie: »Es ist wirklich schade, dass Liam keine Kinder will. Andererseits … Stellen Sie sich vor, Ihre Ehe wäre zerbrochen, nachdem Sie bereits Kinder gehabt hätten.«

»Aber meine Ehe ist noch lange nicht zerbrochen. Nur, weil diese Tussi sich an meinen Mann heranschmeißt.«

»Ach, Mila …«

Jetzt seufzte Evelyn. »Ich denke, Ihre Ehe ist schon vor dieser Sydney zerbrochen. Vielleicht hätten Sie beide wirklich nie heiraten sollen.«

Sie nahm erneut meine Hand in ihre.

»Mila, ich bezweifle, dass Liam mit diesem jungen Gemüse alt werden will. Aber ich denke«, sie drückte meine Hand, »er will auch mit Ihnen nicht alt werden. Nicht, so lange Sie beide nicht bereit sind, sehr, sehr an sich zu arbeiten.«

Reflexartig zog ich meine Hand zurück.

»Wie können Sie so etwas behaupten!«, sagte ich aufgebrachter als ich eigentlich wollte.

Die ältere Lady sah mich sanft an. »Ich wünschte, ich würde mich täuschen. Aber ich befürchte …«

»Liam *liebt* mich!«, fuhr ich ihr ins Wort, »Er hat nur eine …« Ich suchte nach Worten. »Er hat eine, eine, kurzzeitige … Hirn … verstauch … krank … Ach, was auch immer! Er spinnt halt einfach im Moment.«

»Na gut, Mila.« Evelyn setzte sich wieder gerade hin. »Ich will Sie nicht quälen. Aber machen Sie sich über meine Worte Gedanken.«

Verärgert sah ich an ihr vorbei auf meinen Putzwagen. Was war falsch an den Milbensprays? Welcher verwöhnte Gast wollte bitte frische Tücher?!

Und Liam liebte mich! Basta!

Kopfschüttelnd wandte ich mich an Lady Baskin: »Ich wollte Sie nicht anfahren. Sie meinen es nur gut mit mir, das ist echt lieb. Aber das mit Liam, das sehen Sie falsch.«

Evelyn sah mich fürsorglich an.

»Schon gut, Mila. Und ich wollte Sie auf keinen Fall verletzen. Lassen Sie alles einfach mal sacken.«

Sie strich mir noch ein letztes Mal über den Arm, dann nahm sie sich einen Keks.

»Probieren Sie mal!« Grinsend meinte sie: »Die habe ich auf dem Mitternachtsbüffet, na, sagen wir mal, mitgehen lassen. Sie schmecken total lecker!«

Ich nahm einen Keks und biss hinein. Er schmeckte tatsächlich lecker.

»Sie haben einen wirklich guten Geschmack, Evelyn«, sagte ich versöhnlich und genehmigte mir gleich noch einen zweiten Keks. Die Vorstellung, dass diese Lady galant Kekse in ihrer Handtasche verschwinden ließ, zauberte mir unwillkürlich ein Grinsen auf mein Gesicht.

»Und Sie, Evelyn«, unterbrach ich unser einträchtiges Schweigen nach einiger Zeit, »wie steht es bei Ihnen mit der Liebe?«

Normalerweise hätte ich einer älteren Dame nicht eine solch intime Frage gestellt, aber nachdem sie mir – liebgemeint, zumindest aus ihrer Sicht – nahe getreten wer, wagte ich, danach zu fragen.

»Bei mir?«

Evelyn sah mich überrascht an. Offenbar hatte sie nicht damit gerechnet, dass ich sie das fragen würde. »Ach Kindchen«, sagte sie und seufzte, »die Liebe ... Ich glaube, die ist schon lange weg. Genaugenommen ist sie mit meinem ersten Mann mitgestorben. Alfred war ...« Sie hielt inne, überlegte und sagte dann besonnen: »Er war ein ganz besonderer Mensch.«

»Wie lange ist der denn schon tot?«, fragte ich.

»Ach, viel zu lange. Alfred starb bei einem Flugzeugabsturz. Kleinflugzeug. Nur der Pilot und er waren an Bord. Da waren wir vierzehn Jahre verheiratet und leider kinderlos.« Wehmütig blickte sie zu Boden und versank in einer weit entfernten, längst vergangenen Zeit.

»Und dann?«, fragte ich ungeduldig. »Haben Sie wieder geheiratet?«

Evelyns Blick löste sich von dem fernen Ort und sie wandte sich wieder mir zu. »Ja, dreimal noch.«

»*Dreimal?!* Wow ... Und wann wurden Sie zur Lady?« Ich hoffte, dass sie meine Fragen nicht zu indiskret fand.

»Zur Lady wurde ich durch meinen letzten Mann, Maxwell. Maxwell Winston Truman Baskin der Vierte. Wir waren beide Ende sechzig, als wir heirateten. Und auch er starb mir weg. Ziemlich genau sechs Jahre, nachdem wir uns kennengelernt hatten.«

Als sie meinen fragenden Blick sah ergänzte sie: »Bauchspeicheldrüsenkrebs. Er hatte nur noch knapp zwei Monate, nachdem der Krebs diagnostiziert wurde.«

»Und ihn, haben Sie ihn denn nicht geliebt?«

»Ich hatte ihn … gern. Ja, das ist es. Ich hatte ihn gern. Aber geliebt, richtig geliebt habe ich nur meinen Alfred.« Sie machte eine kurze Pause und sagte dann: »Das Problem bei Maxwell war nicht er.«

»Nicht *er*?« Das verstand ich nicht. »Wer denn sonst?«

Evelyn seufzte. »Mit all meinen Männern sind mir nie Kinder vergönnt gewesen. Was ich immer sehr bedauerte. Und dann lernte ich Maxwell kennen. Mittlerweile war ich natürlich zu alt für eigene Kinder und so freute ich mich umso mehr, dass er Kinder mit in unsere Ehe brachte.«

Ich stellte mir vor, wie Evelyn mit den Kleinen lachend und glücklich auf dem Spielplatz herumtollte.

»Natürlich waren sie zu dem Zeitpunkt keine Kinder mehr. Archie und Mabel waren bereits in den Vierzigern.«

Die Spielplatz-Seifenblase platzte mit lautem Knall.

»Aber sie waren wie eigene Kinder für mich. Und so war es umso schlimmer, als ich mit den Jahren ihren wahren Charakter kennenlernte. Ich erfuhr unter anderem, dass sie ihren Vater gedrängt hatten, mich auf den Pflichtteil zu setzen.«

Erklärend fügte sie an: »Maxwell war Schotte und in Schottland ist das Erbrecht anders geregelt als in England. Die Kinder wollten ihren Profit daraus schlagen.«

Nachdem sie kurz an ihrem Tee genippt hatte, fuhr sie fort: »Es ging immer nur ums Geld, um Besitz, um das, was sie von ihrem Vater kriegen würden. Maxwells Kinder sind durch und durch raffgierig. Mabel ist eine falsche, geldgierige Schlange. Und Archie ist seiner verschwendungssüchtigen Frau hörig. Leider hat ihr Vater das nie durchschaut.«

Ich hatte beim Zuhören unbewusst die Luft angehalten.

Jetzt fing ich wieder an zu atmen.

»Und«, frage ich gespannt, »hatten die Kinder Erfolg?«

Evelyn sah mich schadenfreudig an.

»Maxwell hat seine Kinder geliebt. Aber mich, mich hat er vergöttert! Auch wenn er seinen Kindern zu Lebzeiten das Geld in den Allerwertesten geschoben hat, so war es ihm in erster Linie ein Anliegen, dass ich nach seinem Ableben ein sorgenfreies Leben führen sollte. Es gab einen Pflichtteil, ja, aber nicht für mich ...«

»Er hat *die Kinder* auf den Pflichtteil gesetzt?!« Ungläubig riss ich meine Augen auf.

»In der Tat, er hat die Kinder auf den Pflichtteil gesetzt!« Evelyn klatschte in die Hände und schenkte uns beiden noch etwas Tee nach.

»Woah, krass ... Und wie haben sie es aufgenommen?« Ich nahm einen großen Schluck Tee und merkte erst beim Trinken, dass ich die Milch vergessen hatte. Egal.

Evelyn zwinkerte mir zu. »Na, raten Sie mal ...«

»Sie sind stinksauer!«

Ich trank den Tee in wenigen Schlucken aus.

Vom Zuhören war ich ganz durstig geworden.

»Naja, gelinde gesagt.« Lady Baskin schmunzelte.

»Evelyn, Sie haben meinen Tag gerettet!«, sagte ich und umarmte die Lady spontan.

»Geschichten gibt es ...«

Dann zeigte ich auf meine Uhr und sagte bedauernd: »Und jetzt muss ich leider los. Aber vielleicht können wir ein anderes Mal weiterplaudern?«

»Sie müssen schon los?«

Evelyn sah mich etwas enttäuscht an. Dann stellte sie ihre Tasse ab und erhob sich. »Okay, ich verstehe. Eine von uns muss hier schließlich arbeiten.« Kichernd fügte sie an: »Oder tut zumindest so als ob!«

Ich bedankte mich herzlich bei Lady Baskin und schob meinen Wagen in Richtung Türe. Als ich schon fast beim Ausgang war, rief mir Evelyn noch etwas zu. »Mila, passen Sie gut auf sich auf!«

Sie hatte plötzlich einen wehmütigen Zug um die Augen.

»Wird schon schiefgehen«, sagte ich grinsend und zog eine Grimasse. Dann verließ ich die Kabine und winkte ihr beim Weggehen zu. Diese Lady war wirklich ein ganz spezieller Mensch. Bestimmt hatte sie viele Freunde auf der ganzen Welt. Obwohl sie nicht mehr jung war versprühte sie so unglaublich viel Lebensfreude. Kein Wunder hatte sie ihr letzter Mann vergöttert. Und die Stiefkinder … Beim Gedanken an die beiden musste ich unwillkürlich grinsen. Da hatten sie sich mit der Falschen angelegt!

Nur was sie über Liam und mich gesagt hatte, war leider überhaupt nicht zutreffend gewesen. Auch eine Lady Baskin schien manchmal falsch zu liegen. Es bedurfte ganz bestimmt nicht so vieler Arbeit, unsere Ehe zu kitten.

Alles, was verschwinden musste, war diese Sydney.

Dann würde alles wieder beim Alten sein.

Oder?

15

»Da bist du ja!«

Elma stand am Eingang der Putzkammer und sah ziemlich wütend aus. Sie deutete auf ihre Uhr. »Du müsstest schon seit einer halben Stunde hier sein!«

Ohne meine Antwort abzuwarten nahm sie mir den Putzwagen ab und schob mich wieder zu Türe hinaus. »Und jetzt beeile dich, du wirst erwartet.«

»Ich werde erwartet? Von wem denn?«

»Sag mal, verarschst du mich oder was?« Ihre Augen wurden einen Ton dunkler und funkelten mich böse an. Ich schluckte meinen Kommentar zum Wort »verarschen« herunter, konnte aber nicht umhin, Mom in meinem Kopf sagen zu hören: »Junge Dame, *was* habe ich da gerade gehört?!« Elma konnte von Glück reden, dass Mom nicht anwesend war.

»Hörst du mir überhaupt zu?!«

Moms Bild verschwand augenblicklich und wich einer aufgebrachten Elma. Sie drehte sich zum Putzwagen um. Mit einer hastigen Bewegung nahm sie das Blatt mit der Putzinfo an sich und überflog es kurz.

»Hier! Schaust du das auch mal an?«

Ich nahm das Blatt an mich und schaute auf die Stelle, die Elma mit ihren Wurstfingern antippte. »11 Uhr«, stand darauf, »Sightseeing Cozumel mit Mr. und Mrs. Bellini.«

Au Backe! Ich sollte mit dem tiefergelegten Italo-Ehepaar die Stadt anschauen gehen?

Ich *kannte* Cozumel ja gar nicht ...

»Elf Uhr! Und jetzt ist es bereits halb zwölf! Also spute dich gefälligst.«

»Okay ... Und wieso muss *ich* das machen?«

»Weil deine Qualifikationen so unglaublich top sind!«, flötete Elma und sah mich verachtend an. »Was ich mir beim besten Willen nicht vorstellen kann.«

Ups! Ja, da war sie nicht die Einzige. Ich schluckte schwer und fing an, meinen Wagen auszuräumen.

»Sag mal, habe ich mich falsch ausgedrückt oder was? Die Bellinis warten. *Seit einer halben Stunde!* Geh endlich! Deck neun beim Blue Elephant! Ich räum' den Wagen aus.«

Unsanft schob sie mich aus der Putzkammer.

Ich seufzte und ging zum Treppenaufgang.

»He, was sollen denn all die Milbensprays?!«, hörte ich noch hinter mir, achtete aber nicht mehr auf Elma.

Nachdem ich die Treppe hinunter genommen hatte, trat ich hinaus aufs Deck und machte mich auf in Richtung Blue Elephant. Sightseeing. In Cozumel. Mit den Bellinis. Das war in etwa wie Grannys Milchreis.

Mit Sauerkraut und Hundehaaren.

Von Weitem entdeckte ich die beiden. Sie standen unter einem Sonnenschirm und sprachen aufgebracht auf eine ältere Dame ein. Alison. Die wirkte ziemlich geplättet.

»Einen wunderschönen guten Tag allerseits!« Ich trat an die Dreiergruppe heran und versuchte, fröhlich auszusehen.

»*Sie?*« Mr. Bellini sah mich aufgebracht an. »Isse ja klare, dass Sie komme zu spete!«

»Ich bin sicher«, ging Alison dazwischen, »dass unsere Mila aufgehalten wurde. Vermutlich musste sie noch arbeiten, nicht wahr?«

Mit schlechtem Gewissen dachte ich an den Tee bei Lady Baskin. Allerdings hatte ich da auch noch nicht gewusst, dass ich hier erwartet wurde!

»Ja, es gab einiges zu tun«, meinte ich ausweichend. »Aber zurück zu uns. Sie wünschen eine Sightseeing-Tour mit mir in Cozumel?«

Mr. Bellini sah seine Frau grimmig an. Sie winkte ab. Ihr Arm, der aus einem mindestens zwei Nummern zu kleinen Tanktop herauslugte, schwabbelte dabei bedenklich.

»*No, sicuramente non* …« Sie brabbelte irgendetwas auf Italienisch und schimpfte dabei auf ihren Mann ein. Ich verstand auch so, dass es dabei um mich ging. Mr. Bellini wandte sich an Alison, die danebenstand und keinen Ton herausbrachte.

»Diese Fraue nickte gut! Putze isse Katastrophe. Sollte sehe wie putze! Und spricktke nickte Italiano! Versprocke, dasse Personale sprecke Italiano!«

Alison drehte sich hilflos nach mir um. »Das alles ist bestimmt ein riesiges Missverständnis und …«

»Nix Missverstandenis!« Mr. Bellini winkte ab. Seine Arme waren so dick, dass sie nicht mehr schwabbeln konnten. Allerdings steckte er in Shorts, die viel zu lang waren und dadurch seine eh schon schlechten Proportionen mehr als ungünstig betonten.

»*Vieni!*«, sagte er zu seiner Frau und zog sie mit sich mit. »Macke Exkursione alleine!«

Die beiden stapften davon.

Alison sah mich entschuldigend an.

»Mila, ich weiß gar nicht, was ich sagen soll … Das alles *muss* ein Missverständnis sein.«

»Ganz bestimmt«, antwortete ich.

Beschwichtigend tätschelte ich Alisons Arm.

»Ja dann hoffe ich, dass Sie sich das nicht allzu sehr zu Herzen nehmen«, meinte Alison und sah mich entschuldigend an.

»Ach was!«, winkte ich ab.

Alison lächelte mich erleichtert an und sah dann auf ihren Plan. »Oh, ich muss ja weiter!«, meinte sie erschrocken, verabschiedete sich schnell und rauschte hastig davon.

Na, da war ich ja noch mal glimpflich davongekommen!

Warum nicht alleine ein wenig die mexikanische Insel besichtigen? Ich lehnte mich über die Reling und sah dem emsigen Treiben der Touristen zu, die an Land spazierten. Ein großer Steg führte vom Schiff an Land. Die Insel war riesig und sehr viel grüner, als ich sie mir vorgestellt hatte. Es war höchste Zeit, auch einmal einen Ausflug zu machen!

Gerade als ich mich von der Reling wegdrehen wollte, entdeckte ich im Haufen der zurückkehrenden Menschen einen blonden Schopf. Ich kniff meine Augen zusammen und beugte mich noch einmal über die Reling. War das etwa …?

Tatsächlich, das *war* Sydney!

Sie war alleine und ging leicht gebeugt. Als wenn sie frustriert wäre … Ha! Sydney war alleine an Land gegangen und jetzt kehrte sie wieder zurück. Ohne Liam. Und was noch besser war: Unglücklich! Ich war wirklich kein schadenfreudiger Mensch, aber was ich hier gerade sah, ließ meinen Puls in die Höhe schnellen.

Schnell wandte ich mich von der Reling ab und hastete zur Treppe. Bis Sydney auf dem Schiff war konnte ich mich noch in Ruhe umziehen. Dann würde ich allerdings anstatt an Land nochmals die Kabine der beiden aufsuchen. Vielleicht würde ich vor ihrer Türe etwas Aufschlussreiches erfahren …

Mitten in der Bewegung hielt ich inne. Obwohl wir nicht fuhren schwankte es in meinem Kopf bedenklich. Der mir langsam bestens vertraute Brechreiz machte sich in meinem Bauch breit. Das war jetzt wohl ein Witz. Sogar im Stillstand wurde mir schlecht! Vor lauter Ärger über Liams und Sydneys Affäre und vor lauter Eifer, auf das Schiff zu kommen, hatte ich mich keine Sekunde um eine eventuelle Seekrankheit gekümmert.

Ich musste mir dringend Reisetabletten besorgen!

Vorerst aber beeilte ich mich, die Angestelltenunterkünfte und meine Kabine zu erreichen. Wie immer war die fleißige Frida am Arbeiten und so hatte ich die Kabine und vor allem das Bad ganz für mich alleine. Ich hechtete hinein und erbrach mich über dem Klo. Das war jetzt echt nicht lustig. Musste diese Seekrankheit ausgerechnet *mich* treffen? Von allen Menschen auf diesem Schiff ... Erbost stand ich auf und beugte mich gleich wieder über die Schüssel. Ein weiterer Brechschwall bahnte sich seinen Weg nach draußen.

Nachdem ich einige Minuten ausgeharrt hatte stand ich vorsichtig auf und schleppte mich zum Bett. Dort ließ ich mich fallen wie ein Sack Kartoffeln und krümmte mich so zusammen, dass mir nicht mehr ganz so schlecht war.

Dann schloss ich die Augen ...

Nach Luft schnappend schreckte ich auf. Wo um alles in der Welt war ich? Um mich herum war alles dunkel. Ich konzentrierte mich auf meine Atmung und versuchte, mich zu erinnern.

Das Schiff!

Liam und Sydney ...

Sydney, die ganz geknickt von einem Ausflug zurückgekommen war. Ich hatte die beiden noch ausspionieren wollen, aber dann war mir plötzlich schlecht geworden.

Langsam setzte ich mich auf. Mir war immer noch etwas flau im Magen. Am sinnvollsten wäre es wohl, einfach weiterzuschlafen. Um die beiden konnte ich mich auch morgen noch kümmern. Ich kuschelte mich ins Bett und deckte mich dieses Mal richtig zu. Schlafen war einfach immer die beste Medizin!

Wohlig seufzend glitt ich bereits wieder ins Reich der Träume. Kurz vor dem Einschlafen fiel mir ein, dass ich morgen für eine Doppelschicht eingeteilt worden war …
Upsi!
Also das war im Moment wirklich nicht sinnvoll! Und zudem musste ich mich jetzt echt um Liam kümmern. Also ausschlafen musste auf jeden Fall sein! Aber ich könnte ja mit meiner Arbeits-Uniform an den Pool liegen, Liam im Auge behalten und dann immer noch ein bisschen arbeiten.

Wenn mir denn danach war.

Selig schlief ich ein.

Tolles Gefühl, wenn man alles unter einen Hut brachte!

16

Die Sonne hatte den höchsten Punkt am Himmel erreicht. Keine Wolke war am Himmel zu sehen.

Ich stand an der Reling und genoss den Fahrtwind. Nachdem ich ausgeschlafen und ausgiebig im Gästebereich gefrühstückt hatte, hatte ich mir einen Liegestuhl geschnappt und mich nochmals aufs Ohr gelegt. Dummerweise hatte ich nicht daran gedacht, mir unter der Angestelltenuniform einen Bikini anzuziehen, und so hatte ich einfach die Knöpfe etwas geöffnet und mich mitsamt der Uniform hingelegt. Woraufhin mich einige Gäste komisch angeschaut hatten.

Was soll ich sagen? Neid ist ein großes Problem.

Aber das war mir so was von egal!

Meine Stimmung war auf dem Höchststand, seit ich Liam vor einer Stunde alleine an der Poolbar entdeckt hatte! Missmutig saß er auf einem Barhocker, nicht weit von mir entfernt, und trank den gefühlt zehnten *Caribbean Dream*. Gedankenverloren nippte er daran und wirkte dabei sehr unglücklich. Irgendetwas musste vor zwei Tagen in Georgetown passiert sein. Konnte es sein, dass es sich bereits ausgeturtelt hatte?

Ach die arme Sydney ...

Selbstverständlich würde ich ihn nicht gleich zurücknehmen. Erst einmal müsste er inbrünstig um Verzeihung flehend zu Kreuze kriechen. Und wenn er dann todunglücklich keinen Sinn mehr im Leben sehen würde – schließlich war sein Leben nur mit *mir* lebenswert! – würde ich ihm langsam, ganz langsam zu verstehen geben, dass er sich keine Sorgen mehr machen müsste. Denn, bei allem Leid, das er verursacht hatte, hatte ich *natürlich* auf ihn gewartet!

Das allerdings würde ich nicht gleich sagen.

Das würde er erst am Ende eines tränenreichen, mit vielen Küssen untermauerten Gespräches erfahren und dann, wie könnte es anders sein, mich mit diesem absolut unwiderstehlichen Lächeln anschauen, gefolgt von seinem so einzigartig sexy gehauchten »*Baby!*« und dann...

Was war das denn?!

Sydney trat an seinen Barhocker!

Sie hatte ihre Haare zu einem dieser fröhlich wippenden, hoch angesetzten Zöpfe geflochten, die Liam auch an mir immer so gemocht hatte. Was für eine Schlange!

Liam schaute sie mit unglaublich traurigem Blick an.

Seine Augen verharrten auf ihrem Gesicht. Er schien es richtig aufzusaugen. *Und was bitte war das jetzt?!* Er nahm ihr Gesicht in seine Hände und küsste sie. Lange, inbrünstig – und offenbar mit Zunge!

Mir wurde schlecht...

Missmutig ging ich den beiden entgegen und stellte mich so hinter eine Palme, dass sie mich nicht sehen konnten.

Von Weitem sah ich Mr. Shoemaker, den humorlosen Manager und Mr. Young, den Ersten Offizier, schnellen Schrittes auf mich zukommen. Unwahrscheinlich, dass sie zu mir wollten. Ich wollte mich gerade von ihnen wegdrehen, als Mr. Shoemaker mit dem Finger auf mich zeigte.

Entschlossen liefen sie in meine Richtung.

»Mila, da sind Sie ja! Wir haben Sie überall gesucht!«, sagte Mr. Young ziemlich außer Atem.

Ich drückte mich etwas verunsichert an die Palme.

»Was um alles in der Welt machen Sie denn hinter diesem Baum?« Mr. Shoemaker schaute mich ratlos an.

Ich zuckte mit den Schultern, machte aber keinen Wank.

»Würden Sie bitte zu uns kommen?« Der Manager wirkte ungeduldig.

Mussten die beiden denn so schreien? Aus den Augenwinkeln heraus sah ich, wie Liam und Sydney ihre Kussorgie beendeten und in unsere Richtung sahen. Mr. Shoemaker hatte aber auch eine laute Stimme!

Ich trat zögernd zu den zwei Männern und flüsterte: »Würden Sie bitte etwas leiser sprechen?«

Mr. Shoemaker sah mich an, als hätte ich den Verstand verloren. Ohne die Stimme auch nur einen Deut zu senken sagte er: »Lady Baskin wird vermisst! Wann haben Sie sie das letzte Mal gesehen?«

Lady Baskin wurde vermisst?

Das konnte ich mir gar nicht vorstellen!

»Lady Baskin wird vermisst? Das kann ich mir gar nicht vorstellen!«, sagte ich erschrocken.

Jetzt wurde auch Mr. Young ungeduldig.

»Hören Sie, es geht nicht darum, was Sie sich vorstellen können. Wir haben Sie gefragt, wann Sie sie das letzte Mal gesehen haben!«

Die lauten Stimmen der beiden Führungskräfte hatten dazu beigetragen, Liams und Sydneys Aufmerksamkeit auf uns zu ziehen. Beide reckten ihre Köpfe in unsere Richtung.

Kurz überlegte ich, ob ich mich wieder hinter der Palme verstecken sollte.

»Sie waren die Letzte, die sich in Lady Baskins Zimmer aufgehalten hat!«, sagte Mr. Shoemaker und kniff die Augen zusammen.

»Aber«, stammelte ich, »ich war heute gar nicht bei ihr!«

»Was soll das heißen, Sie waren heute nicht bei ihr? Wo waren Sie *dann?*« Mr. Shoemaker sah mich streng an.

Erleichtert atmete ich aus. Das alles war wohl nichts weiter als ein dummes Missverständnis!

»Ich habe ausgeschlafen!«, erwiderte ich und lächelte die beiden Herren freundlich an.

»Wie bitte?! Sie haben *ausgeschlafen?*«

Mr. Shoemaker musterte mich argwöhnisch. »Und jetzt erzählen Sie uns wohl auch noch, dass Sie sich eine Ayurveda-Massage im Beauty Salon genehmigt haben!«

Der Beauty Salon bot *Ayurveda-Massagen* an?!

Das war ja der Knaller!

»Leider nicht«, sagte ich etwas enttäuscht.

Mr. Young und Mr. Shoemaker tauschten einen undefinierbaren Blick aus, dann sagte Letzterer entnervt: »Zurück zu Lady Baskin … Sie ist verschwunden. Mitsamt ihrer Juwelen und ihrem gesamten Bargeld. Ihre Kleider allerdings hängen fein säuberlich über dem Bügel. Ihr Bett ist unberührt. Und auch gemäß unseres Systems sollte sie sich an Bord befinden. Was haben Sie uns dazu zu sagen?«

Ich blickte von Mr. Shoemaker zu Mr. Young und dann wieder zu Mr. Shoemaker. In meinem Magen breitete sich ein flaues Gefühl aus. Lady Baskin war verschwunden? Wie war das möglich? Sie war so ein netter Mensch!

»Ich …«

»*Mila???*«

Neben mir erschien Liam. Mit Sydney im Arm …

Beide starrten mich überrascht an.

Na toll!

»Ach, Sie kennen diese Dame?«, fragte Mr. Shoemaker Liam nach einem kurzen Moment der Stille.

Liam schüttelte ungläubig seinen Kopf, brachte aber keinen Ton heraus. Dann schoss sein Blick auf meine Haare. Fragend schaute er meine neue Kurzhaarfrisur an. Oder wohl eher das, was der Wind während der Überfahrt heute davon übriggelassen hatte.

„Mila, was, was … *ist* das?"

Instinktiv fasste ich mir an den Kopf.

»Ich, … äh, … habe sie abgeschnitten.«

»*Abgeschnitten?*« Liam schrie die Worte fast heraus. »Ich dachte, das ist eine Perücke! Mila, das kann doch nicht dein Ernst sein!« Auf Sydneys Gesicht machte sich ein schadenfreudiges Lächeln breit.

»Entschuldigung, wir würden jetzt wirklich gerne wissen, ob Sie diese Frau kennen und ob sie vertrauenswürdig ist«, fragte Mr. Young erneut. Mr. Shoemakers Blick ruhte jetzt auch auf meiner Frisur. Er schüttelte nur den Kopf.

Ich unterdrückte den Impuls, sie glattzustreichen.

Liam brauchte einen Moment, um sich von dem Schock zu erholen. Dass ich meine Haare abgeschnitten hatte, schien ihn mehr zu irritieren als die Tatsache, dass ich mit einer Angestelltenuniform auf demselben Kreuzfahrtschiff war wie er und Sydney.

»Ja, ich kenne diese Frau«, sagte er langsam.

»Und wer, bitteschön, ist das?« Mr. Shoemaker trat, mittlerweile wieder ganz ungeduldig, von einem Bein auf das andere. »Ist sie vertrauenswürdig? Oder wäre sie in der Lage, jemandem etwas zu stehlen oder sogar anzutun?«

Liam seufzte, dann sah er mich müde an.

O nein, bitte nicht! Er würde doch nicht …

»Das ist meine Frau. Exfrau. *Zukünftige* Exfrau«, korrigiere er sich. »Sie ist im Moment nicht ganz bei sich.«

Dann schien er das erste Mal meine Uniform wahrzunehmen. Er sah fragend zu Mr. Young und dann zu Mr. Shoemaker, der mit verschränkten Armen etwas abseits stand. Die Männer verzogen keine Miene und warteten auf weitere Erklärungen Liams.

Liam schüttelte wieder den Kopf.

»Ich habe keine Ahnung was sie hier tut«, meinte er seufzend, »aber irgendetwas stimmt hier nicht.«

Das schien als Erklärung zu reichen.

Mr. Shoemaker schloss seine starke Hand um meinen

Oberarm und machte Anstalten, mich mit sich mitzuziehen. Unwirsch befahl er: »Sie kommen jetzt erst einmal mit!« Dann wurde ich ziemlich unsanft von ihm mitgezerrt.

Ich drehte mich noch einmal nach Liam um und sah ihn hilfesuchend an. Bedeutete ich ihm denn gar nichts mehr? Er musste mir doch beistehen!

Ich sah, wie sich Sydney genüsslich an Liam lehnte, den Kopf an seiner Schulter. Sie sah aus wie eine Katze, die gerade eine Maus am Spieß serviert bekommen hatte.

Ich schluckte leer. Die Maus war dann wohl ich ...

»Oh, gibts hier etwa eine Scheidung?«, hörte ich Sydney noch schnurren. »Und was machst du dann so einsam und alleine, Honey?«

Liam beugte sich zu ihr herunter und zog mit seiner Hand ihr Gesicht ganz nah an seins heran. Ich konnte nicht mehr verstehen, was er ihr darauf erwiderte. Ich konnte jetzt auch nicht mehr nach hinten schauen. Es erforderte meine ganze Konzentration, mit dem energischen Mr. Young Schritt zu halten.

»*Mr. Young, Mr. Shoemaker, sehen Sie, was ich gefunden habe!*« Mr. Armstrong, der Wissenschaftler, trat von der Seite her an unser Dreiergrüppchen heran. Er atmete schwer. Die beiden Herren stoppten abrupt und schauten den Wissenschaftler fragend an. Dieser wollte schon zu einer Erklärung ansetzen, als er mich entdeckte. Mr. Shoemaker umklammerte noch immer meinen Arm.

Ratlos sah mich der Professor an.

Ich zuckte nur mit den Schultern.

»Hat sie, hat sie ... etwa *noch mehr* Fettflecken auf anderer Leute Unterlagen...?« Er hielt mitten im Satz inne. Mein versehentlicher Fettfleck schien ihm dann doch zu wenig plausibel für mein Festhalten zu sein.

Umständlich drehte er sich von mir weg und wandte sich

an den Manager des Schiffes: »Hier, sehen Sie mal, Mr. Shoemaker! Das habe ich an der Reling gefunden.«

Unsicher hielt er ihm ein buntes Tuch hin, das fröhlich im Wind flatterte. Ich erkannte es sofort. Es war der Schal, den sich Lady Baskin in Ocho Rios hatte schneidern lassen.

Mr. Shoemaker nahm das Tuch in die Hand und schaute es sich etwas genauer an. »Sieht aus wie ein Schal«, meinte er dann. »Offenbar ein Frauenschal.«

»Der gehört Lady Baskin!«, sagte ich erschrocken und versuchte, ihn dem Manager wegzuziehen. Dass Lady Baskin vermisst wurde, aber ihr schöner Schal gerade aufgetaucht war, gefiel mir ganz und gar nicht. Auf diesen Schal würde sie doch aufpassen!

Der Manager stieß meine Hand weg und hob den Schal in die Höhe. Er wollte wohl nicht, dass ich ihn in die Finger bekam. Dann begutachtete er ihn von allen Seiten.

»Soso, dieser Schal gehört also Lady Baskin«, murmelte er und hielt das kostbare Stück jetzt so in die Höhe, dass die Unterseite zum Vorschein kam.

Und da sahen wir es.

Alle vier gleichzeitig. Jedem war sofort klar, was es war.

Auf der Unterseite des Schals prangte ein großer Fleck.

Aus Blut.

17

Unwillkürlich schnappte ich nach Luft. Blut!

Etwa *Lady Baskins Blut?!*

Mir wurde wieder flau im Magen und ich klammerte mich an Mr. Young. Der hielt mich jetzt eher stützend als festhaltend am Arm. Unsicher sah er zu Mr. Shoemaker.

»O nein …«, sagte dieser und war plötzlich kalkweiß im Gesicht. Er brauchte einige Sekunden, dann fasste er sich wieder. »Sie sagten, dieser Schal gehört Lady Baskin? Woher wissen Sie das?«

»Ich … Sie hat ihn mir gezeigt! Vor, vor … zwei Tagen! Lady Baskin hat ihn sich in Ocho Rios schneidern lassen.«

Ohne es zu merken hatte ich angefangen zu zittern.

Umständlich legte Mr. Young seinen Arm um meine Schultern. Nach einem tadelnden Blick vonseiten Mr. Shoemakers zog er ihn aber gleich wieder zurück.

»Und Ihnen gleich gezeigt?«, fuhr der Manager spöttisch fort. »Lächerlich! Und dann hat sie Sie vermutlich noch in ihre Juwelensammlung eingeweiht …«

»Natürlich nicht! Aber diese Mütze. Diese Mütze hat sie mir noch gezeigt«, sagte ich traurig und nahm Evelyns hübsche Mütze aus der Tasche meiner Uniform. Ich hatte sie heute zwar eingepackt aber noch nicht getragen. »Und die hat sie mir sogar geschenkt!« Mein Zittern hatte sich etwas gelegt, dafür schossen mir jetzt plötzlich Tränen in die Augen.

»Sie hat Ihnen diese Mütze geschenkt?« Mr. Shoemaker riss sie mir aus der Hand. »Lassen Sie mal sehen!«

Nachdem er sie ausgiebig begutachtet hatte, sagte er streng: »Und wieso sollte Ihnen Lady Baskin diese Mütze geschenkt haben? Ich sehe keinen Anlass dazu. Oder wie finden Sie es, dass ein Gast einem Angestellten solch teure Geschenke macht?«

Wollte er mir etwa unterstellen, dass ich diese Mütze *gestohlen* hatte? Entschlossen sagte ich: »Sie *hat* mir diese Mütze geschenkt!« Kleinlaut fügte ich an: »Sie wollte mich bei meinen Haaren unterstützen.«

»Wie bitte!?« Mr. Shoemaker beäugte mich kritisch.

»Lady Baskin mag mich!«, sagte ich trotzig zu Mr. Shoemaker und wischte meine Tränen weg. »Wir haben gestern sogar zusammen Tee getrunken.«

»Sie haben *was?!*« Mr. Shoemaker schnappte nach Luft. »Hören Sie, junge Dame, ich habe in meiner Karriere als Manager schon viel erlebt, aber *das,* das sprengt alles! Wollen Sie uns weismachen, Sie hätten mit Lady Baskin *Tee getrunken?* Und dann während einer Pyjama-Party Kleidertipps ausgetauscht oder was?«

Er kam mit seinem Kopf ganz nah an meinen und sagte bedrohlich: »Glauben Sie mir, wenn sich herausstellt, dass Lady Baskin tatsächlich etwas zugestoßen ist, werde ich Sie ganz genau unter die Lupe nehmen!«

Dann wandte er sich an den Ersten Offizier und sagte: »Bernie, sie wird in Gewahrsam genommen!«

Ich sah erschrocken von Mr. Young zu Mr. Shoemaker.

Auch Mr. Young sah nicht glücklich aus. »Aber ist das nicht ein wenig übertrieben? Natürlich ist sie ein bisschen, äh, sonderbar. Aber müssen wir sie gleich festnehmen?«

Mir fiel noch was ein! »Haben Sie nicht meine Qualifikationen überprüft? Bestimmt hat Miss Davies sie überzeugt, dass ich einen guten Leumund vorzuweisen habe!«

»Hm, Miss Davies, ja. Aber das ist jetzt nicht von Belang. Allerdings, etwas gäbe es noch zu tun …«

Er wandte sich an Mr. Armstrong, der schweigend neben uns gestanden hatte, und nahm ihm Lady Baskins Schal wieder ab. »Vielen Dank Ihnen! Bitte halten Sie sich bei Bedarf zur Verfügung. Ihre Kabinennummer?«

»Zehnzwanzig«, sagte Mr. Armstrong.

»Zehnzwanzig, aha.« Mr. Shoemaker gab Mr. Young den Schal und meine Mütze in die Hand und nahm ein zusammengefaltetes Blatt und einen Stift aus der Brusttasche. Zuerst notierte er sich Mr. Armstrongs Zimmernummer. Dann überflog er die Informationen auf dem Blatt. »Wie ich sehe, sind Sie sogar Lady Baskins Zimmernachbar. Wir werden also ganz bestimmt noch einige Fragen an Sie haben. Ich gehe davon aus, dass Sie nichts Auffälliges bemerkt haben?«

»Nein, das habe ich nicht. Allerdings«, er sah mich böse an, »war ich die letzten zwei Tage auch damit beschäftigt, meine beschmutzten Notizen zu erneuern. Das hat mich viel Zeit und Mühe gekostet.«

»Bestens.« Mr. Shoemaker war ganz und gar auf seine eigenen Notizen konzentriert. »Gut, dann würde ich sagen, wir nehmen diese junge Dame mal mit. Und Sie sind entlassen. Mit bestem Dank für Ihre Unterstützung!«

»Sehr gerne. Und wenn ich helfen kann ...« Der Wissenschaftler sah mich noch einmal ganz erbost an.

Wieder wurde ich von den beiden Führungskräften mitgezerrt. In Richtung Schiffsbrücke. Dass ich so bald wieder dort erscheinen würde, hätte ich nicht gedacht. Keine fünf Minuten später erreichten wir die Brücke.

Mr. Baker, der Kapitän, unterhielt sich gerade mit einem Angestellten. Als er uns drei kommen sah schaute er meine beiden Begleiter fragend an.

»Wie es scheint, hat sie etwas mit Lady Baskins Verschwinden zu tun«, erklärte Mr. Shoemaker kurz. Dann fragte er: »Habt ihr schon irgend ein Lebenszeichen von ihr?«

»Leider nein.« Der Kapitän schien ehrlich zerknirscht. Dann sah er mich an und sagte: »Ich hatte von Anfang an den Verdacht, dass mit ihr etwas nicht stimmt.«

Wie bitte?! War nicht *er* der Kurzangebundene gewesen, als ich ihn mit den Kindern besucht hatte? Das war ja wohl eine Frechheit! Ich straffte meine Schultern und wollte gerade etwas erwidern, als ich von Mr. Shoemaker unsanft auf einen Stuhl gedrückt wurde.

»Sie bleiben erst mal hier!« Dann wandte er sich an seinen Ersten Offizier. »Bernie, wo sind die Unterlagen?«

Mr. Young überlegte, dann öffnete er eine Schublade und entnahm ihr ein Mäppchen. Dies reichte er Mr. Shoemaker. Mr. Shoemaker sah sich die Unterlagen kurz an, dann stieß er offenbar auf das, was er gesucht hatte. Er nahm das riesige Schiffstelefon zur Hand, wählte eine Nummer und stellte den Lautsprecher ein. Während ich auf meinem Stuhl saß, standen alle drei Männer um mich herum und verfolgten gespannt das Tuten.

»Adams?«, meldete sich eine freundliche Frauenstimme.

»Guten Tag. Hier ist Carl Shoemaker. Es geht um eine ehemalige Angestellte von Ihnen. Mila«, der Manager schaute nochmals kurz in seine Unterlagen, »Carter. Wir müssten uns kurz über ihre Qualifikation unterhalten.«

»Mila Carter? Ehemalige Angestellte? Ich verstehe nicht ganz ... Ist etwas mit meiner Tochter?«, fragte Mom besorgt.

»Hi, Mom, es geht mir gut!«, rief ich rasch dazwischen.

Ich wollte auf keinen Fall, dass sie sich Sorgen machte.

»Stell dir vor, ich bin mit Liam auf einer Kreuzfahrt!«

»Das ist aber schön!« Meine Mutter wirkte freudig überrascht. Dann rief sie nach hinten: »Toni, Schatz, deine Tochter ist am Telefon! Sie macht mit Liam eine Kreuzfahrt und ruft gerade vom Schiff aus an ...«

Es raschelte, dann erschien Dad in der Leitung.

»Häschen, eine Kreuzfahrt?!« Lachend meinte er: »Ihr Schlawiner habt gar nichts gesagt!«

Ich hörte von hinten die Stimme meiner Mutter, dann raschelte es erneut und sie war wieder am Apparat.

»Hör mal Mäuschen, bevor ichs vergesse. Wenn ihr im Juni kommt, müssen wir unbedingt zu Marcia's! Die haben neu aufgemacht. Die Trüffelpasta … Ich sage dir, ein Traum! Und dein Dad isst jetzt probiotische Joghurts. Die habe ich extra links hinten im Kühlschrank platziert, also bitte nicht aufbrauchen.«

Dads Stimme ertönte verhalten von hinten.

»Was? Ja, aber wenn sie deine Joghurts aufessen, hast du keine mehr. Jederzeit neue kaufen? Aber letztes Mal …«

»Mooom!« Ich unterbrach meine Mutter.

»Ja, Mäuschen? Ach, entschuldige. Du rufst vom Schiff aus an und ich quassle nur dummes Zeugs. Und bestimmt gibst du ein Vermögen aus! Wo ist denn Liam?«

Wieder raschelte es und Dad war am Apparat.

»Häschen, deine Mutter ist schon ganz aufgeregt wegen eures Besuches. Mach dir keine Gedanken darüber, was wir essen werden und genieß deine Kreuzfahrt! Mann, ich glaubs ja nicht … Ihr habt uns gar nichts gesagt! Wo seid ihr denn?«

»Karibik«, sagte ich kleinlaut. »Im Moment fahren wir an Kuba vorbei und morgen sind wir dann in Nassau. Am Samstag sind wir wieder in Miami.«

»Wow, das klingt super. Wehe, ihr bringt keine Bilder mit! Warte kurz …« Es raschelte. Ich hörte Dad mit Mom diskutieren, dann kam er wieder an den Apparat.

»Hör mal, ich muss los. Tennis mit Rob.« Kichernd ergänzte er: »Hätte ich fast vergessen vor lauter Kreuzfahrt-News! Hab dich lieb, Schatz!«

»Hab dich auch lieb!«, sagte ich mit einem Kloß im Hals.

Meine Mutter kam wieder ans Telefon. »So, den sind wir los. Sag mal Mäuschen, wer war denn der fremde Mann am Telefon? Nicht etwa so ein Telefonverkäufer, oder?« Dann besann sie sich. »Gibt es überhaupt Telefonverkäufer auf einem Kreuzfahrtschiff?«

»Misses Adams«, schaltete sich jetzt wieder Mr. Shoemaker ein. »Wir verkaufen hier gar nichts. Ich bin der Manager des Schiffs.«

»Was? Der *Manager?!* Und Sie rufen *mich* an?« Meine Mutter klang überaus erfreut. Mit ihrer Kleinmädchenstimme sagte sie: »Bitte, nennen Sie mich doch Abigail.« Kurze Pause, dann meine sie atemlos: »Nein, nein, nennen Sie mich *Abby!*«

Ich ließ resigniert meinen Kopf sinken.

»Haben Sie auch schon mal probiotische Joghurts probiert, äh ...?«

»Carl«, sagte Mr. Shoemaker.

»Carl! Oh, das sagten Sie ja bereits! Was für ein toller Name ... Meine Mila ist ja mit einem Carl in die Schule gegangen.«

»Mom!«, rief ich ins Telefon.

»O nein, ich quassle schon wieder ... Also, Carl. Verraten Sie mir den Grund Ihres Telefonats?«

Gekicher am anderen Ende der Leitung.

»Ich denke, wir wissen alles, was wir wissen müssen. Danke, Abigail.«

»*Abby!*«

»Abby. Vielen Dank für Ihre Zeit. Dann wollen wir Sie nicht länger behelligen ...«

»Jetzt hab ichs! Das ist ein Gewinnspiel! Und ich bin, ich *war*, der Telefonjoker. Um was ging es denn?« Erneutes, begeistertes Gekicher am anderen Ende der Leitung. »Nein, sagen Sie nichts! Die anderen Kandidaten sollen ja nichts abkupfern können, nicht wahr? Ja, dann hoffe ich, ich konnte Ihnen behilflich sein. Ach, ich wünschte, meine Freundin Trudy könnte mich jetzt hören! Telefonjoker bei einer Kreuzfahrt ... Wie aufregend! Zeigs ihnen, Mäuschen!«

»Misses Sil ... Abby! Wir müssen jetzt wirklich aufhängen.« Mr. Shoemaker seufzte schwer und tauschte Blicke mit seinen beiden Kameraden.

»Jahaa!«, flötete Mom. »Ich werde Sie jetzt weiterspielen lassen. Schätzchen, du meldest dich dann bei uns, okay? Ich will *alles* über dieses Gewinnspiel wissen!«

Kurz bevor Mr. Shoemaker auflegen konnte schrie Mom noch ins Telefon: »*Warten Sie!!!* Eines noch ... Mäuschen, du holst dir bei dem Fahrtwind doch keine Erkältung? Und schließt du auch nachts immer schön die Kabine ab? Sag Liam, er soll einen Stuhl vor die Türe stellen ...«

»Jaaa«, sagte ich gepresst.

Mr. Shoemaker unterbrach die Verbindung.

Dann sahen mich alle drei an. Wortlos.

Mr. Young war der Erste, der sich an mich wandte. »Gehe ich richtig in der Annahme, dass Sie keine Cabin Stewardess sind?«

Ich schüttelte den Kopf. »Ich bin meinem Mann hinterhergereist. Er hat eine Affäre und ich musste etwas unternehmen.« Dann ergänzte ich eifrig: »Aber ich habe wirklich gearbeitet!«

Mr. Shoemaker sah mich nur müde an. Er überlegte kurz, dann sagte er zu den beiden: »Es ist bereits zu spät zum Umkehren oder Anhalten. Ich schlage vor, dass wir sie morgen den Behörden in Nassau übergeben. Sollen die sich mit ihr rumschlagen.«

»Was?!« Erschrocken schnellte ich aus meinem Stuhl

hoch. »Ich bin doch keine Kriminelle! Haben Sie mir nicht zugehört? Ich bin wegen meines Mannes und seiner Geliebten auf dem Schiff. Das Verschwinden Lady Baskins trifft mich genauso wie Sie! Und ganz bestimmt habe ich nichts damit zu tun!«

»Ruhe!« Mr. Shoemaker hob genervt die Hand.

Zerknirscht setzte ich mich wieder hin.

»Carl, ehrlich gesagt glaube ich nicht, dass sie etwas mit Lady Baskins Verschwinden zu tun hat.« Mr. Young wandte sich an den Manager, sah dabei aber kurz zu mir.

»Ich weiß nicht, ich weiß nicht.« Mr. Shoemaker stand händeringend da und sah ziemlich ratlos aus.

»Aber ihre Familie ...« Mr. Young sprach beschwichtigend auf ihn ein.

»Auch Serienmörder haben ganz normale Familien.« Jetzt schaltete sich Mr. Baker ein, der sich kurzzeitig den Apparaturen gewidmet hatte. Er musterte mich skeptisch.

»Bis morgen wird sie in Gewahrsam genommen. Dann sehen wir weiter. Ich muss erst einmal eine Nacht darüber schlafen«, sagte Mr. Shoemaker entschieden. Er machte mir ein Zeichen, dass ich aufzustehen hatte und legte seine Hand unsanft um meinen Arm. »Bitte folgen Sie mir«, sagtet er noch unnötigerweise.

Er geleitete mich an den Angestelltenunterkünften vorbei zu einer Art Lager. Am Ende des Flurs öffnete er eine Kabinentüre. Die Kabine war sehr karg eingerichtet, es hatte nur eine Pritsche, ein kleines Waschbecken und ein Klo, gleich im Raum. Die Wände waren in einem hässlichen Gelbton gestrichen. Wenn er von mir verlangte, bis zum Ende der Reise hier zu bleiben, würde ich freiwillig in Nassau aussteigen. Er schloss die Türe mit einem Schlüssel und entfernte sich.

Seufzend setzte ich mich auf die Pritsche und starrte die

Wand an. Das durfte doch alles nicht wahr sein! Ich war in diesem Loch eingesperrt und man dachte allen Ernstes, ich hätte etwas mit Lady Baskins Verschwinden zu?

Irgendetwas war hier gehörig schiefgelaufen.

Wieder begann sich eine große Wut in mir breitzumachen. Allerdings, hier nur wütend festzusitzen würde mir auch nicht weiterhelfen. Ich schüttelte den Kopf und konzentrierte mich auf meine Atmung. Und tatsächlich half mir das, meine Gedanken zu fokussieren. Ich sortierte alles, was ich heute erlebt hatte und versuchte dabei, die Joghurts links im Kühlschrank auszuklammern.

Nicht relevant.

Liam hatte mich entdeckt. Liam war nicht für mich eingestanden. Lady Baskin war verschwunden und man hatte mich bezichtigt, etwas damit zu tun zu haben. Ich durfte nicht mehr auf diesem Schiff arbeiten und man spielte sogar mit dem Gedanken, mich an die Polizei zu übergeben. Plötzlich drängten sich mir zwei Fragen auf. So fest, dass mir für einen Moment die Luft wegblieb.

Liebte mich Liam noch?

Und *wo* um alles in der Welt war Lady Baskin?

18

»Aufstehen!«

Eine Hand rüttelte unsanft an mir. Ich schlug die Augen auf und blickte in Mr. Shoemakers missmutiges Gesicht. Seit wann nahm sich Mr. Shoemaker die Zeit, Angestellte zu wecken?

»Brauchen Sie eine Einladung oder was?«

Grummelnd schob er mir ein Tablett mit Kaffee und einem belegten Brötchen zu. Das war aber lieb! Mr. Shoemaker brachte sogar das Frühstück ans Bett!

Ich setzte mich auf und erschrak, als ich komische gelbe Wände wahrnahm ... Auf einmal fiel mir wieder ein, wo ich war. Und vor allem, warum ich mich hier befand. Ich schluckte die aufkommenden Tränen hinunter und trank gierig den Kaffee. Dann stürzte ich mich auf das Brötchen.

»Haben Sie tatsächlich bis jetzt geschlafen?« Mr. Shoemaker fixierte mich skeptisch.

»Wieso? Wie spät ist es denn?« Kauend sah ich ihn an.

»Kurz nach elf.«

»Schlecht geschlafen«, sagte ich trotzig und biss herzhaft ins Brötchen.

»Wie auch immer. Sie werden jetzt mitkommen.« Er wollte mich bereits wieder am Arm packen, aber ich machte ihm ein Zeichen, dass ich freiwillig mitkommen würde.

Zudem wollte ich nicht beim Essen behindert werden.

Schweigend und kauend ging ich neben ihm her. Heute geleitete er mich nicht direkt auf die Schiffsbrücke, sondern in einen mittelgroßen Raum einen Stock tiefer, der vermutlich für Besprechungen der Besatzung genutzt wurde. Mr. Young saß an einem großen Tisch in der Mitte des Raumes und schien auf uns gewartet zu haben.

Als wir eintraten, stand er sofort auf. Er musterte mich mitleidig und sagte: »Carl, lass sie doch wenigstens duschen!« Mr. Shoemaker überlegte kurz und sah mich an.

Oder besser meinen Kopf.

Unsicher strich ich mir die Haare glatt.

Der Manager schüttelte den Kopf und murmelte etwas von »zwecklos«. Dann zog er einen Stuhl unter dem Tisch hervor und befahl: »Setzen!« Gehorsam setzte ich mich. Auch Mr. Young setzte sich wieder. Mr. Shoemaker allerdings blieb stehen. Auf dem Tisch waren einige Haarpflegeprodukte ausgebreitet.

Daneben lag Lady Baskins Mütze.

»Gehören diese Dinge Ihnen?«, fragte Mr. Shoemaker.

Ich nahm die Mütze zur Hand. »Das habe ich ja bereits gesagt«, sagte ich und setzte sie auf.

Mr. Young streckte erschrocken die Hand aus und wollte mir die Mütze abnehmen, aber Mr. Shoemaker machte ihm ein Zeichen und raunte: »Lass sie, in unser aller Interesse.«

»Und sonst, was gehört sonst noch Ihnen?« Mr. Shoemaker stellte sich neben mich und zeigte auf die Haarpflegeprodukte.

Ich sah mir die Ware auf dem Tisch genauer an. Vor mir standen all die teuren Produkte, die ich am Sonntag im Beauty Salon gekauft hatte. Unter Ashleys Namen.

»Gehört alles mir«, antwortete ich und schluckte.

»Sind Sie sich bewusst, wie viel Geld vor Ihnen liegt?«

»Ja.« Schuldbewusst sah ich den Manager an.

»Interessanterweise sind Sie aber gar nicht in der Kundenkartei unseres Salons aufgeführt.« Mr. Shoemaker beugte sich ganz nah an mich heran. »Und dass Sie als Angestellte keinen Zugang zu diesem Salon haben, muss ich wohl nicht explizit erwähnen.«

Wieder schluckte ich.

»Da frage ich mich«, fuhr Mr. Shoemaker fort, »woher Sie das Geld für all diese Investitionen hatten.«

Er baute sich vor mir auf.

»Hören Sie, junge Dame, ich hatte mir tatsächlich überlegt, nachsichtig zu sein mit Ihnen. Fast hätten Sie mich soweit gehabt! Aber dann sind mir immer mehr Ungereimtheiten aufgefallen.« Er griff nach einem Ordner, den er auf dem Beistelltisch bereitgelegt hatte.

»Beschwerde Nummer eins. Mr. und Mrs. Simmons«, las er laut vor, nachdem er den Ordner geöffnet hatte. »Vergiftungsversuch und anschließende Drohung Ihrerseits. Mr. Simmons bittet darum zu prüfen, ob Sie geisteskrank sind.« Er sah mich mit zusammengekniffenen Augen an und blätterte dann weiter.

»Tiffany Anderson. Sie verlangt, ihre Kurse von unserem Bordprogramm zu streichen. Grund: Verlust ihres guten Namens.« Dann sah er wieder auf und sagte böse: »Verantwortlich dafür: Sie!« Nachdem er sich erneut über den Ordner gebeugt hatte, fügte er höhnisch an: »Oh, hier steht noch etwas in Klammern. Ich, also Tiffany Anderson, rede übrigens von der Spinnerin mit der komischen Frisur ...«

Ohne das zu kommentieren fuhr er fort: »Laura Davies. Ich hoffe, diese Person wird umgehend vom Putzdienst befreit. Nachdem sie wie eine Marktfrau mit mir plauderte, hatte sie auch noch die Nerven, mich zu beleidigen. Von ihren Putzqualitäten will ich gar nicht erst anfangen ...« Mr. Shoemaker schlug die nächste Seite auf. »Aha. Hier dann doch noch eine Auflistung Ihrer Verfehlungen ...« Er überflog alles kurz und meinte dann: »Wie auch immer. Lassen wir andere zu Wort kommen. Elfriede und Theodor Krummbichler. Ihre Angestellte ist eine einzige Katastrophe! Wer um alles in der Welt hat die angestellt? Und die spricht nicht einmal Deutsch!«

Der Manager sah mich kopfschüttelnd an und widmete sich dann wieder seinem Ordner. »Mr. und Mrs. Hausmann. Unsere Wünsche wurden in keinster Weise berücksichtigt. Wir vermuten sogar, dass mit uns Spott getrieben wurde. Vielleicht besteht die Möglichkeit, uns in freundschaftlicher Absicht zu einigen? Wäre es möglich, dass wir unsere überaus beliebten Pflegeprodukte 1-2-Shampoo für eine dauerhafte Zusammenarbeit vorstellen dürften?«

Mr. Shoemaker sah fragend zu Mr. Young. Dieser zuckte nur mit den Schultern, woraufhin der Manager weiterblätterte. »Mr. und Mrs. Bellini. Ein langer Beschwerdebrief. Sie schreiben …« Er überflog den Brief. Nachdem er ihn etliche Male gelesen hatte, wandte er sich an den Ersten Offizier. »Verstehst du das, Bernie?«

Mr. Young beugte sich über den Ordner. »Sie, äh, sind wartend, nein, wütend, über die Verblähtheit, nein, warte, die Unfähigkeit unserer Schmutzsau, nein, nein, nein, Moment, der *Putzfrau* natürlich!« Er seufzte und schob den Ordner dann von sich weg. »Carl, vergiss nicht Familie Bates. Die Kinder haben einen netten Brief geschrieben und darum gebeten, Mila im Kinderhort arbeiten zu lassen. Sie haben sich ganz begeistert über sie ausgelassen.«

Ich setzte mich aufrecht hin. Die Bates-Kinder hatten einen Brief für mich geschrieben? Das war aber nett!

»Jaja! Aber um das geht es nicht. Genau genommen geht es auch nicht um die Beschwerden. Wobei …« Jetzt seufzte auch Mr. Shoemaker. »Ich weiß noch gar nicht, wie ich das wieder ausbügeln kann. Tiffany Anderson. Ein großer Verlust …«

Er zog sich einen Stuhl heran, setzte sich und sah mich an. »Ein guter Schachzug von Ihnen. Die betrogene Ehefrau, die auf einem Schiff anheuert und so ihren fehlgeleiteten Gatten zurückerobern will. Sehr clever! Sie haben Ihre

Rolle als Dummchen sehr gut gespielt, junge Dame!«

Er tippte den aufgeschlagenen Ordner an.

»Aber etwas passt einfach nicht. Eine Sache ...«

Eindringlich sah er mir in die Augen. Ich sah ihn gespannt an. Ohne Vorwarnung zog er mir die Mütze vom Kopf.

»Das da!«

Der Manager zeigte auf meine Haare.

»*Das* würde sich keine Frau antun, die um ihren Mann kämpft. Zumindest nicht jemand, der seinen Mann ernsthaft zurückhaben will. *Das* tut sich nur jemand an, der seine Identität verschleiern will. Jemand, der unbemerkt sein will. Denn während Schönheit immer und überall auffällt, kann sich alles, ich wiederhole, *alles,* unter dem Mantel der Hässlichkeit verstecken!«

Sichtbar stolz auf seinen Scharfsinn stand er auf.

»Und deshalb, junge Dame, werde ich Sie auf jeden Fall den Behörden übergeben!«

Ich schluckte schwer. Was er gerade gesagt hatte, war so verrückt, dass ich gar nicht wusste, was ich erwidern sollte.

»Aber, Carl ...« begann Mr. Young. Er schien nicht ganz so überzeugt zu sein wie der Manager. Allerdings wurde er mitten im Satz unterbrochen, als es an der Türe klopfte.

»Herein!«, sagte Mr. Shoemaker und setzte einen zufriedenen Gesichtsausdruck auf. Die Türe öffnete sich. Ein weiterer Offizier betrat den Raum. »Sie sind da«, sagte er.

»Bitte!«, sagte Mr. Shoemaker und machte eine einladende Geste. Der Offizier trat zur Seite. Liam und Sydney betraten den Raum. Als sie mich sahen, weiteten sich ihre Augen. Ratlos drehte ich mich zum Manager um.

»Das verstehe ich jetzt nicht ganz.«

»Ja? Und ich dachte, das würden Sie bestens verstehen. Selbstverständlich werden *alle* Drahtzieher dieses perfiden

Plans den Behörden übergeben.«

»Was, welcher Plan?«, fragte Liam. Er sah erst Mr. Shoemaker und dann mich an. Sydney starrte nur auf meinen Kopf. Grinsend. Ich nahm die Mütze, die Mr. Shoemaker wieder auf den Tisch gelegt hatte, und setzte sie rasch auf.

Der Manager trat ans Fenster und sah hinaus. Dann schaute er auf seine Uhr. »In fünf Minuten werden wir in Nassau einfahren. Die hiesigen Behörden sind bereits informiert. Sie drei werden dort vernommen!«

»Was?!« Liams Kinnlade klappte herunter. »Aber …«

Sydney hörte sofort auf zu grinsen.

»Tja«, entgegnete ich. »Ehebruch ist auf den Weltmeeren ein Kapitalverbrechen.«

»*Was?*« Liam, Sydney und Mr. Shoemaker antworteten alle drei gleichzeitig und starrten mich an. Die beiden Betroffenen völlig entsetzt und Mr. Shoemaker, als hätte ich den Verstand verloren.

»Sorry,« jetzt konnte *ich* mir ein Grinsen nicht verkneifen, »war einen Versuch wert.« Mr. Young prustete unvermittelt los und versuchte es dann als Husten zu kaschieren.

Na, wenigstens hatte einer hier etwas Humor.

Liam drehte sich zu Mr. Shoemaker. »Würden Sie uns bitte erklären, was hier los ist? Wir fahren bald in Nassau ein und möchten die Zeit gerne an Land nutzen.«

Mr. Shoemaker baute sich jetzt vor Liam auf.

»Es besteht Grund zur Annahme, dass Sie am Verschwinden einer Passagierin, Lady Baskin, beteiligt sind. Vieles ist noch unklar und leider haben wir auch keine Beute gefunden. Es sei denn, in Ihrem Zimmer, das gerade durchsucht wird, wird noch etwas gefunden.«

»Unser Zimmer wird durchsucht?!«

Sydney gaffte Mr. Shoemaker wütend an.

Dieser ließ sich nicht beeindrucken und sprach einfach weiter. »Sollte es sich herausstellen, dass hier ein Gewaltverbrechen vorliegt, dann Gnade Ihnen Gott!«

»Was, ein Gewaltverbrechen? Ich verstehe kein Wort.« Liam zuckte mit den Schultern.

»Jaja«, sagte Mr. Shoemaker, immer noch völlig unbeeindruckt. Jetzt, wo ich nicht mehr im Mittelpunkt des Verhörs stand fing ich langsam an, das alles amüsant zu finden. Und ein ganz klein wenig war ich auch schadenfreudig, dass Liam und Sydney hereingezogen worden waren.

»Ist das Ihre Ehefrau, oder nicht?«, fuhr Mr. Shoemaker jetzt fort. Er schien seine Rolle als selbsternannter Richter immer mehr zu genießen.

»Das sagte ich doch bereits! Ja, es ist meine Ehefrau. Aber wir werden uns scheiden lassen. Ich bin jetzt mit Sydney zusammen!«

»Mm-mm«, antwortete Mr. Shoemaker. »Und wie erklären Sie sich dann Ihre Anwesenheit zu dritt auf diesem Schiff?«

»Was weiß ich!« Liam fühlte sich sichtlich unwohl in der Rolle des Befragten. »Das kann Ihnen nur Mila erklären. Ich glaube, sie will einfach nicht akzeptieren, dass es mit uns zu Ende ist.«

»Interessant.« Mr. Shoemaker beugte sich zu mir herunter. »Und wie bitte«, er riss mir erneut die Mütze vom Kopf, »erklären Sie sich *das* da!«

Ich versuchte noch, ihm die Mütze zu entreißen, aber er war schneller. Triumphierend hielt er die Mütze wie eine Trophäe in der Hand und zeigte auf meinen Kopf.

Völlig angefixt verdrehte ich meine Augen. Langsam hatte ich genug davon, dass meine Frisur als Corpus Delicti herhalten musste!

Liam sah mit schmerzverzerrtem Gesicht auf meinen

Kopf. Zerknirscht sagte er: »Ich habe keine Ahnung, warum sie das gemacht hat. Ich wollte nie, dass sie anfängt, sich für das, was geschehen ist, selbst zu bestrafen.«

Genervt stand ich von meinem Stuhl auf und riss Mr. Shoemaker die Mütze aus der Hand. Dann setzte ich sie wieder auf und sah trotzig in die Runde.

Das Schiff tutete als Zeichen dafür, dass wir in Nassau eingefahren waren. In diesem Moment klopfte es erneut.

»Ja, bitte!«, rief Mr. Shoemaker.

Die Tür öffnete sich und Elma betrat den Raum. *Elma?*

»Sir!«, sagte sie und nickte kurz in Richtung des Managers. Als sie mich anschaute, sah ich große Genugtuung in ihrem Blick. Kein bisschen Überraschung. Wie es schien, wusste sie bereits, dass ich hier festgehalten wurde.

Hatte etwa *sie* meine Kabine durchsucht?

»Haben Sie etwas gefunden?«, fragte Mr. Shoemaker.

»Nicht in deren Kabine«, sie zeigte auf Liam und Sydney. »Aber ich habe einige Dinge gefunden, die Sie sich vielleicht mal ansehen sollten.« Sie hatte eine Stofftasche dabei, die zum Abgeben der Schmutzwäsche diente. Aus dieser zog sie jetzt einen Gegenstand heraus. Genauer gesagt eine Strickjacke. Meine Strickjacke.

Meine Strickjacke?! Die hatte ich bereits gesucht!

»Habe ich in Kabine zehnsiebzehn gefunden. Bei Mr. Brown. Und sehen Sie mal!« Sie hielt Mr. Shoemaker die Jacke hin und deutete auf die Innenseite.

»M. A.«, las dieser laut vor. Dann sah er mich an. »Adams. *Mila* Adams, nicht wahr?« Die Initialen hatte Mom eingestickt, als ich zur Uni gegangen war.

»Ja klar, das *ist* meine Jacke! Aber was zum Henker macht die bei Mr. Brown?«

Meine Frage ignorierend, bedeutete Mr. Shoemaker Elma, ihm den Rest des Tascheninhaltes zu zeigen. Eifrig griff sie in die Tasche und zog ein Paar Turnschuhe heraus. Das durfte doch nicht wahr sein …

Dort waren meine Turnschuhe geblieben!

»Ein Paar Turnschuhe. Auch Kabine zehnsiebzehn.« Elma sah mich herausfordernd an. »Und auch die gehören dir, nicht wahr?«

»Klar gehören die mir. Aber ich kann mir gar nicht erklären, wie die dorthin gekommen sind.« Hatte Elma Dinge von mir in Mr. Browns Kabine geschmuggelt?

Zufrieden mit sich griff sie bereits wieder in die Tasche. »Und zuletzt, Mr. und Mrs. Bellini. Zimmer zehnvierzehn.« Sie sah mich hämisch an, zog einen etwa zwanzig Zentimeter großen Stellkarton heraus und übergab ihn Mr. Shoemaker. Bei dem Karton handelte es sich um einen Willkommensgruß, der mitsamt einiger Süßigkeiten auf jedem Zimmer bereitgestellt wurde.

»Herzlich willkommen, Mr. und Mrs. Bellini«, las Mr. Shoemaker laut vor. Dann sah er ihn sich etwas genauer an. »Aha, hier hat es eine handschriftliche Notiz: Ich habe mich um alles gekümmert. Der ›Ballast‹ ist entsorgt. Ich halte es für sinnvoll, Ihnen im Moment keinen Anteil zu lassen. Nur zu Ihrem Wohl. Aber keine Sorge …«

Der Manager hielt auf einmal inne.

Alle Augen waren gespannt auf ihn gerichtet, aber er ließ sich davon nicht beeindrucken. Alles, was ihn im Moment zu interessieren schien, war *ich* … Leise, aber eindringlich sagte er zu mir: »Sie *haben* etwas mit dem Verschwinden von Lady Baskin zu tun. Ich wusste es! Wie konnten Sie nur so schamlos sein und unser aller Vertrauen ausnützen!«

Dann richtete er sein Wort an den Offizier, der Liam und Sydney gebracht hatte und seither reglos am Eingang gestanden war. »Würden Sie bitte diesen Mr. Brown und das Ehepaar Bellini zu uns bringen?«

Der Offizier nickte und verließ den Raum.

»Und Ihnen«, sagte er und wandte sich an Elma, »bin ich zu großem Dank verpflichtet! Ich werde mich später für Ihre Dienste erkenntlich zeigen. Sobald ich mich hier um alles gekümmert habe.«

Dann machte er eine nickende Geste.

Elma verstand den Wink und verließ den Raum. Kurz bevor sie die Türe hinter sich zuzog, sah sie noch einmal zu mir. Von allen Blicken, die sie mir bisher zugeworfen hatte, war das der mit Abstand schlimmste. Es war eine Mischung aus Schadenfreude, Hass, Genugtuung und etwas, das ich im Moment nicht einordnen konnte.

»Carl, ich verstehe nicht ganz?« Mr. Young beugte sich nach vorn und wollte nach dem Karton greifen. Mr. Shoemaker schüttelte nur den Kopf und hielt den Karton mit festem Griff in der Hand. Er sah in die Runde er Anwesenden und fixierte einen Moment lang Liam, Sydney und dann mich.

»Ich weiß nicht, was für ein Spiel hier gespielt wird, *noch* nicht, aber ich werde es herausfinden, verlassen Sie sich darauf. Alle drei! Und falls sie Komplizen hatten, werde ich auch das herausfinden …«

Er beugte sich erneut über den Karton und las dann den Rest der Nachricht vor. Laut und deutlich, damit alle Anwesenden es verstehen konnten. »Keine Sorge«, wiederholte er, »natürlich werde ich Sie baldmöglichst entschädigen. *Großzügig!* Hochachtungsvoll …«, er machte eine dramaturgische Pause und freute sich über all die erwartungsvollen Gesichter.

»… Ihre *Mila*.«

19

»Die Süßigkeiten!«

Ich hatte keine Ahnung, was man mir unterstellen wollte, aber fühlte mich verpflichtet, die Sache richtigzustellen. »Ich habe die Süßigkeiten der Bellinis gegen Früchte austauschen lassen. Ich meine, sehen Sie sich die beiden doch mal an!«

»Hören Sie«, schaltete sich jetzt Liam ein. »Habe ich das richtig verstanden, dass meine Exfrau auf diesem Schiff gearbeitet hat?«

»Das sollten Sie am besten wissen«, antwortete Mr. Shoemaker und sah Liam spitz an. »Schließlich haben Sie diesen Plan gemeinsam ausgeheckt.«

Liam ignorierte den Kommentar und wandte sich an Mr. Young. Vermutlich erhoffte er sich von diesem mehr Gehör. »Falls Mila für diese Leute gearbeitet hat, kann ich das erklären! Was sie mit dieser Notiz gemeint hat verstehe ich auch nicht, aber das mit der Kleidung ... Sie verlegt ständig Sachen! Überall. Das ist sozusagen ihr Markenzeichen. Ich bin sicher, dass sie ihre Turnschuhe und die Jacke aus Versehen liegen gelassen hat.«

Das Verlegen von Dingen war mein *Markenzeichen?* Ich öffnete den Mund, um mich zu verteidigen, als Mr. Shoemaker sich wieder einschaltete.

»Ich habe genug von Ihren Erklärungen! Alles, was Sie noch zu sagen haben, können Sie der Polizei erklären. In Nassau. Ich werde Sie keine Sekunde länger auf diesem Schiff dulden!«

»Aber Carl ...« Mr. Young sah mittlerweile überaus besorgt aus. »Findest du das nicht etwas übertrieben?«

»Übertrieben? Ha! Erkläre das mal Lady Baskin!«

»Natürlich. Aber wir wissen nicht im Geringsten ...«
Wieder klopfte es.

»Ja-ha!« Mr. Shoemaker wirkte richtiggehend beflügelt.

Die Türe öffnete sich. Mr. Brown und die Bellinis wurden hereingeschoben. Während Mr. Brown schweigend in die Runde schaute und keine Gefühlsregung erkennen ließ, hatten die Bellinis fragende Gesichter. Die drei hätten unterschiedlicher nicht sein können. Mr. Brown war von Kopf bis Fuß in schwarz gekleidet. Mit Hemd und langer Hose, die um seine dünnen Beine schlackerte. Die Bellinis hingegen waren zwei farbenfrohe Presswürste.

Zwei sehr verärgerte Presswürste.

Als Mr. Bellini mich sah, weiteten sich seine Augen, und er setzte zu einer Schimpftirade an.

»*Ruhe!*«

Mr. Shoemaker baute sich vor Mr. Bellini auf und dieser schwieg augenblicklich. »Will mir jemand von Ihnen etwas zum Verschwinden von Lady Baskin sagen?« Der Manager sah die drei nacheinander an.

»Wasse isse Lady Baaskin?«

Mr. Bellini sah den Manager ratlos an.

»Tja, sagen wir mal, nur *ein Ballast* für Sie?« Selbstgefällig verschränkte der Manager die Arme vor sich.

»Isse verswunde was, eine Pallast? *Un' palazzo?*«

Der Italiener wirkte sehr verunsichert.

»Lady Baskin ist verschwunden«, sagte Mr. Young und versuchte, einen freundlichen Blick aufzusetzen. »Sie war auf demselben Stock wie Sie alle. Könnte jemand von Ihnen vielleicht etwas über ihr Verschwinden sagen?« Hoffnungsvoll blickte er in die Runde.

»Hören Sie, das alles ist nichts weiter als ein Riesenschwachsinn. Ich will jetzt endlich an Land gehen!« Sydney, die immer noch in der Nähe des Eingangs stand, stampfte jetzt wütend mit ihrem Fuß auf.

»Ich weiß nicht, was *die*«, sie zeigte auf mich, »uns alles anhängen will, aber ich kann Ihnen versichern, dass wir nichts mit dem Verschwinden von irgendjemand zu tun haben.«

»Und *Sie* sind …?« Alle Köpfe drehten sich nach Mr. Brown um, der Sydney mit komischem Blick beäugte.

»Ich?« Sydney war durch Mr. Browns Frage völlig aus dem Konzept geraten. »Ich bin Sydney. Sydney Coleman.«

»Die Frage ist wohl eher«, meldete sich jetzt wieder Mr. Shoemaker zu Wort und wandte sich an Mr. Brown, »wer *Sie* sind. Oder besser, was Sie *getan* haben …« Vielsagend sah er den komischen Kauz mit der Adlernase an. Dieser ließ sich davon nicht beeindrucken und blieb still.

»Nun gut! Keine Antwort ist auch eine Antwort. Wenn mir die Herrschaften jetzt bitte folgen würden.«

Er machte dem Offizier ein Zeichen und dieser öffnete die Türe. Mr. Shoemaker verließ als Erster den Raum. Gehorsam gingen wir hinter ihm her. Zuerst Liam und Sydney, dann die Bellinis und zum Schluss Mr. Brown und ich. Der Offizier und Mr. Young folgten uns. Keiner sagte ein Wort. Sydney wollte Liam etwas zuflüstern aber er bedeutete ihr, still zu sein.

Mr. Shoemaker geleitete uns durch Gänge, die ich noch gar nie betreten hatte. Alleine wäre ich hier aufgeschmissen gewesen. Nachdem wir etwa zehn Minuten durch alle möglichen Irrungen und Wirrungen geführt worden waren, öffnete Mr. Shoemaker eine Türe und gleißende Sonne blendete uns. Wir standen vor einem Hinterausgang des Schiffes.

»Warten Sie hier!«, befahl uns Mr. Shoemaker und stieg die Stufen hinunter zur Plattform, die zum Festland führte.

Erst jetzt erkannte ich den dunklen Van, der auf der

Plattform geparkt war. Mr. Shoemaker ging auf den Van zu, und klopfte an die Scheibe. Eine dunkelhäutige Frau in den Dreißigern stieg aus. Die beiden unterhielten sich angeregt, wobei vor allem die Frau wild gestikulierte.

Nach etwa fünf Minuten war das Gespräch beendet. Mr. Shoemaker kam wieder zurück. Er hatte einen verbissenen Zug um den Mund und sah Mr. Young an. »Sie will, dass wir morgen nachkommen!«

»Morgen?« Mr. Young wirkte erstaunt.

»Ja, netterweise dürfen wir die Reise noch beenden. Aber wenn wir die Passagiere in Miami verabschiedet haben, will sie uns hier sehen.«

»Und wenn wir uns weigern?«

»Weigert sie sich, die Leute festzuhalten.«

»Carl, ich finde sowieso, dass das Ganze …«

»Kein Wort mehr, Bernie!«

Verärgert gab uns Mr. Shoemaker zu verstehen, dass wir ihm folgen sollten und wir setzten uns in Bewegung.

»Spinnt der?«, zischte Sydney zu Liam. »Will der uns tatsächlich hier festhalten lassen?«

»Pusti, das sind die Bahamas! Werd mal locker. Wenn sich herausstellt, dass das alles ein Missverständnis ist, lassen die uns bestimmt noch Urlaub machen.«

»Ich weiß nicht.« Sydney zog eine Schnute. »Und nur wegen *der*!« Sie zeigte auf mich.

»*Die* heißt Mila. Und ist noch mit deinem Honey verheiratet.« Ich sah Sydney kämpferisch an.

»*Pscht! Ruhe!*«, schimpfte Mr. Shoemaker und öffnete die Türe des Vans, den wir jetzt erreicht hatten.

Mr. Brown sagte immer noch kein Wort und stieg brav ein. Als Erster. Liam folgte ihm und zog Sydney augenzwinkernd mit sich mit. Zögernd stieg auch ich ein. Der Van hatte abgedunkelte Scheiben und war zur Führerkabine mit einem Gitter gesichert. Es schien sich hier tatsächlich um die Polizei zu handeln. Die dunkelhäutige Polizistin war wieder ausgestiegen. Im Wagen auf dem Beifahrersitz befand sich ein weiterer, männlicher Polizist. Auch er war dunkelhäutig.

»Isse Ausfluge zu *Palazzo?*« Hörte ich Mr. Bellini von draußen. »Isse gratis?« Dann sagte er etwas zu seiner Frau und wandte sich wieder an den Manager: »*Grazie!!!*«

»Bedanken Sie sich beim Steuerzahler«, erwiderte Mr. Shoemaker zynisch. Die Bellinis kletterten ins Auto, woraufhin es sofort etwas zur Seite kippte.

Mr. Shoemaker sprach kurz mit der Polizistin und übergab ihr dann die Tasche, die Elma in den Besprechungsraum gebracht hatte. Sie war bis obenhin vollgestopft. Vermutlich hatte er Elma noch alle Haarpflegeprodukte einpacken lassen. Von innen sah ich, wie Mr. Shoemaker auf seinen Kopf zeigte und anschließend auf den Van. Die Polizistin nickte und beugte sich von außen in den Van.

Seufzend zog ich mir die Mütze vom Kopf und streckte sie ihr kommentarlos hin. Sie sah mich erstaunt an, nahm dann aber die Mütze entgegen. Nachdem sie sich vom Manager verabschiedet hatte, stieg sie auf den Vordersitz und startete den Motor.

»Na, dann wollen wir mal!«, sagte sie zu ihrem Begleiter. Sie sprach Englisch, hatte aber einen Akzent. Wahrscheinlich war ihre Muttersprache das landestypische Kreol.

Mrs. Bellini flüsterte ihrem Mann etwas zu, woraufhin er ans Gitter zur Führerkabine klopfte. »*Scusi!*«

Die Polizistin drehte den Kopf nach ihm um.

»Meine Frau musse macke Pipi!«

Die Frau am Steuer sah ihren Beifahrer fragend an. Lachend gab er ihr eine Antwort. Da ich nicht verstand, was er zu ihr gesagt hatte, hatte er jetzt ziemlich sicher Kreol gesprochen. Die Bellinis wurden von beiden nicht beachtet.

»Macke Pipi-Pause!«, rief Mr. Bellini wütend nach vorne. »Nickt warte bis Palazzo!«

Als der Italiener immer noch nicht beachtet wurde, drehte er sich um und sah ratlos zu seiner Frau. Die fing an, auf Italienisch auf ihn einzuschimpfen. Erfolglos versuchte er sie zu besänftigen. Liam und Sydney saßen nebeneinander und hielten sich in den Armen. Während Sydney angewidert zu dem streitenden Ehepaar sah, wirkte Liam eher belustigt. Mr. Brown saß auf seinem Platz und sah nach draußen. Gerade als auch ich einen Blick nach draußen werfen wollte, zeigte Mrs. Bellini auf mich und schimpfte in meine Richtung.

»*Quella* nix gut! Auch *andare Palazzo?* Ick liebe sterbe als gee in Palazzo *con lei!*« Dann klopfte sie vehement ans Gitter zur Fahrerkabine.

»Nix mer Pipi! Suruck zu Schiff. *Subito!*«

Der Wagen fuhr unbeirrt weiter.

Ich zuckte mit den Schultern, dann sah ich zuerst Liam, dann Sydney, dann Mr. Brown und dann das Ehepaar Bellini an. Alle Augenpaare waren auf mich gerichtet.

In keinem entdeckte ich Wohlwollen.

Und dann passierte etwas mit mir, das ich nicht mehr steuern konnte. Aus heiterem Himmel ergoss sich ein unerbittlicher Lachschwall aus meinem Mund. Vielleicht war es die Anspannung, vielleicht auch das Groteske dieser Situation. Keine Ahnung, warum, aber plötzlich musste ich lachen. Ich lachte und lachte, bis mir die Tränen kamen und mein Bauch anfing zu schmerzen.

Es gab nichts, was ich dagegen tun konnte.

Im Wagen war es ganz still geworden. Alle sahen mich an, als hätte ich den Verstand verloren. Und dann sagte ich das Einzige, das mir in diesem Moment einfiel.

Ich trocknete meine Tränen ab, sah ein weiteres Mal in die Runde und sagte unter Lachschluchzern: »Meine Damen und Herren, willkommen auf den Bahamas!«

Teil 2

Die Bahamas

20

Es gab eine Zeit in meinem Leben, in der ich mir nichts sehnlicher gewünscht hätte, als mit dem Mann meiner Träume an den Ort meiner Träume zu reisen. Hätte man mir vor Jahren gesagt, dass ich eines Tages mit meinem Ehemann die Bahamas bereisen würde, hätte ich vor Glück gejauchzt und diesen Tag einfach nur noch herbeigesehnt. Meine Phantasie wäre mit mir durchgegangen, was wir alles Wunderbares unternehmen und wie dieser Urlaub unsere Liebe noch stärken würde ...

Tja, so konnte man sich täuschen!

Als wir auf dem Polizeirevier eintrafen, machten alle einen großen Bogen um mich. Liam, Sydney, die Bellinis und auch Mr. Brown, der aber ansonsten immer noch ganz undurchsichtig wirkte. Ich hatte mich kurz vor unserer Ankunft auf dem Revier langsam wieder von meinem Lachkrampf erholt, was den Rest der Gruppe nicht davon abhielt, mich immer noch komisch zu mustern.

Die Polizisten hatten zuerst eine motzende Mrs. Bellini aufs Klo geleitet und uns dann angewiesen, auf den Holzbänken im Eingangsbereich zu warten. Um uns wuselten weitere Polizisten herum, die mit verschiedenen Dingen beschäftigt waren.

Hinter einer Glastür waren unsere Begleiter gerade dabei, sich mit einem dritten Polizisten zu unterhalten. Alle drei gestikulierten wild. Dann kippte der hinzugekommene Beamte – vermutlich ihr Vorgesetzter – die Gegenstände aus Elmas Stofftasche auf den Tisch. Nachdem er den Inhalt vor sich ausgebreitet hatte, beäugte er den Stapel ratlos.

»*Eh, scusi* …«, wandte sich Mr. Bellini an einen vorbeilaufenden Polizisten. Auch dieser war dunkelhäutig.

»Macke Ausfluge nacke *Palazzo*. Du gucke, dasse Fuerunge auf *Italiano?*«

Der Polizist sah Mr. Bellini ratlos an.

Dann wandte er sich fragend an uns.

»Er will die Führung zum Palazzo auf Italienisch«, half ich netterweise aus. Irgendwann müsste jemand den Bellinis sagen, wo wir uns befanden.

»Welche Führung?«, fragte jetzt der Angesprochene mit dem bereits vernommenen Kreol-Akzent.

»Zume Palazzo!« Mr. Bellini wurde zusehends ungeduldiger. »Imme warte, warte! Aucke wenne nixe zahle, nicke imme warte! Und wanne bitte esse?«

Der Polizist lachte laut auf, dann machte er eine anerkennende Geste bezüglich Mr. Bellinis Humor und schlenderte davon. Mr. Bellini drehte sich nach seiner Frau um und verwarf seine Hände. Sie schimpfte etwas auf Italienisch und überschlug dann ihre dicken, kurzen Beine.

Seltsam, dass das anatomisch überhaupt möglich war.

»Und was geschieht jetzt mit uns?«, fragte Sydney und lehnte sich an Liam. Sie saßen auf der mir gegenüberliegenden Holzbank.

»Keine Ahnung. Aber ich denke nicht, dass die uns einbuchten dürfen. Dafür haben sie gar keine Beweise.«

Mr. Brown schnaubte und sah auf den Boden.

Liam beachtete ihn nicht und wandte sich an mich.

»Sag mal, wer genau ist diese Lady Baskins?«

»Baskin«, korrigierte ich.

»Und was ist mit der?« Liam schob Sydney von sich weg.

Es ging dabei wohl weniger um mich als darum, dass er sich auf meine Worte konzentrieren wollte.

»Sie ist verschwunden. Lady Baskin, Evelyn, ist eine reizende, ältere Dame. Ich habe auf ihrem Stock gearbeitet. Mr. Brown«, ich zeigte auf den komischen Kauz, »ist, *war* ihr Zimmernachbar.« Der Angesprochene fixierte immer noch einen Punkt auf dem Boden.

»Und die war reich, oder was?« Liam sah mich fragend an. Dass er wenig respektvoll von ihr sprach, gefiel mir gar nicht.

»Ich denke schon«, sagte ich und seufzte. »Aber vor allem ist sie überaus liebenswert. Ich habe keine Ahnung, wer ihr etwas antun wollte.«

»Also wenn sie Kohle hat, könnten mir schon einige Leute einfallen. Weißt du, wie viele Spinner sich auf so einem Schiff verbergen?« Liam sah kurz zu Sydney, dann fuhr er fort. »Ausrauben, kaltmachen, über Bord werfen. So einfach ist das.«

Mir fuhr ein Schauer über den Rücken.

»Hör auf!«, sagte ich schnell. Dieses Bild wollte ich gar nicht erst in meinem Kopf aufkommen lassen.

»Und jetzt hilf mir mal auf die Sprünge.« Liam sah mich belustigt an. »Du bist uns tatsächlich hinterhergereist und hast auf dem Schiff gearbeitet? Wie hast du *das* denn geschafft?«

»Was, wie ich das geschafft habe?«

»Na, *du!* Als *Zimmer*mädchen!« Mein Mann kicherte. »Hast wohl alle Papiere gefälscht. Respekt, Respekt …«

Beleidigt sah ich auf den Boden.

Dann hob ich den Kopf. »So in der Art, fürchte ich.«

Liam knuffte Sydney in die Seite. »Das ist ja die Höhe! Hast du das gehört, Pusteblume. Wenn ich das Mom erzähle!« Die Erwähnung von Liams Mutter machte mich ganz nervös.

»Nein, bitte nicht Margaux erzählen!«, sagte ich schnell. »Und Mom und Dad glauben übrigens, dass wir eine gemeinsame Kreuzfahrt machen.«

»Voll? Hast du ihnen denn noch gar nichts erzählt?«

Liam sah mich ungläubig an.

»Du Margaux etwa?« Entsetzt sah ich ihn an.

Liam senkte den Kopf. »Habe ich. Und eine heftige Standpauke eingefangen. Irgendwie hatte sie keine Freude, dass ich ... an ... Sydney.«

»Sie hatte *keine Freude* an mir?« schimpfte Sydney.

»Deine Mom wusste *von Sydney?*«, keifte ich.

Liam hob beide Hände in die Höhe und machte eine beschwichtigende Geste. »Hey, easy, Mädels! ... Pusti, was erwartest du? Meine Mom fand mein Verhalten sehr unreif. Sie meint, ich hätte es Mila anders sagen sollen.« Kleinlaut fügte er an: »Und die Reise nicht mit dir machen sollen.« Dann wandte er sich an mich. »Ich habe es ihr erst vor Kurzem gesagt.«

»Mit wem hättest du *denn* die Reise machen sollen?«

Sydney nahm unsanft Liams Gesicht in ihre Hand und zwang ihn, sie anzusehen.

»Au!« Liam zog seinen Kopf aus ihrer Hand. »Mom meinte halt, ich hätte die Reise mit Patric oder Danny machen müssen. Sie fand, dass ich mir in Gesellschaft eines Freundes eher über meine Gefühle im Klaren geworden wäre.«

»Was gab es denn da zu klären!«

Sydneys Gesicht hatte eine rote Tönung angenommen.

»Das habe ich Mom ja auch gesagt!«, beeilte sich Liam zu sagen.

»He! Moment mal! Was heißt das, es gab nichts zu klären!!!« Meine Stimme ertönte etwas lauter, als beabsichtigt.

Sogar Mr. Brown hatte aufgehört, den Boden zu begutachten und starrte mich an. Die Bellinis gafften eh schon die ganze Zeit in unsere Richtung.

»Das kann doch nicht dein Ernst sein mit *der!*« Ich zeigte wütend auf Sydney. Es kostete mich alle Mühe, ihr nicht an die Gurgel zu springen.

»Mila, Baby«, Liam nahm jetzt meine Hände in seine und sah mich an. »Es tut mir leid, dass es so geendet hat. Und was du dir da im Moment alles antust … Die Reise … *du* …« Sein Blick wanderte zu meinen Haaren. Dann sagte er zögerlich: »Aber … ich liebe dich nicht mehr. Es ist aus zwischen uns. Verstehst du das?« Er lächelte mich schief an und ließ dann meine Hände los. Ich ließ sie zaghaft sinken.

Dann verschränkte ich sie vor meiner Brust.

»So, dann hoffe ich, wir können bald schnorcheln gehen!« Liam hatte sich jetzt wieder an Sydney gewandt, kitzelte sie und nahm sie dann in den Arm.

»Isse das Ihre, *come si dice? Marito?* Eemann?« Mr. Bellini sah mich an. Mit einer Mischung aus Mitleid – und Abscheu.

»Ja«, sagte ich zerknirscht.

»*Strano.* Komische Junge eutezutage.«

Ich wusste nicht genau, ob Mr. Bellini generell die Jugend von heute komisch fand, oder ob er sich eher über die heutigen Jungs beschwerte. Auf jeden Fall nickte ich zustimmend. Mrs. Bellini bedachte mich mit einem hochnäsigen Blick und sah dann in eine andere Ecke des Raumes.

Meine Wut war verflogen. Mit großer Mühe schluckte ich aufkommende Tränen herunter. War es denn möglich, dass das hier wirklich das Ende unserer Ehe war? Ich hatte mich so darauf konzentriert, Liam wieder zurückzubekommen, dass ich mir gar nie Gedanken darüber gemacht hatte, ob *ich* Liam überhaupt zurückhaben wollte. Was er hier ablieferte, war nicht einfach so zu vergessen. Würde ich ihm je wieder Vertrauen können?

Wollte ich ihm je wieder vertrauen?

Ich seufzte und schloss die Augen. Dann fiel mir ein, was ich jetzt wirklich dringend tun sollte …

»Mr. Bellini, Misses Bellini«, wandte ich mich an die beiden Italiener, »es gibt keinen Palazzo. Wir sitzen hier fest, weil man uns vorwirft, etwas mit dem Verschwinden Lady Baskins, der älteren Dame auf Ihrem Stock, zu tun zu haben.« Ich sprach extra langsam und deutlich, damit die beiden mich verstehen konnten.

So hoffte ich zumindest.

»*Non capisco!*« Mr. Belllini sah zuerst mich und dann seine Frau an. »*Come,* verswinde Ladi Baskin und wire Schulde?«

»Sie ist verschwunden und wir sind Schuld«, wiederholte ich und ergänzte schnell: »Man *meint,* wir seien Schuld.«

Mr. Bellini sah mich konsterniert an. Seine Frau tippte ihm auf die Schulter und sah ihn fragend an, woraufhin er ratlos den Kopf schüttelte.

»Ja, also eben«, fuhr ich fort, »gibt es leider keine Besichtigung eines Palazzos. Außer, äh, als Gefängnis …Für uns.«

Aus den Augenwinkeln sah ich, wie Liam, Sydney und Mr. Brown mich beobachteten. Liam machte Sydney ein Zeichen, dass sie sich keine Sorgen zu machen brauche.

»*Was?! Gefangenis!!!*« Mr. Bellini fiel fast von der Sitzbank. »Aber nix gemackte! Wieso meine, wir etwas gemackte. Nur einfacke *Turisti!*«

Mrs. Belllini gaffte ihren Mann an und sprach dann wütend auf ihn ein. Vermutlich forderte sie eine Erklärung der Sachlage. Dieser eröffnete ihr die Hiobsbotschaft in kurzen, abgehackten Sätzen und wandte sich dann wieder an mich.

»Aber wieso *wire* Schulde?«

»Weil sie meint, dass Sie zu dick sind. *Sie* hat Ihnen das eingebrockt.« Sydney zeigte mit ihrem perfekt maniküreten Finger auf mich. Schadenfreude blitzte in Ihren Augen.

Na, immerhin hatte *sie* meine Notiz gecheckt!

»Su dick?« Mr. Bellini sah Sydney an.

»Zu dick«, wiederholte Sydney. »Das Begleitschreiben, das Sie Ihnen zurückgelassen hatte, wurde missverstanden.«

»Begleiteschreibe misseverstande?« Mr. Bellini sah aus, als hätte er nach fünfzehn Jahren Koma soeben das Bewusstsein wiedererlangt. Die Wurstfinger seiner Frau tippten erneut auf seine Schulter und ihr böser Gesichtsausdruck signalisierte, dass sie eine Übersetzung des soeben Erfahrenen forderte. Der untersetzte Italiener zuckte nur mit den Schultern und sah ratlos in die Menge.

»Sie sind zu dick. *Troppa Cioccolata!*«, schaltete sich Mr. Brown ein. Er schien seine Stimme wiedererlangt zu haben.

»Wase *troppa cioccolata!*« Mr. Bellini verengte seine Augen zu Schlitzen. Dann fing er an, auf Mr. Brown einzuschimpfen. Am Ende bellte er: »Non su dick!«

»Meine Damen und Herren, dürfte ich um Ihre Aufmerksamkeit bitten!« Die Polizistin, die uns hierher gefahren hatte, und die jetzt das Gespräch mit ihren Kollegen beendet zu haben schien, hatte ihre Hände zu einem Trichter geformt. Nach einigen Sekunden hatte sie unsere Aufmerksamkeit.

»Sehr schön, vielen Dank!« Sie sah zufrieden in die Runde. »Wenn ich Sie nun bitten dürfte, mir zu folgen.«

Sie wirkte eher amüsiert als verärgert. Vielleicht war ihr bewusst geworden, dass wir wirklich nicht kriminell waren.

Bestenfalls etwas chaotisch.

»Und?«, fragte Liam. »Was geschieht jetzt?«

Die Polizistin baute sich vor ihm auf.

»Jetzt, meine Damen und Herren, werde ich Sie einbuchten.«

21

»Wie bitte?!«

Sydney hielt sich panisch an Liam fest. »Sie *dürfen* uns nicht einsperren! Wir haben gar nichts getan.«

»Außer zu viel zu essen!«, sagte Mr. Brown zynisch.

Kampfeslustig sah er die Bellinis an. Die hatten den Kommentar allerdings nicht mitbekommen. Lebhaft diskutierten sie miteinander.

»Also«, begann die junge Beamtin mit ihrem typischen Kreol-Akzent und machte den Bellinis ein Zeichen, still zu sein. »Wir werden jetzt Folgendes mit Ihnen machen: Sie werden unter Hausarrest gestellt, bis Mr. Shoemaker und Mr. Young hier eintreffen. Sollen die beiden sich mit Ihnen auseinandersetzen. Ich habe noch nie so dürftige Beweismittel vorgesetzt bekommen … Wie auch immer, Sie werden, wie gesagt, unter Hausarrest gestellt und sich ruhig verhalten, habe ich mich klar ausgedrückt?«

Sydney hob ihre Hand.

»Ja, bitte?« Als die Polizistin Sydneys fragenden Blick sah zeigte sie zuerst auf ihren Kollegen und dann auf sich. »Jolo und Darcy. Für Sie *Officer* Jolo und *Officer* Darcy.«

»Officer Darcy, heißt das, wir kommen nicht ins Gefängnis?«

»Nicht, wenn Sie sich ruhig verhalten.«

»Und was heißt ruhig?«

»Ruhig heißt, *nicht* streiten! Ist das klar?«

»Ja, Ma'am.«

»Was heißt Hausarrest?«, fragte Liam.

»Sie werden zum Love Beach gebracht. Dort haben wir ein Haus, das uns zur Verfügung steht.«

»Woah, *Love Beach!*«

Liam konnte seine Begeisterung nicht zurückhalten.

»Pusti, da habe ich mal eine Dokumentation darüber gesehen. Ist voll schön, der Strand!«

Darcy grinste. »Freuen Sie sich nicht zu früh …«

Sie bedeutete uns, ihr zu folgen. Gemeinsam mit ihrem Kollegen Jolo verließen wir das Polizeirevier und stiegen wieder in den Van, Darcy, wie schon bei unserer ersten Fahrt, auf dem Führersitz. Für die nächsten Minuten war es ganz still im Wagen. Keiner sagte ein Wort. Wir fuhren an hübschen, pinkfarbenen Gebäuden entlang. Den Wegesrand säumten Palmen und andere Bäume, die ich nicht kannte. Unter anderen Umständen wäre es bestimmt traumhaft gewesen auf dieser Insel. Nach etwa einer halben Stunde fuhr Darcy einen Parkplatz direkt am Strand an. Die Sicht auf das Meer war atemberaubend.

»Darf ich vorstellen? Unser legendärer Love Beach!«

Ein Raunen ging durch den Innenraum.

Darcy drehte sich nach hinten um.

»Schön, nicht wahr?«

»Mega!« Liam machte eine anerkennende Geste.

»Ja, finden wir auch.« Darcy startete den Motor. »Genießen Sie diesen Anblick noch. Denn den werden Sie in den nächsten Tagen nicht mehr zu Gesicht bekommen.« Jolo grinste und schüttelte gleichzeitig mitleidig den Kopf.

»Entschuldigung, wie meinten Sie, wir werden diesen Strand nicht mehr zu Gesicht bekommen?« Sydney klopfte verhalten ans Gitter zur Führerkabine.

»Sehen Sie gleich«, rief Darcy nach hinten und zwinkerte Jolo fröhlich zu, wie ich durch den Rückspiegel beobachten konnte. Wir fuhren etwas vom Strand weg an wunderschönen Häusern entlang, die im Kolonialstil erbaut waren. Es schien sich eher um Privathäuser als Hotels zu handeln. Darcy bog in einen kleinen Weg ein und fuhr an Bäumen und Sträuchern vorbei. Ich war mir nicht bewusst gewesen, dass die Bahamas so grün und farbenfroh waren.

Nachdem wir etwa fünf Minuten auf einer ziemlich unwirtlichen Straße entlanggefahren waren, hielt Darcy vor einem Haus. Es war zu seinen besten Zeiten vermutlich auch sehr hübsch gewesen. Jetzt hatte die graue Fassade aber dringend einen Anstrich, wenn nicht sogar eine Generalüberholung, nötig. Auf dem Boden vor dem Haus lag überall verschiedener Kram herum, der sich im Laufe der Jahre angesammelt zu haben schien und für den sich offenbar niemand verpflichtet gefühlt hatte. Neben dem Haus geparkt war ein altes Auto, das notdürftig mit einer Plane verdeckt war. Sie war schon ziemlich verwittert. Ich ging nicht davon aus, dass das Fahrzeug noch fahrtüchtig war.

Hinter dem Haus befand sich eine Terrasse, die von Weitem einen ziemlich morschen Eindruck machte. Auf den ersten Blick konnte ich keine Nachbarhäuser entdecken. Hätte mir jemand von Miami aus eine Augenbinde aufgesetzt – ich hätte keine Ahnung gehabt, in welchem Land oder auf welcher Insel ich mich befand! Dieses Haus schien sich inmitten eines unwirtlichen Dschungels zu befinden.

Darcy machte uns ein Zeichen, dass wir aussteigen sollten. Nacheinander verließen wir das Polizeifahrzeug. Sydney klammerte sich an Liam, dasselbe tat Mrs. Bellini bei Mr. Bellini.

Alle starrten das alte Haus fassungslos an.

Die Polizistin stieg die paar Stufen zum Eingang hinauf und sperrte die Türe mit einem Schlüssel auf. Nachdem sie einige Male drangeschlagen hatte, öffnete sich die Türe knarrend. Sie winkte uns zu, woraufhin wir ihr unentschlossen folgten. Jolo wartete, bis wir uns alle in Bewegung gesetzt hatten und bildete dann das Schlusslicht. Darcy drückte auf einen Lichtschalter und der Eingang wurde in diffuses Licht gehüllt. Gleich links beim Eingang führte eine Treppe in den ersten Stock. Ein großer Durchgang geradeaus führte ins Wohnzimmer.

Darcy bedeutete uns, ihr dahin zu folgen.

Das Wohnzimmer war nicht besonders groß und führte direkt auf die Terrasse. Jetzt sah ich, dass sie tatsächlich verwittert war. Einige Bodenschindeln waren morsch und es hatte mehrere Löcher im Boden. In der rechten Ecke des Wohnzimmers gab es eine Sitzecke, die aus einem alten Sofa und mehreren bunt zusammengewürfelten Sesseln bestand. An der linken Wand stand ein großer Esstisch. Hier schien es einen Durchgang zur Küche zu geben. Von Weitem sah ich einen Teil einer Küche. Sie machte einen eher schmuddeligen Eindruck.

»Wenn ich Sie jetzt bitten dürfte, sich zu setzen.« Darcy machte eine entsprechende Geste, blieb aber selber stehen. Mr. und Mrs. Bellini ließen sich plumpsend aufs Sofa fallen. Eine große Staubwolke stob in die Luft und beide fingen gleichzeitig an zu niesen. Mr. Brown verzog das Gesicht und schob sich dann widerwillig einen Sessel heran, auf den er sich setzte. Auch dieser stäubte etwas.

Sydney sah angewidert zu Liam. Der verdrehte nur die Augen und machte ihr ein Zeichen, sich auf einen der Sessel zu setzen. Auch ich setzte mich auf vorsichtig auf einen Sessel. Sofort fing es an, in meiner Nase zu kitzeln.

»Sehr gut«, sagte Darcy. »Wie ich sehe, sind Sie bereits dabei, sich einzuleben. Also«, sie hob unsere Reisepässe in die Höhe, »diese hier werde ich vorerst mal an mich nehmen. Morgen werden dann die beiden Verantwortlichen Ihres Schiffes anreisen. Bis dann bitte ich Sie, sich ruhig und gesittet zu verhalten. Habe ich mich deutlich ausgedrückt? *Ruhig und gesittet!*«

Sie machte eine Pause, dann fuhr sie fort: »Der Kühlschrank wurde mit einigen Lebensmitteln gefüllt. Mittags und abends werden wir Ihnen etwas zu essen bringen ...«

Sie hielt inne, da Mr. Bellini die Hand gehoben hatte.

»Ja, bitte?«

»Ise jetzte eine Ure. Wanne esse?«

Darcy sah auf ihre Uhr. »Ups, bereits ein Uhr? Ja, dann fürchte ich, werden Sie sich Ihren Lunch selber zubereiten müssen. Wie gesagt, der Kühlschrank enthält einige Lebensmittel.«

»Sind die gleich alt wie das Haus?« Mr. Brown.

Ich musste unwillkürlich kichern.

»Tja, finden Sie es heraus.« Darcy ließ sich nicht provozieren und sah nochmals auf ihre Uhr. »Ich werde Sie leider, leider wieder verlassen müssen.«

Mr. Bellini hob nochmals die Hand in die Höhe.

»Ja, bitte?«

»Schiffe fahre um sechs Ure weiter. Ise Befragung ier in Aus?«

Darcy sah ihn verständnislos an.

»Er will wissen, ob wir in diesem Haus befragt werden.«

Langsam sollte ich für die Dolmetscherdienste vergütet werden.

»Ach so. Keine Ahnung! Das werden Sie Ihren Mr. Shoemaker und Ihren Mr. Young fragen müssen.«

»Komme aucke Mr. Shumake und Mr. Jange?«

»Das sagte ich ja bereits, morgen!«

»Morge? *Domani?!*«

»Ja, genau.«

»Dann wire eute auf Schiffe suruck und domani befrage?«

»Dann gehen wir heute aufs Schiff zurück und werden morgen befragt?«, meinte ich freundlich zu Darcy und wandte mich dann erklärend an Mr. Bellini: »Nein, wir werden hier im Haus bleiben.«

»Im Aus bleibe?!« Mr. Bellini sah mich verwirrt an.

»Ich fürchte, ja.«

»Ma *come,* im Aus bleibe! Sechs Ure Schiffe fahre weiter! *Mia moglie* und ick dann suruck auf Schiffe!«

»Mister Zu-viel-Schokolade«, schaltete sich Mr. Brown ein, »Sie und ich – wir alle! – werden hier in diesem Haus bleiben. Hier! Bleiben! *Capito?* Bis fest steht, ob Sie etwas mit dem Verschwinden der alten Dame zu tun haben.«

Auf Mr. Bellinis Gesicht breitete sich Entsetzen aus. Er sah einen Moment lang konsterniert auf eine undefinierbare Stelle, dann drehte er sich nach seiner Frau um und fing hektisch an, auf sie einzureden. Mrs. Bellini hörte ihm mit zusammengekniffenen Augen zu, dann schlug sie plötzlich ihre Hand vor den Mund und fing an zu fluchen. Nachdem sie mit fluchen fertig war, schimpfte sie lauthals auf ihren Mann ein. Dieser verwarf immer wieder seine Hände und schimpfte lauthals zurück.

»Also dann, ich muss.« Darcy steckte sich unsere Reisepässe in die Tasche. Sie näherte sich dem streitenden Ehepaar und klatschte einmal laut in die Hände. Augenblicklich waren die beiden still. Dann ging sie auf die Knie, damit sie mit den beiden auf Augenhöhe war. Laut und deutlich sagte sie: »Möchten Sie lieber im Gefängnis übernachten?«

Für jemanden, der auch schon mit Englisch Mühe hatte war Darcy mit ihrem Kreol-Akzent ziemlich schwierig zu verstehen. Vermutlich war sie daran gewöhnt. Sie sah dem Ehepaar tief in die Augen und wiederholte: »Gefängnis?«

Die Bellinis sahen sie mit angsterfüllten Augen an.

Darcy fragte ruhig: »Ja? Nein?«

»No, no, no! Nein!«, sagte Mr. Bellini schnell.

»Gut. Dann seien Sie *friedlich* miteinander, verstanden?«

»Friede, Friede, verstande!«

»Bestens!«

Darcy stand auf und wandte sich wieder an die ganze Gruppe. »Auch wenn wir wirklich Besseres zu tun haben, werden Sie jeweils zwei Polizisten rund um die Uhr im Auge behalten. Ich würde Ihnen also raten, das Haus nicht zu verlassen und auch sonst nichts zu tun, was uns verärgern könnte.«

Liam räusperte sich. »Und was ist mit Schnorcheln? Wir dürfen doch wenigstens schnorcheln gehen, oder?«

Darcy grinste und entblößte dabei ihre makellos weißen Zähne. »Guter Versuch. Nein, ganz sicher werden Sie *nicht* schnorcheln gehen. Sie bleiben hier im Haus.«

»Hier im Haus? Bei dem Bombenwetter? Das kann doch nicht ihr Ernst sein!« Liam sah ehrlich enttäuscht aus. Offenbar hatte er wirklich gedacht, dass er noch zum Schnorcheln kommen würde.

Tja, und ich hatte gedacht, dass wir ein Ehepaar seien.

»Und ob das mein Ernst ist.« Darcy ging in Richtung Ausgang. Dann fiel ihr noch etwas ein. »Wenn ich bitte noch Ihre Handys einziehen dürfte.«

»Unsere *Handys?*« Jetzt war Liam richtiggehend erschüttert. Er sperrte den Mund auf und wieder zu und sah dann ungläubig zu Darcy. Diese lächelte nur und streckte ihm ihre Hand entgegen. Missmutig zog er sein Handy aus der Tasche und gab es ihr. Wir anderen taten es ihm gleich.

»Ich besitze kein Handy«, sagte Mr. Brown und verschränkte seine Arme vor dem Körper.

Darcy lächelte erneut und machte Jolo ein Zeichen. Mr. Brown, der gleich begriff, was jetzt kam, streckte seine Hände von sich und ließ sich mit beleidigtem Gesicht durchsuchen. Nachdem Jolo tatsächlich kein Handy gefunden hatte, ließ er wieder von ihm ab.

»Und was machen wir hier die ganze Zeit?«

Liam sah Darcy streitsüchtig an.

»Was Sie hier machen? Hm, lassen Sie mich kurz überlegen ...« Darcy überreichte Jolo unsere Handys und ging zum Esstisch. Mit einer Hand wischte sie darüber und streckte uns diese dann entgegen.

Die Hand war ganz staubig.

»Also ich will Ihnen ja nicht reinreden, aber wenn Ihnen wirklich langweilig ist, dann hätte ich einen Vorschlag.«

Sie entblößte noch einmal ihre großen, weißen Zähne.

»Wie wärs mit Putzen?«

Lachend verließ sie das Wohnzimmer.

22

Knarrend schloss sich die Haustüre.

Niemand sagte ein Wort. Alle saßen wir auf unseren Sesseln und starrten ins Nichts. Minutenlang war es ganz still. Sydney war die Erste, die sich zu Wort meldete.

»Gibt es in diesem Drecksloch auch eine Klimaanlage?«

Sie stand auf und suchte im ganzen Raum danach. Es war tatsächlich stickig heiß. Die Hitze war vermutlich durch alle Ritzen und Löcher hereingeströmt und hatte sich nach und nach im Haus gestaut. Nachdem ihre Suche erfolglos blieb, riss sie das Fenster zur Terrasse auf. Weitere Hitze strömte herein.

»Bringt nichts!«, meinte Liam entnervt und bedeutete Sydney, das Fenster wieder zu schließen. Er saß leicht nach vorn gebeugt und barg sein Gesicht in den Händen.

Seufzend setzte er sich auf.

»Also. Nochmal von vorn ...«

Nachdenklich sah er mich an. »Diese Lady Baskin ist verschwunden. Und die war auf demselben Stock, auf dem du gearbeitet hast.«

Ich nickte.

»Und hast du mit der Kontakt gehabt?«

Wieder nickte ich. »Ich habe ihr Zimmer geputzt. Nein, warte, ich *wollte* ihr Zimmer putzen. Aber sie zog es vor, mit mir zu plaudern. Zuerst hat sie mir eine ihrer Mützen geschenkt. Für meine Haare.« Ich strich mir über den Kopf und überlegte, dass ich bei nächster Gelegenheit unbedingt das Chaos auf meinem Kopf bändigen sollte.

»Am nächsten Tag«, fuhr ich fort, »wollte sie mit mir Tee trinken. Sie wollte wissen, warum ich auf dem Schiff war. Sie wollte eigentlich alles über mich wissen. Wir hatten ein wirklich nettes Gespräch.«

Mir fiel ein, was sie über Liam und mich gesagt hatte. Hatte sie am Ende doch recht gehabt?

»Dann hat sie mir über sich erzählt. Über ihr Leben, ihre verstorbenen Ehemänner, ihre Stiefkinder ... Wartet mal! Die Stiefkinder!«

Alle Anwesenden sahen mich gespannt an. Sydney hatte sich wieder hingesetzt und fächerte sich entnervt Luft zu. Als sie jetzt die Anspannung in meiner Stimme spürte, hörte sie damit auf.

»Was? Welche Stiefkinder?«, fragte Liam.

»Die Stiefkinder!«, wiederholte ich. »Lady Baskin hatte eine Menge Geld geerbt. Von ihrem letzten Ehemann. Irgendein Lord Sowieso. Der hatte Kinder. Archie und Mabel. Und die waren Lady Baskin gar nicht wohlgesonnen. Als er starb, hatte er Lady Baskin gegenüber seinen Kindern begünstigt, beziehungsweise sie auf den Pflichtteil setzen lassen.«

»Nochmal«, sagte Sydney. »Diese Lady Baskin hatte einen vermögenden Ehemann? Der gestorben ist? Und seine Kinder haben nur den Pflichtteil geerbt?«

Ich nickte zustimmend.

»Und jetzt? Meinst du etwa, die haben sie abgemurkst, oder was?« Sydney sah mich skeptisch an.

»Wäre zumindest ein Motiv«, meinte ich nachdenklich.

»Oder, sie hat auf einer Insel einen Neuen kennengelernt und ist mit dem durchgebrannt«, schaltete sich Liam ein.

Es lag mir auf der Zunge, Liam die Parallele zu seinem eigenen Leben unter die Nase zu reiben, schluckte den Kommentar aber herunter.

»Nein, das glaube ich nicht«, erwiderte ich stattdessen. »Das wäre nicht ihr Stil. Sie hätte die Kreuzfahrt auf jeden Fall noch zu Ende gemacht.«

»Aber umgebracht? Also ich weiß nicht ...«

Liam wirkte nicht überzeugt.

»Das wissen wir natürlich nicht. Aber auf dem Schiff wurde ein Schal gefunden, den sie sich auf einem Landgang gekauft hatte. Ein sehr hübscher Schal«, ergänzte ich. »Den hat sie mir noch voller Stolz gezeigt. Und dieser Schal war voller Blut.«

»Krass!«, entfuhr es Sydney.

Sie legte ihre Hand auf Liams Arm.

»Blute?« Mr. Bellini sah mich ängstlich an. Er hatte aufmerksam zugehört, aber wahrscheinlich nur die Hälfte der Geschichte verstanden. Mr. Brown hingegen war wieder in seine Welt abgetaucht und starrte auf den Boden.

»Ja, Blut«, wiederholte ich. »Es wäre also möglich, dass Lady Baskin tatsächlich Opfer eines Verbrechens wurde.«

»Opfe?« Der Italiener sah mich verständnislos an.

»Lady Baskin. Tot«, sagte ich und machte ein dementsprechendes Zeichen an meinem Hals.

»Ladi Baskin tote?« Mr. Bellini riss die Augen auf.

»Nur vielleicht«, beeilte ich mich zu sagen.

»Und wiso meine, dass wire sie macke tote?«

Mr. Brown schnaubte. Er hörte uns also zu.

»Keine Ahnung«, erwiderte Liam. »Aus irgendeinem Grund meint man, wir könnten etwas damit zu tun haben. Wir verdächtig«, hängte er noch an, nur für den Fall, dass Mr. Bellini ihn nicht verstanden hatte. Dann fragte er: »Haben Sie denn etwas mit ihrem Verschwinden zu tun?«

Mr. Bellini sah ihn verständnislos an.

»Sie macke Lady Baskin tote?«, imitierte er Mr. Bellini in der Hoffnung, dass dieser ihn dann besser verstand.

»Was? No! Sicker nickte!«

Der Italiener fing an zu schimpfen.

»Nickte streite!«, sagte ich und biss mir dann auf die

Zunge. Ich hatte denselben Fehler gemacht wie Liam.

»Und Sie?« Liam ignorierte Mrs. Bellini und wandte sich an Mr. Brown. »Haben *Sie* etwas mit Lady Baskins Verschwinden zu tun?«

Mr. Brown hob seinen Blick vom Boden.

»Sehe ich etwa aus wie ein Mörder?«

Ein Schauer lief mir über den Rücken. Vor mir sah ich ein verliebtes Paar, das im Wald eine Reifenpanne hatte und nach stundenlangem Suchen und Umherirren auf Mr. Browns abgelegene Hütte traf. Niemand würde je wieder etwas von den beiden hören …

»Natürlich nicht!«, sagte ich schnell.

»Doch, irgendwie schon«, meinte Liam gedehnt. »Wenn hier jemand infrage kommt, dann wohl Sie.«

Mr. Brown starrte Liam aus dunklen, kleinen Augen an.

Es war unmöglich, etwas in diesen Augen zu lesen. Kurz überlegte ich, wie abgelegen unser Haus wohl war …

»Wenn Sie etwas zu verbergen haben, werde ich das noch herausfinden.« Liam baute sich in seinem Sessel auf. Er holte gerade Luft für den nächsten Satz, als die Haustüre knarrend geöffnet wurde.

Alle Köpfe drehten sich zur Haustüre.

Ein mir unbekannter Mann betrat das Haus. Mit seinem Shirt, den Shorts und der hellen Haut sah er ziemlich amerikanisch aus. In den Händen hielt er je einen Koffer.

»Hey, Leute«, sagte er mit amerikanischem Akzent. »Ich habe da was für euch. Mr. Young hat mich gebeten, euch euer Gepäck zu bringen.« Er hielt die beiden Koffer in die Höhe. Grinsend meinte er: »Wurden durchsucht und abgesegnet. Sie haben gedacht, ihr seid vielleicht froh, wenn ihr eure Kleider kriegt.«

Nachdem er die beiden Koffer auf den Boden gestellt hatte, verschwand er. Gleich darauf kam er mit zwei weiteren Koffern herein. Dann verließ er pfeifend das Haus und trug die beiden letzten Koffer – einen in pink – herein.

»So, alles klar. Ich bin dann schon wieder weg!«

Er grüßte noch einmal und war dann so schnell wieder verschwunden, wie er aufgetaucht war. Alle stürzten wir uns gleichzeitig auf unser Gepäck. Mr. und Mrs. Bellini fingen heftig an zu diskutieren. Vermutlich hatten sie mehr als zwei Koffer gehabt und jetzt aber nur je einen erhalten.

»Pusti, suchen wir uns mal ein Zimmer? Was meinst du?« Liam hob seinen Koffer hoch und wandte sich der Treppe zu.

»Boah, willst du dir das wirklich antun? Die werden ja kaum besser aussehen als das hier.«

Sydney zeigte auf das Wohnzimmer.

»Aber irgendwo müssen wir schlafen.« Liam war bereits auf dem Weg in den ersten Stock. Wir schlossen unsere Koffer und taten es ihm gleich. Plötzlich war so eine Art Klassenlager-Atmosphäre in der Luft. Wer kriegte das beste Zimmer? Wer war zuerst im Bad?

Alle hasteten die Treppe hinauf.

Der erste und einzige Stock war wie zu erwarten im gleichen heruntergekommenen Stil wie der Rest des Hauses. Die Dielen knarrten beim Betreten. Es gab vier Zimmer, zwei auf jeder Seite. Na, das passte ja. Am Ende des Flures stand die Türe zu einem Badezimmer offen. Es sah alt und ein wenig schmuddelig aus.

»Wir nehmen das hier!« Liam und Sydney verschwanden in der ersten Türe rechts. Die Bellinis sahen sich kurz an und nahmen dann die Türe zum danebenliegenden Zimmer auf derselben Seite. Das beim Bad.

Ich stellte meinen Koffer ab und bedeutete Mr. Brown, sich eines der übriggebliebenen Zimmer auf der linken Seite auszusuchen. Es würde wohl eh keinen Unterschied machen. Mr. Brown besah sich zuerst das Zimmer beim Bad, dann kam er mit saurer Miene heraus und warf einen Blick in das Zimmer bei der Treppe. Grummelnd sagte er: »Ich nehme das hier …« und verschwand dann in der Türe.

Seufzend schob ich meinen Koffer vor mir her.

Für mich blieb also das Zimmer, das näher am Bad lag. Auch gut. Ich betrat das Zimmer und sofort wurde mir klar, warum Mr. Brown es verschmäht hatte. Es war ein richtiges Frauenzimmer. Alles war in blassrosa bis pink eingerichtet. Vor vielen Jahren war es vermutlich sehr hübsch gewesen. Jetzt wollte ich nicht wissen, wie viele Milben es beherbergte. Zum Glück war *ich* nicht heikel … Grinsend dachte ich daran, dass Liam erst einmal eine Generalreinigung vornehmen würde, bevor er sich oder seine Kleider irgendwo ablegen würde.

Nebst dem großen Doppelbett stand in einer Ecke ein hübscher Sessel und an der gegenüberliegenden Wand eine Kommode. Es gab sogar ein Waschbecken mit Spiegel. Na, das war ja mehr, als ich erwartet hatte! Ich wusch erst mal meine Hände und packte dann einige Kleidungsstücke aus. Dann nahm ich den riesigen Bettüberwurf vom Bett und schüttelte ihn aus dem Fenster aus. Wie zu erwarten stäubte er ziemlich. Armer Liam …

Vom Fenster aus konnte ich auf die Terrasse sehen. Mein Zimmer befand sich also an der Rückseite des Hauses. Von dieser Höhe aus sah ich ein bisschen über die Bäume und Sträucher. Das Meer war zwar leider nicht in Sichtweite, aber dafür hatte es in einiger Entfernung andere Häuser.

Wir waren also nicht ganz alleine in diesem Dschungel.

Ich zog meine Angestellten-Uniform aus. Dann fiel mir ein, dass ich seit gestern weder geduscht, noch Zähne geputzt hatte. Ich schnappte mir das Tuch, das auf das Waschbecken gelegt worden war und öffnete die Zimmertüre einen Spalt breit. Die Türe zum Bad war verschlossen. Seufzend schloss ich die Zimmertüre wieder.

Ich *war* im Klassenlager!

So gut als irgend möglich wusch ich mich am Waschbecken mit der bereitgelegten Seife. Kurzentschlossen hielt ich auch meinen Kopf unter den Wasserhahn und seifte meine Haare ebenfalls ein. Dann kämmte ich mir die Haare etwas in Form, zog mir Shorts und T-Shirt an und verließ mein Zimmer. Die Türe zum Bad war immer noch verschlossen.

Als ich an Liams und Sydneys Zimmer vorbeikam hörte ich dumpf von innen: »Honey, ich mag jetzt nicht das Zimmer putzen, ich will lieber was essen …« Grinsend nahm ich die Stufen nach unten und ging in die Küche. Die anderen schienen noch alle auf ihren Zimmern – oder im Bad! – zu sein.

Die Küche war ziemlich groß und leider auch ziemlich alt. Wenn jemand sich die Mühe machen würde, sie zu renovieren, würde daraus bestimmt ein hübscher Treffpunkt für die Hausbewohner werden. Der riesige Esstisch, der vor einem Fenster zur Terrasse stand, lud richtiggehend zum gemütlichen Beisammensein ein. Im Moment allerdings musste man mit der Küche dasselbe tun, das man auch mit dem Rest des Hauses tun musste.

Putzen.

Ich ignorierte das eingebrannte Fett auf dem Herd und den Staub überall und öffnete den Kühlschrank. Darin befanden sich einige wenige Zutaten für ein Sandwich. Auf der Anrichte stand ein dunkles Brot. Ich suchte in den Schubladen nach einem Messer und schnitt mir dann ein Stück ab. Dann belegte ich es mit Schinken und einer Tomate, die ich notdürftig mit dem Brotmesser in Scheiben schnitt. Gerade als ich herzhaft reinbeißen wollte hörte ich hinter mir Stimmen. Ich drehte mich erschrocken um.

Ein Mann und eine Frau, beide in den Fünfzigern, standen im Eingang zur Küche. Der Mann war klein, leicht untersetzt und hatte dunkelbraunes, nach hinten gegeltes Haar. Er trug eine Nickelbrille, durch die er mich abschätzig beäugte. Die Frau war ebenfalls klein und mollig. Sie hatte ein Kostüm an, was mich bei dieser Hitze sehr wunderte. Auch sie betrachtete mich mit Widerwillen. Ich setzte gerade zu der Frage an, wer sie denn seien, als hinter ihnen Officer Darcy erschien.

»Aha, in der Küche wird man immer fündig«, meinte sie und sah dabei auf mein Brot. Ich hatte keine Ahnung, ob sie damit mein Essen oder mich meinte.

»Diese junge Frau hat auf dem Schiff gearbeitet«, sagte sie zu den beiden. »Sie hat in Lady Baskins Zimmer geputzt. Und wie ich vernommen habe, einige Geschenke von ihr erhalten …«

Ich ließ mein Sandwich sinken.

Wieso war diese Information für die beiden von Belang?

»Guten Tag. Wer sind diese Herrschaften bitte?« Hinter Darcy betrat Mr. Brown die Küche.

Er sah die zwei Neuankömmlinge fragend an.

»Gast auf dem Schiff. Derselbe Stock wie Lady Baskin«, wandte sich Darcy erklärend an das Paar. Sie hatte einen leichten Schalk in den Augen. Irgendwie schien sie nicht so überzeugt davon zu sein, dass wir wirklich Verbrecher waren. Was wohl auch der Grund war, warum wir uns hier und nicht im Gefängnis befanden.

»Sind das neue Verdächtige, oder was?«

Mr. Brown wandte sich fragend an Darcy.

»*Wagen Sie es nicht!*«, dröhnte der Gelkopf jetzt. »Sie sind verdächtig. *Sie!* Und Gnade Ihnen Gott, wenn sich herausstellt, dass Sie Evelyn etwas angetan haben!«

Ich zog meine Schultern ein. Musste der so schreien?

Seine Begleiterin stampfte mit dem Fuß auf. Wütend sah sie zuerst Mr. Brown und dann mich an. Dann fing sie plötzlich an zu weinen. Sie zog ein besticktes Taschentuch aus ihrer Tasche und wischte sich damit die Tränen ab.

»Wenn ich Sie bitten dürfte, etwas gemäßigter zu sein?« Darcy sah den Choleriker streng an. »Ich finde, wir sollten wirklich warten, bis der Manager und der Erste Offizier eintreffen. Sie werden morgen Abend auf der Insel ankommen. Bis dahin wäre ich froh, wenn Sie sich in Ihr Hotel zurückziehen würden.«

Der Fremde sah uns mit zusammengekniffenen Augen an. Dann tätschelte er seiner immer noch weinenden Begleitung den Rücken. »Ich weiß, dass du sie wahnsinnig vermisst. Das tue ich ebenso. Aber im Moment können wir wirklich nichts anrichten.« Er machte Darcy ein Zeichen, dass sie bereit wären zu gehen. Dann legte er einen Arm um die Frau und zog sie mit sich mit.

Mr. Brown und ich sahen uns ratlos an.

Kurz bevor sich die Haustüre wieder schloss, hörten wir ihn zu Darcy sagen: »Meine Schwester weint seit der schrecklichen Kunde Tag und Nacht! *Tag und Nacht!* Und ich, ich bin so ... so *untröstlich.* Was für eine Tragödie! Wir haben sie geliebt, *geliebt!* Nicht wahr, Mabel?«

23

In einer perfekten Welt wäre alles anders gekommen.

In einer perfekten Welt hätte sich Liam nicht diese billige Tussi geangelt. Stattdessen würde *ich* mit ihm das Zimmer teilen, natürlich nicht in diesem alten, heruntergekommenen Haus, sondern an Bord der *Maid of the Caribbean*, wo wir uns gerade gemeinsam zum x-ten Mal einen *Caribbean Dream* an der Bar holen würden. In einer perfekten Welt wären die Bellinis auf dem Schiff geblieben und hätten die Tage damit verbracht, auf dem Laufband zu schwitzen und gleichzeitig Englisch zu lernen. Und in einer perfekten Welt würde Mr. Brown wohl gar nicht auftauchen! In einer perfekten Welt wären Mr. Shoemaker und Mr. Young – wenn sich der Bahamas-Umstand denn nun mal nicht ändern ließe – am nächsten Abend lachend mit Lady Baskin aufgetaucht.

Alles ein riesengroßes Missverständnis!

Irgendwie sei das Ganze aus dem Ruder gelaufen …

Dann – »hihi!« – peinlich berührtes Lachen vonseiten Mr. Shoemakers. Wie hätte man wissen können, dass Evelyn ihre längst verschollen geglaubte Cousine auf Cozumel getroffen und vor lauter Quatschen und in Erinnerungen Schwelgen total vergessen hätte, das Schiff zu besteigen? Ach ja, und dummerweise hätte sie auch vergessen, sich beim Aussteigen in Cozumel erfassen zu lassen, drum sei sie wohl im System als auf dem Schiff anwesend abgespeichert gewesen. Und der Schal? Hihi … (jetzt peinliches Lachen vonseiten Lady Baskins) – eine ganz blöde Geschichte! Beinverletzung am Liegestuhl. Der Wind. Eines habe zum anderen geführt und, mir nichts, dir nichts, sei der Schal davongeflattert …

In einer perfekten Welt hätte Mr. Young Mr. Shoemaker danach tadelnd angeschaut und der Manager hätte mit rotem Kopf Gutscheine gezückt für unbeschränktes Schnorcheln und eine Woche Gratisurlaub in einem Luxushotel unserer Wahl (außer für Sydney, denn die würde in einer perfekten Welt ja wohl leer ausgehen! Dafür würde er mir in einer perfekten Welt noch einen zusätzlichen Gutschein für einen absolut kultigen Friseursalon auf der Insel in die Hand drücken, augenzwinkernd, und mit einem gehauchten: »Nicht, dass Sie es nötig hätten ...«).

Und letztendlich hätten Archie und Mabel wutschnaubend zur Kenntnis genommen, dass »die Alte ja noch am Leben ist und offenbar kein Zaster!« für sie rausspringen würde. All dies würde in einer perfekten Welt geschehen.

Wenn wir denn in einer perfekten Welt leben würden.

Tatsache war, dass wir erst am Sonntagmittag, zwei Tage nachdem wir ins Haus gebracht worden waren, etwas von Mr. Shoemaker und Mr. Young hörten. Soviel dazu, dass sie uns so schnell wie möglich folgen wollten. Natürlich kamen sie *nicht* mit Lady Baskin im Schlepptau, dafür aber mit den ätzenden Baskin-Erben.

Und einem halblegalen Attest in der Tasche, dass es sich bei dem Blut auf dem Schal um Lady Baskins Blut zu handeln schien. Und als wäre das nicht des Übels genug, kamen sie auch noch in Begleitung zweier böse dreinschauender Polizisten, FBI-Leuten wie es schien, die in Miami gemeinsam mit ihnen das Charter-Flugzeug bestiegen hatten.

So kam es, dass wir uns – nach zwei Tagen mehr oder weniger erfolgreichen Aus-dem-Weg-Gehens – alle im Wohnzimmer wiederfanden. Mit Mr. Shoemaker und Mr. Young, mit Mabel, Archie und dessen Frau Erin und mit einem mürrisch dreinblickenden FBI-Agenten Franklin, der nur noch von seinem griesgrämigen Kollegen Bishop getoppt wurde.

In einer perfekten Welt hätte die Geschichte hier und jetzt ein versöhnliches Ende gefunden. Nur in einer perfekten Welt. Denn die Wahrheit war, dass die Ereignisse sich in den nächsten Tagen nur noch überschlugen.

24

»*Wenn Sie bitte nur bei entsprechender Nachfrage antworten würden!*« Agent Bishop erhöhte zwar seine Stimme nicht, aber die Autorität, die in seinen Worten mitschwang, ließ Sydney sofort innehalten. Beleidigt überschlug sie ihre Beine, blieb aber ansonsten ganz still.

»Also, Sie beide gehören zusammen.«

Bishop zeigte auf Liam und Sydney. »Aber *Sie* sind die Ehefrau.« Mit finsterem Gesicht zeigte er auf mich.

Wir nickten nur.

»Und wie kommt es, dass Sie alle drei auf dieser Kreuzfahrt waren. Und Sie dann noch als Angestellte?«

Zaghaft zeigte ich auf.

»Wenn ich mit Ihnen spreche, *erwarte* ich, dass Sie antworten. Und wir sind hier nicht im Schulunterricht!«

Ich schluckte schwer und nahm dann schnell meine Hand herunter. Entgegen Agent Bishops Behauptung fühlte ich mich sehr wohl in die Schulzeit zurückversetzt.

»Ich habe mich aufs Schiff geschlichen. Da mein Mann beschlossen hat, diese Reise mit seiner Affäre anzutreten, ließen mir die Umstände keine andere Wahl.«

»Und wieso haben Sie nicht einfach eine Kabine als Gast gebucht?« Diese Frage stellte mir jetzt Agent Franklin.

»Nun ja«, verlegen räusperte ich mich. »Ich bin im Moment nicht arbeitstätig und hätte das über die Kreditkarte meines Mannes buchen müssen. Das wollte ich natürlich nicht.«

»Sehen Sie, sehen Sie! Sie braucht *Geld!* Liegt es da nicht auf der Hand, eine vermögende alte Dame zu bestehlen?« Mr. Shoemaker rutschte ganz nervös in seinem Sessel hin und her und deutete übereifrig auf mich.

Mabel und Archie, die heute auf dem staubigen Sofa saßen, nickten traurig. Erin – Archies Ehefrau – saß daneben. Auf einem der Klappstühle, die heute zusätzlich aufgestellt worden waren, um allen Anwesenden eine Sitzgelegenheit zu bieten. Sie tätschelte mitfühlend Archies Hand.

Nachdem ich Archie und Mabel bereits als ziemliche Heuchler wahrgenommen hatte, wirkte Erin auf mich als die Schlimmste im Bunde. Sie war etwas jünger als ihr Mann und schien Dauergast beim Schönheitschirurgen zu sein. Während die Geschwister alles andere als attraktiv waren, war Erin vermutlich einmal eine hübsche Frau gewesen. Das allerdings, bevor sie angefangen hatte, das viele Geld ihres Ehemanns zu verprassen. Sie war nicht nur von Kopf bis Fuß in Designerware gehüllt, sie trug unter ihrer teuer aussehenden blonden Mähne auch noch eine völlig festgezurrte Miene zur Schau. Eine dieser Mienen, die nur in viel zu oft wiederholten Schönheitsoperationen zustande kamen.

Ein furchtbar stinkender Duft, der ohne Frage sehr teuer gewesen war, hatte sich von Erin ausgehend im ganzen Raum festgesetzt und fing mir langsam an, Kopfschmerzen zu bereiten.

»Auch Sie wurden nicht gefragt!«, sagte Agent Bishop streng zu Mr. Shoemaker. Immerhin machte der FBI-Agent keine Ausnahme dabei, wen er in die Schranken wies. Aus den Augenwinkeln heraus sah ich, wie Mr. Young Mr. Shoemaker beschwichtigend eine Hand auf den Arm legte. Seit der Erste Offizier hier eingetroffen war, hatte er ein betroffenes Gesicht aufgesetzt. Im Gegensatz zum Manager schien er überfordert zu sein mit allem.

»Sie hatten also kein Geld und haben sich darum entschieden, statt als Gast als Zimmermädchen mitzureisen?« Agent Bishop sah mich an, dann blätterte er in seinen

Unterlagen. »Als höchst inkompetentes Zimmermädchen, wie ich hier gerade sehe.« Er überflog die Unterlagen und las dabei einige Schlagworte vor: »Vergiftungsversuch ... Drohung ... Beleidigung.«

Seine Miene verdüsterte sich. Es schien, als versuche er etwas zu entziffern. »Das ... das ... die ... hm, verstehe ich nicht.« Seufzend sagte er: »Wieso schreibt jemand, der kein Englisch kann, einen Brief? Mr. und Mrs. Bellini ...« Sein Kopf schnellte in die Höhe. »Mr. und Mrs. *Bellini?* Aber das sind ja Sie!« Er zeigte verständnislos auf das italienische Ehepaar, das etwas abseits und bisher eingeschüchtert schweigend auf zwei Klappstühlen saß. Die Bellinis zuckten zusammen und nickten, obwohl sie keine Ahnung hatten, warum sie jetzt gerade genannt worden waren.

»Ich bitte um Entschuldigung!« Mr. Shoemaker schaltete sich wieder ein und trat entschlossen auf Agent Bishop zu. »Jetzt wirds spannend! Darf ich mal?« Er nutzte die immer noch anhaltende Verwirrung Bishops und nahm ihm die Unterlagen aus der Hand. Kurz suchte er, dann fand er die Notiz, die ich den Bellinis geschrieben hatte, und hielt sie dem Agenten unter die Nase.

»Diesem Brief entnehmen Sie, dass hier nicht nur ahnungslose Touristen sitzen, sondern wahrliche *Komplizen!*«

»Carl ...«, sagte Mr. Young. Der Manager ignorierte ihn.

»Bitte, lesen Sie!«, bat er stattdessen den FBI-Agenten und wedelte mit dem Brief vor ihm herum.

Agent Bishop nahm ihm den Karton mit den aufgedruckten besten Wünschen des Schiffes aus der Hand und las durch, was ich auf die Rückseite geschrieben hatte. Dann zog er seine Stirn in Falten. Er las meine Notiz ein weiteres Mal durch und besah sich den Karton etwas genauer.

»Süßigkeiten«, sagte er mehr zu sich selber. »Diesen Karton stellt man den Gästen mit Süßigkeiten zur Verfügung.«

Er sah mich an.

»Darf ich fragen, wie Sie diese Notiz gemeint hatten?«

Ich schielte auf das Ehepaar Bellini und sagte dann mit leiser Stimme: »Ich dachte, die Süßigkeiten tun ihnen nicht gut. Nachdem ich alles mitgenommen habe, habe ich aber auch gleich veranlasst, dass ihnen Früchte aufs Zimmer gebracht werden. Außer …« Ich zögerte. »Außer, ähm, Bananen …«

»… denn die machen *auch* dick!«, schaltete sich Mr. Brown ein und sah hämisch zu den Bellinis.

Agent Bishop ignorierte den Kommentar und sah vom Karton zu den Bellinis und wieder zum Karton. Dann wandte er sich an Mr. Shoemaker. »Was um Himmels Willen haben Sie sich dabei gedacht? Sie wollen mir doch nicht im Ernst sagen, dass Sie diesen Zettel als Beweismittel ansehen!«

»Ich, ähm …« Mr. Shoemaker war das erste Mal sprachlos. Er stand einen Moment lang nur unsicher herum, dann setzte er sich wieder in seinen Sessel. Kopfschüttelnd steckte Agent Bishop den Zettel in das Mäppchen zurück und sah sich die weiteren Unterlagen an. Als nächstes zeigte er auf Mr. Brown.

»Sind *Sie* Mr. Brown?«

Der Eigenbrötler nickte.

Agent Bishop nahm einen Zettel hervor und hielt diesen jetzt Mr. Shoemaker unter die Nase. »Diese Strickjacke und diese Schuhe auf dem Bild, Eigentum unseres Zimmermädchens, wurden bei Mr. Brown gefunden?«

Mr. Shoemaker nickte eifrig.

»Und das ist ihr *einziges* Beweismittel, um diesen Herren festzuhalten?« Ungläubig sah er den Manager an. Augenblicklich fiel der Eifer von Mr. Shoemaker ab und er sackte leicht in seinem Sessel zusammen.

Liam räusperte sich und signalisierte, dass er gerne etwas sagen würde. Agent Bishop nickte zustimmend.

»Nun«, begann Liam, »wie ich ihm bereits gesagt habe«, er deutete auf Mr. Shoemaker, »ist meine Frau, *Exfrau,* ziemlich chaotisch. Da sie im Zimmer von Mr. Brown gearbeitet hat, ist es durchaus, und ich betone, *durchaus* möglich, dass sie diese Gegenstände unfreiwillig dort gelassen hat.«

Agent Bishop kniff die Augen zusammen und ließ sich das Gehörte durch den Kopf gehen. Dann nickte er und sah abwägend in meine Richtung. Nachdem er ein weiteres Blatt Papier aus dem Stapel gezogen hatte, sagte er zu mir: »Sie haben verschiedene, überaus teure Haarprodukte gekauft. Sind alle hier aufgelistet. Wenn ich es nicht mit eigenen Augen sehen würde, könnte ich nicht glauben, dass man dafür so viel Geld ausgeben kann. Wie auch immer.«

Er sah von mir zu Sydney und dann wieder zu mir.

»Irgendwie dämmert mir, was hier getan wurde ...« Langsam und deutlich las er alle Produktenamen und die dazu gehörigen Preise vor. Dann nannte er den Endbetrag. Alle Anwesenden – bis auf die Bellinis, die nicht alles verstanden hatten und die Baskin-Erben, die wohl nichts Außergewöhnliches an diesen Preisen fanden – hörten mit offenen Mündern zu.

»So«, fuhr Agent Bishop fort, »nachdem das geklärt wäre. Ist Ihnen bewusst, dass diese Produkte auf *Ihren* Namen gekauft wurden?« Er drehte sich zu Sydney um.

»Was?!« Sydney fiel die Kinnlade herunter.

»Auf *meinen* Namen?«

»Richtig. Insofern Sie Sydney Coleman heißen.«

Sydney starrte den FBI-Agenten an, dann bekam sie einen Hustenanfall. Ein klassischer Fall von Spucke verschluckt.

»Aber …«, sagte sie zwischen zwei Attacken.

»Tja, ich fürchte, da hat sich jemand an Ihnen rächen wollen.« Er sah zu mir. »Und da dieser jemand im Moment kein Einkommen hat, wird der Betrag wohl auch von einem von Ihnen beiden« – er deutete auf Liam und Sydney – »beglichen werden müssen.«

»*Was?!*« Sydney und Liam reagierten gleichzeitig auf den Kommentar des FBI-Agenten. Dieser steckte das Blatt mit unbeteiligtem Blick weg und zog mit geübtem Griff ein weiteres Blatt mit einem Bild darauf hervor. »Kommen wir zum nächsten Punkt.« Er wandte sich an Mr. Shoemaker, der langsam ein wenig blass wirkte. »Die Mütze.«

Mr. Shoemaker witterte die letzte Chance, sich als Hobby-Detektiv zu rehabilitieren. »Jaja, richtig! Lady Baskins Mütze!« Mit seinem Zeigefinger fuchtelte er aufmerksamkeitsheischend in der Luft herum. »Die Mütze …« Vielsagend sah er den FBI-Agenten an. »Plötzlich aufgetaucht im Besitz unseres falschen Zimmermädchens. Angeblich als Geschenk. *Nach einem Teekränzchen.*« Missmutig sah der Manager zu mir und machte so einmal mehr deutlich, was er von meiner Version der Geschichte hielt. Dann stand er erneut von seinem Platz auf und stellte sich in die Mitte des Raumes. Nach einer dramaturgischen Pause fuhr er fort: »Und angeblich, um sie mit ihren Haaren zu unterstützen. Die – man höre und ziehe eigene Schlüsse! – *in dieser Art und Weise* geschnitten wurden, um ihren untreuen Ehemann *zurück*zugewinnen …«

Triumphierend sah er mich an. Langsam ging das Gespräch wieder in eine Richtung, die ihm zu behagen schien.

Nach Mr. Shoemakers kurzer Ansprache waren einmal mehr alle Augenpaare auf meine Haare gerichtet. Da ich hier keinen Föhn dabeihatte, musste ich mich damit begnügen, das Desaster auf meinem Kopf nach dem Waschen lufttrocknen zu lassen. In meinem eigenen Interesse vermied ich es, zu oft in den Spiegel zu schauen.

»Verstehe ich das richtig?«, schaltete sich Agent Bishop ein. »Sie haben auf dem Schiff Ihre Haare geschnitten ...«

»... um ihren Ehemann zurückzugewinnen!«, fiel ihm Mr. Shoemaker ins Wort und fuchtelte wieder mit dem Zeigefinger herum. »Diese Behauptung ist doch lächerlich! Wer um alles in der Welt würde so etwas ...«

»*Ruhe!*«, schallt ihn der FBI-Agent. Mr. Shoemaker hielt mitten in einer Fuchtelbewegung inne und sah dann konsterniert zum FBI-Agenten. Als dieser ihm ein Zeichen machte, sich wieder zu setzen, gehorchte er gekränkt.

»Sie haben auf dem Schiff Ihre Haare geschnitten«, wiederholte er, »dann sind Sie zu Lady Baskin gegangen, haben mit ihr Tee getrunken und dann hat sie Ihnen die Mütze geschenkt.« Er sah mich fragend an und ich nickte. Als er immer noch nichts sagte, wurde mir bewusst, dass er eine genauere Erklärung verlangte.

»Ich habe meine Haare geschnitten«, begann ich seufzend. In Gedanken schwor ich mir, nach dieser Geschichte niemals, wirklich niemals mehr irgendetwas vergleichbar Dummes zu tun. »Die Hairstylistin hatte dieselbe Frisur. An ihr sah es super aus. Ich dachte, wenn ich mit einem Knallerschnitt punkten kann, will mich Liam eher wieder zurückhaben.«

»Das scheint missglückt zu sein«, sagte der FBI-Agent. In seiner Stimme schwang kein bisschen Sarkasmus mit. Er schien einfach die Fakten ordnen zu wollen.

»Ja.« Ich nickte traurig. »Dann habe ich bei Lady Baskin geputzt. Das heißt, ich habe nicht bei ihr geputzt, sie wollte das nicht. Sie wolle mich lieber näher kennenlernen. Deshalb hat sie mich zu Tee und Gebäck eingeladen. Vorher hat sie mir aber noch diese Mütze geschenkt.«

Müde zeigte ich auf das Blatt in Agent Bishops Händen. »Sie hatte einfach Mitleid mit mir. Wegen der Frisur. Als ich dann zum Tee bei ihr war, habe ich ihr meine ganze Geschichte erzählt.«

»Soso«, meinte der Agent undurchsichtig. »Und was hat Sie zu Ihrer Geschichte gemeint?«

»Sie fand alles ziemlich amüsant. Andererseits«, seufzte ich, »fand sie auch, dass ich ein ganz schlechtes Zimmermädchen sei.« Leise fügte ich nach einer kurzen Pause an: »Und dass mein Mann und ich wohl gar nicht zusammenpassen würden.«

»Aha.« Der Ordnungshüter sah mich an und ich konnte immer noch nicht sagen, was in seinem Kopf vorging. Er zeigte keine Gefühlsregung. »Und was hat sie sonst noch gesagt? Hat sie irgendwie durchblicken lassen, dass sie in Gefahr sei oder ihr irgendetwas Komisches aufgefallen war?«

Ich überlegte.

»Hm, eigentlich war sie ganz munter und guter Dinge.« Ehrlich beeindruckt sagte ich: »Ich habe noch nie jemand so Positives und Agiles in ihrem Alter kennengelernt. Diese Frau ist wirklich einzigartig.«

Seit Beginn der Befragung war es im Wohnzimmer unseres Hauses ganz still. Höchstwahrscheinlich lag es an der Autorität, die die beiden FBI-Agenten ausstrahlten. Obwohl Agent Bishop der Wortführer war, wirkte auch sein Partner nicht weniger furchteinflößend. Sogar Mrs. Bellini, die vermutlich vor Neugier platzte, wagte es nicht, ihren Mann um eine Zusammenfassung des Gesagten zu bitten. Mr. Shoemaker war wieder ganz in seinen Sessel eingesunken und sagte kein Wort, allerdings wirkte er ziemlich verstimmt.

Am interessantesten aber fand ich die Baskin-Erben.

Sie saßen gramgebeugt in ihren Sitzen und verfolgten dennoch gespannt das Verhör. Manchmal nickten sie traurig und bestätigten das Gesagte und manchmal kniffen sie ihre Augen zusammen und sahen eher skeptisch aus. Nachdem sie begriffen hatten, dass ich gemäß Mr. Shoemaker die Hauptverdächtige war, hatten sie für mich nur noch böse Blicke übrig. Nach meiner letzten Behauptung, nämlich, dass Lady Baskin einzigartig sei, sah ich zufällig in ihre Richtung und bemerkte, dass sie mich wachsam musterten.

»Ich glaube, da sind sich alle Anwesenden einig«, meinte Agent Bishop. »Und dennoch würde ich Sie bitten, sich noch einmal auf Ihr gemeinsames Gespräch zu konzentrieren. Hat sie irgendetwas gesagt, das – im Lichte des Geschehenen – von Bedeutung sein könnte?«

Es gab eigentlich schon noch etwas zu erwähnen. Aber musste ich das hier vor allen Anwesenden sagen? Ich überlegte kurz, dann machte ich dem FBI-Agenten ein Zeichen, ob er bitte ganz nah an mich herantreten könne. Nach kurzem Zögern neigte der seinen Kopf zu mir.

»Die Erben«, flüsterte ich ihm ins Ohr. »Sie sagte mir, dass die Erben sie nicht mögen. Und dass sie von ihrem verstorbenen Ehemann auf den Pflichtteil gesetzt worden waren.«

»Aber das ist ja unerhört!«, rief Mr. Shoemaker von seinem Platz aus. »Würden Sie sie bitte auffordern, lauter zu sprechen? Es ist ja wohl unser gutes Recht, alles mithören zu dürfen!«

Mabel wandte sich flüsternd an Archie.

Der nickte ihr zu und sagte beschwichtigend: »Lassen Sie nur. Vielleicht legt sie ein Geständnis ab. Viele haben Mühe, die Wahrheit laut auszusprechen. Wenn damit nur unserer geliebten Evelyn Gerechtigkeit widerfährt.«

Er seufzte.

Agent Bishop entfernte sich von mir und stellte sich jetzt wieder in die Mitte des Raumes. Die Mappe mit den angeblichen Beweismitteln reichte er vorher noch an Agent Franklin weiter.

Dann sah er mich an. »Dürfte ich Sie bitten, das Gesagte noch einmal zu wiederholen? Und bitte so, dass alle Anwesenden es verstehen können.«

Ich schluckte. Dann nahm ich tief Luft und sagte in die Runde: »Lady Baskin vertraute mir an, dass Archie und Mabel sie nicht mochten. Und erst recht nicht mehr, nachdem sie von ihrem verstorbenen Vater auf den Pflichtteil gesetzt worden waren.«

Ein Raunen ging durch die Menge. Jetzt stieß Mrs. Bellini ihren Mann doch an, doch dieser zuckte nur hilflos mit den Schultern. Archie und Mabel rissen die Augen auf und Erin schnappte nach Luft wie ein Fisch ohne Wasser.

»Aha. Das ist ja interessant«, meinte Agent Bishop. Dann wandte er sich an die Erben. »Ist es zutreffend, dass Sie von Ihrem verstorbenen Vater auf den Pflichtteil gesetzt wurden, und das zu Missgunst Ihrer Stiefmutter gegenüber führte?«

Die drei sahen sich einige Sekunden lang entsetzt an. Archie fasste sich als Erster wieder. »Nun, ich denke, unsere finanzielle, ähm ... *Einigung,* ist hier bestimmt nicht von Belang. Viel wichtiger ist doch, dass wir erfahren, was mit unserer geliebten Stiefmutter geschehen ist.«

»Das haben Sie sehr schön gesagt«, sagte der FBI-Agent freundlich. Nun meinte ich doch einen Anflug von Sarkasmus in seiner Stimme zu hören. »Dann wird es Ihnen bestimmt nichts ausmachen, wenn wir uns selbst ein Bild über Ihre finanzielle ... *Einigung* machen werden. Wobei die Meinung unbeteiligter Familienmitglieder dabei auch immer von unschätzbarem Wert sein kann.«

Vielsagend fügte er an: »Gerade auch oder vor allem wenn es um *das Verhältnis* zwischen den Parteien geht ...« Er wandte sich an seinen Kollegen. »Agent Franklin, würden Sie bitte entsprechende Recherchen in die Wege leiten?«

Archies Gesicht entgleiste von einem Moment auf den anderen. Zuerst schaute er den FBI-Agenten ungläubig, dann ängstlich und schließlich wütend an. Von seinem Hals aus kroch langsam ein roter Farbton über das Gesicht. Er atmete schwer ein und aus. »Die dumme Kuh wollte alles für sich haben!«, zischte er. »Alles! Daddy war ihr hörig! Sie war ...«

»*Archie, nicht!*« Während Erin ihm die Worte erschrocken ins Gesicht schrie, drehte Mabel sich entsetzt zu ihrem Bruder hin und hielt ihm ihre Hand vor den Mund. Der Schluss seiner Schimpftirade verhallte in ihrer Handfläche. Als Archie sich bewusst wurde, was er soeben getan hatte, wurde er plötzlich kalkweiß.

»Vielen Dank«, sagte Agent Bishop gelassen, während der Rest der Gruppe die Luft anzuhalten schien. »Agent Franklin, wie es aussieht, haben wir uns aufwändige Recherchen erspart. Ich würde vorschlagen ...«

»*Sydney?*«

Alle Köpfe drehten sich zur Stimme um, die vom Eingang des Wohnzimmers her ertönte. Ein Mann in den Fünfzigern stand im Türrahmen. Er trug einen teuren Anzug und ganz kurz geschnittene, grau melierte Haare, die sein attraktives Gesicht umrahmten. Von ihm ging eine ernstzunehmende Autorität aus, die jetzt aber durch seine besorgten Gesichtszüge etwas gemildert wurde.

»Dad?« Sydney sprang von ihrem Stuhl auf und lief dem Besucher entgegen. Als sie bei ihm angekommen war, warf sie sich in seine Arme.

»Darf ich fragen, was das hier soll?«, fragte der Neuankömmling streng in Richtung der FBI-Agenten und streichelte Sydney über den Rücken. »Und warum wurde ich erst heute Morgen benachrichtigt, nachdem man meine Tochter bereits seit zwei Tagen hier festhält?«

Agent Bishop musterte den Eindringling und überlegte sich vermutlich gerade eine Antwort, als Sydney sich aus der Umarmung wand und den Mann, der ihr Vater zu sein schien, liebevoll ansah. »Oh, Daddy, ich wusste, dass du kommen und mich holen würdest! Bist du mit deinem Privatjet gekommen?«

Mr. Coleman kniff die Augen zusammen und sah dann wieder zu den beiden Agenten. Er wirkte ziemlich wütend. »Nein, Herzchen, das wurde mir untersagt. Ich musste doch tatsächlich mit dem Linienflug kommen. Unmöglich!«

»Du bist mit dem Linienflug gekommen?« Sydney sah ihren Vater ungläubig an. »*Du?*« Dann lachte sie. »Mit ganz normalen Menschen?«

»Wenn du wüsstest …«, sagte er genervt und verdrehte die Augen. In diesem Moment entstand im Eingang zum Haus eine weitere Unruhe. Die Türe öffnete sich und wir hörten, wie ein Polizist sagte: »Kein Zutritt im Moment …«

»Aus dem Weg, Sie Clown!«, sagte eine mir bekannte Stimme. Und dann aufgebracht: »Komm, Abby!«

Liams Mutter rauschte herein. Mit Mom im Arm.

»Hier halten Sie also unsere Kinder fest!«

Margaux schlug die Hand des Polizisten weg, der einen halbpatzigen Versuch unternahm, sie am Eintreten zu hindern. Dann löste sie sich von Mom und lief auf ihren Sohn zu. Fast donnerte sie in Sydney und ihren Vater, die immer noch im Eingang zum Wohnzimmer standen. Überrascht riss sie die Augen auf. »*Sie?!* Was tun *Sie* denn hier?«

Mom, die gerade auf mich hatte zulaufen wollen, drehte sich nach Mr. Coleman um. Als sie ihn sah schüttelte sie den Kopf und raunte in Richtung Margaux: »Der Typ vom Flugzeug ...«

Mr. Coleman löste sich von seiner Tochter und seine Augen blitzten böse in Richtung unserer Mütter. Dann ließ er seine Wut an Agent Franklin aus, der am nächsten zu ihm stand. »Hören Sie! Sie haben meine Tochter festgehalten. Ohne mein Wissen! Und dann werde ich informiert und darf nicht einmal in meinem Privatjet anreisen. Wissen Sie überhaupt, wer ich bin? Ich bin Jacob Coleman! Von der Coleman-Stiftung. Haben Sie eine Ahnung, wer Ihre armseligen Jobs finanziert? Gnade Ihnen Gott, wenn ich mit Ihnen fertig bin! Und als wäre das nicht genug, muss ich mit diesen hysterischen Weibern auch noch das Flugzeug teilen. Wer sind Sie überhaupt?«

Die letzte Frage galt unseren Müttern.

Margaux, die immer noch neben Mr. Coleman stand sah ihn verächtlich an. »Coleman-Stiftung! Dass ich nicht lache! Sie denken wohl, Sie könnten alles mit Geld kaufen. *Wir* sind wegen unserer Kinder hier! Und was haben Sie armseliger Tropf hier zu suchen? Warten Sie, lassen Sie mich raten: Ich bin ja so unabkömmlich und muss wegen meiner ach so tollen Stiftung um die Welt reisen!« Sie imitierte seine Stimme so gut, dass einige der Anwesenden laut herauslachten. Auch Liam.

»Syd«, sagte Mr. Coleman mit eiskalter Stimme und zerrte seine Tochter mit, »wir gehen! Und zwar sofort!«

»Dad?« Sydney wirkte plötzlich ziemlich ängstlich.

»Ich will nicht gehen. Nicht ohne Liam.«

»Liam, welcher Liam?« Mr. Coleman hielt inne.

Er sah seine Tochter fragend an.

»Ich, ich bin Liam!« Selbstbewusst trat Liam an Mr.

Coleman heran. »Freut mich, Sie endlich kennenzulernen, Sir.« Er gab ihm die Hand. »Ich habe schon viel von Ihnen gehört.«

Mr. Coleman nahm irritiert Liams Hand entgegen.

»Tja, und leider, fürchte ich, können wir aktuell nirgendwo hin«, fuhr Liam im Plauderton fort. Wie immer in Krisensituationen war mein Mann unglaublich souverän. »Sydney und ich werden des Mordes verdächtigt.« Er sah von Agent Bishop, der inzwischen leicht belustigt wirkte zu Agent Franklin. Dann sah er die Baskin-Erben an. »Oder hat sich das Blatt gewendet? Ich kann es leider gar nicht genau sagen. Ehrlich gesagt, haben Sie ein bisschen den Moment ruiniert, Sir. Nicht böse gemeint.«

Mr. Coleman sah Liam an, als habe ihm dieser gerade eröffnet, dass die Menschheit gleich auf den Mars übersiedeln müsse. In alphabetischer Reihenfolge.

»Aber bitte, setzen Sie sich doch. Es hat noch einige Stühle.« Liam nahm drei an die Wand gelehnte, zugeklappte Stühle und öffnete sie. Dann machte er Mr. Coleman und unseren Müttern ein Zeichen sich zu setzen. »Mom, Abby, Mr. Coleman, bitteschön. Und kennengelernt habt ihr euch ja auch schon – wunderbar!«

Er strahlte die drei Streithähne an.

»Mom, Abby, das ist Mr. Coleman. Mr. Coleman, das ist meine Schwiegermutter und diese charmante Dame hier ist meine Mom.«

Teil 3

Miami

25

Ein Tag später

»Auch Carter?«

Das junge Mädchen an der Rezeption sah mich verwirrt an. Seufzend drehte ich mich nach Liam und Sydney um, die Arm in Arm zum Aufzug schlenderten.

»Auch Carter.«

Dann machte ich mit meinem Gesichtsausdruck klar, dass sie keine weiteren Fragen zu stellen hatte und ließ mir meine Zimmerkarte ausstellen. Als sie mir die Karte aushändigte, fiel mir noch etwas ein.

»Haben Sie einen Friseur in der Nähe?«

»*Einen?*« Irritiert sah sie mich an. » Wir haben *massenhaft* Friseure hier! Was suchen Sie denn? Styling mit Anti-Stress-Treatment, Hair-Wellness, Body-and-Hair-Pump, Dip-Dye, Extensions ...?«

Richtig, wir waren in Miami.

Während sie einmal kurz Luft holte nutzte ich das, um sie zu unterbrechen. »Schneiden. Am besten trocken.«

»Schneiden. *Trocken?*« Ungläubig musterte sie mich. Nachdem sie unter meiner Mütze keine Antwort auf ihre Frage finden konnte, nahm sie das Telefon zur Hand.

»Claire? Ja, hör mal, ich habe eine Kundin hier, die nur schneiden will ... *Trocken*. Macht ihr das? ... Ja? Okay ... Hm-hm. Warte kurz, ich frage gleich ...« Sie streckte den

Hörer zur Seite. »Haben Sie jetzt gleich Zeit?«

Ich reckte den Daumen in die Höhe.

»Okay, gut, ich schicke sie vorbei.«

Sie legte auf. Dann nahm sie einen Stadtplan zur Hand. »Also, wir sind hier«, sie markierte den Standort des Hotels. »Wenn Sie das Hotel verlassen, laufen Sie rechts bis zum Ende des Blocks.« Während sie sprach, zeichnete sie meinen Weg ein. »Dann etwa hundert Meter rechts, am Gebäude entlang, und hier, auf der linken Seite, befindet sich das *Crazy Cuts*. Claire erwartet Sie bereits.«

Beim Namen des Salons holte ich einmal tief Luft. Ich schnappte mir den Stadtplan und bedankte mich bei der Rezeptionistin. Dann verließ ich das Hotel.

Um mich herum befanden sich nur Hochhäuser. Dieser Teil Miamis war nicht gerade der schönste, Miami Beach war leider auch nicht um die Ecke, aber immerhin hatten wir es dank Mr. Coleman geschafft, ein einigermaßen akzeptables Hotel zu ergattern.

Nachdem sich gestern alle etwas erhitzt hatten, also alle im Sinn von Mr. Coleman, Mom und Margaux, hatte sie Agent Bishop angewiesen, sich hinzusetzen und ruhig zu sein oder das Haus sofort zu verlassen. Die drei hatten widerwillig gehorcht und sich einen Stuhl geschnappt. Zu meiner Erheiterung hatte Mr. Coleman Mom und Margaux immer wieder böse gemustert, während ihn die beiden keines Blickes mehr gewürdigt hatten.

Als Erstes hatte sich Agent Bishop Mr. Shoemaker vorgenommen und ihm richtiggehend die Leviten gelesen. Die Worte »lächerliche Beweise« und »unzulässiges Festhalten« waren mehr als einmal gefallen. Am Ende hatte er sogar gesagt: »Der Einzige, der sich hier strafbar gemacht hat, sind Sie!« Da war Mr. Shoemaker nur noch ein zerknirschtes Häufchen Elend gewesen.

Dann waren die Baskin-Erben drangekommen. Agent Bishop hatte sie ziemlich in die Mangel genommen. Nachdem er mit ihnen fertig gewesen war, waren ihre aufgeblasenen aber auch tiefbetroffenen Mienen in sich zusammengefallen. Wir alle waren mit offenen Mündern daneben gesessen.

Und hatten wohl alle dasselbe gedacht: War es möglich, dass am Ende doch sie etwas mit dem Verschwinden Lady Baskins zu tun hatten?

Agent Bishop hatte klar gemacht, dass noch weitreichende Ermittlungen erforderlich seien. Und dass es verfrüht sei, erste Mutmaßungen anzustellen. Dies hatte er mit bösem Blick zu den Baskin-Erben gesagt. Ich glaube, damit wollte er sagen, dass sie an ziemlich oberster Stelle der Verdächtigen rangierten.

Und er sie früher oder später drankriegen würde.

Als ich seinen entschlossenen Blick gesehen hatte, liebäugelte ich kurz damit, ihn als Mediator für Liam und mich zu gewinnen. Allerdings konnte sich diese Idee auch als Eigentor herausstellen. Bei Agent Bishop war man entweder Freund – oder Feind. Und dann war ich mir, bei genauerer Überlegung, auch nicht sicher, ob man Agent Bishop für überhaupt etwas »gewinnen« konnte.

Die beiden Agenten hatten uns dann erklärt, dass niemand mehr das Recht hätte, uns hier festzuhalten. Allerdings hatte Agent Bishop deutlich gemacht, dass es hilfreich sein würde, wenn wir uns noch einige Tage zur Verfügung stellen würden. Nicht hier, aber in Miami, wo sich auch die FBI-Zentrale der Agenten befand.

Dann hatte es ziemlich lange gedauert, bis die Agenten sich mit Mr. Coleman geeinigt hatten. Der hatte zugestimmt, mit seiner Tochter noch einige Tage in Miami zu bleiben, verlangte aber, dass das FBI für ein Luxushotel in

Miami Beach aufkommen müsse. Das hatte Agent Bishop vehement abgelehnt. Nach langem Hin und Her hatte man sich darauf geeinigt, dass nicht das FBI, sondern die Schifffahrtsgesellschaft für unsere Unterkunft aufkommen müsse, und so waren wir in dem Hotel gelandet, in dem das Kader der *Maid of the Caribbean* vor einem Einsatz übernachtete. Es war zwar nicht Miami Beach aber es war ein völlig akzeptables Hotel im Zentrum von Miami und ich glaube, am Ende waren alle froh, nicht mehr in diesem Haus auf den Bahamas bleiben zu müssen.

So kam es, dass wir alle vor einer Stunde in Miami landeten und in diesem Hotel eincheckten. Die Baskin-Erben, die – so gut es ihre Situation zuließ – ihre Contenance zu wahren versuchten. Mr. Coleman, der zutiefst geschockt darüber war, wer sein potenziell zukünftiger Schwiegersohn sein könnte, und darauf bestand »ein Zimmer gleich neben den beiden Turteltauben!« zu bekommen. Liam und Sydney, die extra ein paar Tage freinahmen, um in Miami bleiben zu können. Schließlich war man nicht alle Tage in einen Mordfall verwickelt, wie Liam mit glänzenden Augen seinem Vorgesetzten am Telefon erklärte. Mom und Margaux, die sich ein Zimmer teilten, und jetzt vermutlich gerade auf ihrem Zimmer die Beseitigung Mr. Colemans planten. Mr. Brown, von dem immer noch keiner wusste, ob er in seiner Freizeit eher Menschen oder lediglich Insekten aufspießte. Mr. Shoemaker, der zwecks Urlaub bereits in Kanada hätte sein sollen und stattdessen zum Loser der Nation erkoren worden war, und last but not least natürlich ich. Die Bellinis und Mr. Young waren nach Hause geschickt worden. Mr. Young, um sich vor seinem nächsten Einsatz noch kurz auszuruhen.

Die Bellinis aus, naja, Resignation.

Als Agent Bishop zum wiederholten Male versucht hatte

zu erklären, warum wir jetzt alle nach Miami fliegen und in einem Hotel einquartiert würden und die Bellinis immer noch mit fragenden Gesichtern dasaßen, machte es fast hörbar »klick« in seinem Kopf. Oder besser »wumm«. Ein ziemlich aggressives, ultimatives »Wumm!« Agent Bishop war aufgestanden, hatte die Bellinis angelächelt und freundlich gesagt: »Ich wünsche Ihnen einen guten Heimflug und noch ein schönes Leben!« Ohne ein weiteres Wort hatte er die beiden Italiener stehengelassen.

Offenbar hatte auch seine Gründlichkeit Grenzen.

Ich hatte mir ein Zimmer neben Mom und Margaux geben lassen und war froh, die beiden in meiner Nähe zu wissen. Margaux und ich hatten uns gestern Abend noch lange unterhalten und sie hatte mir erklärt, dass sie Liams Verhalten ganz und gar nicht in Ordnung fand. Allerdings hatte sie mir auch klar gemacht, dass Liam eigene Entscheidungen traf, auf die sie keinen Einfluss hatte. Das war schon bei uns so gewesen. Sie hatte mir offen gesagt, dass sie Liam lange bekniet hatte, es sich wegen uns noch einmal zu überlegen. Und schon damals hatte sich Liam nicht davon abbringen lassen.

»Mila«, hatte sie gesagt, »ich liebe dich wie eine eigene Tochter. Abby ist eine meiner besten Freundinnen. Aber das ändert nichts an der Tatsache, dass das mit dir und Liam von Anfang an schwer war.«

Und dann zählte sie ziemlich genau die Dinge auf, die mir Liam an dem folgenschweren Donnerstag an den Kopf geworfen hatte. Nur, dass *sie* nicht wertete. Sie stellte keinen von uns beiden als besser oder schlechter hin. Als sie mich »einen riesigen Chaoten« nannte, strich sie mir sogar über den Kopf. Ihre Worte zu verdauen war nicht einfach gewesen für mich. Aber ich spürte, dass sie es ehrlich und lieb meinte.

Genau genommen war das sogar eines unserer besten Gespräche seit Jahren gewesen. Am Ende hatten wir uns umarmt und beide sogar ein bisschen geweint. In der Nacht war ich lange wach gelegen und hatte mir alles nochmal durch den Kopf gehen lassen. Liams Verrat beschäftigte mich genauso wie die Tatsache, dass er offenbar kein Interesse mehr hatte, zu mir zurückzukehren.

Und Margaux' Argumente?

Waren irgendwie schwer zu ignorieren.

Ich merkte, dass ich wohl schon eine ganze Weile vor dem Friseursalon stand und dabei völlig meinen Gedanken nachgehangen war. So was! Schnell steckte ich den Stadtplan in meine Umhängetasche und trat ein.

Knapp dreißig Minuten später verließ ich den Laden. Das war ja fix gegangen! Beim Weggehen sah ich nochmal mein Spiegelbild im Schaufenster an. Nachdem Claire mir gefühlt ein Kilo Haare herausgeschnitten hatte, war ich endlich wieder ein Mensch. Die Frisur war sogar noch ein bisschen kürzer als vorher, aber jetzt entsprach sie auch endlich meiner Haarstruktur. Claire hatte mir einen hübschen Pixie geschnitten und dabei ganz viel Gewicht aus der Frisur herausgenommen.

Ich hätte nie gedacht, dass ich einmal so kurze Haare haben würde und es auch noch so gut aussehen würde!

Mit neuem Selbstbewusstsein kehrte ich zum Hotel zurück. An der Rezeption saß jetzt ein junger Mann, der mich anerkennend musterte, bevor er mich pflichtbewusst grüßte. Es kostete mich alle Mühe, nicht zu ihm zu rennen, um ihn dankbar zu umarmen. Endlich, ich war wieder im Rennen! Voller Elan nahm ich die Treppe in den fünften Stock, in dem sich mein Zimmer befand. An Moms und Margaux'

Zimmertüre klopfte ich kurz. Ich wollte ihnen unbedingt meine neue Frisur zeigen. Im Zimmer regte sich aber nichts. Wie es schien, waren sie unterwegs.

Hoffentlich nicht in Mr. Colemans Richtung ...

Ich betrat mein Zimmer und warf die Tasche auf den Sessel. Es war erst fünfzehn Uhr und wie es aussah würden wir heute nicht mehr befragt werden. Vielleicht würde ich noch ausgehen. Am besten, ich rief bei Mom an und fragte, was sie heute noch ...

Die Hand legte sich unvermittelt auf meinen Mund. Sie kam von hinten und schnürte mir fast die Luft ab.

»Sch-sch!«, raunte jemand in mein Ohr.

»Nicht schreien ...«

Ich wollte mich wehren, aber ich war wie paralysiert.

Einen Moment lang spürte ich nur ein aufgeregtes Atmen an meinem Ohr. Dann sagte eine Stimme, die mir erschreckend vertraut vorkam: »Auf diesen Moment habe ich gewartet, Mila.«

26

»Was wollen Sie von mir?!«

Panisch versuchte ich, mich aus dem Griff zu befreien.

Mein Angreifer ließ aber nicht locker.

»Nicht wehren!«

»Lassen Sie mich los!«, schrie ich nach hinten.

»Pscht!« Sofort legte sich die Hand wieder über meinen Mund. »Sie lassen mir keine Wahl. Tut mir leid, Mila.«

»Wasch wollen Schie von mia«, raunte ich in die Hand vor meinem Mund.

»Mila, ganz ruhig. Ich will nur mit Ihnen sprechen … Ich tue Ihnen nichts.«

»Schind Schie verrückt geworden?«

»Pscht! Versprechen Sie, nicht zu schreien …«

»Okay, okay!«, versprach ich und war froh, als die Hand sich wieder von meinem Mund entfernte.

»Ich werde nicht schreien!«

Würde ich wirklich nicht schreien? Wie war das denn in Büchern oder Filmen … Hielten sich die Opfer an Versprechen, die sie machten, oder war das eher unverbindlich? Ich konnte nicht glauben, dass ich mir gerade diese Gedanken machte!

»Und jetzt lassen Sie mich sofort los!«, forderte ich, was glücklicherweise selbstbewusster klang, als ich mich eigentlich fühlte. Der Griff um meinen Körper lockerte sich.

»Ist schon gut, ich lasse Sie ja los.«

Als ich frei war, drehte ich mich blitzschnell um und stieß den Eindringling von mir weg.

»Sind Sie von allen guten Geistern verlassen?! Was *tun* Sie hier?« Ungläubig schüttelte ich den Kopf.

»Ich bin hier, bei Ihnen …«

»Das sehe ich! Aber was *sollte* das! Wie sind Sie überhaupt hier hereingekommen?«

»Ich bin eingebrochen.«

»Sie sind *was?*«

»Ich bin eingebrochen. Ich … ich wollte Sie sehen.«

»Sie wollten mich sehen? Warum das denn? Gibt es Neuigkeiten bezüglich Lady Baskin? Und warum haben Sie nicht einfach telefoniert?«

»Habe ich ja, aber Sie waren nicht da. Sie haben eingecheckt, aber waren nicht auf Ihrem Zimmer.«

Der ungebetene Gast wirkte etwas beleidigt.

Erst jetzt wurde mir bewusst, dass ich tatsächlich noch gar nicht auf meinem Zimmer gewesen war. Automatisch sah ich mich um. Neben dem Eingang stand mein unausgepackter Koffer. Ein Angestellter des Hotels musste ihn hinaufgebracht haben. Wir befanden uns in einem typischen Stadthotel und genauso sah das Zimmer auch aus. Allerdings war der Raum überraschend geräumig und eher edel eingerichtet. Rechts neben dem Eingang war das Bad, das auf den ersten Blick ganz einladend wirkte.

»Mila?«

Der Mann, der mich gerade noch ziemlich erschreckt hatte, sah mich zerknirscht an. Er machte einen Schritt auf mich zu.

»Es tut mir leid.«

»Es tut Ihnen *leid?* Hören Sie mal, Sie können nicht einfach so in mein Zimmer eindringen und mich zu Tode erschrecken. Was ist denn los? Gibt es Neuigkeiten?«

»Keine Neuigkeiten …«

»*Keine* Neuigkeiten? Und was wollen Sie denn hier?«

»Ich, ich …«

Er druckste herum.

Dann fing er an, seine Hände zu kneten. Nachdem er

einige Male ein- und ausgeatmet hatte, sah er mir geradewegs in die Augen.

»Es war der Mond. Der Mond, der die Nacht liebt. Die Analogie zu mir. Niemand hat das bisher erkannt. Nur Sie. Sie haben das gesehen.«

Hä?! Was schwafelte er denn da!

Eine *Analogie zum Mond?* Das war ja der größte Schwachsinn, den ich ... Plötzlich fiel es mir wieder ein ... Na klar, die Bettdecke!

»Mr. Brown ...«, begann ich.

»Nein, sagen Sie nichts! Ich verstehe Sie. Ohne Worte. So wie Sie mich ohne Worte verstehen. Das musste ich Ihnen unbedingt sagen. Sie sind einfach so ... so perfekt.«

Übelkeit stieg in mir auf. Mr. Brown näherte sich mir auf gefährlich wenige Zentimeter. Schnell wich ich nach hinten aus, was Mr. Brown nicht davon abhielt, seinen Arm nach mir auszustrecken.

Plötzlich hielt er inne.

»Die Haare ... Sie, sie sind ... anders.«

»Ich, ähm, ja, ich habe sie nachschneiden lassen.«

»Warum?«

»Warum?«

»Ja, warum? Es war doch perfekt vorher.«

Okay, er *hatte* einen Knall.

»Nein, Mr. Brown, es war weit davon entfernt, perfekt zu sein. Wie ich übrigens auch. Ich bin alles andere als perfekt. Fragen Sie meinen Mann. Oder vermutlich sollte ich wohl langsam sagen, zukünftigen *Exmann.«*

»Dieser Mann ...«, Mr. Brown schüttelte den Kopf und fixierte wie so oft einen undefinierbaren Punkt am Boden. »Wie kann man nur so dumm sein. Und dieses dumme *Ding*, das er im Schlepptau hat ...«

Er sah mich wieder an und sein Gesicht hellte sich auf.

»Soll ich mich um die beiden kümmern?«

Um die beiden *kümmern?*

Ein Schauer durchfuhr mich … Ich musste ihn unbedingt etwas fragen!

»Mr. Brown«, begann ich ein wenig zögerlich, »besitzen Sie eine abgelegene Hütte im Wald?«

»Eine abgelegene Hütte im Wald?« Ratlos kratzte er sich am Kopf. »Nein. Aber ich könnte uns eine besorgen. Möchten Sie das?«

Hoffnungsvoll sah er mich an.

Eine seltsame Mischung aus Abscheu und Erleichterung durchfuhr mich. Schnell sagte ich: »Nein, besten Dank! Und ich wäre Ihnen sehr zugetan, wenn Sie sich nicht um Liam und Sydney, äh, *kümmern* würden.«

»Wirklich nicht? Denn ich habe Bekannte. Die könnten sich darum kümmern.«

Das wurde ja immer besser …

»Mr. Brown! Ich glaube wirklich nicht, dass das nötig ist. Und wer auch immer Ihre Bekannten sind, lassen Sie die einfach aus dem Spiel, okay?« Entschieden fuchtelte ich mit einem Finger vor Mr. Browns Kopf herum und sah ihn streng an. Wie so oft war der komische Kauz ganz in Schwarz gekleidet. Mir graute bei der Vorstellung, dass wir alleine in meinem Zimmer waren. Und er mir … Ja, was eigentlich? So etwas wie eine Liebeserklärung gemacht hatte? Ächz …

»Nein, nein, Sie verstehen nicht!«, sagte Mr. Brown jetzt. »Ich kenne Leute bei der Polizei. Die könnte ich ermitteln lassen. Vielleicht hat Ihr untreuer Ehemann einen unbezahlten Strafzettel! Oder noch besser, ich lasse diesen aufgeblasenen Menschen von der Coleman-Stiftung unter die Lupe nehmen.«

»Sie kennen Leute bei der Polizei?«, fragte ich ungläubig.

Wollte er mich auf den Arm nehmen?! »Wie das?«

»Ach so. Ja, das liegt daran«, bemerkte Mr. Brown nüchtern, »dass auch ich bei der Polizei gearbeitet habe.«

»*Sie* waren bei der Polizei?«

»New York Police Department. Bis mich eine Verletzung vor zwei Jahren in den Ruhestand zwang.«

Ungläubig starrte ich ihn an. *Das* hatte ich allerdings nicht erwartet!

»Also, was meinen Sie. Soll ich die drei mal genauer unter die Lupe nehmen?« Er sah mich fragend an.

»Nett von Ihnen, aber sparen Sie sich die Mühe. Mich würde eher interessieren, was die Baskin-Erben für Leichen im Keller haben.«

»Die Baskin-Erben …« Mr. Brown schnaubte verächtlich. »*Die* haben bestimmt Dreck am Stecken. Meine Leute sind sie bereits am Durchleuchten.«

»Echt?« Diese Information wiederum ließ mich schmunzeln. »Trauen Sie den FBI-Leuten etwa nicht?«

»O doch«, Mr. Brown nickte anerkennend, »die leisten gute Arbeit. Lassen sich nicht einwickeln. Agent Bishop … Toller Mann, sehr kompetent! Aber es ist immer besser, eine Sache aus verschiedenen Blickwinkeln zu betrachten.«

»Da haben Sie allerdings recht.« Ich sah Mr. Brown an. Plötzlich wirkte er nicht mehr bedrohlich auf mich. Nur noch kurios. Vor mir stand ein kurioser, einsamer Mann, der sich endlich wieder einmal verstanden gefühlt hatte. Und das leider von mir. Das war irgendwie schräg.

»Mr. Brown«, begann ich, »warum genau sind Sie zu mir gekommen?«

Der Eigenbrötler seufzte. »Ich … ich bin in diesen Dingen nicht so bewandert. Es ist so, dass …«

Mitten im Satz hielt er inne.

Dann zog er einen Umschlag aus einer eingenähten Tasche seines Hemdes. Verschämt senkte er den Blick und überreichte mir den Umschlag. »Hier, lesen Sie selbst.«

Ich nahm den Umschlag entgegen und besah ihn mir genauer. Mit ganz kleiner Krakelschrift hatte er meinen Namen auf die Vorderseite geschrieben.

Mr. Brown holte tief Luft. Er öffnete den Mund, zögerte kurz und atmete dann einfach wieder aus. Was auch immer er hatte sagen wollen, es verhallte im Nichts.

Abrupt drehte er sich um und öffnete die Zimmertüre.

»Wir sehen uns«, nuschelte er und verschwand so plötzlich, wie er gekommen war.

Kopfschüttelnd sah ich ihm nach. Dann setzte ich mich aufs Bett und öffnete den Umschlag. Mit derselben, kleinen, krakeligen Schrift hatte er mir einen Brief geschrieben. Seufzend begann ich zu lesen:

Liebe Mila

Seit ich Sie kennengelernt habe, gehen Sie mir einfach nicht mehr aus dem Kopf. Sie sind anders als alle Menschen, die mir je begegnet sind. Lassen Sie mich Ihnen mitteilen, dass auch ich anders bin. In meinem ganzen Leben hatte ich immer das Gefühl nicht dazuzugehören. Daneben zu stehen. Nur Zuschauer zu sein. Ich wurde nie akzeptiert, nicht von meinen Eltern, nicht von meinen Schulkameraden, nicht von meinen Arbeitskollegen. Man schätzte zwar meine Arbeit – ich könnte Ihnen jetzt die verschiedenen Auszeichnungen auflisten, die ich während meiner Arbeit bei der Polizei erhielt, möchte Sie jedoch unter keinen Umständen langweilen – aber die Ablehnung mir gegenüber als Mensch war immer spürbar. Denn: Wer nicht in die Norm passt, fällt durch. Und mir war es nie erlaubt, in die Norm zu passen. Auch wenn es mir nicht leichtfiel, musste ich mich damit abfinden. Ich war ein ungeliebtes Kind. Und ich bin ein ungeliebter Erwachsener. Das schreibe ich nicht, um von Ihnen Mitleid zu erhalten. Das schreibe ich, um Ihnen zu sagen, dass ich verstehe, wie ich auf andere Menschen wirke.

Liebe Mila, Sie waren anders zu mir. Sie haben mich nicht ausgelacht. Sie haben mich verstanden. Auf eine Art und Weise, wie mich noch nie jemand verstanden hat. Und deshalb will ich ehrlich zu Ihnen sein: Ich bewundere Sie und – ich wage es fast nicht auszusprechen – ich liebe Sie. Aber haben Sie keine Angst! Ich weiß, dass Sie einen Mann wie mich nie lieben könnten. Wie sollten Sie, wenn nicht einmal ich selbst mich lieben kann. Nichtsdestotrotz hege ich einen Wunsch. Vielleicht könnten wir in Zukunft ja so etwas wie Freunde sein? Das wäre das größte Glück für mich. Es war mir noch nie vergönnt, einen Freund zu haben.

In der Hoffnung, Sie mit diesem Brief nicht abgeschreckt zu haben, verbleibe ich,

Ihr Emory M. Brown

Langsam ließ ich den Brief sinken. Das war nicht nur die skurrilste Liebeserklärung, die ich je erhalten hatte. Das war auch der traurigste Brief, den ich je erhalten hatte.

Mr. Brown hatte in seinem ganzen Leben noch nie einen Freund gehabt und jetzt wollte er ausgerechnet, dass *ich* sein Freund wurde? Und dabei hatte ich mich die ganze Zeit vor ihm geekelt. So schnell hatte man einen Menschen abgeurteilt und machte sich nicht die geringsten Gedanken darüber, wie er sich dabei fühlte.

Betrübt legte ich den Brief beiseite und fing seufzend an, meine Sachen auszupacken. Was sollte ich denn jetzt tun? Jetzt hatte ich nicht nur einen untreuen Ehemann am Hals, sondern auch noch einen äußerst speziellen Verehrer, um es mal milde auszudrücken. Und trotzdem tat mir Mr. Brown leid. Kein Mensch hatte es verdient, alleine zu sein. Alleine sein war ätzend! Das hatte ich in den letzten Tagen auf unangenehmste Art und Weise am eigenen Leib erfahren.

Im Bad packte ich meine Zahnbürste und einige Kosmetikprodukte aus und setzte mich dann resigniert auf den Rand der Badewanne. Wann genau war ich im falschen Film gelandet? War es, als mein Ehemann beschloss, die Fliege zu machen? War es, als Lady Baskin verschwand?

Oder war es, als Emory M. Brown auftauchte?

27

»Hier, bitteschön!«

Mom reichte mir den Salzstreuer. Gemeinsam mit Margaux saßen wir beim Frühstück. Ich schnitt das gekochte Ei der Länge nach in zwei Teile und kippte ordentlich Salz darauf.

»Echt? Voll witzig!«

Drei Tische hinter uns riss Sydney gerade den Kopf nach hinten und lachte schallend über einen Witz, den Liam gemacht hatte. Ziemlich gekünstelt.

Ihr Blick glitt dabei immer wieder an unseren Tisch.

Als die beiden kurz nach Mom, Margaux und mir in den Frühstücksraum gekommen waren, hatte Margaux ihnen zwar zugenickt, war aber bei uns sitzen geblieben. Ohne dass sie bisher ein Wort über Sydney verloren hatte, konnte ich ihrem Blick eindeutig entnehmen, was sie über sie dachte.

»Mila?« Mom sah mich fragend an. »Geht es dir gut?«

»Jaja, alles bestens! Ich war nur kurz abgelenkt.« Mit einem kurzen Nicken zeigte ich auf Liam und Sydney.

Margaux legte ihre Hand auf meine.

»Du machst das wirklich gut, Mila.«

Dankbar drückte ich ihre Hand. »Danke dir, Margaux. Ich muss sagen, unser Gespräch vor zwei Tagen hat mir sehr gut getan – und unser Gespräch gestern Abend auch!«

Ich sah die zwei Frauen an.

Wir drei hatten gestern Abend ausführlich geredet. Ich musste ihnen alle Details meiner Arbeit auf dem Schiff erzählen, inklusive dem Vorstellungsgespräch bei Miss Davies. Mom und Margaux hatten sich dabei fast schlapp gelacht. Langsam gelang es auch mir, alles mit ein wenig

Humor zu betrachten. Vermutlich war ich wirklich nicht das begabteste Zimmermädchen. Zu schade, dass ich diese Einsicht nicht mit Lady Baskin teilen konnte. Mom und Margaux fanden es auch superlustig, dass gerade Mr. Shoemaker – den Mom ja telefonisch kennengelernt hatte und von dem sie gemäß eigenen Angaben »überaus begeistert« gewesen war – das ganze Chaos noch geschürt hatte.

»Naja, er hat halt nicht mit dem *Mila-Tsunami* gerechnet«, hatte Margaux augenzwinkernd gesagt. Seit ich ihr erzählt hatte, dass Liam mich als Tsunami bezeichnet hatte, war das Wort immer wieder in meinem Zusammenhang gefallen. Nicht böse, nur liebevoll neckend.

Unglaublich erleichtert war ich gewesen, als die beiden ganz begeistert von meiner neuen Frisur gewesen waren. »Endlich wieder ansehnlich!«, hatte Mom gerufen, als sie mich gestern Nachmittag gesehen hatte und mich gleich in den Arm genommen. Das hatte mir wirklich gutgetan! Nach der Begegnung mit Mr. Brown und seinem Brief war ich richtig durch den Wind gewesen. Ich hatte den beiden den Brief gezeigt und ihnen alles über Mr. Brown erzählt. Während Mom geschockt gewesen war, hatte Margaux sich Mr. Brown gegenüber eher mitfühlend gezeigt.

»*Mila?*«

Mom unterbrach meine Gedanken aufs Neue. »Hast du heute eigentlich schon etwas von diesem Mr. Brown gehört?« Krass, Moms konnten echt Gedanken lesen …

»Oder, warte … Hat er dir etwa nochmal geschrieben? Oder dich sonst irgendwie belästigt?« Die Worte sprudelten nur so aus Mom heraus.

»Abby …« Margaux sah sie tadelnd an. »Wir haben uns doch drauf geeinigt, dass wir freundlich sind zu ihm und uns nicht über ihn lustig machen. Er kann wirklich nichts dafür, dass er so ist, wie er ist.«

»Na, er hängt sich ja auch nicht an deine Tochter ran.«
Mom wackelte vielsagend mit ihren Augenbrauen.

»Bewahre, zum Glück habe ich nur einen Sohn. Und der macht mir schon genug Kummer.« Margaux leerte ihre Müslischale und schob anschließend das Geschirr von sich weg. Dann sah sie mich an. »Aber zurück zu dir, Liebes. Kommst du klar mit ihm oder soll ich mal mit ihm reden?«

»Was, mit Liam oder mit Mr. Brown?« Nachdem ich noch einen Tupfer Mayonnaise draufgetan hatte, schob ich mir die zweite Hälfte des Eies in den Mund.

»Mr. Brown«, sagte Margaux und verdrehte die Augen. »Der andere scheint im Moment nicht sehr offen zu sein für meine Argumente. Aber vermutlich«, meinte sie dann mehr zu sich selbst, »möchtest du das mit Mr. Brown alleine regeln, nicht wahr?«

»Naja«, sagte ich, putzte meinen Mund ab und legte die Serviette dann auf den leeren Teller. »Allzu viel gibt es wohl auch mit Mr. Brown nicht zu regeln.«

»Emory«, sagte Mom mit sexy Stimme und kicherte.

»Abby, jetzt hör auf, dich über ihn lustig zu machen!« Margaux schüttelte den Kopf.

»Was, wieso? Er heißt doch so?«
Mom sah sie unschuldig an.

»Ja-ha. Aber trotzdem.« Margaux seufzte und sagte dann nichts mehr. Nach einer kurzen Pause wandte sie sich wieder an mich. »Also, Mila, wenn du Hilfe brauchst, dann sagst du uns das, okay?«

»Okay.« Ich nickte ihr dankbar zu und fing an, unser Geschirr zusammenzustellen. Als ich den fragenden Blick von Mom sah, wurde mir bewusst, dass ich mir das vermutlich auf dem Schiff angewöhnt hatte.

Liam und Sydney verließen kichernd den Frühstücksraum. Ich versuchte sie zu ignorieren und überreichte einer dankbar lächelnden Angestellten die leeren Teller.

»Die werden heute Morgen noch von den FBI-Leuten befragt, nicht wahr?« Mom sah den beiden nach.

»Richtig.« Margaux drehte sich auch zu den beiden um.

Kurz bevor sie den Raum verließen, erinnerte sich Liam wohl, dass seine Mutter und seine Immer-noch-Schwiegermutter anwesend waren. Er wandte sich von Sydney ab und winkte unserem Tisch kurz zu.

»Und was tun wir jetzt?« Mom gähnte herzhaft.

Margaux und ich schauten uns an.

Uns war bewusst, dass die Frage nur rhetorisch war. Mom stand morgens immer schon sehr früh auf. Irgendwann im Laufe des Morgens war sie dann meistens fällig für ein kurzes Schläfchen.

»*Du* legst dich jetzt erst mal hin. Und wolltest du später nicht noch mit Toni telefonieren?«

Margaux schob ihren Stuhl nach hinten und stand auf.

Mom nickte und gähnte noch einmal.

»Und wir? Legen wir uns ein bisschen an den Pool?« Margaux sah mich hoffnungsvoll an.

»Klar! Gib mir nur fünf Minuten!« Ich stand auch auf.

Dann wandte ich mich an Mom. »Sag Dad einen lieben Gruß von mir. Und schlaf erst mal gut!«

Etwa zehn Minuten später schlenderten Margaux und ich am Pool entlang und reservierten zwei Liegen für uns. Der Pool war – typisch Stadthotel – nicht allzu groß und rechteckig. Kein Schnickschnack, nichts, was einem den ganzen Urlaub über verführt hätte, den Poolbereich gar nicht mehr zu verlassen. Allerdings waren wir ja auch nicht im Urlaub und froh darüber, überhaupt etwas freie Zeit zu haben.

Nachdem ich Mom und Margaux alles über Lady Baskin erzählt hatte, waren auch die beiden voll besorgt um sie und hofften sehr, dass wir bald Näheres über ihr Verschwinden in Erfahrung bringen würden.

»Holen wir uns etwas an der Bar?«, fragte Margaux.

Über ihrem Bikini trug sie einen dunkelblauen Pareo mit weißen Abnähern, der bestens zu ihrem blonden Bob passte. Mit Ende fünfzig war Margaux eine immer noch sehr attraktive Frau. Eigentlich war es unglaublich, dass sie nach dem Tod von Liams Vater vor fast dreißig Jahren nicht wieder geheiratet hatte. An Verehrern oder Anträgen hatte es auf jeden Fall nicht gemangelt.

»Klar!« Ich verstaute meine Tasche unter dem Liegestuhl und machte Margaux ein Zeichen, dass wir gehen konnten.

»Mila, die neue Frisur steht dir richtig gut. Kein Vergleich zu vorher …« Margaux fuhr mit ihren Fingern durch meine Haare. »Jetzt siehst du richtig gut aus!«

»Danke!«, erwiderte ich fröhlich und legte meinen Arm um sie. Gemeinsam schlenderten wir zur Bar und sahen uns die Karte mit den Drinks an.

»*… unbedingt etwas unternehmen!*«

Unsere Köpfe schnellten sofort nach oben. Die Bar war so konzipiert, dass sie vom Pool aus zu erreichen war, aber gleichzeitig auch über einen klimatisierten Innenbereich verfügte. Aus diesem Innenbereich drangen gedämpfte Stimmen.

Uns war sofort klar, zu wem die Stimmen gehörten.

»Und *was* unternehmen?«, drang jetzt Erins Stimme nach draußen.

»Was weiß ich! Wir müssen ihnen auf jeden Fall Einhalt gebieten!« Archie hörte sich ziemlich wütend an.

»Was darf ich Ihnen denn anbieten?«

Der Barkeeper sah uns freundlich an.

»*Pscht!*« Margaux machte ihm mit der Hand ein Zeichen, still zu sein. Dann schob sie mich etwas von der Bar weg und näher an die Wand heran, hinter der sich die drei Baskin-Erben befanden. Der Barkeeper schien verwirrt.

»Und dieser FBI-Agent, Bishop, den kann ich nicht ausstehen! Der schnüffelt ziemlich rum«, hörten wir Mabel sagen.

»Was schaust du mich so an?«, polterte Archie. »Ich kann nichts dafür, dass er mich so provoziert hat, ich …«

»Provoziert!«, fiel Erin ihm ins Wort. »Dass ich nicht lache! Wann lernst du endlich, dein Temperament zu zügeln?«

»Jetzt lass nicht alles an meinem Bruder aus! *Du* warst diejenige mit der Idee! *Du* hast gesagt, wir brauchen das Geld«, zischte Mabel. »Und wir wissen ja alle, wozu du das so dringend brauchst …«

»Wie bitte?!« Erin schrie die Worte förmlich heraus. Dann besann sie sich und fuhr in etwas gemäßigterem Ton fort: »Alles, was ich wollte, war, dass endlich etwas geschieht! Dieser Schlappschwanz von deinem Bruder würde dem Geld heute noch nachweinen. Tatenlos!«

»Jetzt reicht's!« Man hörte Gläser klirren. Archie, der gerade gesprochen hatte, hatte vermutlich in seiner Wut auf den Tisch geklopft. »Seid still! Alle beide! So kommen wir nicht weiter. Wir müssen uns für die Zukunft zurechtlegen, was wir sagen werden. Und zwar *einstimmig*, habe ich mich klar ausgedrückt? Sie werden uns wieder befragen, und dann müssen wir vorbereitet sein. Es reicht, dass wir schon einmal fast aufgefl …«

»*Darf man wissen, was Sie hier tun?*«

Margaux und ich drehten uns erschrocken um.

Vor uns stand Mr. Shoemaker.

In Anzug und Krawatte.

»Pscht!«, wiederholte Margaux und machte ihm ebenfalls ein Zeichen still zu sein.

Mr. Shoemaker setzte einen entschlossenen Gesichtsausdruck auf, dann trat er in den klimatisierten Innenbereich der Bar. »*Ah, Mr. und Mrs. Baskin! Miss Baskin! Wie schön, Sie zu sehen!*«, hörten wir ihn dröhnen. Margaux und ich fassten uns an den Kopf und verdrehten die Augen.

»*Genießen Sie auch diesen wunderschönen Tag?*«

Vermutlich war Mr. Shoemaker noch zehn Blocks weiter zu hören. Hatte ihm jemals irgendjemand gesagt, dass es auch möglich war, leiser zu sprechen?

»*Wie bitte? Ja, ich habe gerade mit jemandem gesprochen*«, dröhnte es weiter von innen. »*Unser falsches Zimmermädchen und die, äh, ich glaube, Schwiegermutter … Was? … Ja, ich befürchte, die beiden haben Sie belauscht. Ich entschuldige mich in ihrem Namen! Aber …*«, dröhnendes Lachen, »*bestimmt amüsieren Sie drei sich über diese Paranoia!*« Kurze Pause. »*Wobei … Ist es Paranoia oder haben die beiden vielleicht etwas zu verbergen?*« Mit leicht beleidigtem Unterton aber leider keiner gemäßigteren Lautstärke: »*Meine Meinung interessiert hier ja niemand! Ich würde Ihnen vorschlagen …*«

Margaux zog mich mit sich fort. Zurück zu unseren Liegestühlen. Auch wenn wir von Weitem immer noch Mr. Shoemakers Stimme vernahmen, konnten wir nicht mehr genau hören, was er sagte. Sein Vorschlag würde uns also nicht mehr zu Ohren kommen.

»So ein Trottel!«, sagte Margaux und ließ sich auf den Stuhl plumpsen. »Gerade, als es spannend wurde …«

»Ja, dafür hat er ein Händchen.«

Ich zog mir das T-Shirt und meine Shorts aus und legte mich auf den Stuhl. »Meinst du, die haben ihr etwas angetan? Oder jemanden angeheuert, der ihr etwas angetan hat?«

Gespannt sah ich Margaux an.

»Keine Ahnung.« Auch Margaux zog sich den Pareo aus und legte sich auf den Stuhl. »Aber etwas zu verbergen haben die. Die müssen wir im Auge behalten.«

»Hm.« Nachdenklich blickte ich vor mich hin. »Nur, wie tun wir das am besten?«

»Vielleicht …«, begann Margaux. Weiter kam sie nicht. Beide wurden wir von zwei weißen Beinen abgelenkt, die in schwarzen Shorts steckten und sich schnellen Schrittes auf uns zubewegten.

»Mila!«, rief Mr. Brown und kam atemlos auf uns zu.

»Ich habe Sie überall gesucht!«

Vor unserem Sonnenschirm blieb er stehen.

Und knetete seine Hände.

»Mr. Brown …«, sagte ich und fühlte mich plötzlich ganz unbehaglich. »Ich äh, habe Ihren Brief gelesen.«

Mehr fiel mir im Moment nicht ein.

»Das, ja, das … freut mich! Und hat er, haben Sie …« Mr. Brown hielt inne. Er knetete immer noch seine Hände. Dann atmete er aus und fuhr entschlossen fort: »Ich bin aber wegen etwas anderem hier!«

»Etwas anderem?«, fragte ich erstaunt. »Was denn?«

Margaux setzte sich in ihrem Stuhl auf und machte Mr. Brown ein Zeichen, sich neben sie zu setzen. Er nahm den Vorschlag dankbar an. Dann zog er ein Blatt Papier aus seiner Innentasche. Wie es schien, hatten alle seine Hemden so etwas wie ein Geheimfach.

»Hier, das habe ich soeben erhalten! Aus meinem ehemaligen Department in New York. Man hat mir interessante Informationen zukommen lassen!«

»Echt?« Margaux beugte sich über den Zettel und machte Anstalten, ihn durchzulesen. Mr. Brown zog ihn sofort zurück und sah sie skeptisch an. »Sie können ihr vertrauen«, sagte ich und lächelte ihn an. »Aber vielleicht möchten Sie uns zuerst erzählen, worum es geht?«

»Ja, richtig«, meinte Mr. Brown und faltete den Zettel zusammen. »Also, ich habe alle hier Anwesenden durchleuchten lassen ...«

»*Was?! Mich* etwa auch?«, unterbrach ihn Margaux ungläubig.

»Natürlich«, sagte Mr. Brown ungerührt. »Und jetzt raten Sie mal, wer bei Lady Baskin ziemlich hohe Schulden gemacht hat.«

»Schulden?«, fragte ich und sah Margaux zögernd an. »Also, ich denke eher nicht, dass die Kinder ihres verstorbenen Mannes die Möglichkeit hatten, Schulden bei ihr zu machen, oder?«

»Da liegen Sie absolut richtig.« Mr. Brown zeigte auf das Blatt Papier, das auf seinem Schoss lag. »Es geht auch nicht um die Baskin-Erben.«

»Es geht *nicht* um die Baskin-Erben? Hm, aber wer hatte denn sonst die Möglichkeit, bei ihr Schulden zu machen?« Ich schüttelte den Kopf, um ihm zu signalisieren, dass ich keine Ahnung hatte.

»Nun sagen Sie schon!« Margaux war ganz ungeduldig.

Mr. Brown hob das Blatt in die Höhe und faltete es wieder auseinander. Er sah uns beide nochmal an. Dann beugte er sich über das Papier und las triumphierend vor: »Schulden in Höhe von einer halben Million Dollar. Rückzahlungstermin: Bereits verpasst! Gläubiger: Evelyn Baskin. Wohnhaft in ...«

Er sah kurz auf.

»Das erspare ich Ihnen. Aber jetzt wirds spannend!«

Mit seinem spitzen Finger zeigte er auf eine Zeile und tippte mehrmals darauf. »Schuldner: Die Coleman-Stiftung. Ich präzisiere: *Jacob Coleman.*«

28

»*Was?!*«

Margaux schnappte sich den Zettel und las ihn durch. Ungläubig schaute sie auf. »Mr. Coleman hat Schulden bei Lady Baskin?! Der Idiot? Ich glaubs einfach nicht!«

Dann reichte sie das Schreiben an mich weiter. Ich überflog die Informationen auf dem Blatt und bekam bestätigt, was uns Mr. Brown gerade mitgeteilt hatte.

»Hm …« Ratlos sah ich auf. »Das ist jetzt aber ein ganz großer Zufall.«

»Absolut!« Mr. Brown klatschte in die Hände. »Und wer glaubt in diesem Zusammenhang schon an Zufälle?«

»Wollen Sie damit andeuten, dass er etwas mit ihrem Verschwinden zu tun haben könnte?« Ich schüttelte den Kopf und gab ihm das Blatt Papier zurück. »Das kann ich mir irgendwie nicht vorstellen.«

»Ich schon!« Margaux wedelte resolut mit ihrem Finger. »So selbstgerecht wie der sich gibt!«

Mr. Brown nickte eifrig.

»Und sowieso«, referierte Margaux weiter, »die Großmäuler sind immer die Schlimmsten. Die haben immer etwas zu verbergen, *immer!*«

»Ja, natürlich«, sagte ich und sah die beiden an. »Und vermutlich hat er auch seine Tochter angeheuert, damit sie das für ihn erledigt. Oder noch besser, er hat das Gewinnspiel fingiert und Sydney mit Liam auf das Schiff geschickt. Nein, echt«, meinte ich abschließend und schüttelte den Kopf, »ganz so einfach ist das nicht.«

»Was ist nicht einfach?« Mom trat gähnend unter den Sonnenschirm. Sie nickte Mr. Brown zu und setzte sich dann neben mich auf den Stuhl. Nachdem sie ihre Tasche abgestellt hatte, lächelte sie freundlich und nahm Mr. Browns Hand. »Wir wurden uns noch gar nicht richtig vorgestellt. Ich heiße Abby.«

»Emory«, antwortete dieser und wurde rot.

»Schön.« Ohne Umschweife fuhr sie fort: »Sie haben meiner Tochter einen Brief geschrieben.«

»*Mooom!*« Entsetzt drehte ich mich zu ihr hin.

Mr. Brown war jetzt puterrot im Gesicht.

Er nickte betreten. »Ja«, sagte er leise. »Ich, ich …«

»Diesen Brief zu schreiben hat ihn bestimmt viel Überwindung gekostet, nicht wahr?« Margaux nickte Mr. Brown zu und sah dann Mom und mich abwartend an.

»Ja, bestimmt!«, erwiderte ich artig. Dann fügte ich an: »Und, Mr. Brown? Niemand wird Sie auslachen! Niemand von uns dreien zumindest.«

»Ja, wirklich? Ver … verachten Sie mich nicht, nach allem, was ich geschrieben habe?«

»Nein, natürlich nicht«, sagte ich entschieden, »das zu schreiben hat sicher viel Mut gebraucht! Zur Zeit …«, ich zögerte, »zur Zeit bin ich einfach sehr mit mir selbst beschäftigt. Ich habe irgendwie gar keinen Kopf für Probleme anderer Leute.«

»Aber das ist völlig in Ordnung!« Mr. Brown seufzte. »Wenn Sie nur, wenn Sie nur … einfach da sind.«

Das konnte ich bewerkstelligen. Im Moment konnte ich eh nirgends hin. Ich nickte ihm wortlos zu und Mr. Brown nickte mit dankbarem Gesicht zurück. Was auch immer wir gerade vereinbart hatten, es schien ihm zu genügen.

Eine komische Stille entstand.

»Äh, will jemand etwas trinken?«

Ich erhob mich von meinem Liegestuhl.

»Am liebsten Wasser«, sagte Mom und alle nickten zustimmend.

»Gut, dann besorge ich uns mal eine große Flasche! Mr. Brown, wenn Sie in der Zwischenzeit meiner Mom von dem Schreiben erzählen würden?«

»Natürlich!«, sagte Mr. Brown beflissen. »Und, ähm, Mila, dürfte ich Sie um etwas bitten?«

»Sicher.«

»Würden Sie mich Emory nennen?«

»Ich, äh, ja, natürlich!«

Ein bisschen verwirrt verließ ich die Dreiergruppe in Richtung Bar. Zuerst wollte ich allerdings noch aufs Klo. Ich betrat den Innenbereich der Bar und stellte zu meiner Erleichterung fest, dass die Baskin-Erben nicht mehr hier waren. Auch von Mr. Shoemaker fehlte jede Spur. Bestimmt beglückte er gerade jemand anderen mit seinem Bariton.

In der Bar selber befand sich keine Toilette. Ich öffnete eine Türe und betrat einen Seitengang des Hotels. Einige Meter weiter vorne entdeckte ich das Frauenklo. Ich trat ein, wusch mir die Hände und betrachtete mein Spiegelbild. Entzückt stellte ich fest, dass meine Frisur diesmal wirklich hielt. Der Mopp war verschwunden! Mit meinen kurzen Haaren sah ich irgendwie erwachsener aus. Entschlossener.

Das gefiel mir.

Es gab zwei Kabinen, beide waren leer. Ich wählte die hintere und registrierte dankbar, dass sie sauber war. Gerade als ich im Begriff war zu spülen, betrat jemand das Damenklo. Ich öffnete die Kabinentüre und sah in Erins Augen.

»Na, wen haben wir denn da!«, sagte Erin und sah mich spöttisch an. Sie besah sich zuerst im Spiegel und fing dann an, ihr Gesicht abzupudern. Schwer vorstellbar, dass auf diesem Gesicht noch eine Schicht Puder Platz hatte.

»Erin«, sagte ich und nickte ihr zum Gruß zu. Etwas anderes fiel mir einfach nicht ein. Während ich mir erneut die

Hände wusch, sah ich verstohlen zu ihr herüber. »Das ist wie ein Unfall«, hörte ich eines von Dads Lieblingszitaten in meinem Kopf. »Du kannst nicht hin-, aber auch nicht wegschauen.«

»Allerdings ist das schon ein wenig seltsam«, fuhr der Unfall jetzt seine Konversation mit mir fort und steckte die Puderdose wieder ein. Ein Parfumfläschchen wurde aus der Tasche gezogen und Erin begann, sich großzügig damit einzustäuben. Es war derselbe stinkende Duft, den sie am Sonntagmittag auf den Bahamas getragen hatte. »Das Zimmermädchen taucht auf und die alte Frau verschwindet.« Erin tauschte das Parfüm mit einem Haarspray. »Ist das ein Zufall?« Die Haare wurden von allen Seiten eingesprüht. Sie waren bereits so zugeklebt, dass die neue Schicht nur noch dazu beitragen konnte, ein abendliches Ausbürsten unmöglich zu machen. »Ich denke, eher nicht. Wer glaubt schon an Zufälle?«

Zum zweiten Mal an diesem Tag hörte ich diesen Satz. Diesmal galt er mir. Ich lehnte mich an das Waschbecken und wartete ab, was Erin mir sonst noch zu sagen hatte.

»Ich frage mich daher«, sagte Erin als Nächstes und verstaute ihren Haarspray, »was das alles zu bedeuten hat.«

Jetzt sah sie mir direkt in die Augen.

»Hast du das alleine geplant? Oder hattest du Hilfe?«

Die Türe öffnete sich. Mabel trat ein. Hinter ihr schob sich Archie in den Raum. Sie tauschten Blicke mit Erin aus, dann drehte sich Archie um und schloss den Eingang zum Bad ab. Ich war jetzt also mit ihnen eingeschlossen. Seltsamerweise fühlte ich mich kein bisschen nervös. Eher gespannt, was kommen würde.

»Sieh sie dir an!«, sagte Mabel und sah mich verächtlich an. »Wie sie siegessicher dasteht!«

»Als hätte sie schon alles für sich gepachtet!« Archie kniff die Augen zusammen und schnaufte schwer. Erin packte ihre Tasche und stellte sich neben die beiden.

Ich sah die drei nacheinander an und – lächelte. Ganz untypisch für mich war ich ganz ruhig.

»Um welche Art von Sieg soll es sich hier genau handeln?« Erwartungsvoll blickte ich in die Runde. »Wäre es möglich, dass mich jemand von euch dreien aufklärt?«

»Jetzt tu doch nicht so!«, zischte Archie. »Wir wissen genau, dass du es auf Evelyns Geld abgesehen hast!«

»Habe ich das?« Ich legte meinen Kopf schief. »Wenn dem so wäre, hätten wir vermutlich etwas gemeinsam.«

»Frechheit!« Mabel stampfte mit dem Fuß auf. »Wir haben gar nichts gemeinsam! Du bist nur ein dummes Zimmermädchen, das hier nichts zu suchen hat. Ein dummes, dummes Zimmermädchen. Hast du das verstanden? Du hast hier nichts zu suchen!«

Alle drei schienen sie eine cholerische Ader zu haben.

»Und jetzt sag uns gefälligst, was du mit dem Geld gemacht hast!« Erin schob sich nach vorne.

»Dem Geld?« Verständnislos sah ich die drei an. »Ihr glaubt doch nicht etwa ...«

»Wo ist das Geld!« Auch Mabel machte einen Schritt auf mich zu. Ihr Gesicht hatte sich vor lauter Wut rot gefärbt.

»Ich habe keine Ahnung, wo das Geld ist.«

Kopfschüttelnd verschränkte ich meine Arme.

»Was *mich* aber interessieren würde ist, was ihr mit Evelyn gemacht habt ...«

»Die alte Schachtel!«, rief Archie und wurde sogleich von Mabel gemaßregelt.

»Halt deinen Mund!«, fauchte sie. Dann sah sie mich wütend an. »Also, *wo ist das Geld?!*«

»Wo ist Evelyn!«, erwiderte ich und setzte einen finsteren Gesichtsausdruck auf. Unbeirrt starrte ich zurück.

»Hallo? Was mach in das Bad?« Von außen wurde heftig an der Türe gerüttelt. *»Hallo?«*

»Besetzt!«, rief Archie wütend und wandte sich dann wieder mir zu. »Also. *Wo! Ist! Das! Geld!«*

Ich seufzte. So würden wir hier nicht weiterkommen.

»Meine Damen, mein Herr«, sagte ich genervt und stieß mich vom Waschbecken ab. »Wenn Sie *mir* nicht Red und Antwort stehen wollen, meinetwegen. Ich würde sagen, wir besprechen das mit den zuständigen Agenten.« Entschlossen drückte ich mich an ihnen vorbei und drehte mich zur Türe hin.

»Hiergeblieben!« Erin stellte sich mir in den Weg. Dann zog sie etwas aus ihrer Tasche heraus und drückte es mir in den Brustkorb. »Vielleicht überzeugt dich das hier.«

Wollte sie mich etwa mit ihrem Haarspray bedrohen?

Nein, sie wollte mich mit ihrem stinkenden Duft besprühen!!!

Erschrocken stieß ich ihre Hand weg und entdeckte eine Waffe darin. Erin lächelte mich böse an und entsicherte die Waffe. »Wer nicht hören will, muss fühlen. Also, wo ist das Geld?« Sie sah sich nach ihren beiden Begleitern um, die beide bestätigend nickten und keine Anstalten machten, ihr die Waffe wegzunehmen.

Ich schüttelte den Kopf. Aus einem unerklärlichen Grund war ich wieder ganz ruhig. Nur die vermeintliche Duftattacke hatte mich kurz aus dem Konzept gebracht.

»Erin …«, begann ich und hob beschwichtigend meine Hände. Plötzlich wurde die Türe von außen geöffnet.

Archie wurde dabei unsanft nach vorne geschoben.

»Entschuldigen Sie bitte?!« Ein Mann im schwarzen Anzug schob sich in den Raum. Er hielt einen Generalschlüssel in der Hand. Hinter ihm erschien der Kopf einer Putzfrau.

Die sah sich unsicher im Raum um.

»Dürfte ich erfahren, was Sie hier drinnen tun?« Der

Mann im Anzug sah uns nacheinander an. Gemäß dem Schild, das er trug, schien es sich um den Hotel-Manager zu handeln.

Erin stand plötzlich wieder ohne Waffe da.

»Ähm, nur ein klitzekleines Missverständnis!« Archie verbeugte sich fast vor dem Manager. »Aber es wurde geklärt und wir entschuldigen uns für die Unannehmlichkeiten.« Er zog Erin und Mabel mit sich mit und gemeinsam verschwanden sie im Gang des Hotels.

»Tut mir leid«, sagte ich und schüttelte den Kopf.

Unglaublich, wie dreist diese drei waren!

»Hat man Sie belästigt?« Der Manager sah mich besorgt an. »Soll ich mich um die drei kümmern?«

»Nicht nötig«, sagte ich, lächelte ihn aber dankbar an. »Das Ganze wird sich vermutlich bald klären. Aber vielen Dank! Sie sind wirklich zum richtigen Zeitpunkt gekommen.«

Ich nickte auch der Putzfrau zu und verließ das Bad. Beim Weggehen hörte ich noch, wie sie verzweifelt sagte: »Stinke in diese Raum!« In mich hineingrinsend ging ich wieder in Richtung Bar. Schließlich war ich ja losgegangen, um uns eine Flasche Wasser zu besorgen.

»Warten Sie!«, hörte ich hinter mir eine keuchende Stimme. Ich drehte mich um und sah den Manager auf mich zulaufen. »Sind Sie Mila Carter?«

Ich bejahte.

»Das FBI hat sich bei uns gemeldet. Ich soll Ihnen ausrichten, dass Sie sich heute Abend um sechs Uhr im Konferenzraum einfinden sollen. Es geht um eine Befragung.« Als er meinen fragenden Blick sah, fügte er an: »Der Konferenzraum befindet sich links vom Frühstücksbereich.«

»Alles klar, vielen Dank!« Ich nickte ihm zu.

Dann meinte ich: »Da hatten wir aber beide Glück, dass

wir aufeinander getroffen sind.«

»Allerdings! Und ich musste wirklich überlegen, ob *Sie* es sind. Es hieß, Sie hätten ... Ihre *Haare* seien, ähm ...«

Er sah mich an und wurde rot.

Ich hob eine Hand, lächelte müde und ließ ihn verstummen. Dann verabschiedete ich mich und betrat die Bar. Dort bestellte ich bei demselben Kellner eine Flasche Wasser, der schon Margaux und mich hatte bedienen wollen.

Mit zusammengekniffenen Augen sah er mich an und holte dann eine Flasche aus dem Kühlschrank.

Als ich die Flasche entgegennahm, fasste ich einen Entschluss: Ich wollte die komischen Puzzle-Teile erst selbst mal in meinem Kopf ordnen, bevor ich Mom und Margaux von dem komischen Zwischenfall auf dem Klo erzählte.

Und zudem wollte ich sie nicht beunruhigen.

Hm, im Moment gab es echt ein paar komische Dinge, die am Laufen waren ... Welche Rolle spielte der aufgeblasene Jacob Coleman? Was hatten die Erben getan? Wie weit wären sie bei mir gegangen? Und last but not least: Was war mit Evelyn geschehen?

Heute Abend wollte ich Antworten bekommen.

Und sonst musste ich die Dinge wirklich langsam selbst in die Hand nehmen!

29

Kurz nach sechs betrat ich den Konferenzraum.

Zum Glück hatte ich es noch rechtzeitig geschafft … Nachdem Mom, Margaux, Emory und ich den halben Tag miteinander verbracht hatten und wir über eine eventuelle Schuld Mr. Colemans philosophiert hatten, war ich im späteren Nachmittag ins Zimmer gehastet und hatte eine Auflistung aller Dinge gemacht, die bisher geschehen waren. Und war nach wie vor nicht sicher, wer mir suspekter war: die Erben oder Mr. Coleman.

Bestimmt waren beide nicht unschuldig!

Bei allen Recherchen hatte ich völlig die Zeit vergessen. Schnell verstaute ich meine Notizen im Koffer und hievte diesen zur Sicherheit auf den Schrank. In der Hoffnung, dass keine neugierige Putzfrau dort nachsehen würde.

Mittlerweile misstraute ich dem Putzpersonal …

Naja, selber Schuld.

Im Konferenzraum angekommen blickte ich in mir bekannte Gesichter: An einem großen Tisch saßen ein finster dreinblickender Mr. Shoemaker, Mr. Coleman mit Pokerface – und Emory. Dessen Augen erhellten sich sofort, als er mich in den Raum kommen sah.

»Mila!«, sagte er und errötete zugleich.

»Emory.« Ich lächelte ihn an. Mir war nicht bewusst gewesen, dass wir gemeinsam zu einer Befragung bestellt worden waren. Und dann erst noch mit Mr. Shoemaker und dem undurchsichtigen Mr. Coleman. Fragend sah ich Emory an, doch dieser zuckte nur mit den Schultern.

»Gentleman.« Ich setzte mich an den Tisch.

Mr. Shoemaker brummte etwas Unverständliches. Mr. Coleman sah mich von oben herab an, sagte aber nichts.

Es klopfte an der Türe und eine junge Frau streckte den Kopf herein. Sie zeigte auf die drei Herren und fragte: »Sind Sie Lyle, Marvin und Bo?«

Die drei tauschten verständnislose Blicke. Mr. Shoemaker schüttelte den Kopf und dröhnte dann ein »Nein!« in ihre Richtung.

»Okay, sorry!« So schnell wie sie gekommen war, verließ sie auch schon wieder den Konferenzraum.

Für einige Minuten saßen wir einfach schweigend am Tisch. Emory starrte wie üblich den Boden an. Mr. Coleman hatte immer noch sein Pokerface aufgesetzt und Mr. Shoemaker trommelte nervös auf der Tischplatte herum. Zwischendurch sah nervös auf seine Armbanduhr. Ich konnte mir einen Seitenhieb nicht verkneifen.

»Haben Sie noch einen Termin?«, fragte ich süffisant.

»Nein!«, antwortete er und sah mich gereizt an. »Aber ich habe auch nicht alle Zeit der Welt!«

»Weil?« Emory schaltete sich ein.

»Weil was?« Mr. Shoemaker sah ihn bockig an.

»Sie sagten, Sie hätten nicht alle Zeit der Welt.« Emory setzte sich aufrecht hin. »Und jetzt war meine Frage: Weil sie *was* tun müssen?«

»Weil ich was …? Ach zum Henker … *Ich will jetzt einfach nicht hier sitzen und warten!*« Jetzt war Mr. Shoemaker wieder richtig dröhnend geworden.

»Geduld ist eine Tugend«, sagte Emory gelassen und senkte dann seinen Blick wieder auf den Boden. Was vermutlich so viel heißen sollte wie: Unterhaltung beendet.

Mr. Shoemaker verzog seinen Mund und setzte gerade zu einer Erwiderung an, als die Türe zum Konferenzraum geöffnet wurde.

In der Türe erschien der Hotel-Manager.

»Es tut mir leid, dass Sie warten mussten! Ich habe gerade einen Anruf vom FBI erhalten. Die Befragung muss verschoben werden. Es gab einen Notfall in der Zentrale.«

»Einen Notfall in der Zentrale?« Mr. Shoemaker sah den Manager neugierig an.

»Ich wurde nicht darüber unterrichtet, worum es ging.«

Der Manager hob entschuldigend die Hände.

»Was spielt das für eine Rolle? Aber wir dürfen jetzt also gehen?« Mr. Coleman erhob sich von seinem Platz.

Er schien es eilig zu haben …

»Selbstverständlich dürfen Sie gehen.« Der Manager hielt demonstrativ die Türe auf. Bevor Mr. Coleman hinausschlüpfen konnte wurde ihm von einer weiteren Angestellten des Hotels der Weg abgeschnitten. Sie erschien in der Türe und hielt ein Klemmbrett in der Hand.

»Entschuldigung, sind Sie Lyle, Marvin und Bo?«, fragte sie in die Runde und sah dabei die drei Männer an.

Sie wirkte irgendwie gestresst.

»Nein!«, echoten die drei wie aus einem Munde.

»Was ist denn, sind sie nicht erschienen?«, fragte der Manager besorgt.

Die Angestellte kratzte sich am Kopf.

»Ich fürchte, nein«, sagte sie kleinlaut.

»Ach so. Ja, was machen wir denn da?«

Jetzt kratzte sich auch der Manager am Kopf.

Dann sah er die drei Männer an, überlegte kurz und schien dann eine Idee zu haben. »Würde … äh, wäre es eventuell möglich, dass ich Sie doch noch für etwas einspannen dürfte? Dauert auch nicht allzu lange.«

»Natürlich!«, sagte Emory sofort. »Wir haben Zeit.«

Streitsüchtig sah er Mr. Shoemaker an.

Der kniff erbost die Augen zusammen. Er sah sich im Raum um und entdeckte nichts, was für eine Entschuldigung herhalten würde.

Brummend verschränkte er die Arme und schmollte.

Währenddessen versuchte Mr. Coleman, unbemerkt an der Angestellten vorbeizukommen.

»Mr. Coleman scheint es eilig zu haben«, sagte ich so laut als möglich. »Haben Sie noch etwas Dringendes zu erledigen?«

Er hielt abrupt inne und sah sich genervt nach mir um.

»Nein, nichts Dringendes!«, sagte er ungehalten.

»Dann dürfte ich Sie auch gewinnen?« Der Manager wirkte sichtlich erfreut und machte den dreien ein Zeichen, ihm zu folgen.

»Worum geht es überhaupt?«, fragte Mr. Shoemaker, der immer noch mit verschränkten Armen dastand.

Die Miene des Managers erhellte sich erneut. »Lassen Sie sich überraschen! Sie werden Ihren Spaß haben!«

»Spaß?« Mr. Shoemaker sah ihn angewidert an.

»Spaß! Und wir sollten jetzt wirklich gehen!« Der Manger stellte sich an den Eingang des Konferenzraumes und winkte die drei hinaus. »Ich will Sie nicht stressen, aber: Husch-husch!« Die drei wurden hinausbefördert.

Ich wandte mich an die Angestellte, die etwas auf ihrem Klemmbrett durchstrich. »Darf ich auch mitgehen?«

»Selbstverständlich!« Sie sah bereits wieder auf ihr Blatt, als ihr etwas einfiel. »Oh, Sie könnten mir behilflich sein! Würden Sie mir die Namen der drei Herren verraten?«

»Der Polterer heißt Mr. Shoema…«

»Nein, nein, nein, ich brauche die Vornamen! Also, der Polterer heißt …« Sie hielt inne. »Ist das der dunkelhaarige mit der lauten Stimme?«

»Richtig.« Ich nickte. »Der heißt Carl.«

»Carl«, wiederholte sie und schrieb den Vornamen auf.

Daneben machte sie sich einige Notizen.

»Und der Komische?« Sie sah mich fragend an.

»Der Komische heißt Emory.« Ich musste lachen.
»Aber er ist nicht so schlimm, wie er aussieht!«
Sie notierte sich Namen und offenbar einige Eckdaten.
»Und der letzte heißt Jacob.«
»Jacob.« Sie schrieb den Namen auf.
Dann überlegte sie kurz und fügte ihre Notizen ein.
»Sehr gut, vielen Dank!« Sie winkte mit der Hand und signalisierte mir so, dass ich ihr folgen sollte.
»Worum geht es denn nun?« Ich versuchte, mit ihr Schritt zu halten. Von Weitem hörte man ein Stimmengewirr und lautes Johlen.
»Single-Abend«, sagte sie und dirigierte mich in Richtung Bar.
»*Single-Abend?*« Ich blieb stehen und sah sie an.
»Richtig.« Sie scheuchte mich weiter. »Unsere Seniorinnen können sich ein Essen mit einem Herrn ihrer Wahl ersteigern. Der Erlös geht zu hundert Prozent an die Demenz-Stiftung der Stadt.«
»Ihre *Seniorinnen?* Die drei werden von Seniorinnen zum Essen ausgeführt?« Ich lachte laut auf.
»Nicht nur die drei. Wir haben noch mehr Männer. Die dürften jetzt allerdings versteigert sein. Uns fehlten noch drei Männer und die müssten jetzt« – sie sah auf ihre Armbanduhr – »oh, dringend auf die Bühne!«
Und damit schob sie mich in die Bar.
Eine fröhlich schwatzende Gruppe Seniorinnen saß an Tischen oder stand vor einer Bühne. Diese Bar war im Gegensatz zur Strandbar dunkler, aber dafür auch gemütlicher eingerichtet. Es war eine typische Hotelbar, in der immer mal wieder Veranstaltungen stattfanden. Veranstaltungen wie ein Single-Abend. Ich grinste in mich hinein.
Der Manager trat auf die Bühne und sprach in ein Mikrofon. »Ladys, wie versprochen gibt es noch eine Zugabe!«

Die Menge klatschte begeistert.

Ich quetschte mich durch die Masse hindurch und lehnte mich an eine Wand. So hatte ich immer noch einen guten Blick auf die Bühne. Die Angestellte eilte hinter die Bühne. Nach einigen Sekunden erschien sie darauf, mit Mr. Shoemaker im Schlepptau. Sie setzte ihn auf einen Barhocker und sah herausfordernd in die Menge.

Einige ältere Damen klatschten begeistert.

Mr. Shoemaker hatte wie immer einen Anzug an. Seine schwarzen Haare hatte er heute mit viel Pomade nach hinten gegelt. Jetzt sah er griesgrämig ins Publikum.

»Dann übergebe ich das Wort also unserer Ellen – und natürlich dem nächsten Kandidaten!« Der Manager reichte seiner Angestellten das Mikrofon, winkte noch kurz ins Publikum und verließ dann die Bühne.

»Meine Damen«, begann die Angestellte, die also Ellen hieß. Sie selber war wohl wie Mr. Shoemaker auch in den Fünfzigern und hätte – rein alterstechnisch – viel besser zu ihm gepasst. Aber vermutlich war sie nicht wahlberechtigt.

»Unser nächstes Schmuckstück«, fuhr sie fort, »ist unser *Carl*. Carl, sagen Sie hallo!«

»Hallo«, sagte Mr. Shoemaker missmutig.

»Auch wenn er ein wenig schüchtern wirkt«, sagte Ellen und zwinkerte dem Publikum zu, »so kann ich Ihnen versichern, dass Carl kein zartes Pflänzchen ist. Carl weiß, was er will und das holt er sich auch. Nicht wahr, Carl?«

Ich konnte nicht verstehen, ob Mr. Shoemaker darauf antwortete. Die angeheizte Damenwelt johlte laut.

Man hörte einige anzügliche Pfiffe aus dem Publikum.

»Richtig so, Ladys! Carl mag es, wenn er im Mittelpunkt steht. Er ist lieber mittendrin als daneben, nicht wahr?«

»Was?« Jetzt drehte sich Mr. Shoemaker zu Ellen um.

»Ein Juwel von Kopf bis Fuß«, redete Ellen unbeirrt weiter. Offenbar tat sie das nicht zum ersten Mal. »Und Sie, liebe Damen aus dem Publikum, dürfen jetzt entscheiden, ob Sie mit diesem Prachtstück Zeit verbringen wollen! Also, sehe ich ein Angebot?«

»Zwanzig Dollar!«, hörte man aus dem Publikum. Ich sah nur das Ende einer erhobenen Hand.

»*Zwanzig Dollar?*« Ellen schüttelte in gespieltem Ernst den Kopf. »Für einen Kinderteller oder was?«

Lautes Lachen aus dem Publikum.

»Wenn er püriert wird, warum nicht?«, rief eine rüstig aussehende Rentnerin aus der zweiten Reihe.

Was mit erneutem Lachen quittiert wurde.

»Also, höre ich ein weiteres Angebot?«, rief Ellen mit gespielter Strenge.

»Fünfzig Dollar! Aber nur, wenn er einen großen Wagen besitzt!«

Ich reckte meinen Kopf, um die Bietende zu Gesicht zu bekommen. Sie stützte sich auf einen Rollator und ihre Haare hatten einen violetten Grauton.

»Na, das klingt doch schon besser! Carl, besitzen Sie einen großen Wagen?«

»Ich, äh, nein, ich besitze keinen Wagen.« Mr. Shoemaker zögerte kurz, dann sagte er entschieden: »Ich fahre Taxi!«

»Sie fahren Taxi? Kein eigenes Auto?« Jetzt schien Ellen doch etwas aus dem Konzept gebracht.

»Nein. Taxi fahren ist viel bequemer.«

»Vielleicht kann er gar nicht Auto fahren!«, rief jemand aus dem Publikum.

»Ach was, er *darf* nicht Auto fahren. Nicht mehr …«

Eine blondgefärbte Rentnerin mit getönten Brillengläsern stellte sich vor die Bühne und hielt vielsagend ihr Whiskeyglas in die Höhe.

Gelächter und Buhrufe folgten.

»Natürlich kann und darf ich Auto fahren!«

Jetzt hatte Mr. Shoemakers Stimme wieder Polter-Status erreicht. Er stand wütend auf, trat an den Rand der Bühne und rammte sich die Hände in die Hüften. »Zudem manage ich ein großes Kreuzfahrtschiff!« Selbstgefällig fügte er an: »Und sogar *das* kann ich fahren!«

»Wie versprochen: Er weiß, was er will!«, beeilte sich Ellen zu sagen und lächelte ins Publikum.

Sie wirkte nicht mehr ganz so sicher wie zu Beginn.

»Ich mag keine Kreuzfahrten!«, rief der Kinderteller.

»Sind dir wohl zu teuer«, konterte die getönte Brille und drehte sich dann wieder in Richtung Bühne. Sie sah zu Mr. Shoemaker hoch, schnalzte mit der Zunge und meinte: »Zweihundert Dollar!«

Eine allgemeine Erregung entstand im Publikum.

»Zweihundert Dollar?« Selbst Ellen schien überrascht, fasste sich aber sofort wieder. »Zweihundert Dollar«, wiederholte sie und sah vielsagend ins Publikum. »Gibt es noch ein anderes Angebot? Nein? Gut, dann geht das Essen mit Carl an …«

Sie machte ein fragendes Gesicht.

»Hatty!«, rief die Blondine und hielt ihr Whiskeyglas in die Höhe. *»Cheers!«*

»Hatty«, wiederholte Ellen nickend und klopfte Mr. Shoemaker auf die Schulter. Der stand noch immer am Rand der Bühne und wirkte etwas bedröppelt. Das Publikum klatschte und einige Damen schüttelten Hattys Hand.

»Na, das lief ja wie am Schnürchen!« Ellen machte Mr. Shoemaker ein Zeichen, dass er die Bühne verlassen dürfe. »Die Formalitäten erledigen Sie bitte hinter der Bühne«, sagte sie dann in Richtung Hatty. »Und wie Sie sicher wissen, dürfen Sie sich eines unserer teilnehmenden Restaurants aussuchen, das Ihnen dann ein extra für diesen Anlass zusammengestelltes Gänge-Menu kredenzen wird. Bestimmt werden Sie mit Carl viel Spaß haben!«

Erneutes Klatschen, untermauert von einigen letzten Buhrufen. Ellen sah dem abtretenden Mr. Shoemaker nach, ignorierte die Buhrufe und wandte sich dann wieder ans Publikum.

»Gut, dann freuen wir uns als Nächstes auf«, sie sah auf ihren Zettel, »*Jacob!* Und ich kann Ihnen versichern, ich verspreche nicht zu viel, wenn ich sage, dass …«

Der Manager kam auf die Bühne.

»Jacob ist leider unabkömmlich«, sagte er, nachdem er Ellen das Mikro aus der Hand genommen hatte, »ein dringender Termin. Bestimmt wird er uns ein anderes Mal, ähm … Ja, also, auf jeden Fall haben wir noch einen letzten, tollen Kandidaten für Sie! *Emory!*« Er winkte jemandem hinter der Bühne zu und verließ diese dann sogleich wieder.

Beim Hinausgehen kreuzten Emory und er sich.

»Ja, meine Damen, das ist Emory!«, sagte Ellen etwas zu fröhlich und schob Emory gleichzeitig auf den Barhocker. Im Zuschauerraum war es ganz still. Ellen fing an zu klatschen und einige Zuschauerinnen stimmten halbpatzig mit ein. Ich hielt unbewusst die Luft an.

»Emory ist eher einer von der stillen Sorte«, fuhr Ellen fort, »aber denken Sie daran, meine Damen, stille Wasser sind tief! Und diese tiefen Wasser gilt es zu ergründen. Emory liebt die, äh, Zweisamkeit mit ausgedehnten, langen, äh, Gesprächen.«

Emory saß bewegungslos auf dem Barhocker.

»*Ich* höre nichts! Der führt wohl eher Selbstgespräche!«, rief die rüstige Rentnerin aus der zweiten Reihe. Die meisten der Anwesenden gaben zustimmende Laute von sich.

»Na und? Dann brauchst du dein Hörgerät nicht einzuschalten. Sowieso besser bei dem!«, meldete sich eine Stimme aus den hinteren Reihen.

»Und die Brille lässt du auch lieber zu Hause!«, rief eine Mittsiebzigerin mit ausgeprägtem Buckel.

Allgemeines Johlen und Klatschen.

Ellen verzog ihren Mund zu einer undefinierbaren Grimasse. Entweder musste sie ein Lachen unterdrücken oder sie war ganz und gar nicht zufrieden mit der Situation.

»Oder aber meine Damen«, sagte Ellen und setzte einen überzeugenden Tonfall auf, »vielleicht gibt es eine liebe Bekannte, der Sie schon lange mal eine Freude machen wollten! Wieso nicht ein Date für sie arrangieren?«

Sie lächelte unsicher ins Publikum.

»Eine liebe Bekannte?« Eine Rentnerin mit silbergrauer, auftoupierter Haarpracht hob die Hand und drehte sich dann zum Publikum. Sie hatte zwei Plastikschläuche, die aus ihrer Nase kamen und in einer Art Rollkoffer neben ihr endeten. »Da würde ich wohl eher sagen, *eine Feindin!*«

Jetzt waren die älteren Frauen nicht mehr zu bremsen. Sie buhten, johlten und klatschten gleichzeitig. Die Alte mit den Plastikschläuchen schob sich mitsamt ihres Rollkoffers vor die Bühne und grinste selbstzufrieden ins Publikum.

Emory hielt seinen Blick gesenkt. Ich konnte seine Augen nicht sehen, aber der Rest seiner Mimik verriet eine unglaubliche Traurigkeit.

In mir schnürte sich alles zusammen.

»*Ruhe!*«, rief ich so laut ich konnte und trat vom Schatten der Wand einige Schritte nach vorne. Im Saal wurde es augenblicklich still. Ich zwängte mich durch die Menge und stellte mich so vor die Bühne, dass alle mich sehen konnten.

Dann sah ich zu Ellen hoch und sagte laut und deutlich: »Fünfhundert Dollar.«

»Wie bitte?!« Ellen hatte vor lauter Aufregung nicht ins Mikrofon gesprochen.

»Fünfhundert Dollar«, wiederholte ich mit fester Stimme. Dann drehte ich mich zu der fassungslosen Menge um: »Glauben Sie mir, meine Damen, Sie verpassen etwas!«

Ich drehte mich wieder in Richtung Bühne. Auch Emory sah mich überrascht an. Und in seinen Augen sah ich etwas, das mich zutiefst rührte.

Eine Mischung aus Dankbarkeit und Stolz.

Lächelnd zwinkerte ich ihm zu.

Dann zog ich meine – Liams – Kreditkarte aus der Tasche und winkte damit in Ellens Richtung.

»Erledigen wir die Formalitäten gleich jetzt?«

»J-j-ja«, sagte Ellen und schluckte sichtlich.

Ich winkte der immer noch entgeisterten Menge zu und verschwand dann hinter der Bühne. Während Ellen das Publikum verabschiedete, erschien Emory.

»Danke«, sagte er und wirkte auf einmal ganz müde. Ich sah ihn genauer an und bemerkte, dass er stark am Kopf schwitzte. Schwer vorzustellen, was er gerade hatte durchmachen müssen.

Und das alles bestimmt nicht zum ersten Mal.

»Wirklich gern geschehen«, sagte ich aufrichtig und legte ihm eine Hand auf die Schulter. »Auch wenn ich gestehen muss, dass mein Exmann die Kosten übernehmen wird.«

Emorys Mund verzog sich zu einem kleinen Lächeln. Er setzte gerade zu einer Antwort an, als Ellen sich zu uns gesellte. »Wenn Sie mir dann bitte folgen würden ...«

Sie dirigierte uns durch eine Hintertüre in ein Zimmer. Das Zimmer schien so eine Art Büro zu sein und hatte insgesamt drei Aus- oder Eingänge. Einen Eingang hatten wir gerade betreten, der andere führte in ein anderes, größeres Büro, was ersichtlich war, da die Türe offenstand, und der dritte führte auf den Hinterhof des Hotels.

Wir erledigten die Formalitäten und ich spürte, dass Ellen mich die ganze Zeit musterte. Vermutlich versuchte sie, sich auf meine Aktion einen Reim zu machen.

»Im Namen der Demenz-Stiftung bedanke ich mich herzlich«, sagte sie, als alles erledigt war und drückte uns eine Liste der Restaurants in die Hände. »Dann bleibt mir nichts anderes, als Sie wieder zurückzubringen.« Sie sah uns an. »Möchten Sie zuerst noch etwas an der Bar trinken?«

Das Blut wich aus Emorys Gesicht.

Ich verstand sofort.

»Oder wäre es möglich, dass wir hier hinausgehen?« Ich deutete auf den Hinterausgang. Ellen zuckte nur mit den Schultern und öffnete uns die Türe.

Nachdem wir uns verabschiedet hatten, traten wir hinaus.

»Viertel nach sieben«, sagte ich, nachdem ich einen Blick auf meine Armbanduhr geworfen hatte. »Was meinen Sie, wollen wir jetzt noch was essen gehen?«

»Wollen Sie wirklich mit mir essen gehen?« Emory sah mich fragend an.

»Machen Sie Witze?«

Ich hielt die Zahlungsbestätigung in die Höhe. »Für die fünfhundert Dollar lassen wir uns doch nicht lumpen!«

»Aber Sie könnten auch mit Ihrer Mutter oder …«

Emory sah an mir vorbei und erschrak sichtlich. Schnell zog er mich hinter einen großen Wäschecontainer, der zur Abholung bereit stand.

»Was ist denn los?!« Ich sah ihn fragend an.

Mein Herz fing plötzlich wie wild an zu klopfen.

»Pscht!« Emory machte mir ein Zeichen, ruhig zu sein.

»Emory, was ist los?«, flüsterte ich. »Was haben Sie gesehen?«

Der ehemalige Polizist streckte seinen Kopf ein wenig

nach vorne. Dann schob er mich gerade so weit zur Seite, dass ich hinter dem Container hervorschauen konnte, aber immer noch geschützt war.

»Da! Sehen Sie?«, raunte er mir ins Ohr.

Ich sah an ihm vorbei und erblickte jemanden in einer Kapuzenjacke. Die Person war dabei, das Hotel durch eine Hintertüre zu betreten, die soeben von einer Frau geöffnet worden war. Gerade als ich begriff, wer die Türe geöffnet hatte, drehte sich die Person in der Kapuzenjacke um.

»Ist das möglich?«, fragte ich atemlos.

»Sieht so aus«, meinte Emory und lehnte sich an den Wäschecontainer. »Offenbar hat sich Erin Besuch ins Hotel bestellt.« Nach einer kurzen Pause fügte er an: »Oder vermutlich nicht nur Erin, sondern alle drei Erben.«

Ich sah ihn verwirrt an.

»Ja, aber«, meinte ich, »was um alles in der Welt hat Elma hier zu suchen?«

30

»Zimmer dreihundertneunzehn!« Emory zeigte auf das Ende des Flures und schaute noch einmal auf seine Liste.

»Genial, dass Sie von allen die Zimmernummer haben!« Ich musste mich richtig beeilen, um mit ihm Schritt zu halten. »Haben Sie die von Ihren Freunden bei der Polizei?«

Emory nickte im Gehen.

»Deshalb wussten Sie auch meine Zimmernummer!« Kaum hatte ich den Satz gesagt, bereute ich ihn auch schon wieder. Emory war puterrot geworden.

»Ja, das, äh … das tut mir leid!«

»Ach was!«, meinte ich versöhnlich. »Schwamm drüber!«

Dann standen wir auch schon vor dem Zimmer.

»Und jetzt?«, fragte ich und sah Emory an.

»Pscht!«, ermahnte mich der Ex-Polizist erneut. Er hantierte an der Zimmertüre und öffnete sie nach einigen Augenblicken. Schnell schob er mich in den Raum hinein.

Das Zimmer war etwas kleiner als meines und auch anders angeordnet. Anstelle eines King-Size-Bettes standen zwei kleinere Betten an der Wand, die frisch gemacht auf einen neuen Gast warteten. An der anderen Wand war eine Kommode platziert worden, auf die Emory jetzt seine Tasche stellte. Er holte einige Utensilien daraus hervor und steckte ein paar Sachen zusammen.

Ich sah ihm schweigend zu.

Nach einigen Minuten war er fertig. Er schaltete etwas ein und drehte dann an einem Knopf. Bisher hatte ich solche Aktionen nur im Fernsehen gesehen.

»So, jetzt sollte eigentlich …«, begann er und hielt dann inne. Er justierte noch einmal den Knopf.

» … *leider unterbrochen worden! Das war mehr als ärger-*

lich!«, hörte man klar und deutlich Archies Stimme aus dem angrenzenden Zimmer.

»Ha, Treffer!«, rief Emory stolz.

Mein Herz machte einen Satz. Das war ja wirklich wie im Fernsehen! Als Emory gesagt hatte, er würde einige Hilfsmittel aus seinem Zimmer holen, um die Erben abzuhören, hätte ich nie im Leben daran gedacht, dass alles so professionell ablaufen würde.

»Haben Sie das echt alles auf die Kreuzfahrt mitgeschleppt?!«, fragte ich ungläubig. »Und das wurde beim Durchsuchen voll nicht ...«

»Pscht!« Emory winkte mit der Hand.

Ich biss mir auf die Zunge.

»Die kleine Schlampe wird schon noch reden!«, hörte man jetzt Erin sagen.

»Die ist durchtriebener, als sie aussieht! Und ich glaube auf jeden Fall, dass der komische Kauz mit ihr gemeinsame Sache macht.« Elma.

»Echt? Der hat sie doch nicht mehr alle! Ob der zu so etwas überhaupt imstande wäre?« Nochmals Erin.

»Ganz sicher!« Elma hörte sich recht wütend an. *»Dem würde ich alles zutrauen.«*

»Also Leute, was denkt ihr, wo die Beute ist?« Jetzt schaltete sich auch Mabel ein.

»Auf dem Schiff habe ich alles durchsucht. Da war wirklich nichts. Ich habe noch einige von meinen Leuten bei der Nachreinigung eingeschleust.« Wieder Elma. *»Das sind gute Leute. Wenn es etwas zu finden gibt, finden die das auch.«*

»Hast du daran gedacht, jemanden in Cozumel suchen zu lassen? Archie.

»Cozumel?« Elma schien verwirrt.

»Cozumel. Da könnte Mila von Bord gegangen sein und das Geld versteckt haben.« Wieder Erin.

»*Mmh …*« Elma. Man hörte man eine Zeit lang nichts, dann: »*Das habe ich gar nicht bedacht. Aber das würde das Ganze ziemlich verkomplizieren. Allerdings …*«

»*Allerdings was?*« Archie, ungeduldig.

»*Allerdings*«, antwortete Elma, »*werden wir die schon noch zum Reden bringen.*«

Mir lief ein Schauer über den Rücken.

Es war klar, um wen es sich dabei handelte …

»Machen Sie sich keine Sorgen!«, sagte Emory und sah mich beruhigend an. »Ich nehme alles auf. Auch wenn es vor Gericht nicht zulässig ist, wird es die FBI-Beamten bestimmt interessieren. Sie werden sich drum kümmern, dass Ihnen nichts geschieht!«

»*Wir müssen los*«, sagte Archie jetzt, »*Befragung. Also Leute, haltet euch an die Vereinbarung. Und du, Elma, bleibst bis auf Weiteres in deinem Zimmer. Pass nur auf, dass dich niemand sieht!*«

»*Alles klar, Chef!*« In Elmas Antwort schwang ein leichter Anflug von Sarkasmus mit. Die Türe der Suite neben uns wurde geöffnet und schlug mit lautem Knall wieder zu.

»*So viel zum Aufpassen!*«, sagte Erin genervt.

»*Jetzt mach nicht so ein Drama!*«, konterte Mabel. »*Du weißt, wie professionell sie ist. Sie wird sich hier schon nicht erwischen lassen.*«

»*Das würde uns gerade noch fehlen!*« Erin wirkte gestresst.

»*Jetzt fangt nicht wieder an zu streiten!*« Archie. »*Und wir müssen wirklich los. Wir sollten kein Aufsehen erregen.*«

»*Wartet, ich will nur noch schnell meine Haare …*« Erin.

»*Lass deine saublöden Haare und komm!*« Archie wurde ziemlich laut. Im Nebenzimmer wurde hin und her gestritten, dann hörte man, wie die Zimmertüre geöffnet wurde. Zuerst stampften ein Paar High Heels über den Flur. In einigen Metern Entfernung hörte man andere Schritte folgen. Vermutlich war Erin in ihrer Wut bereits losgelaufen und die beiden Geschwister folgten ihr in gebührendem Abstand. Nach einigen Sekunden war es ruhig.

Ich atmete unbewusst aus.

»Und jetzt?«, fragte ich bereits zum zweiten Mal.

»Jetzt knöpfen wir uns diesen Jacob Coleman vor!«

Emory packte seine Ausrüstung mit flinken Fingern ein.

»Echt?« Ich war überrascht. »Hören wir den auch ab?«

»Geht leider nicht«, meinte Emory und zeigte auf seine Liste. »Der hat links und rechts ein besetztes Zimmer. Aber mal sehen, ob wir sonst was rauskriegen.«

Nachdem ich vor lauter Nervosität die ganze Zeit gestanden war, setzte ich mich jetzt völlig entkräftet aufs Bett.

Das war ja richtig anstrengend!

»Hut ab vor der Polizeiarbeit!«, sagte ich laut.

Emory lachte. »Glauben Sie mir, wenn die mal keine Katzen von den Bäumen holen müssen, sind die schon glücklich.«

»Sie mussten vor allem Katzen von den Bäumen holen?«

Ich war fast ein bisschen enttäuscht.

»Das habe ich nicht gesagt«, antwortete der ehemalige Polizist und verstaute den Rest der Ausrüstung. »*Ich* war Detektiv in einer Spezialeinheit.«

»Wow!« Mein Interesse war wieder geweckt. »Und was haben Sie dort gemacht?«

»Darüber darf ich leider nicht reden. Aber es gab so gut wie keine Katzen«, ergänzte er verschmitzt.

»Ach so.« Ich beschoss, nicht weiter in ihn zu dringen. Dann fiel mir etwas ein. »Aber etwas verstehe ich nicht. Was für eine Befragung haben die denn? Ich dachte, beim FBI gibt es einen Notfall?«

»Das eine schließt das andere nicht aus«, sagte Emory, während er die Tasche mit den Geräten zumachte. »Vermutlich wurden noch andere Beamten hinzugezogen. Ich könnte mir vorstellen, dass sich Agent Franklin und Agent Bishop auf die Erben konzentrieren werden, da sie die Hauptverdächtigen sind. Unsere Gruppe heute Abend wäre wahrscheinlich von Berufskollegen übernommen worden. Und die hatten einen Notfall.«

»*Die* hatten einen Notfall? Was für einen denn?«

Emory grinste. Er schien sich über meine Fragerei zu amüsieren. »Das weiß ich nicht. Und wie gesagt, das nehme ich einfach mal so an. So hätten wir das auch gehandhabt.«

»Okay ...« Enttäuscht, von Emory auch keine Antwort zu erhalten, stand ich vom Bett auf. Dann fiel mir noch etwas anderes, ganz Wichtiges ein. »Die meinen, ich hätte das Geld von Lady Baskin, nicht wahr?«

»Definitiv!«, sagte Emory. Als er merkte, dass ich noch mehr sagen wollte, stellte er die Tasche mit den Abhörutensilien geduldig auf den Boden.

»Und meinen die auch, ich hätte ihr etwas angetan? Oder haben sie etwas mit ihrem Verschwinden zu tun und wollen jetzt einfach an das unauffindbare Geld?«

»Tja, ich schätze, das ist die Frage aller Fragen. Tatsache ist, dass sie Lady Baskin wohl loswerden wollten. Ich befürchte, Elma scheint dafür angeheuert worden zu sein.«

»Sie meinen, Elma hat Lady Baskin *umgebracht?!*«

Entsetzt sah ich Emory an.

»Das wissen wir nicht. *Noch* nicht. Aber Elma arbeitet offenbar mit den Erben zusammen.«

In mir drehte sich plötzlich alles und ich hielt mich an der Kommode fest. Gerade war Evelyns Tod – Mord! – noch realer für mich geworden.

»Mila«, sagte Emory eindringlich, »wir wissen noch gar nichts. Deshalb ist es wirklich wichtig, dass wir mit dem FBI zusammenarbeiten.«

»Hm-hm«, sagte ich zustimmend. Mehr kam mir im Moment nicht über die Lippen. Ich würde später, wenn ich wieder alleine war, unbedingt meine Liste aktualisieren müssen. Das half mir bestimmt, meine wirren Gedanken etwas zu ordnen.

»Vielleicht ist es besser, wenn ich alleine weitermache.« Emory sah mich ganz besorgt an. »Ich hätte Ihnen das nicht zumuten sollen.«

Alleine? *Ohne mich?!* Plötzlich war ich wieder munter …

»Nein, auf gar keinen Fall! Ich komme mit!« sagte ich mit neuer Energie und marschierte forsch in Richtung Zimmerausgang. »Auf zu diesem aufgeblasenen Lackaffen.«

Keine fünf Minuten später standen wir vor Jacob Colemans Suite im vierten Stock.

Emory lauschte an der Zimmertüre.

»Er ist definitiv auf seinem Zimmer«, sagte er, nachdem er den Kopf an die Türe gepresst hatte. »Aber der Fernseher läuft. Ich kann leider nichts hören.« Er überlegte kurz und wandte sich dann dem Zimmer rechts zu.

Auch dort legte er den Kopf an die Türe.

»Niemand da!« Emory zog eine Kreditkarte aus der Hosentasche, mit der er wie bereits vorhin herumhantierte.

»Emory!«, sagte ich erschrocken. »Das Zimmer ist aber belegt!«

»Ich weiß«, meinte er. »Aber im Moment ist es frei! Bitteschön …«

Und damit schob er mich ins Zimmer hinein.

Ich brauchte zwei Sekunden, um zu realisieren, in wessen Zimmer wir uns befanden. Mir wurde augenblicklich übel.

»Emory, dass ist Liams und Sydneys Zimmer!« Sydneys pinker Koffer prangte mir aus der Garderobe entgegen.

Ich hätte schwören können, dass er mich auslachte.

»Umso besser!« Emory lächelte zufrieden. »Falls die beiden uns erwischen, können wir irgendetwas erfinden.«

»Irgendetwas erfinden?« Panisch sah ich Emory an. »Ich *will* aber nichts erfinden! Ich will die beiden gar nicht sehen!«

»Keine Sorge, Mila.« Emory legte beruhigend die Hände auf meine Schultern. »Vermutlich sind sie essen gegangen. Aber wenn Sie sich unwohl fühlen, mache ich das alleine.«

Mit diesen Worten hatte er genau den richtigen Schalter umgelegt. Ich wollte wirklich nicht auf Liam und Sydney treffen. Aber noch weniger wollte ich etwas verpassen.

»In Ordnung«, sagte ich und seufzte. »Ich bleibe. Aber lassen Sie uns schnell machen.«

»Das hängt nicht von mir ab.« Emory war bereits wieder am Installieren der Geräte. Diesmal war ich nicht so entspannt wie vorhin, sagte aber trotzdem kein Wort. Ich wollte nicht noch zu einer Verzögerung beitragen. Nach einigen Minuten war Emory fertig.

»So, das hätten wir ...«

Gespannt drehte er an einem Knopf.

» ... *alles abgeklärt?*«, fragte Mr. Coleman.

»Er ist am Telefon!«, sagte Emory aufgeregt. Einen Moment lang war es ruhig, da Mr. Colemans Gegenüber offenbar antwortete.

»Schade, dass ich nicht an die Telefon-Abhörung gedacht habe!«, brummte Emory.

Es gab eine Telefon-Abhörung? Durch die Wand?!

Gerade als ich zu dieser Frage ansetzen wollte, sprach Sydneys Vater weiter.

»*Sauber? Das kann nicht sein! Da muss etwas sein. Irgendetwas!*«

Pause.

»*Und wieso das?*«
Pause.
»*Aha.*«
Pause.
»*Nein, ich sage dir, die hat bekommen, was sie verdient hat!*«
Ging es um Lady Baskin???
»Geht es um Lady Baskin?«, fragte ich ungeduldig und beugte mich vor.
Emory legte den Finger an die Lippen.
»*Nein, aber sie hat ja auch kein Geld mehr.*«
Pause.
Es *ging* um Lady Baskin …
»*Alles weg. Jaja, ich weiß. Aber ich möchte trotzdem … Was? Ja, gut, das stimmt. Aber er sollte trotzdem nicht … Hm … Ja, klar! Aber …*«
Pause.
»*Wir müssen das irgendwie so aussehen lassen, dass … Was? Ja, schon, aber niemand darf merken, dass wir …*«
Pause.
»*Wie konnte ich nur die Telefon-Abhörung vergessen!*«
Emory hörte sich ziemlich verzweifelt an.
»*Der totale Loser! Insofern passen die beiden perfekt zusammen. Ob wir vielleicht …?*«
Pause.
»*Ja, klar, geht uns dann auch nichts mehr an.*«
Wovon *sprachen* die beiden bloß?
Ich verstand nur Bahnhof …
»*Also, hör zu, Curt. Meine Tochter muss diesen Typen wieder loswerden. Wir Colemans lassen uns nicht mit solchen Verlierern ein …*«
Hä?! Ging es etwa um Liam?
»*Genau! Ist mir egal, wie, aber du musst irgendeine Geschichte aus dem Ärmel ziehen, die ich Sydney dann präsentieren*

kann. Sonst macht sie nie Schluss. Und ob der dann wieder mit seiner dämlichen Frau zusammen kommt, kann uns völlig egal sein.«

Wie bitte?!

»Also, Curt. Vielen Dank fürs Abklären. Auch, dass du die Ehefrau durchleuchtet hast. Das dachte ich mir schon, dass sie pleite ist und ihrem Mann auf der Tasche sitzt. Ohne eigenes Vermögen. Passt total zu der. Also wenn du die sehen würdest, wüsstest du, was ich meine ...«

Hatte der gerade von mir gesprochen!!!

»Wir werden eine Lösung finden. Mein kleines Täubchen wird den bald los sein. Danke dir, Curt! Wir hören uns.«

»Was für ein Kackstiefel!«

»Nicht, Mila! Regen Sie sich nicht auf.« Emory legte mir beide Hände auf die Schultern und drückte sie tröstend. »Glauben Sie mir, am Ende kriegen diese Leute immer das, was sie verdienen.«

»Aber das ist so ein Kotzbrocken!« Ich konnte mich nur mit Mühe und Not beherrschen, nicht aus dem Zimmer zu stürmen und an Jacob Colemans Suite zu hämmern. »Und jetzt will der eine Geschichte erfinden, um Liam loszuwerden? Das glaubt kein Mensch!«

»Mila«, Emory sprach ganz ruhig auf mich ein, »und selbst wenn. Ich kenne Liam zwar nicht. Aber Tatsache ist, dass er sich das wirklich selbst eingebrockt hat ...«

»Hallo?«

Mr. Coleman schien wieder zu telefonieren. Diesmal war der Klang seiner Stimme aber ganz anders.

»Rosita? Meine Zuckerschnecke ... Endlich erreiche ich dich!«

Verliebtes Gekicher.

Dann Stille.

»O ja, ich auch! Wenn du nur wüsstest, wie ...«

Wieder Gekicher.

»*Oh, yeah, unbedingt!*«

Der Klang seiner Stimme veränderte sich.

»*Und was trägst du jetzt? ... Ahaaa?*«

Emory und ich sahen uns an.

»*Ich will, dass du mir genau sagst, was ...*«

»Emory, bitte, stellen Sie das sofort ab!«

Ich hielt mir die Ohren zu. Emory hechtete zu den Geräten und drehte am Schalter. Als ich meine Hände wieder runter nahm, war es ganz still im Raum.

»Oh, zum Glück!«, sagte ich erleichtert. »Ich fürchte, das hätte ich so schnell nicht mehr aus dem Gedächtnis streichen können ...«

In diesem Moment öffnete sich die Zimmertüre.

»Mila?« Liam sah mich verdutzt an.

Sydney, deren Kopf gleich dahinter erschien, schnappte erschrocken nach Luft. »O Gott, Honey!«, rief sie panisch. »Soll ich die Polizei rufen?«

»Ganz ruhig, Pusti.« Er legte Sydney besonnen den Arm um die Schultern. »Ich bin sicher, es gibt eine Erklärung.«

Dann sah er die Abhörgeräte.

Fragend sah er zuerst mich, dann Emory an.

»Emory, ich glaube, wir sind hier fertig«, sagte ich und machte ihm ein Zeichen, dass er einpacken könne. Dann straffte ich meine Schultern und wandte mich an Liam.

»Hör zu, Liam. Emory ist ehemaliger Polizist. Aber was dich vielleicht mehr interessieren könnte, ist, dass dein zukünftiger Schwiegervater dir nicht so gut gesonnen ist.«

»Was erlaubst du dir!« Sydney machte einen Schritt auf mich zu und wurde gerade noch von Liam aufgehalten.

»Wie meinst du das?«, fragte Liam.

Er hielt Sydney dabei fest.

»Er will dich loswerden ...« Ich machte eine bedeutsame Geste. »Du passt wohl nicht in diese ach so tolle Familie.

Und schon gar nicht zu seinem Täubchen.«

Emory, der angefangen hatte, die Sachen einzupacken, kicherte vor sich hin.

»Du falsche Schlange!«, giftete Sydney. »Mein Vater würde sich mir nie in den Weg stellen!«

»Ach ja? Tja, ich bin mir generell nicht so sicher, ob dein Vater der ist, der er vorgibt zu sein.«

»Du lügst!« Sydney versuchte sich aus Liams Armen zu winden, doch der ließ nicht locker.

»Weißt du was, Sydney?« Jetzt wandte ich mich ganz ihr zu. »Sieh es doch einfach positiv. Tatsache ist: Dein Vater scheint sich sehr um dich zu sorgen. Vielleicht ist das sogar die Coleman-Art, sich die Liebe zu zeigen? Keine Ahnung, ist mir echt egal! Denn mir ist gerade etwas bewusst geworden …«

Ich stellte mich vor Liam und sah ihm fest in die Augen.

»Ich will die Scheidung!«

31

»*Du willst die Scheidung?!*«

Mom sah mich besorgt an. »Und was hat deine Meinung geändert?« Ungeduldig schob sie ihren Frühstücksteller von sich weg.

Ich seufzte.

»Vieles! Es ist einfach zu viel passiert. Aber was ist denn jetzt? Jetzt seid ihr auch nicht zufrieden, oder was?«

»Wir machen uns nur Sorgen, ob es dir gut geht.« Margaux legte ihre Hand auf meine. »Bis gerade eben war ich überzeugt, dass du um deine Ehe kämpfen willst.«

»Ja, das wollte ich auch.« Ich seufzte erneut. Meine Müslischale stand unberührt vor mir. »Aber irgendwie, irgendwie …« Ich suchte nach Worten. »Irgendwie ist Liam nicht mehr der Mann, den ich geheiratet habe. Und zudem …«

Ich sah Margaux an.

»Zudem hattest du recht. Wir passen wirklich nicht zusammen. Und ich sollte echt mal anfangen, Verantwortung für mein Leben zu übernehmen.«

»Du solltest *was*?« Mom sah mich an. Völlig perplex.

»Das verstehe ich jetzt auch nicht.« Margaux tauschte einen Blick mit Mom.

»Ich … ich bin wirklich ein Schnorrer gewesen in letzter Zeit. Ich dachte immer, Liam und ich werden bald Kinder haben und dann würde ich einfach nur Mutter sein.«

»Aber Mäuschen, daran ist doch nichts Verkehrtes!« Mom schob ihren Stuhl näher an meinen heran und legte einen Arm um mich. »Das ist doch völlig in Ordnung.«

»Ja, schon, aber tief in meinem Herzen wusste ich doch, dass Liam gar keine Kinder will. Ich habe mir einfach etwas vorgemacht. Und dann muss ich auch sagen, dass ich …«

Langsam spürte ich, wie mir die Tränen kamen.

Schnell sah ich mich im Frühstücksraum um. Zum Glück waren wir heute etwas früher dran und er war noch ziemlich leer.

»... dass ich wirklich eine miserable Hausfrau bin!«

Der Tränenstrom war nicht mehr aufzuhalten.

Jetzt schob auch Margaux ihren Stuhl an meinen heran und legte von der anderen Seite ihrem Arm um mich.

»Ach, mein Schatz ...« Sie streichelte meinen Rücken. Beide, Mom und Margaux, sagten eine Zeit lang kein Wort.

»Mäuschen«, begann Mom zaghaft nach einer Pause, »vielleicht bist du nicht die geborene Hausfrau. Aber das kann ja alles noch werden. Was meinst du denn? Dass ich von Anfang an die Hausfrau des Monats war? Da könnte dir Dad schön was erzählen!«

»Richtig, richtig«, beeilte sich Margaux zu sagen. »Da kann ich mich nur anschließen. Also nicht bei Abby, bei mir natürlich!«

»Aber«, entgegnete ich unter Schniefen und wandte mich an Mom, »du machst den besten Apfelkuchen der Welt! Und du, Margaux«, ich wischte schnell den Tränenstrom weg, »hast immer alles im Griff!« Die beiden Frauen sahen sich an und fingen an zu lachen.

»Bitte entschuldige«, sagte Margaux und drückte meinen Arm, »wir lachen dich nicht aus! Aber glaube mir, wir sind ganz sicher nicht perfekt. Auch wir sind noch am Lernen.«

»Und zudem«, Mom strich über meine Wange, »wärst du eine wunderbare Mutter. Glaube mir, Mäuschen.«

»Jaaa«, sagte Margaux und sah Mom tadelnd an, »aber da sie im Moment keinen Mann zum Kinderkriegen hat, ist das vielleicht nicht der richtige Zeitpunkt, um darüber zu sprechen.«

»Nein, nein, schon gut!« Ich kramte in meiner Handtaschen nach einem Taschentuch, fand aber keines.

Als ich aufschaute, streckte mir Mom eines entgegen.

Nachdem ich mich kräftig geschnäuzt hatte, fuhr ich fort: »Ihr findet, dass ich eine gute Mutter wäre?«

»Und wie!«, sagte Mom entschieden.

»Auf jeden Fall.« Margaux sah mich ganz lieb an. »Und eines Tages *wirst* du Mutter sein, ganz sicher. Eine tolle Mutter! Und weißt du was? Du wirst eine Menge Spaß mit deinen Kindern haben! Du hast so viel Fantasie, Mila.«

»Ja, wirklich?« Dankbar sah ich die beiden Frauen an. »Das ist so lieb, dass ihr das sagt!«

»Das ist die Wahrheit, mein Schatz.« Margaux drückte mir einen Kuss auf die Wange und rückte ihren Stuhl dann wieder von mir ab. Auch Mom rückte wieder etwas von mir weg. Nachdem sie noch einmal meinen Arm gedrückt hatte.

Langsam füllte sich der Frühstückssaal immer mehr.

»Margaux …?«, begann ich und schob die Müslischale weit weg. Im Moment hatte ich keinen Hunger, auch wenn die beiden mir gerade richtig Mut gemacht hatten.

»Ja?«

»Wenn Liam und ich geschieden sind, werden wir dann immer noch Kontakt haben?« Besorgt sah ich sie an.

»Was denkst du denn?« Margaux hob entschlossen ihren Kopf. »Dieses blonde Ding wird ganz bestimmt nicht deinen Platz einnehmen! Du wirst immer die Schwiegertochter meines Herzens sein.«

»Danke«, sagte ich beruhigt. Nicht wegen dem, was sie über Sydney gesagt hatte, sondern wegen dem, was sie über mich gesagt hatte. Wenn Margaux etwas sagte, dann meinte sie das auch. Sie war kein Freund von Plattitüden.

»Und wegen Sydney«, fuhr ich fort, »musst du dir vielleicht gar keine Sorgen mehr machen …«

Mitten im Satz hielt ich inne. Emory und ich hatten gestern noch vereinbart, dass ich Mom und Margaux nichts von unserer Abhöraktion erzählen sollte. Das würde sie mehr als beunruhigen. Und Emory wollte auch gerne als Erstes mit dem FBI darüber sprechen. Bestimmt würden die sich heute bei uns melden, um einen neuen Befragungstermin zu vereinbaren.

»Ähm … Ich glaube echt nicht, dass die beiden lange zusammen bleiben werden«, improvisierte ich. »*Die* passen nämlich auch nicht zusammen!«

Stimmte ja auch!

»Da hast du recht«, sagte Margaux nachdenklich. »Hoffen wir, dass Liam endlich zur Vernunft kommt!«

»Genau.« Mom fing an zu gähnen.

Margaux stand grinsend auf. »So, ich denke, jemand hier ist schon wieder reif für den Vormittagsschlaf. Für heute haben wir genug Probleme gewälzt. Mila, kommst du nachher noch zum Pool?«

Auch ich stand auf. »Ich weiß nicht …« Kurz überlegte ich, dann meinte ich: »Weißt du was? Ich brauche ein bisschen Zeit für mich. Ich muss mir echt mal überlegen, was genau ich aus meinem Leben machen will.«

»Oh, Mäuschen …« Jetzt stand auch Mom auf und nahm mich in den Arm. »Du wirst sehen, alles wird gut!«

»Aber sicher!«, sagte ich mit neuer Zuversicht.

»Und schau dir nur einmal an, wie hübsch sie ist.« Margaux strich mir über die Haare. »Der neue Haarschnitt steht dir so gut, Mila! Wirklich, du bist hübscher denn je. Ist doch schon mal hilfreich für ein neues Leben …«

Sie zwinkerte mir zu.

Dann gab sie Mom einen Schubs und rief beim Hinausgehen über ihre Schultern: »Ich bin dann am Pool! Wenn du genug hast vom Neuen-Leben-Planen oder einfach ein zusätzliches Paar Ohren brauchst, um deine Pläne jemandem zu erzählen, dann kommst du zu mir, okay?«

»Okay!«, rief ich den beiden hinterher. Dann lächelte ich wehmütig. Margaux und Mom waren wie ein altes Ehepaar. Die beiden hätten eine hübsche Gemeinschaft im Alter abgegeben. Tür an Tür im Altersheim, die Mutter und die Schwiegermutter. Allerdings, sie kannten sich schon so lange. Auch wenn Liams und meine Ehe gerade in die Brüche ging, würde das für die beiden kein Grund sein, ihr Verhältnis in irgend einer Art und Weise zu ändern.

Ich machte einem herannahenden Angestellten ein Zeichen, dass er den Tisch abräumen könne. Nachdem ich auf die noch volle Müslischale gezeigt hatte, verzog ich meinen Mund zu einem »Sorry!« Der junge Mann zuckte nur mit den Schultern. Dann verließ ich den Frühstücksraum.

»Mila?«

Überrascht drehte ich mich nach Liam um.

»Hey, jetzt hast du gerade deine Mom verpasst.«

»Ja? Ach so.«

Er stand unsicher da, die Schultern leicht hängend.

»Mila«, begann er stockend. »Wie, ähm, geht es dir?«

»Mir?« Verdutzt blinzelte ich. »Gut, danke der Nachfrage.« Dann hielt ich inne und meinte: »Naja, gut ist übertrieben. Aber okay. Wo ist denn Sydney?«

»Auf dem Klo. Sie kommt gleich.«

»Aha.«

»Mila, was du gestern wegen der Scheidung gesagt hast, hast du dir das wirklich gut überlegt?«

»*Ich?*« Ich sah ihn entgeistert an. »Darf ich dich dran erinnern, dass *du* die Scheidung wolltest?«

»Ja, natürlich. Aber am Anfang warst du so, so … ich weiß nicht. Auf jeden Fall bist du jetzt irgendwie, ähm, anders …«

»Wie anders, Liam?«

»Na, einfach anders. Entschlossener vielleicht?«

»Entschlossener? Ich war immer entschlossen, Liam. Nur habe ich mich jetzt in eine andere Richtung entschlossen.«

»Okay.« Liam schien nicht ganz zufrieden zu sein.

»Liam«, sagte ich ungeduldig, »was *willst* du?«

»Ich?« Er druckste herum. »Ich will eigentlich nur, dass es dir gut geht.«

»Dass es mir *gut* geht?« Ich spürte eine Wut in mir aufsteigen. »Hör mal, Liam, das hättest du dir echt vorher überlegen müssen!«

»Ich weiß.« Er stand ganz geknickt da. »Es ist nur so, dass, irgendwie … irgendwie, ähm, irgendwie fühle ich mich plötzlich so schlecht.«

»Du fühlst dich schlecht?« Ich straffte meine Schultern. »Und was erwartest du jetzt von mir, Liam? Dass ich dich in den Arm nehme und tröste?«

»Nein …« Er zögerte. »Aber im Moment überfordert mich einfach alles, irgendwie. Alles ist so anders. Und *du* bist auch anders. Das ist … komisch.« Er schaute mich von oben bis unten an und blieb dann an meinen Haaren hängen. »Du siehst *echt gut* aus, Mila.«

Dann kniff er die Augen zu zusammen.

»Hast du etwas mit deinen Haaren gemacht?«

»Liam, *Honey?*«

Sydney trat in den Frühstücksraum und sah uns beide unsicher an. Auch sie blieb an meinen Haaren hängen, aber es war definitiv kein wohlwollender Blick, den sie mir zuwarf. »Was gibt es denn hier zu besprechen?«

Ich hatte schon eine Gehässigkeit auf der Zunge, besann mich dann aber.

»Hör zu, Sydney«, sagte ich. »Noch ist Liam mein Ehemann. Es wird also noch einiges zu besprechen geben. Aber keine Angst, er gehört jetzt ganz dir.« Ich lächelte und ergänzte dann ohne jeglichen Anflug von Sarkasmus: »Ich habe erkannt, dass ich ihn gar nicht mehr will.«

»Echt?« Liam wirkte ernsthaft enttäuscht.

»Und wieso erzählst du dann solche Lügen über meinen Dad?« Wütend blitzte mich Sydney an.

»Ich erzähle keine Lügen über deinen Dad.«

Ruhig hielt ich ihrem Blick stand.

»Ja? Und was war das gestern?« Sie wandte sich an Liam. »Und ich sage dir, wir *hätten* die Polizei rufen sollen!«

»Ganz ruhig, Pusti.« Liam legte Sydney umständlich den Arm um die Schultern.

Heute wirkte er echt nicht ganz bei sich.

»Und weißt du was?«, fuhr Sydney aufgebracht fort, »ich habe mit meinem Dad über deine fiesen Anschuldigungen geredet! Er hat gesagt, er liebe Liam. Verstehst du, er *liebt* ihn!«

»Na, dann ist ja alles in Butter«, meinte ich und drehte mich leicht von ihnen weg. In der Hoffnung, dass die beiden meine Körpersprache verstanden.

»Lass gut sein, Pusti«, sagte Liam und versuchte Sydney von mir wegzuziehen. Sydney schlug seinen Arm weg.

»Wir sind noch nicht fertig miteinander!«, keifte sie und marschierte erhobenen Hauptes in den Frühstücksraum.

»Wir sehen uns!«, sagte ich matt und wandte mich dann von Liam ab.

»Mila?« Liam hielt mich am Armgelenk fest. »Tut mir echt leid. Sie ist halt etwas empfindlich, wenn es um dich geht.«

Fast hätte ich gelacht.

»Ach so? Ja, dann verstehe ich natürlich!«

Ich zog meinen Arm weg.

»Mila?« Liam stand immer noch wie angewurzelt am

gleichen Ort. Mittlerweile strömten immer mehr Gäste in den Frühstücksraum. Einige hielten inne und beobachteten uns neugierig. »Das, was du über Jacob Coleman gesagt hast, stimmt das?«

»Ach, Liam ...« Ich schüttelte nur den Kopf. »Weißt du was? Finde es am besten selbst heraus!«

Und damit ließ ich Liam endgültig stehen.

Ohne mich umzudrehen ging ich zum Fahrstuhl und registrierte freudig, dass er leer war und bereits geöffnet für neue Gäste bereitstand. Ich fuhr in den fünften Stock und war froh, dass niemand sonst in den Fahrstuhl stieg.

Jetzt hatte ich wirklich das Bedürfnis, alleine zu sein!

Das Gespräch mit Liam hatte mich weniger aufgewühlt als genervt. Kam jetzt die Selbstmitleidsphase oder wie musste ich sein Verhalten deuten? Und dann gab es da noch etwas anderes, das mich ehrlich gesagt beunruhigte. Sydney hatte mit ihrem Dad geredet.

Was *genau* hatte sie ihm gesagt?

Wusste Jacob, dass wir ihn belauscht hatten? Ich betrat mein Zimmer und ließ die Türe geräuschvoll ins Schloss fallen. Ob es wohl sinnvoll wäre, Emory zu informieren?

Ein Schlag am Hinterkopf beendete meine Gedanken.

Dann wurde es dunkel.

32

Liam rüttelte mich wach. »Aufstehen, Pusteblume!«
Was? Die Pusteblume war doch Sydney! Ich wollte ihn darauf hinweisen, aber mein Mund war ganz schwer.
Kein Wort kam heraus.
»Komm schon, Pusteblume! Das Schiff legt gleich ab!«
Ach so, ja, richtig! Wir hatten eine Kreuzfahrt gebucht!
»Hey, Pusti!«
Nein! Sydney war Pusti! Wieso nannte er mich Pusti???
»Hmsch-sch-wsch!«, nuschelte ich.
Wieso kam bei mir kein Wort heraus?
»Sie wacht auf!«, hörte ich laut und deutlich über mir. Seltsam, die Stimme kannte ich. Aber sie gehörte definitiv nicht Liam. Dann sagte jemand anderes: »Ich versuche mal, sie wach zu kriegen…«
Ein scharfer Geruch ließ mich aufschnellen.
Ich schnappte nach Luft!
Vor mir stand nicht Liam und als ich mich umsah, war ich auch nicht auf einem Kreuzfahrtschiff. Ich war in einem Hotelzimmer …
»Na, *Prinzessin?*«
Elma beugte sich über mich. *Wie* hatte sie mich gerade genannt? Und wieso sagte sie das so sarkastisch? Und überhaupt, wieso war Elma …
Plötzlich fiel mir alles wieder ein. Gerade hatte ich mich noch mit Liam und Sydney unterhalten. Dann war ich auf mein Zimmer gegangen und dort hatte ich das Bewusstsein verloren. Nein, ich hatte nicht einfach so das Bewusstsein verloren! Jemand hatte mich niedergeschlagen!
»Wo bin ich?«, fragte ich und schnappte erneut nach Luft. Der ätzende Geruch war noch immer in meiner Nase.

Langsam bekam ich Kopfweh.

»Wir sind im Hotel.« Erins Kopf schob sich in mein Blickfeld. »Und jetzt haben wir endlich Gelegenheit, Klartext zu reden ...« *O nein, bitte nicht!*

Hielten mich die Erben etwa gefangen?! In ihrem Zimmer? Ich sah mich um. Wir waren nicht in ihrem, sondern in meinem Zimmer.

»Was ... was wollt ihr von mir?« Mein Kopf fing an zu pochen. Ich massierte meine Schläfe. Erin beugte sich zu mir herunter. Sofort schoss mir wieder der scharfe Geruch in die Nase.

»Bitte nicht wieder betäuben!«, rief ich schnell.

»Was?« Erin sah mich verständnislos an. »Niemand hat dich betäubt.«

»Doch, ihr habt mich betäubt!« Wie zum Beweis massierte ich mir die Schläfe. »Oder habt ihr mich niedergeschlagen?«

»Weder noch.« Erin guckte skeptisch. Als ob sie sich nicht sicher war, ob ich richtig tickte. Dann sagte sie: »Dir ist dein Koffer auf den Kopf gefallen.«

»Mir ist *was?!*« Ich wollte ruckartig aufstehen, aber eine Welle der Übelkeit überkam mich. Und ich spürte einen scharfen Schmerz am Hinterkopf.

»Der da ist runtergefallen.« Elma zeigte auf meinen Koffer, der neben dem Eingang stand. »Als wir hereingekommen sind, lagst du am Boden. Bewusstlos.«

Ich drehte meinen Kopf und besah mir den Koffer. Am Rand hatte er tatsächlich eine kleine Delle ... War das möglich? Nachdem ich gestern meine Liste aktualisiert hatte, hatte ich diese im Koffer verstaut und diesen dann wieder auf den Schrank gehievt. Hatte ich ihn eventuell nicht ganz richtig ... Hm, ja, war mir auch schon mal passiert ...

Vor meinem geistigen Auge sah ich Mom, die mit mir schimpfte. »Mila, jetzt wirf nicht immer alles auf den Schrank! Eines Tages fällt dir noch der ganze Hausrat auf den Kopf!« Und auch Liam hatte sich schon darüber beschwert, dass ich Dinge fahrlässig irgendwo deponierte. »Eines Tages wirst du erschlagen, Baby!«

Okay, vielleicht hatte ich wirklich …

Allerdings, was hatten Erin und Elma hier zu suchen???

»Und was habt ihr in meinem Zimmer zu suchen?!« Ich blitzte die beiden böse an.

»Wir wollten mit dir sprechen!«

Elma setze sich jetzt auf den Boden zu mir.

»Ihr wolltet mit mir sprechen? Seid ihr in mein Zimmer eingebrochen?« Ungläubig rieb ich mir den immer noch schmerzenden Kopf.

»Wir sind dir nach dem Frühstück gefolgt. Dann hörten wir einen lauten Knall.« Erin setzte sich neben Elma auf den Boden.

Was sollte das denn werden?

Eine Art *Pyjama-Party* oder was?!

»Hä?!« Verständnislos sah ich beide an.

»Die Türe war nicht richtig verschlossen. So konnten wir ins Zimmer kommen. Und dann lagst du dort auf dem Boden.« Erin machte mit ihrem Kopf eine Geste in Richtung Eingang.

Die beiden logen mich doch an!

»Aber irgendwer wollte mich betäuben! Ich rieche den Geruch immer noch! Ihr führt etwas im Schilde!«

»Niemand will dich betäuben.« Elma sah Erin an. Die zuckte nur mit den Schultern. Eine neue Wolke des Betäubungsmittels bahnte sich einen Weg in meine Richtung.

Ich hielt inne und schnupperte in die Luft.

Den Duft kannte ich! Er war mir bereits begegnet …

»Also, wenn du dich beruhigt hast, können wir dann endlich reden?« Erin öffnete ihre Handtasche und nahm ein Blatt Papier heraus. Das reichte sie mir. »Hier ...«

Ich sah mir das Schreiben genauer an. Es handelte sich um die Auflistung der Schulden, die Jacob Colemans Stiftung bei Evelyn gemacht hatte. Nachdem ich mir alles noch einmal durchgelesen hatte, schaute ich auf, sagte aber nichts.

»Hör zu«, Erin übernahm das Wort. »Ich gebe zu, dass wir einige Differenzen hatten. Missverständnisse, wenn du so willst. Kann sein, dass wir Dinge gesagt haben, die wir nicht hätten sagen sollen. Aber«, sie schüttelte den Kopf, »wir haben erkannt, dass wir gegen die Falsche vorgegangen sind. Wir dachten einfach, dass *du* Schuld trägst an Evelyns Verschwinden.«

Ich sah sie fassungslos an. Was genau sollte das werden?

»Und dabei«, fuhr sie fort, »ist uns völlig entgangen, dass uns ein anderer an der Nase herumgeführt hat ...«

»Halt, halt, halt!« Ich hob meine Hand und sie hielt inne. »Willst du damit sagen, dass ihr nicht wisst, was mit Evelyn passiert ist?«

Erin sah mich mit großen Augen an. »Meinst du, wir würden so ein Theater veranstalten, wenn wir wüssten, was mit ihr passiert ist?«

Ich musterte sie skeptisch. Dann zeigte ich auf Elma.

»Und was genau ist ihre Rolle in dem Ganzen?«

Elma verschränkte ihre Arme. »Wir hatten Grund zur Annahme, dass jemand ihr etwas antun wollte. Ich wurde engagiert, um sie zu schützen.«

»Was dir offenbar misslungen ist«, meinte ich und betrachtete Elma argwöhnisch. Irgend etwas stimmte hier nicht!

Elma sagte kein Wort. Aber in ihren Augen funkelte es

gefährlich. »Kann man so sagen«, erwiderte sie.

»Und du bist also kein Zimmermädchen?« Ich ließ sie nicht aus den Augen.

»Genauso wenig wie du«, antwortete sie spröde.

Mannomann. Dieses Gespräch wurde immer grotesker! Ich rieb meinen Kopf. Ob ich noch ohnmächtig war?

Allerdings kam mir diese Situation erschreckend real vor.

»Ich muss mit Emory sprechen!«, sagte ich und versuchte aufzustehen. Mir war immer noch schwindlig.

»Warte.« Erin bedeutete mir, mich nicht zu rühren.

Dann ging sie ins Bad und kam mit einem Glas Wasser zurück. »Hier, trink erst mal was. Du bist ja noch ganz benebelt.« Ich nahm das Glas und zögerte dann aber.

Wollten sie mich zu guter Letzt noch vergiften?

»Da habe ich ganz bestimmt nichts reingetan!« Erin zog eine beleidigte Schnute und machte Anstalten, das Wasser selber zu trinken. Ich nahm es ihr wieder aus der Hand und trank gierig. Okay, ich war wirklich nicht ganz bei mir.

»Danke.« Das leere Glas stellte ich auf dem Boden ab. »Und jetzt will ich mit Emory reden!«

»Mila …« Elma übernahm wieder. Seufzend meinte sie: »Ich weiß, dass du uns nicht vertraust und das verstehen wir sogar. Würde ich auch nicht. Aber lass dir etwas gesagt sein: Emory ist nicht der, für den er sich ausgibt …«

»He, jetzt mach mal halblang!« Ich schüttelte vehement den Kopf. »Ich weiß, dass er etwas komisch rüberkommt. Aber er ist ganz sicher kein Lügner!«

»Also das mit dem komisch rüberkommen kannst du laut sagen.« Erin verdrehte die Augen. Sie setzte sich wieder auf den Boden. Nach kurzem Zögern berührte sie mich leicht am Arm. »Deshalb dachten wir anfangs auch, dass er einfach ein Spinner ist. Aber dann haben wir ein bisschen recherchiert. Weißt du, dass er früher mal Polizist war?«

»Ja, das weiß ich.«

»Und hat er dir auch erzählt, dass er kein Polizist mehr ist?« Erin sah mir fest in die Augen.

»Hat er!« Ich verschränkte meine Arme. »Er hatte eine Verletzung.«

»Das ist die offizielle Version. Aber es gab wohl einen Fall von Korruption. Eine wirklich komische Geschichte. Sie konnte Emory zwar nie bewiesen werden. Aber die Indizien sprachen für sich. Am Ende wurde er freigestellt.«

»So ein Blödsinn!« Ich klatschte mit der Hand auf den Boden. »Und jetzt erzählt ihr mir, dass er gemeinsam mit Jacob Coleman einen Mord geplant hat, um an Geld zu kommen?«

»Ehrlich gesagt wissen wir nicht, welche Rolle dieser Emory Brown spielt.« Erin sah zu Elma und zuckte mit den Schultern. »Aber wir würden ihm nicht vertrauen.«

»Und wieso lasst ihr nicht einfach das FBI weiterermitteln? Was wollt ihr jetzt von mir?« Ich glaubte den beiden immer noch kein Wort. Langsam kam wieder Leben in mich und auch der Schwindel ließ allmählich nach. Ich lehnte mich an die Wand und sah die beiden Frauen an.

Elma und Erin waren wirklich ein komisches Gespann. Die aufgedonnerte Erin mit ihren festgezurrten Gesichtszügen, den blonden, überfrisierten Haaren und der angehungerten Figur bildete einen krassen Gegensatz zu der kleinen, leicht untersetzten Mexikanerin. Elma hatte ihre schulterlangen, schwarzen Haare zu einem einfachen Pferdeschwanz hochgebunden. Ich hatte sie bisher nie mit einer anderen Frisur gesehen. Sie umrahmte Elmas Gesicht auf die immer gleiche Art und Weise. Ein Gesicht, das einen weder ansprach noch abstieß.

Nur etwas lebte in Elmas Gesicht – die Augen. Meist funkelten sie böse. Jetzt allerdings war das böse Funkeln gewichen und machte etwas anderem Platz.

Einem wachsamen Blick.

»Mila«, sagte Erin und zog meine Aufmerksamkeit auf sich. »Ich will ehrlich sein. Wir hatten nie das beste Verhältnis zu Evelyn. Es … Es hat einfach nie geklappt zwischen uns. Und ja, natürlich waren wir wütend, als mein Schwiegervater ihr alles Geld vermacht hat. Wer wäre das nicht gewesen? Aber wir wollten ihr nie schaden.« Nach einer Pause fuhr sie fort: »Das kann man nicht von allen Menschen behaupten. Evelyn hatte immer wieder Schmarotzer, die sich an ihre Fersen geheftet hatten. Und es gibt Leute, die alles, wirklich alles, dafür tun würden, wenn sie dafür zu Geld kommen. Kurz bevor sie die Kreuzfahrt angetreten hatte, sind wir an Informationen gelangt. Offenbar wollte ihr jemand ernsthaft schaden! Deshalb haben wir Elma angeheuert. Zu ihrem Schutz.«

»Moment!«, unterbrach ich sie und meinte dann sarkastisch: »Und wie genau seid ihr zu diesen *Informationen* gelangt?«

Erin sah mich an. Sie wirkte peinlich berührt. »Wir haben einen Privatdetektiv angestellt. Der war auf etwas Komisches gestoßen.«

»Ihr habt sie überwachen lassen!« Triumphierend schüttelte ich den Kopf. »Damit ihr auf dem Laufenden wart, was mit Evelyn … was *mit dem Geld* passiert, nicht wahr?«

»Wir wollten einfach informiert sein.« Erin sah auf den Boden. »Und ja, wir wollten wissen, was sie mit dem Geld macht. Aber Elma sollte *sie* beschützen, nicht das Geld. Und plötzlich war sie weg.«

»Mitsamt dem Geld …«

Ich ließ Erin nicht aus den Augen.

Sie zuckte nur mit den Schultern. »Mitsamt dem Geld«, wiederholte sie meine Worte. »Wir waren sicher, dass du etwas damit zu tun hast. Aber wie es scheint, haben wir uns geirrt.«

»Sieht so aus«, sagte ich schlicht.

»Und jetzt sind wir zu neuen Informationen gelangt.«

Elma, die lange geschwiegen hatte, griff an mir vorbei und nahm das Blatt Papier mit Jacobs Schulden-Auflistung in die Hand. Ich hatte es vorhin achtlos neben mich gelegt. Elma faltete es auf und besah es sich nochmals. »Sieht so aus, als wäre dieser Jacob Coleman auch nicht ganz der, für den er sich ausgibt.«

»Meinst du, er hat gar keine Stiftung?«

Ich sah sie ungläubig an.

»Doch, das hat er. Wir haben das überprüft. Aber wie es aussieht, lebt er auf ziemlich großem Fuß. Auf *zu* großem Fuß. Du glaubst gar nicht, wozu Menschen fähig sind, wenn sie in die Schuldenfalle geraten.«

»Dann gebt diese Informationen doch ans FBI weiter«, meinte ich. Dann fiel mir etwas ein. »Er hätte gestern mit mir und Mr. Shoemaker befragt werden sollen. Das könnte bedeuten, dass sie ihn bereits als Verdächtigen auf der Liste haben.«

»Das wäre möglich. Aber selbst wenn«, warf Erin ein, »er würde bestimmt alles leugnen. Deshalb haben wir uns überlegt, ob wir ihn nicht irgendwie selbst überführen könnten.«

»Selbst überführen?« Ich sah sie an.

»Und wie stellt ihr euch das vor?«

»Mit deiner Hilfe.« Erin sah mich bittend an.

»Mit meiner *was?!*« Ich schüttelte den Kopf. »Gestern wolltest du mich noch erschießen und jetzt willst du meine Hilfe? Das kann nicht dein Ernst sein, Erin!«

»Ich wollte dich nicht erschießen«, meinte Erin geknickt. »Ich wollte dich nur einschüchtern. Hat ja wohl nicht geklappt.«

»Nein, hat nicht geklappt!«, erwiderte ich. Ich schüttelte erneut den Kopf. »Ihr seid echt schräge Vögel …«

»Wir dachten, du könntest versuchen, mit ihm zu reden.«

Elma stand vom Boden auf und setzte sich aufs Bett. Langsam fühlte auch ich mich danach, wieder vom Boden aufzustehen. Ich stieß mich vom Boden ab und stand vorsichtig auf. Mir war immer noch leicht übel, aber ich fühlte mich viel besser als noch vor wenigen Minuten. Auch Erin stand auf und streckte mir ihre Hände entgegen.

»Geht es wieder?«, fragte sie.

»Glaub schon«, antwortete ich.

Dann setzte ich mich aufs Bett.

Erin lehnte sich an die Kommode die gegenüber dem Bett stand. »Wir dachten«, meinte sie, »dass es vielleicht aufschlussreich wäre, wenn du mit ihm das Gespräch suchen würdest. Du könntest so tun, als wüsstest du etwas über ihn. Das würde ihn bestimmt aus dem Konzept bringen.«

»Ich muss ihn *aus dem Konzept* bringen?« Das wurde ja immer besser! »Und dann *was* mit ihm machen?«

»Dann …«

Es klopfte an der Türe. Erin sah mich fragend an.

Ich zuckte mit den Schultern und ging zur Türe, um sie zu öffnen.

Vor der Türe stand Emory.

»Mila«, sagte er atemlos. »Ich muss Ihnen etwas sagen!«

Er drängte ins Zimmer.

Als er die beiden Frauen sah, blieb er wie angewurzelt stehen. Und drehte sich dann irritiert nach mir um.

»Ich war bewusstlos«, teilte ich ihm erklärend mit. »Die beiden haben mich gefunden. Und mir dann ein paar Dinge erzählt.«

»Was für Dinge?«, fragte er langsam.

»Na, Dinge eben. Über Jacob Coleman. Und ...« Ich hielt inne. »Emory«, begann ich nach einer kurzen Pause, »warum wurden Sie aus dem Polizeidienst entlassen?«

Emory zögerte.

»Aber das habe ich Ihnen doch erzählt ...« Er stockte und drehte sich dann abrupt nach den beiden Frauen um. »Wieso? Was haben die gesagt?«

Erin stellte sich selbstbewusst vor Emory. »Wir haben Mila aufgeklärt. Über das, was *wirklich* bei der Polizei passiert ist.«

Emory blitzte sie böse an und drehte sich dann zu mir um. »Mila«, sagte er, »ich muss mit Ihnen reden, *alleine*. Bitte, es ist wirklich wichtig!«

Unsicher stand ich am Zimmereingang.

Sollte ich Emory einfach bitten, mir das, was er zu sagen hatte, auf dem Flur zu erzählen? Ich sah von Emory zu den beiden Frauen und dann wieder zu Emory. Erin, die meine Absicht zu erkennen schien, machte mir ein Zeichen.

»Achtung«, formte sie lautlos und zeigte auf Emory.

Ich atmete einmal ein und dann wieder aus ...

»Emory«, sagte ich entschieden und zeigte nach draußen, »wollen wir uns kurz auf dem Flur unterhalten?«

»Ja, lassen Sie uns draußen sprechen!«

Emory sah mich erleichtert an.

»Nein, Mila, tu das nicht!« Erin stellte sich mir in den Weg. »Du machst einen Fehler ...«

Ich schüttelte den Kopf. »Ich mache keinen Fehler! Emory ist nicht der, für den ihr ihn haltet.«

»Mila«, Erin sah mich eindringlich an, »bist du sicher?«

»Ja! Und jetzt lass mich durch. Er hat mir offenbar etwas Wichtiges zu sagen!«

Erin sah an mir vorbei und nickte nur mit dem Kopf.

Elma, die bisher immer noch auf dem Bett gesessen

hatte, stand auf und stellte sich neben Erin.

»Was soll das?«, fragte ich verstimmt. »Ich dachte, ihr seid auf meiner Seite!«

»Haben wir das gesagt?«

Elma griff sich in den Rücken.

»Dann fürchte ich«, sagte sie und zog eine Waffe hervor, »dass wir gelogen haben ...«

33

Das Leben ist echt seltsam.

Manchmal steht man im Supermarkt und studiert minutiös die Auswahl der Weichspüler – nur um sich dann an der Kasse noch einmal umzuentscheiden. Als Dad seinen neuen Prius kaufte, war er ursprünglich losgezogen, um einen Honda zum dritten Mal probezufahren. Und wenn Liam und ich Urlaub buchen wollten, waren wir nach ununterbrochenem Kataloge Wälzen und etliche Bewertungen Lesen meist dort gelandet, wo wir ursprünglich ganz sicher nicht hingewollt hatten.

Wieso braucht der Mensch Stunden für alltägliche Entscheidungen und ist dagegen in Extremsituationen so klar?

Als ich in die Mündung der Waffe schaute, die Elma mir vor die Nase hielt, wurde mir auf einmal alles bewusst: Der Plan, den die Erben verfolgten. Was Jacob Coleman für eine Rolle spielte. Und dass ich Emory, so verschroben er auch sein mochte, unter allen Umständen vertrauen konnte. Und etwas anderes schob sich in mein Bewusstsein: Evelyns Schicksal! Ich wusste jetzt, was mit ihr geschehen war. Dies alles passierte im Bruchteil einer Sekunde und geschah so schnell, dass ich es zwar fühlen, aber noch nicht einmal richtig ausformulieren konnte. Ich griff nach Emorys Arm und drückte ihn aufmunternd.

»Na, sieh mal, die beiden Turteltäubchen ...«

Elma entsicherte ihre Waffe und sah uns spöttisch an.

»Haben Sie keine Angst«, sagte Emory und legte im Gegenzug kurz seinen Arm um meine Schultern.

Eine unerklärliche Verbindung zu Emory überflutete mich. Es war weder die Art familiärer Bindung, die man automatisch zu einem Familienmitglied hat und auch nicht das freundschaftliche Gefühl, das man nur zu ganz engen Freunden aufbaut. Und ganz bestimmt war sie nicht erotischer Natur. Es war eher ein tiefes Gefühl des Vertrauens, das über mich kam. Ein plötzliches und unerschütterliches Bewusstsein, dass Emory mich mit seinem Leben schützen würde.

»Jemand ist in mein Zimmer eingebrochen«, informierte mich Emory und ließ dabei die Waffe nicht aus den Augen. »Ich fürchte, sie haben alle meine Notizen entwendet.«

»Richtig«, sagte Elma und bedeutete uns, uns von der Türe wegzubewegen. Sie zeigte auf das Bett und Emory und ich setzten uns gehorsam darauf. »Die Notizen waren sehr dienlich«, fuhr sie fort.

»Und die Aufnahme erst, die ihr gestern von uns und von Jacob Coleman gemacht habt.« Erin schaltete sich ein. »Da habt ihr uns eine Menge Arbeit erspart. Jetzt ist uns klar, was der für eine Rolle spielt.«

»Wer der?« Emory sah die beiden Frauen finster an.

»Jacob Coleman«, beantwortete ich die Frage anstelle der beiden. »Sie denken tatsächlich, dass wir mit ihm zusammenarbeiten, stimmts?«

»Das denken wir nicht, das *wissen* wir!«, zischte Erin.

Elma legte ihr eine Hand auf die Schulter, um sie zu beruhigen. Nicht, dass sie uns besser gesonnen war. Vermutlich wollte sie uns einfach mit ihren Mitteln zum Reden bringen. Mir lief ein Schauer über den Rücken.

»Und dann hat Jacob auch euch übers Ohr gehauen. Er wollte euch loswerden«, fuhr Elma ruhig fort. Ihre Gelassenheit war ziemlich beängstigend. Allerdings wollte ich ihr auf gar keinen Fall die Genugtuung geben, sich dessen bewusst zu werden.

»Ich verstehe«, sagte ich selbstbewusst. »Ihr glaubt also, dass Jacob, Sydney, Liam und ich gemeinsame Sache gemacht haben. Und dass Jacob Liam und mich wieder loswerden will. Jetzt, wo er seinen Anteil am Geld bekommen hat und vermutlich auch darauf spekuliert, seine Schulden losgeworden zu sein.« Ich sah Erin an. »Liege ich richtig?«

Erin sah mich nur böse an und erwiderte nichts.

»Und das ganze Theater vorhin?« Ich schüttelte den Kopf. »Wolltet ihr herausfinden, wie ich reagiere, wenn ihr Jacob Coleman ins Spiel bringt?«

»Richtig.« Elma sprach wieder. »Und wenn *der da*«, sie zeigte auf Emory, »nicht reingeplatzt wäre, hätten wir dich so weit gehabt. Dann wärst du nämlich schnurstracks zu Jacob gerannt, damit wir ja keinen Verdacht schöpfen, dass ihr alle zusammen da drin steckt.«

»Und wieso war ich ohnmächtig? Das wart doch ihr, nicht wahr?« Ich wandte mich an Elma. Sie schien jetzt gerade die Wortführerin zu sein.

Elma grinste. Sie sah dabei ziemlich gefährlich aus. »Ganz und gar nicht. Manchmal hat man einfach Glück. Dir ist tatsächlich der Koffer auf den Kopf gefallen. Als wir zu dir gekommen sind, fanden wir dich bewusstlos vor. Aber leider«, sie seufzte bewusst theatralisch, »hat uns das auch nicht weitergeholfen.«

Ich hob die Hand.

»Okay, ihr habt mich nicht niedergeschlagen. Alles klar. Und ihr seid gekommen, um mich dazu zu bewegen, zu Jacob zu gehen.« Ich schüttelte den Kopf. »Aber irgendwie kann ich nicht mehr ganz folgen. Wenn ich mit Jacob gemeinsame Sache machen würde und ich wäre pro forma zu ihm gegangen, um ihn zu warnen« – ich hob die Worte »zu warnen« mit einer entsprechenden Geste hervor – »was hättet ihr dann davon? Denn wenn ich es richtig verstanden habe, interessiert euch an der ganzen Geschichte nur Evelyns Geld. Das Geld, das Jacob, Liam, Sydney und ich

Evelyn gestohlen haben sollen …« Nach einer kurzen Überlegung fügte ich noch an: »Und welche Rolle spielt gemäß eurer Theorie Emory in dem Ganzen?«

Elma zog die Augenbrauen in die Höhe.

»Tja, da hat sich wohl jemand von euch, oder besser von dir, um den Finger wickeln lassen. Armer Außenseiter. Endlich kümmert sich jemand um ihn.« Sie sah Emory verächtlich an. Er erwiderte ihren Blick ohne mit der Wimper zu zucken.

»Und was das Treffen mit Jacob angeht«, fuhr Elma fort, »hätten wir gerne ein bisschen gelauscht, was ihr da zu bereden habt. Wenn jemand schon so nett ist und uns ein Abhörgerät zur Verfügung stellt. Aber vor allem hätten wir euch alle gerne am selben Ort gehabt …«

Sie machte Erin ein Zeichen. Die zog ein mit Strass-Steinen beklebtes Handy aus der Tasche und wählte eine Nummer.

»Archie? Und, wie siehts bei euch aus?« Pause.

»Kein Erfolg? Okay.« Pause.

»Nein, bei uns auch nicht. Aber dafür haben wir den Spinner dabei.« Pause. Und Gelächter.

»Absolut! Also, dann geht ihr jetzt zu ihm rein?« Pause.

»Super! Wir kommen …«

Und damit legte sie auf.

Elma lächelte zufrieden und übernahm wieder. »So, ich würde sagen, wir machen einen Ausflug.« Sie wedelte mit der Pistole vor unseren Gesichtern herum. »Ich brauche wohl nicht zu erwähnen, dass ich keine Sekunde zögern würde, dieses Ding zu gebrauchen, wenn ihr einen Mucks macht?« Offenbar wollte sie unsere Zustimmung.

Emory und ich nickten.

Ein flaues Gefühl breitete sich in mir aus.

»Wo bringen Sie uns hin?«, fragte Emory.

Elma bedeutete uns, uns vom Bett zu erheben.

»Wir machen eine kleine, kuschelige Familienzusammenführung. Und lassen uns überraschen, wer von euch als Erster redet ...«

Sie nickte Erin zu.

Erin öffnete vorsichtig die Zimmertüre. Nachdem sie sich einen Moment lang nach allen Seiten umgedreht hatte, machte sie Elma ein Zeichen. Die kleine Mexikanerin steckte ihre Waffe unter ihren Hoodie und bedeutete uns mit dem Kopf, uns in Bewegung zu setzen. Ich zweifelte keine Sekunde, dass sie ihre Waffe im Notfall gebrauchen würde. Wir überquerten den Gang und Erin öffnete die Türe zum Notausgang.

Die beiden Frauen zerrten uns unsanft die Treppe hinunter. Einen Stock tiefer, im vierten Stock, öffnete Erin die Türe. Sie blickte wieder nach rechts und links und machte dann mit ihrer Hand eine Geste in Richtung Elma.

»Wenn jemand kommt, ganz ruhig bleiben.« Elma schob uns hinaus und drückte mir die Waffe in den Rücken. »Habe ich mich klar ausgedrückt?«

Ich nickte.

Kein Mensch war auf dem Gang. *Wo waren die denn alle?!* Wie zu erwarten drängte uns Elma in Richtung Jacobs Zimmer. Als wir davorstanden, klopfte Erin zweimal an. Die Türe wurde augenblicklich geöffnet und Elma schubste uns sofort hinein. Kurz bevor sich die Türe wieder schloss, hörte ich von Weitem den Fahrstuhl ankommen.

Na toll, das nützte uns jetzt auch nichts mehr!

Im Zimmer standen Archie und Mabel. Archie hielt eine Pistole in der Hand. Mit dieser zielte er auf Jacob, Liam und Sydney, die alle ganz entsetzt im Zimmer standen.

Jacobs Zimmer war ziemlich klein. Wahrscheinlich hatte er das zähneknirschend in Kauf genommen, als er es bezogen hatte. Hauptsache, er konnte ein Auge auf Liam und Sydney werfen. Spätestens jetzt, als Emory und ich unsanft zu den dreien geschoben wurden, wünschte er sich vermutlich, dass er auf einem größeren Zimmer bestanden hätte.

Inklusive Guckloch.

Wenn ich die Situation richtig deutete, hatten Archie und Mabel sich mit dem Abhörgerät in Liams und Sydneys Zimmer verbarrikadiert. Als die beiden dann vom Frühstück zurückgekehrt waren, hatten sie sich zum zweiten Mal Eindringlingen gegenübergesehen. Nur, dass sie diesmal mit einer Waffe bedroht worden waren. Nachdem Erin per Anruf bestätigt hatte, dass ich nicht bei Jacob erscheinen würde, hatten Archie und Mabel Liam und Sydney gezwungen, bei Jacob anzuklopfen …

»Zum zweiten Mal, was soll das!« Jacob wandte sich wütend an Archie. Gleichzeitig schob er Liam beiseite und nahm Sydney in den Arm. Da wir alle eingepfercht waren zwischen Bett, Fenster und Kommode, schlug Liam unsanft an der Kommode auf.

Er schnappte kurz nach Luft, sagte aber nichts.

»Was das soll?« Elma zog ihre Waffe unter dem Hoodie hervor. »Wir würden gerne ein bisschen plaudern. Vielleicht könnten sich die Herrschaften einfach mal auf das Bett setzen?« Sie winkte mit ihrer Waffe gen Bett, das an der linken Wand des Zimmers stand.

Emory und ich setzten uns an den Rand. Liam schaute erst unsicher herum, dann setzte er sich an die Unterseite des Bettes. Jacob blieb unbeirrt stehen. Sydney in seinem Arm wirkte ganz und gar nicht entspannt.

»Hinsetzen! Sofort!« Archie stellte sich vor Jacob und hielt ihm die Waffe vors Gesicht. Dann zielte er, ohne mit der Wimper zu zucken, auf Sydney.

»Um Himmels Willen!«, entfuhr es Jacob.

Er zog Sydney mit sich mit aufs Bett.

»Na, geht doch«, sagte Archie. Zufrieden ließ er die Waffe sinken. »Und jetzt würde ich gerne ohne Umschweife aufs Wesentliche kommen. Der ganze Zirkus, der in den letzten Tagen veranstaltet wurde, kann mir echt gestohlen bleiben.«

Er zog sich den Stuhl von der Kommode heran und setzte sich darauf. Erin, Mabel und Elma blieben im Hintergrund stehen, wobei auch Elma ihre Waffe weiterhin auf uns gerichtet hielt.

»Wir können es lange und schmerzhaft machen. Oder ganz kurz«, fuhr Archie im Plauderton fort.

Er hatte sich erstaunlich gut im Griff. Noch.

»Wo ist das Geld?« Archie sah uns der Reihe nach an.

Niemand sagte ein Wort.

Nach einer gefühlten Ewigkeit antwortete Jacob: »Wir haben Ihr verdammtes Geld nicht! Und wir wissen auch nicht, was mit Ihrer Stiefmutter geschehen ist. Sie wollen uns doch nicht im Ernst hier festhalten!«

»Und ob wir das wollen ...« Archie putzte einen kleinen Fleck weg, den er auf der Waffe entdeckt hatte. Er hauchte auf die Stelle und putzte sie dann mit seinem Ärmel sauber. Alle hielten die Luft an. Ich wusste zwar nicht viel über Handfeuerwaffen, aber man hörte immer wieder, dass sich beim Reinigen ein Schuss gelöst hatte ...

»Würden Sie das bitte unterlassen?«, sagte Jacob wütend. »Ich werde ganz bestimmt nicht wegen einem Deppen wie Ihnen ...«

Jemand polterte an die Türe.

»*Jacob Coleman?*«, tönte eine Männerstimme von draußen. Dann: »*Machen Sie die Türe auf, Sie Bastard!*«

Irritiert sahen alle zum Eingang.

»Oh, da will noch jemand anders seine Schulden eintreiben!« Archie hatte sich als Erster gefasst. Er machte Elma ein Zeichen, die Türe zu öffnen.

Sie schaute ihn unsicher fragend an, kam dann aber seiner Bitte nach. Sobald sie die Türe geöffnet hatte, schoss ein hochgewachsener Mann ins Zimmer. Er sah sich mit wutverzerrtem Gesicht im Zimmer um und registrierte sogleich die ganze Menschenansammlung, was ihn für einen kurzen Moment zu verstören schien.

Allerdings schien seine Wut stärker zu sein.

»*Jacob Coleman* ...«, brüllte er und lief auf Sydneys Dad zu. »*Was erlauben Sie sich! Erscheinen hier mit Ihrer, mit Ihrer, mit Ihrer ... Brut ... und beleidigen nicht nur meine Frau, nein, auch meine Tochter und dies im höchsten Maße! Sie arroganter, eingebildeter ...*«

Er hielt mitten in der Bewegung inne, als er zuerst Liam wahrnahm und dann, nachdem er sich jetzt doch noch etwas genauer im Zimmer umsah, mich.

»Häschen?«

Er kam auf mich zu und sah mich fragend an.

Ich wusste in dem Moment wirklich nicht, ob ich lachen, weinen, schreien oder doch lieber davonlaufen sollte. Letzteres stand vermutlich eh nicht zur Debatte. Seufzend streckte ich ihm beide Hände entgegen und sagte kleinlaut: »Dad?«

34

Am Ende sind wir nichts weiter als das Produkt unserer Eltern. Ob wir wollen oder nicht, wir erben nicht nur Nase, Beine, Haarfarbe und den Hang zum Übergewicht von ihnen, nein, bereits im Mutterleib wird entschieden, ob wir einmal musikalisch, tierlieb oder schüchtern sein werden.

Von Dad habe ich wohl meine cholerische Seite geerbt.

Es ist nicht so, dass wir als Dauercholeriker durchs Leben laufen. Eigentlich sind wir sanft und liebevoll. Ganz sicher sind wir überlegter und netter als es die Erben sind. Aber wenn man uns reizt, uns *richtig* reizt, dann mutieren wir zum Tier.

Ich konnte es in diesem Moment nur vermuten, aber als Dad vor uns stand, war er ein Stier. Ausgelöst durch Moms Erzählungen über die Scheidung, über Sydney und allem voran über den Kotzbrocken, der Mom und Margaux schon auf dem Flug nach Nassau gepiesackt hatte und der sich unglücklicherweise als Sydneys Vater herausstellte. Bestimmt hatte es Dad alle Mühe gekostet, seinen Zorn nicht schon auf dem Flug hierher an irgendwelchen inkompetenten Angestellten auszulassen, die einfach nur zur falschen Zeit am falschen Ort waren. Wie es schien hatte er es geschafft – oder sich zumindest noch genug für Jacob Coleman aufgespart.

Als Dad mich jetzt anschaute, aufgebracht und schwer schnaufend zwar, aber dabei meine Hände mit seinen großen, starken Pranken sanft umschließend, fiel mir nichts anderes ein, als mit Tränen in den Augen zu fragen: »Weiß Mom, dass du hier bist?«

»Mom? Nein.« Dad schüttelte den Kopf.

Dann sah er sich endlich richtig im Raum um.

»Häschen, was geht hier vor?« Er drehte sich, ohne eine Antwort abzuwarten, nach Archie um.

Und sah die Waffe.

»Was um alles …!«, entfuhr es ihm. Dann trat er entschieden auf Archie zu. »Bedrohen Sie meine Tochter etwa mit einer Waffe?!« Dads Gesicht war ganz rot vor Wut.

»Das würde ich eher nicht tun.« Elma stellte sich vor Archie und hielt den Lauf der Waffe auf Dad gerichtet.

Dad hielt mitten in der Bewegung inne.

»Vorsicht, Dad!« Ich sprang vom Bett auf und zog ihn zu mir nach hinten. »Bitte, tu nichts Unüberlegtes. Diese Leute haben wirklich einen Knall.«

»Wenn du das sagst.« Elma zielte unberührt auf Dad.

Archie stand von seinem Stuhl auf und stellte sich dahinter. Auch sein Kopf war rot angelaufen. Im Gegensatz zu Dad war er aber nicht wütend, sondern wirkte eher überfordert. So viel zu seiner Coolness. Die Waffe in seiner Hand hatte einen leichten Abwärtsdrall angenommen.

»Wenn Sie meiner Tochter auch nur *ein* Haar krümmen!« Ein bedrohlicher Unterton schwang in Dads Stimme mit. Er drehte sich nach Liam um, der schweigend immer noch am selben Ort an der Unterseite des Bettes saß. Hinter Liam, in Richtung Fenster, saß Jacob und eng dahinter, ganz am Rand des Bettes, Sydney, die so bewusst von ihrem Vater geschützt werden sollte. Neugierig spähte sie über die Schulter ihres Vaters und betrachtete das Geschehen mit einer Mischung aus Entsetzen und Freude darüber, dass jemand offenbar den Mut hatte aufzubegehren.

»Und das also ist Sydney …«

Dad löste sich von meinem Griff und wandte sich Sydney zu. Dass anderthalb Waffen auf ihn gerichtet waren, schien ihn nicht im Geringsten zu stören.

»Dad, bitte …«, ich hielt ihn an einem Zipfel seines Pullovers fest, »das ist nicht der passende Moment!« Zaghaft schielte ich zu Elma, die das Ganze amüsiert betrachtete. Als Archie ihr bedeutete, einzugreifen, schüttelte sie nur ganz leicht den Kopf.

Was hatte das zu bedeuten?

Dann fiel der Groschen ...

Natürlich, die Erben inklusive Elma dachten ja, dass wir vier ursprünglich gemeinsame Sache gemacht hatten. Liam und Sydney sollten ein verliebtes Paar spielen, ich sollte so tun, als sei ich ihnen eifersüchtig hinterhergereist und dabei in Wahrheit Evelyn ausrauben. Und jetzt gingen die Erben vermutlich davon aus, dass Liam sich tatsächlich in Sydney verliebt hatte und dass Jacob Liam (und auch mich, denn schließlich wollte auch ich meinen Anteil!) wieder loswerden wollte. Was wiederum Dad nicht passte, weil er entweder eingeweiht war oder zumindest sein geliebtes Töchterchen vor einer Scheidung schützen wollte. So oder so versprach sich Elma am Ende noch von Dad und seinem rabiaten Eingreifen Antworten ...

Oookay, langsam wurde es wirklich kompliziert.

»Von dir hätte ich wirklich mehr erwartet!« Dad schüttelte enttäuscht den Kopf und sah Liam an. Der saß wie ein begossener Pudel einfach nur da.

»Und Sie ...« Er machte einen Schritt auf Jacob zu. Als dieser merkte, dass die Erben nicht eingreifen würden, straffte er seine Schultern und stand ebenfalls auf. Natürlich wollte er nicht als Memme aus diesem Kampf hinausgehen. Ich drehte mich nach Emory um. Gespannt verfolgte er das Geschehen. Als er meinen Blick bemerkte, machte er eine anerkennende Geste in Richtung meines Dads.

Mein Herz füllte sich augenblicklich mit Stolz.

»Was wollen Sie eigentlich?«, raunte Jacob Dad entgegen und sah ihn feindselig an. »Hätten Sie lieber Verstärkung mitgebracht, das wäre wenigstens eine Hilfe gewesen.«

Da Dad etwas größer war als Jacob, konnte er auf ihn hinunterschauen. Was er sichtlich genoss.

»*Ihnen* werde ich ganz bestimmt nicht helfen. Sind nicht Sie für all das verantwortlich? *Sie* sind derjenige mit den Schulden …«

Stille.

Ich hörte die Erben nach Luft schnappen.

»Was … wer hat das gesagt?« Für einen Moment entgleiste Jacobs Gesicht. Dann wurde er puterrot.

»Daddy? Daddy, wie meint er das?«

Sydney starrte ihren Vater fragend an.

»Ich, äh …« Jacob stotterte irgend etwas Unverständliches und sagte dann nichts mehr. Sein Blick wanderte befangen zwischen den Anwesenden hin und her. Ihn so zu sehen war absolutes Neuland. Nach einigen Sekunden fasste er sich wieder.

Oder versuchte zumindest, es so aussehen zu lassen.

»Woher wissen Sie das?«, fragte er ein wenig zu leise.

»Woher ich das weiß? Was spielt das für eine Rolle!«

Nach wie vor hatte sich Dad vor Jacob richtiggehend aufgebaut und sah ihn zornig an.

»Dad? Das stimmt doch nicht, oder? Du hast doch keine Schulden?« Sydney stand vom Bett auf. Und zog ihren Dad irritiert am Arm.

Ich drehte mich erneut nach Emory um. In seinem Blick sah ich Genugtuung. Dann schaute ich Liam an. Der sah ganz verunsichert aus. Alle Augen waren jetzt auf Jacob gerichtet. Selbst die Erben schienen die Luft anzuhalten.

Jacob holte tief Luft und sagte grimmig: »Ich wüsste nicht, was das hier zur Sache tut!«

Er wandte sich von Dad ab und schaute die Erben an.

»Hier«, sagte er dann, »hier haben Sie Ihren Spinner.

Befragen Sie doch den! Und die debile Tochter gleich mit. *Putzfrau*, dass ich nicht lache!«

»Mr. Coleman!« Liam machte endlich den Mund auf. »Was *sagen* Sie denn da!« Er stand vom Bett auf, entschieden, Jacob zu stoppen.

Und setzte sich mit entsetztem Gesicht wieder hin.

Dads Faust war gerade treffsicher in Jacobs Gesicht gelandet. Mit einem undefinierbaren »Aaaargtschhhhh ...« ging Jacob zu Boden.

»*Dad!*«, schrien Sydney und ich gleichzeitig.

Während ich Dads Arm umschloss, um ihn bezüglich weiterer Attacken zu stoppen, hüpfte Sydney mit einem Schrei auf den Boden und hielt das Gesicht ihres Vaters.

»Er blutet«, rief sie geschockt, »wir brauchen einen Notarzt!«

»Schon gut, mein Schatz, schon gut!«, nuschelte Jacob und zog ein Taschentuch aus der Tasche seiner Anzugshose. Damit betupfte er seine blutende Nase.

»Es reicht!«, flüsterte ich meinem Dad zu und hielt ihn an beiden Armen fest. »Bitte.«

»Nein, Dad! Du blutest!« Sydney wandte sich aufgebracht an die Erben. »Er muss ins Krankenhaus!«

»Ach, hat Daddy sich die Nase gestoßen ...?« Elma kam einen Schritt auf uns zu und beugte sich spöttisch über Jacob. »Natürlich werden wir alles in unserer Macht Stehende tun, um ihn wiederzubeleben.« Sie änderte ihren Tonfall. »*Aber zuerst wollen wir Antworten!*«

Und damit richtete sie ihre Waffe auf Jacob.

»Wieso haben Sie bei Evelyn Schulden gemacht? Und keine Ausflüchte mehr, *habe ich mich klar ausgedrückt?*«

Mit einem lauten Klicken entsicherte sie ihre Waffe.

Jacobs Augen weiteten sich. Er machte seiner Tochter ein Zeichen, sich neben ihn zu setzen. Und still zu sein.

»Vielleicht«, sagte er und hielt sich immer wieder das Taschentuch an die blutende Nase, »habe ich ein klein wenig Schulden bei Lady Baskin gemacht ...«

Er hustete. »Meine Stiftung ist, äh, pleite.«

»*Dad* ...« Sydney sah ihn verdattert an. »Was sagst du denn da! Wir haben doch Geld! Und wir haben Autos, Häuser.« Sie hielt inne und fügte dann, als ihr noch etwas einfiel übereifrig an: »Wir haben sogar einen Privatjet!«

»J-ja.« Jacob sprach jetzt wieder einen Tick zu leise. »Also, ähm, genaugenommen gehört alles dem Steueramt.«

»Dem *Steueramt?*« Sydney sah ihren Dad mit großen Augen an. »Aber dann sag denen doch, dass sie uns in Ruhe lassen sollen. Das kannst du doch, oder Daddy? Sag, dass du das kannst!«

»*Genug!*«, zischte Elma. »Uns interessieren nur die Schulden bei Evelyn. Und das gestohlene Geld!«

»*Ich* habe gar nichts gestohlen!« Entschlossen sah Jacob auf. Dann hielt er inne. »Also, ähm, zumindest nicht, nachdem Lady Baskin verschwunden ist!« An Archie und Mabel gewandt fuhr er fort: »Auch wenn Sie mir das nicht glauben: Dass meine Tochter auf demselben Schiff war wie Lady Baskin war ein *absoluter* Zufall. Ein Zufall, wirklich!« Er überlegte kurz und meinte dann: »Ich will nicht lügen, ihr Verschwinden war tatsächlich ein, ähm, gewisser Vorteil für mich. Es hätte sein können, dass ihre Schenkun ... äh, beziehungsweise der Kredit, unbemerkt geblieben wäre. Vor allem, da sie mir mit ihrem Privatvermögen, wie soll ich sagen, *ausgeholfen* hat. Ich hatte sie für ein Projekt gewinnen können. Die Sanierung der Winston-Moore-Galerie in San Francisco ...«

»Die *Winston-Moore-Galerie?*«, unterbrach ihn Liam. »Aber, die Sanierung wurde doch gar nicht durchgeführt. Es hieß, es sei zu wenig Geld zusammengekommen.« Er wandte sich erklärend an uns: »Die Winston-Moore-Galerie ist einer unserer Kunden.«

»Das, äh, stimmt«, erwiderte Jacob kleinlaut. »Wir haben, *ich* habe das Geld anderweitig eingesetzt.«

»Sie haben es in Ihre Tasche gesteckt, habe ich recht?« Liam sah ihn angewidert an. Aufgebracht meinte er: »Morgan Curtz, der Leiter der Galerie, ist ein anständiger, hart arbeitender Mann, der sein ganzes Herzblut in die Galerie einfließen lässt. Ich kenne ihn schon seit Jahren. Er war am Boden zerstört, als die Sanierung nicht geklappt hat. Es *gab* also Geld, aber es ist nie dort angekommen!«

»Dad, ist das wahr?« Sydney stand vom Boden auf und sah entrüstet auf ihren Vater herunter.

»Weißt du, Herzchen, manchmal läuft nicht alles so, wie man sich das vorstellt. Dann muss man neue Mittel und Wege suchen ...«

»Dad«, unterbrach ihn Sydney, »*hast* du Geld gestohlen?«

Jacob machte eine abwehrende Geste. Dabei hielt er das Taschentuch weit von sich weg, woraufhin sofort etwas Blut auf sein blütenweißes Hemd tropfte. Was fast schon Symbolcharakter hatte. Er sah an sich herunter und ignorierte es dann aber. »Ich habe nie, ich wiederhole, *nie* Geld von toten Menschen gestohlen!«

»Du hast kein Geld von *toten Menschen* gestohlen?« Sydney befand sich am Rande einer Hysterie. »Soll das ein Witz sein?!«

»Und umbringen lassen habe ich auch niemand!«, warf Jacob schnell ein. Hoffnungsvoll sah er seine Tochter an.

»Toll, Dad, *wirklich* toll!!!«

Wütend stampfte Sydney mit dem Fuß auf.

Dann drehte sie sich abrupt nach Elma um. Sie rammte ihr beide Hände in den Brustkorb, woraufhin die Mexikanerin heftig nach hinten geworfen wurde. Mit knapper Not gelang es ihr nicht hinzufallen. Einen Moment lang schwankte die entsicherte Waffe gefährlich in ihrer Hand.

Dad zog mich sofort an sich.

»*Wir haben euer Drecksgeld nicht, verstanden!*«, schrie Sydney in Richtung der Erben. »*Wir haben ja nicht einmal eigenes Geld! Lasst uns gefälligst in Ruhe, habt ihr verstanden, lasst uns in Ruhe!*«

Archie fing an zu zittern und übergab die Waffe dann seiner Frau. Die wirkte überfordert und sah Mabel an. Mabel nahm die Waffe an sich, hörte aber nicht auf, immer wieder ängstlich auf Elma zu schauen. Elma, die sich wieder gefangen hatte, hielt sich an dem Stuhl fest, auf dem Archie noch vor ein paar Minuten gesessen war. Sie zielte zwar auf Sydney, wirkte aber nicht mehr ganz so selbstsicher.

»Herzchen, was tust du denn da!«, rief Jacob erschrocken.

»Pusti, bitte!« Liam machte einen Schritt auf Sydney zu.

»*Haltet eure Klappe!*« Irgendetwas an Sydney war ausgetickt. Sie marschierte erneut auf Elma zu und schlug ihr die Waffe aus der Hand. Elma war so perplex, dass sie erst reagierte, als die Waffe bereits auf dem Boden lag. Dad nutzte die Gelegenheit und sprintete zu der Pistole. Er bekam sie vor Elma zu fassen und schlug dann mit voller Wucht auf Mabels Hand ein.

Auch ihre Waffe fiel auf den Boden.

»Aua!«, schrie Mabel entsetzt und hielt sich die schmerzende Hand.

Dad schob die zweite Waffe mit dem Fuß nach hinten. Emory schoss sofort vom Bett auf und schnappte sie sich. Er stellte sich neben Dad und beide hielten ihre Waffen jetzt auf unsere vier Angreifer gerichtet.

»Alle vier ins Bad, sofort!«, sagte Dad erstaunlich ruhig und bedeutete dem Quartett, in den kleinen Raum zu gehen, der sich gleich neben dem Eingangsbereich zum

Zimmer befand. Archie, Erin, Mabel und Elma tauschten einen entsetzten Blick aus, gehorchten dann aber murrend.

Emory postierte sich vor der Türe zum Bad.

Es dauerte nicht lange, und man hörte die Erben streiten.

»Liam, ruf sofort bei der Rezeption an!«, rief Dad nach hinten. »Sie sollen jemanden von der Polizei, oder noch besser, die Leute vom FBI vorbeischicken.«

»Mach ich!« Liam hängte sich sofort ans Telefon und nach einigen Augenblicken hörten wir ihn leise aber bestimmt hineinsprechen.

Jacob, der die ganze Zeit hilflos am Boden gekauert war, stand mit einem Ruck auf. Sofort schoss ihm wieder Blut aus der Nase. Ohne darauf zu achten, machte er ein paar schnelle Schritte auf seine Tochter zu. Die stand mit leerem Blick da und starrte einfach nur vor sich hin. Als Jacob sie in den Arm nehmen wollte, schüttelte sie ihn wütend ab.

»Lass mich!«, sagte sie mit kratziger Stimme und setzte sich aufs Bett. Dort barg sie ihren Kopf in den Händen.

Liam, der gerade das Telefonat beendet hatte, machte Anstalten, sich zu ihr zu setzen. Nach kurzem Zögern entschied er sich aber dagegen.

»Das FBI kommt so schnell als möglich«, sagte er stattdessen in die Runde.

Ich atmete lautstark aus. Und warf mich Dad in die Arme, der mich fürsorglich festhielt. Nachdem er mich einfach nur gehalten hatte, schob er mich von sich weg und sagte lächelnd: »Hübscher Haarschnitt übrigens.« Dann zog er mich wieder an sich.

Jacob vermied es tunlichst, Dad anzusehen.

Er setzte sich auch aufs Bett, hielt aber genügend Abstand zu seiner Tochter ein. Nachdem er bemerkte, dass seine Nase immer noch blutete, hob er sein Taschentuch vom Boden auf und hielt es sich wieder an die Nase. Liam stand an die Wand gelehnt da und hielt die Arme verschränkt.

Niemand sagte ein Wort.

Das einzige Geräusch kam aus dem Bad. Heftiger Streit.

»Was ich aber immer noch nicht begriffen habe«, sagte Liam plötzlich in die Stille hinein, „ist, was mit Lady Baskin passiert ist. Ich meine, von uns hat ihr niemand was angetan. Und die Erben scheinen genauso ratlos zu sein wie wir.«

»Vielleicht weiß das FBI mittlerweile mehr«, meinte Dad.

»Oder wir werden nie erfahren, was mit ihr passiert ist.« Jacob sprach zu niemand Bestimmtem. Er hielt den Kopf jetzt leicht in den Nacken gelegt und presste das Taschentuch auf seine Nase.

Ich zögerte kurz, dann gab ich mir einen Ruck.

»Genaugenommen«, begann ich, „war es von Anfang an klar, was mit ihr geschehen ist. Seltsam, dass ich erst jetzt darauf gekommen bin …«

Alle Köpfe schnellten zu mir.

Ich holte Luft, um eine Erklärung zu liefern.

Dann hörte man heftiges Klopfen an der Zimmertüre.

35

»¡*Mi amor, mi amor!*«

Die Stimme von draußen hatte einen ziemlich besorgten Unterton. Dad sah fragend in die Runde. Als niemand etwas sagte, ging er zur Türe und öffnete sie.

Eine sehr attraktive Latina in den Dreißigern stürmte in den Raum. Sie hatte lange, schwarze Haare und Kurven an den richtigen Stellen. Mit ihr schob sich eine Duftwolke in den Raum. Obwohl auch die nicht meinen Geschmack traf, war ich froh, dass Erins Duft dabei verdrängt wurde.

Erins Duft – das Betäubungsmittel!

»Dad«, fragte Sydney überrascht und beendete meine Gedanken, »was macht unsere Putzfrau hier?«

Die Latina sah sich im Raum um und stutzte, als sie die Menschenansammlung bemerkte. Dann fiel ihr Blick auf Jacob. Sie erkannte, dass er eine blutige Nase hatte und stieß augenblicklich eine Reihe von spanischen Flüchen aus.

»*Rosita?*« Jacob sah die Dunkelhaarige entsetzt an.

»Was *machst* du hier?«

»Oh, ¡*cariño!*« Die Latina stürzte sich auf den perplexen Jacob und nahm seinen Kopf in ihre Hände. Dann betastete sie besorgt die Nase.

»Au! Vorsicht, Zuckerschnecke!«

Jacob versuchte sie abzuwehren. Erfolglos.

»*Dad?*« Sydney war wieder etwas lauter geworden. »*Was soll das?*«

Jacob löste sich aus Rositas Umarmung.

Wohlweislich schob er sie etwas von sich weg.

»Herzchen, das ist jetzt nicht so, wie es aussieht.«

Rosita, die vor Jacob gekniet war, stand auf und setzte sich mit Schwung auf seinen Schoss. Sie bedeckte sein Gesicht mit Küssen und wiederholte ständig »¡*Cariño!*«

»Daddy?!« Sydney schoss vom Bett auf und sah angewidert auf ihren Vater und die fremde Frau herunter. »Das ist unsere *Putzfrau*, ist dir das bewusst?«

»R-Richtig. Manche sprechen auch von einer Perle.«

»Was?« Sydney sah ihren Vater verdattert an.

»Und zudem, zudem bringe ich Rosita Englisch bei. Nicht wahr, Rosita?« Sydneys Vater schob die Dunkelhaarige entschieden von seinem Schoss herunter.

»Zuckersch…, Rosita, sag mal: ›Ich lerne Englisch!‹.«

Rosita schaute konsterniert.

»Komm Rosita. Ich. Lerne. Englisch.«

Keine Antwort.

»Ich. Englisch. Lerne. Na los, Rosita!«

Die Latina schüttelte nur den Kopf, dann sprang auch sie vom Bett auf. Wütend fing sie wieder an zu fluchen. Diesmal richtete sich ihre Wut aber nicht auf Jacobs Verletzung sondern auf Jacob selbst.

»*Pscht!*«, rief Emory in den nicht enden wollenden Wutschwall hinein. »Könnten Sie bitte mal kurz still sein?«

Rosita schaute Emory an und legte ihre Stirn in Falten. Sie atmete noch einmal heftig aus und verstummte schließlich. Der ehemalige Polizist nickte dankbar und legte seinen Kopf dann an die Badezimmertüre.

»Also, was ist?«, fragte er durch die verschlossene Türe.

»Ich muss mal!«, hörten wir Archie dahinter sagen.

»Wie bitte, Sie müssen mal?« Emory zuckte mit den Schultern. »Na, dann machen Sie doch einfach!«

»Geht nicht! Ich brauche Privatsphäre!«

»Also, da kann ich Ihnen nicht helfen.«

Emory schüttelte vehement den Kopf.

»Jetzt seien Sie doch nicht so gemein! Ich brauche nur zwei Minuten.« Archie wirkte ehrlich verzweifelt. »Bitte!«

»Kommt gar nicht in Frage!« Emory drehte sich wieder von der Türe weg. »Ihr Problem, nicht meins.«

Im Badezimmer war es einen Moment lang still. Dann sprachen alle gleichzeitig. Es schien wieder in einen Streit auszuarten.

»*Fertig jetzt!*«, hörte man Archie schreien.

»Und jetzt drehen sich alle um!«

Pause.

»Auch du, Erin!«

Allgemeiner Unmut wurde laut. Dann wurde es ruhig.

»Beeil dich gefälligst!«, motzte Mabel nach etwa einer Minute.

»Na, vielen Dank, jetzt geht es bedeutend besser!« Archie. Dann Stille.

»Hast dus?« Erin.

»Nein! Seid doch mal alle still!« Archie.

»Was machen wir denn die ganze Zeit!« Elma. Wütend.

Dann war es wieder ruhig.

»Jetzt seid doch nicht so ruhig!«, hörte man wieder Archie. »Da kann ja niemand sein Geschäft erledigen!«

»Ja, was denn jetzt?!« Mabel. Genervt.

»Redet, redet!« Archie. Total gestresst.

Zuerst Stille. Dann wurde drinnen wieder gesprochen.

»Doch nicht mit mir!« Archie, entsetzt.

»Und nicht umdrehen!« Dann: »Ich glaube, jetzt gehts!!!«

Dad grinste mich verschwörerisch an. Er trat vor die Badezimmertüre, klopfte kurz und sagte dann: »Wir kommen jetzt rein ...«

»*NEIN!!!*«, hörte man einen verzweifelten Archie.

»Nein!«, schrien Erin, Mabel und Elma. Gleichzeitig.

»Okay«, antwortete Dad und lachte in sich hinein. Wir anderen konnten uns ein Grinsen nicht verkneifen, inklusive Jacob und Sydney.

Nur Rosita schaute unbeholfen.

»Sorge mahe! Unnotig, nur unnotig!« Die Latina sprach jetzt wieder normal mit Jacob, aber sie war offenbar immer noch aufgebracht.

»Du hast dir Sorgen gemacht? Um mich?« Jacob schaute Rosita fragend an. In seiner Stimme schwang allerdings ein Funke Stolz über das soeben Gehörte mit.

»Sorge!«, wiederholte Rosita. Dann fing sie von Neuem an, auf Spanisch zu fluchen. Am Ende der Schimpftirade wiederholte sie immer wieder »¡una llamada, una llamada!«

»Du hast einen Anruf erhalten?« Jacob nahm Rositas Hände in seine. Vermutlich, um sie zu beruhigen. Und um endlich eine brauchbare Information aus ihr herauszukriegen. Sydneys bösen Blick ignorierte er dabei tunlichst.

»Sí, una llamada, eine Anruf! Eute Morge fruh!« Rosita hatte vor Aufregung ganz rosige Bäckchen bekommen.

»Wer hat dich denn so aufgeregt, Zuckerschnecke?« Jacob machte Rosita ein Zeichen, sich neben ihn zu setzen. Dann legte er ihr einen Arm um die Schultern und streichelte sie. Dass das für eine Putzperle Schrägstrich Englisch-Schülerin nicht angebracht war, hatte er in diesem Augenblick wohl vergessen.

»Eine Geist! Abe ih gehort eine Geist!«

»Du hast einen Geist, was, *gehört?* Das verstehe ich jetzt nicht …« Jacob schüttelte den Kopf und sah Rosita an.

»*Endlich!*«, hörte man Mabel aus dem Badezimmer.

Dann Klatschen, gefolgt von einem wütenden Kommentar Archies. Wir ignorierten das und sahen alle Rosita an.

»Was hast du gehört?«, wiederholte Jacob.

»*Un fantasma.* Eine Geist …«

Rositas rote Bäckchen waren verschwunden.

Sie war auf einmal ganz bleich.

Jacob nahm Rositas Kopf und drehte ihn zu sich.

»Hör mal, Zuckerschnecke. Du musst dich klarer ausdrücken. Also, noch mal, wer oder was hat dich so erschreckt?«

In gespannter Erwartung standen wir alle um die beiden herum. Selbst Emory, der immer noch vor dem Bad postiert war, drehte seinen Kopf zu uns und schien die Luft anzuhalten. Was auch immer Rosita zu erzählen hatte, sie hatte unsere ungeteilte Aufmerksamkeit.

»Eute Morge ih aufstee und putze in Aus«, begann Rosita. »und plotzeli Telefon klingele. Ring-ring, ring-ring, ring-ri…«

»Alles klar, Zuckerschnecke, es hat geklingelt!«, beendete Jacob ihre Klingel-Imitation. »Und dann?«

»Und dann ih renne in sweite Stock! Immer noh klingele. Ring-ring, ring…«

»Jaja!«, fiel ihr Jacob ins Wort. »Und dann?«

»Dann ih nehme ab. ›Allo? Hier in Aus Colämän?‹, ih sage. Und dann ih sage …«

»Hm-hm!« Jacob versuchte seine Ungeduld zu zügeln. „Aber wer hat denn jetzt telefoniert?«

»Warte, warte! Also, ih sage: ›Wer is da?‹. Vebindung ganz sleht.«

»Verbindung, was?«, fragte Dad.

»Vebindung *sleht!*«, wiederholte Rosita eifrig.

»Schlechte Verbindung«, erklärte Sydney. Sie saß in einer Ecke des Bettes und versuchte, so unbeteiligt wie möglich zu wirken. Tatsächlich aber klebte auch sie an Rositas Lippen.

»Ah!« Dad machte Rosita ein Zeichen, weiterzuerzählen.

»Vebindung also sleht. Drum ih frage …«

»Zuckerschnecke, sag doch einfach, wer am Telefon war und was er oder sie gesagt hat.« Jacob wippte nervös mit einem Fuß auf und ab. Der Arm, den er um Rosita gelegt hatte, wirkte ziemlich angespannt.

»Also«, Rosita schmollte. »Ih muss nih erzehle zu Ende.«

»Oder vielleicht erzählen Sie *zuerst*, wer dran war. Und dann, ähm, die Details?«, versuchte Liam zu vermitteln. Die letzten Minuten war er am Fenster gestanden und hatte das Geschehen wortlos verfolgt.

»Okay«, sagte Rosita nach einigem Zögern. »Ih also frage: ›Wer is da?‹.«

»Weil die Verbindung schlecht war!«, sagte Jacob rasch.

»Weil Vebindung sleh. Und dann ih sage – erzähle nacke was sage! – und dann sage am andere Ende: ›Wer is da?‹. ›Rosita!‹, ih sage. Am andere Ende frage: ›Wer is Rosita?‹ und ih sage: ›Rosita is Pusfrau‹.«

»*Perle*, Put*z*perle!«, korrigierte Jacob mit Seitenblick auf Sydney. »Gut, und nachdem die Person also herausgefunden hatte, dass du Rosita warst und die Verbindung vermutlich immer noch schlecht war, hast du dann irgendwann erfahren, wer am anderen Ende der Leitung war?«

»*Sí*«, meinte Rosita schlicht. Sie griff sich ins Haar und strich sich eine Strähne ihres wundervoll glänzenden, schwarzen Haares aus dem Gesicht.

»Wer war am Telefon, Rosita?« Sydney trommelte mit ihren Fingern auf dem Bett herum. Sie sah genervt aus.

»Ja, Rosita, wer war es? Nun sag schon!«

Auch Liam schien am Ende seiner Geduld zu sein.

Rosita sah uns alle mit ihren wunderschönen, großen Augen an. Sie holte tief Luft und öffnete ihren Mund.

»Vielleicht«, hörte ich hinter mir sagen, „kann *ich* mit einer Erklärung dienen.«

Erschrocken drehten wir uns zur Zimmertüre um.

Und entdeckten gleichzeitig Rositas Geist.

In der Türe stand Lady Baskin.

36

Wie sagte Forrest Gump schon wieder? »Das Leben ist wie eine Schachtel Pralinen – man weiß nie, was man kriegt.«

Wenn dem so wäre, dann hatte ich die Schachtel definitiv schon in der Hand. Ich wusste auch genau, welche Praline an der Reihe war. Was mich dann aber wirklich erstaunte, war, *wie* diese Praline schmeckte.

Sinnbildlich gesprochen, natürlich.

Dass Lady Baskin noch am Leben war, war mir in dem Moment bewusst geworden, als Elma Emory und mich mit ihrer Waffe bedrohte hatte. Lady Baskin war nicht ermordet worden, Lady Baskin *war auf der Flucht!* Auf der Flucht vor den geldgierigen Erben, die nicht einmal vor Mord zurückgeschreckt wären.

Hätten sie Lady Baskin denn in die Hände gekriegt ...

Das war mir durch den Kopf geschossen, als ich mit Emory in meinem Zimmer stand und Erin und Elma endlich ihr wahres Gesicht gezeigt hatten. Mir war in dem Moment auch klar gewesen, dass Jacob Coleman zwar ein Volldepp, aber ganz sicher nicht am Verschwinden von Lady Baskin beteiligt war. Er hatte einfach nur Schulden bei ihr gemacht und im Nachhinein gehofft, dass er damit durchkommen würde.

Die einzige Frage war also noch: *Wo* war Lady Baskin?

Was sie uns dann – nachdem sie mit Agent Bishop und Agent Franklin und einer Menge Polizisten in Jacobs Suite erschien – erzählte, überraschte uns alle sehr. Auch mich.

Die Erben und Elma wurden erst mal abgeführt. Den Blick, den sie Evelyn dabei zuwarfen, werde ich nie mehr vergessen. Zuerst waren sie überrascht, ja fast geschockt, sie hier zu sehen. Und als sie realisierten, dass sie tatsächlich lebendig vor ihnen stand – inklusive dem alleinigen Recht auf alles Geld! – hatten sie nur noch Hass und Verachtung für sie übrig. Da tat mir Evelyn richtig leid.

Die ließ sich aber überhaupt nicht einschüchtern. Erhobenen Hauptes stand sie da und es war, als wäre sie nie weggewesen. Das war der Moment, als ich einfach nicht mehr an mich halten konnte und sie stürmisch in meine Arme schloss.

»Ach, Kindchen!«, wiederholte Evelyn immer wieder.

Und dann mussten wir beide sogar ein bisschen weinen.

Dad bestand darauf, Mom und Margaux anzurufen und sie zu uns zu holen. Die Agenten Bishop und Franklin baten ihn, sie in den Konferenzraum des Hotels zu bestellen. Evelyn wolle gerne darüber aufklären, was genau passiert sei. Die Agenten tätigten dann einige Anrufe und baten uns, schon mal in den Konferenzraum vorzugehen.

Als Jacob an ihnen vorbei aus der Türe gehen wollte, bemerkten die Agenten seine havarierte Nase. Sie fragten ihn besorgt, ob er von einem der Erben oder Elma niedergeschlagen worden sei. Jacob wurde doch tatsächlich rot. Er murmelte etwas von »dumm hingefallen« und zog Sydney und Rosita mit sich mit.

Rosita zitterte seit dem Erscheinen Evelyns wie Espenlaub. Sie wiederholte immer wieder »*un fantasma*« und wollte sich einfach nicht beruhigen lassen. Das konnte ja was werden! Hoffentlich übersetzte ihr jemand sauber, was mit Evelyn wirklich passiert war. Vermutlich hatte ihr Jacob, bevor er nach Miami geflogen war, einfach gesagt, er müsse seiner Tochter zu Hilfe eilen, da sie im Mordfall Baskin zu Unrecht festgehalten wurde. Und wieso hatte Evelyn überhaupt Jacob angerufen?

Das und vieles mehr würde sie uns wohl noch erklären.

Eine gute halbe Stunde später saßen wir alle im selben

Konferenzraum, in dem einige von uns schon gestern gewartet hatten. Heute hatte Jacob allerdings statt einer aufgeblasenen Miene eine geschwollene Nase.

Mom und Dad saßen in trauter Eintracht dicht nebeneinander. Zum Glück hatte Dad ihr noch nicht alle Details unseres Festhaltens erzählt. Im Moment dachte Mom einfach, sie hätte Dads Eintreffen und die unspektakuläre Festnahme der Erben verschlafen.

Margaux, die sich nicht so leicht täuschen ließ, hatte gleich gemerkt, dass unschöne Dinge vorgefallen waren. Sie hatte Liam und mich beiseite genommen und sich eine Kurzversion der Dinge erzählen lassen. Dabei wurde sie immer wütender und Liam und ich mussten sie mehr als einmal beruhigen. Da die Erben für eine Standpauke ja nicht mehr zur Verfügung standen, kanalisierte sie ihren Zorn einfach auf Jacob. Wohlweislich setzten wir sie ans andere Ende des Tisches, was sie aber nicht davon abhielt, ihn mit ihren Blicken zu sezieren.

Emory saß ganz ruhig auf seinem Platz. Heute starrte er aber nicht auf den Boden, sondern besah sich einfach die Runde der Anwesenden und wirkte dabei überaus zufrieden.

Es gab ja auch wirklich Grund dazu.

Der Einzige, der sich nicht über Evelyns Auftauchen zu freuen schien, war Mr. Shoemaker. Mit sauertöpfischer Miene starrte er sie die ganze Zeit an. Er gehörte wohl zu der Sorte Menschen, die es hassten, Unrecht zu haben.

»Liebe Anwesende«, begann Evelyn, nachdem die Agenten Bishop und Franklin den Raum betreten hatten und sich gesetzt hatten, »ich bin mir bewusst, dass ich für einige Unannehmlichkeiten gesorgt habe. Dafür möchte ich mich zuerst einmal entschuldigen.« Allgemeines Abwehren vonseiten der Zuhörer wurde laut.

Nur Mr. Shoemaker schnaubte undefinierbar.

»Allerdings muss ich sagen, dass mein Verschwinden so nicht geplant war. Ich muss dazu Folgendes erklären: Schon seit Jahren werde ich von den Kindern meines verstorbenen Mannes unter Druck gesetzt. Ich möchte Sie nicht mit Details langweilen, aber seit ich in diese Familie eingeheiratet habe, bin ich auf Ablehnung gestoßen.«

Sie seufzte kurz und fuhr dann fort: »Richtig schlimm wurde es, als mein Mann verstarb und seine Kinder auf den Pflichtteil setzen ließ. Von da an wurde ich richtiggehend angefeindet. Am Anfang war es nur Hass, aber als sie ihr Erbe aufgebraucht hatten, setzten sie alles in Bewegung, um auch an meinen Anteil zu kommen. Da die Rechtslage in Schottland – mein verstorbener Mann war Schotte – eindeutig geregelt ist, hatten sie vor Gericht keine Chance gegen mich. So versuchten sie es also auf anderem Weg.«

Agent Bishop machte ein Handzeichen. »Wenn ich ganz kurz übernehmen dürfte«, sagte er in die Runde. »Es ist so, dass wir Hinweise darauf haben, dass es bereits mehrere Versuche gab, Lady Baskin aus dem Weg zu räumen.«

Entsetztes Gemurmel machte sich breit.

»Leider«, fuhr er sogleich fort, »dürfen wir hier keine Details preisgeben. Die Ermittlungen sind gerade angelaufen.«

Er bedeutete Evelyn fortzufahren.

»Danke!«, sagte Evelyn und setzte sich wieder aufrecht hin. Sie war durch und durch Lady. Ich bewunderte sie total. »Kurz vor der Kreuzfahrt erhielt ich Anrufe von Mabel und auch von Archie, die mir irgendwie suspekt vorkamen. Auf einmal interessierten sie sich für mich. Ich wusste sofort: Da war etwas faul! Ich hatte bereits vorher immer mal wieder den Verdacht gehegt, dass sie Böses gegen mich im Schilde führen. Aber ich konnte es nicht beweisen. Und jetzt machte mich ihr Verhalten mehr als stutzig. Mein Verdacht erhärtete sich auf dem Schiff, als ich

Elma kennenlernte. Sie müssen wissen, dass ich eine ziemlich gute Menschenkenntnis besitze.« Sie drehte sich zu mir hin und zwinkerte mir kaum merklich zu.

Ich lächelte zurück.

»Als dann Elma plötzlich anrief und mich bat, bei ihr vorbeizukommen, da etwas mit meinen Papieren nicht stimmte, befürchtete ich, dass das eine Falle sein könne. Ich beschloss, ein für alle Mal unterzutauchen und erhoffte mir damit endlich Ruhe.«

Sie schaute in die Rund und sagte vergnügt: »Ich bin zwar alt, aber immer noch jung genug für einen Neuanfang. Das Abenteuer hat mich immer gereizt. Als ich mich beim Packen meiner Wertsachen an einem Ring verletzte, wertete ich das als Zeichen, meinen Plan durchzuziehen. Ich wickelte meinen geliebten Schal um den verletzten Finger und ließ das blutdurchtränkte Beweisstück auf dem Schiff liegen. In der Hoffnung, dass er gefunden würde. Im besten Fall hätten meine Stiefkinder angenommen, dass ich einem Verbrechen zum Opfer gefallen wäre. In Cozumel verließ ich dann das Schiff ohne auszuchecken.«

Sie machte eine Pause.

Wir warteten gespannt darauf, wie es weiterging.

»Ehrlich gesagt«, fuhr sie fort, »hätte ich es noch lange auf dieser wunderschönen mexikanischen Insel ausgehalten. Irgendwann hätte ich meinen Aufenthaltsort natürlich wieder wechseln müssen. Es war mir klar, dass Archie, Mabel und Erin weiter nach mir gesucht hätten. Oder besser, nach dem Geld. Aber für den Moment war alles perfekt …«

Sie hielt inne und seufzte.

»Und dann habe ich erfahren, dass alles etwas aus dem Ruder gelaufen war. Dass Unschuldige für mein Verschwinden verantwortlich gemacht wurden.« Sie lächelte.

»Sie werden es mir nicht glauben, aber ich hörte eine Nachricht darüber im Radio, gerade als ich mir den Nachmittagstee aufgebrüht hatte. Tja, so schön mein Paradies war, ich musste für Klarheit sorgen. Auf die Gefahr hin, wieder mit den gleichen Problemen konfrontiert zu werden. Ich wusste ja nicht, dass mittlerweile auch meine Stiefkinder verdächtigt worden waren und die Ermittlungen gegen sie bereits am Laufen waren. Also packte ich meine Sachen …«

Agent Bishop räusperte sich wieder. Evelyn verstand den Wink und machte ihm ein Zeichen, den Rest zu erzählen.

»Gestern Abend«, sagte er, »kurz bevor wir uns hier mit einigen von Ihnen treffen wollten, traf Lady Baskin bei uns ein. Ich muss Ihnen nicht erklären, wie überrascht wir waren, sie zu sehen. Wir sagten dann unsere Befragung kurzfristig ab und ließen uns ihre Version der Geschichte erzählen. Dann baten wir die Erben zu uns. Ohne ihnen preiszugeben, dass ihre Stiefmutter lebte und wieder aufgetaucht war, konfrontierten wir sie mit einigen Fakten, die neu dazugekommen waren. Die Angeklagten verstrickten sich in ziemliche Widersprüche.«

Agent Franklin räusperte sich auffällig.

»Nun gut«, meinte Agent Bishop, »wegen laufender Ermittlungen darf ich leider nicht mehr dazu sagen. Auf jeden Fall ließen wir sie dann wieder gehen mit dem Vorsatz, sie heute nochmals zu befragen und sie später dann auflaufen zu lassen. Ja, und gerade als wir mit Lady Baskin am Besprechen des weiteren Vorgehens waren, traf bei uns Ihr Notruf ein.« Er sah in die Runde.

Wir klebten alle an seinen Lippen.

»Ende der Geschichte!«, sagte er und musste sogar etwas grinsen, als er unsere Gesichter sah. Vermutlich ging es allen gleich wie mir. Wir hatten tausend Fragen, mussten aber erst einmal das Gehörte sacken lassen.

Etwas war aber noch ungeklärt.

»Ich hätte noch was …« Fragend sah ich Evelyn an.

Sie lächelte mir ermutigend zu.

»Wieso haben Sie heute Morgen bei Mr. Coleman angerufen? Wussten Sie nicht, dass er hier ist?«

Alle Augen richteten sich auf Jacob.

»Ach so …« Evelyn zögerte. Dann meinte sie: »Das wusste ich tatsächlich nicht. Für mich gab es keinerlei Verbindung von Sydney, von der Sie mir ja erzählt haben« – sie zeigte auf Sydney und dann auf Jacob – »zu Jacob Coleman.« Sie zögerte erneut und schaute etwas verunsichert zu Agent Bishop. »Jacob und ich haben noch etwas, sagen wir mal, offen. Ich wollte ihn daran erinnern.«

Jetzt wurde Jacob wieder puterrot.

»Selbst als ich die geschwätzige Putzfrau am Telefon hatte«, fuhr Evelyn im Plauderton fort, »die mir erklärte, dass Jacob in Miami ist, fiel der Groschen nicht. Erst später, gleich nach meinem Telefonat, erklärte mir das FBI, dass Jacob auch zum Kreis der Verdächtigen gehört.« Sie schüttelte den Kopf. »Diese Geschichte ist wirklich verrückt.«

Ich musste grinsen. Und ob diese Geschichte verrückt war! Vermutlich hatte Evelyn noch gar nicht gerafft, dass die hübsche Latina, die neben Jacob saß und sie die ganze Zeit über aus großen Augen anstarrte, die »geschwätzige Putzfrau« war. Rosita schien sich eh in einer anderen Sphäre zu befinden. Sie guckte nur ängstlich und hatte wohl nicht einmal die Hälfte von dem verstanden, was bisher erklärt wurde.

Aber das war mir egal.

»Sind wir hier fertig?«, fragte ich Agent Bishop.

Er nickte mir zu. Woraufhin die meisten der im Raum Anwesenden emsig anfingen, mit ihrem Sitznachbarn zu sprechen. Jeder hatte noch irgend einen Kommentar, den er loswerden musste. Nur Emory und Mr. Shoemaker sprachen mit Niemandem. Emory saß weiterhin ganz zufrieden auf seinem Platz. Und Mr. Shoemaker? Der wirkte nach wie vor ziemlich, naja, eingeschnappt.

Ich ging zu Evelyn und nahm sie erneut in den Arm.

»Es war mir eine Ehre, Sie kennengelernt zu haben«, sagte ich und lächelte sie an. »Und ich kann gar nicht ausdrücken, wie froh ich bin, dass es Ihnen gut geht.«

Sie nahm meine Hände in ihre.

»Danke, Kindchen. Und von Herzen gleichfalls.«

Dann zwinkerte sie mir zu. »Irgendetwas hat sich verändert«, meinte sie und sah mich forsch an. »*Sie* haben sich verändert.«

»Ich?« Ich verzog das Gesicht zu einer Grimasse. »Naja, meine Haare sind jetzt wieder ansehnlicher geworden.«

»Das meinte ich nicht!« Evelyn lachte. »Aber es stimmt!«

»Ich weiß, glaube ich, was Sie meinen«, entgegnete ich und hielt dann inne. Agent Bishop war an Evelyn herangetreten.

»Könnten wir uns jetzt gleich der anderen Sache widmen?«, fragte er.

Sie seufzte und nickte.

Und wandte sich noch einmal mir zu. »Hören Sie, wenn das alles geklärt ist, müssen wir uns unbedingt treffen. Ich brenne darauf, alle Details der Geschichte zu hören!«

»Sehr gerne«, sagte ich und drückte ihre Hand.

Dann zog Agent Bishop sie fort.

»Mr. Coleman«, hörte ich ihn kurz darauf sagen, »dürfte ich Sie bitten, uns aufs Revier zu begleiten? Wir haben einige Fragen an Sie, die Evelyn Baskin betreffen und die nichts mit diesem Fall zu tun haben.«

Sofort fing Sydney an zu motzen. Rosita, die nicht ganz mitbekommen hatte, was sie wollten, schaute erst unsicher in der Weltgeschichte herum. Als sie aber aufgrund von Sydneys Reaktion merkte, dass es sich um etwas Ernstes zu handeln schien, bombardierte sie Jacob mit Fragen.

Jacob selber saß in seinem Stuhl wie ein Häufchen Elend.

Ich drehte mich um und verließ den Raum. Jetzt brauchte ich erst mal dringend einen Kaffee!

Auf dem Gang holte mich Emory ein.

»Mila, wo gehen Sie denn hin?«

»Ich hole mir einen Kaffee. Kommen Sie mit?«

Emory strahlte mich an. »Sehr gerne!«

Mir fiel noch etwas ein. »Wissen Sie was? Ich schulde Ihnen noch ein Essen.«

Emory sah mich perplex an. »Was?«

»Ich habe Sie doch ersteigert!«, half ich ihm auf die Sprünge. »Bevor wir Miami verlassen, müssen wir unbedingt noch unser Essen einlösen.«

»Ja?« Emory war ganz gerührt. »Würden Sie wirklich mit mir essen gehen?«

Wir waren bei der Rezeption und somit bei der Kaffeestation angekommen. Ich schenkte uns beiden einen Becher Kaffee ein. »Na klar«, sagte ich nach einigen Schlucken, »und zudem habe ich jetzt jede Menge Zeit.«

»Mila?«

Ich drehte mich um. Hinter mir stand Liam.

»Ganz schön taff, die Geschichte, nicht wahr?« Er kratzte sich verlegen am Kopf.

»Das kannst du laut sagen.« Ich leerte meinen Becher.

Liam stand einfach nur da und sagte nichts.

»Äh, ja, also. Ich lasse Sie beide dann mal alleine …«

Emory machte Anstalten zu gehen.

»Ja, bitte«, sagte Liam und lächelte dankbar.

»Nein, auf keinen Fall!«, rief ich.

Emory blieb sofort stehen.

»Was?« Liam sah mich verdattert an. »Aber ich würde jetzt wirklich gerne unter vier Augen mit dir reden. Ich denke, es gibt einiges zu klären …«

»Ich weiß«, sagte ich, »wir *werden* reden. Aber nicht jetzt.«

»Nicht jetzt?« Liam war ganz verwirrt. »Wann denn dann? Mila, es geht *um uns!*« Dann wandte er sich an Emory. »Mr. Brown, nicht wahr? Hören Sie, würde es Ihnen etwas ausmachen, uns alleine zu lassen? Mila und ich haben viel zu besprechen.«

»Klar«, sagte Emory und schlenderte betrübt davon.

Ich ließ Liam stehen und holte Emory ein. »Hey, wo gehen Sie denn ohne mich hin? Wir haben ein Date, schon vergessen?«

»Mila?« Liam machte ein paar schnelle Schritte und holte uns ein. »Mila, jetzt warte doch mal! Ich verstehe ja, dass du sauer bist. Aber können wir reden? Mir ist in letzter Zeit vieles klar geworden …«

»Schön«, meinte ich schlicht. »Und ich sagte ja, dass wir reden werden. Aber nicht jetzt. Jetzt gehe ich mit einem Freund essen.«

»Was?«, sagten Liam und Emory gleichzeitig.

Liam völlig vor den Kopf gestoßen.

Und Emory ganz überwältigt.

Ich nahm Emory am Arm und zog ihn mit mir fort. Dann drehte ich mich noch einmal zu Liam um.

»Könntest du mir einen Gefallen tun?«

»Klar, Mila, was du willst!«

Liam sah mich erwartungsvoll an.

»Würdest du Mom und Dad sagen, dass ich gegangen bin? Ich rufe sie später an.«

»Ookay«, meinte Liam nach einer Pause, »mache ich.« Geknickt sagte er: ›Und sonst nichts?‹«

»Sonst nichts.« Ich lächelte ihn an. »Danke dir!«
Dann wandte ich mich wieder Emory zu.
»Und jetzt, jetzt gehöre ich ganz Ihnen!«

Epilog

Heute, drei Monate später

»Wer will eine Geschichte hören?«
Die Kinder nicken eifrig.
»Kennt ihr die Geschichte vom Seefahrer und der alten Lady?« Allgemeines Kopfschütteln, gepaart mit gespannt dreinblickenden Gesichtern.
»Nun gut, dann macht es euch gemütlich!«
Die Kinder kuscheln sich erwartungsvoll in ihre Kissen. Dass der Fahrtwind ihnen um die Ohren bläst, scheint sie nicht im Geringsten zu stören. Ganz begeistert sitzen sie da und freuen sich auf das, was kommt.
Seit ich die Stelle auf der *Blue Elena* vor fünf Wochen angenommen habe, ist kein Tag wie der andere.
Die Arbeit im Kinderclub macht mir unglaublich Spaß. Nicht nur die Reisetabletten wirken Wunder, auch die Bezahlung ist so was von gut! Ich kriege viel mehr, als ich fürs Putzen bekommen habe. Allerdings, das ist mir mittlerweile bewusst, war ich für das, was ich geleistet hatte, immer noch überbezahlt. Aber egal. Lady Baskin hat mir versichert, dass nur schon meine wahnwitzige Idee nach Entlohnung schrie.
Beim Gedanken an Evelyn muss ich lächeln.
Nachdem wir uns eine knappe Woche nach unserem ersten Wiedersehen im Hotel erneut getroffen hatten, habe ich

zuerst ihr und sie dann mir alle Details erzählen müssen, die wir noch nicht voneinander wussten. Sie hatte darauf gebrannt, alles zu hören. Vor allem die Geschichte mit den Senioren-Dates in der Bar und Mr. Shoemakers saurem Gesicht dabei haben sie Tränen lachen lassen.

Und nachdem sie sich beim besten Willen nicht vorstellen konnte, dass jemand freiwillig Geld für den Manager bietet, war sie doch tatsächlich so hartnäckig gewesen und hatte sich Hattys Adresse besorgt. Als wir uns dann das nächste Mal bei mir in San Francisco sahen, rief sie Hatty von ihrem Handy aus an und befragte sie nach dem Date mit Carl Shoemaker. Sie gab sich als Qualitätskontrolle des Hotels aus und fragte nach »Optimierungsvorschlägen«. Beim Zuhören hatte ich mir die Hand vor den Mund halten müssen, um nicht laut loszuprusten. »Die reinste Sahneschnitte«, hatte Hatty ins Telefon gehaucht und dabei fast ein bisschen verliebt geklungen. Von Carls »herbem Charme« war sie ebenso begeistert gewesen wie von seiner »männlichen Stimme«. Negativ bewertet hatte sie nur, dass Carl ganz und gar nicht begeistert davon gewesen war, sie erneut zu treffen. »Aber ich weiß ja, wo er arbeitet!«, hatte sie angefügt. Und dass sie für eine Kreuzfahrt im Herbst spare …

Mit Evelyn fühlt es sich an wie mit einer alten Freundin. Es ist schön, sie in meinem Leben zu wissen. Sie war es auch, die mich ermutigt hatte, erst mal eine Stelle als Kinderanimateurin anzunehmen. »Mila, *das* kannst du, glaub mir!«, hatte sie gesagt. Und dass es jetzt wirklich an der Zeit sei, mein Leben selbst in die Hand zu nehmen.

Die Entscheidung war richtig. Es fühlt sich toll an, etwas zu tun, in dem man gut ist. Ich muss zwar nach wie vor Kompromisse machen, wenn es darum geht, die mir zugeteilten Aufgaben zu erfüllen. Echt, wenn es um Kinder geht, haben die meisten Leute keine Ahnung! Aber ich habe mir angewöhnt, den Kapitän vorzuwarnen, wenn ich mit den Kindern eine Führung auf der Brücke mache. Und mittlerweile habe ich sogar das Gefühl, dass er sich auf unseren Besuch freut. Die Crew auf der *Blue Elena* ist um Längen sympathischer als die Leute auf der *Maid*. Aber bestimmt liegt es auch an den veränderten Umständen. Und daran, dass mir keine Elma mehr das Leben schwer macht.

Die ist mitsamt den Erben in Untersuchungshaft und wartet auf ihre Verhandlung. Wenn es stimmt, was durchgesickert ist, dann würde Elma eine höhere Haftstrafe erwarten. Wie es scheint war sie bereits in mehrere Delikte involviert. Ich frage mich nur, wie die Erben auf sie gestoßen sind. Gibt es so etwas wie eine Plattform für Auftragskiller? Naja, von einigen Sachen ist es wohl besser, wenn man sie nicht weiß.

Auch Jacob ist in Untersuchungshaft. Dass er Evelyns Geld in die eigene Tasche gesteckt hatte, findet sie »das Letzte!« Vor allem, da sie die Winston-Moore-Galerie wirklich gerne unterstützt hätte. Aber gleich nachdem sie aus Miami abgereist war, hatte sie mit Morgan Curtz Kontakt aufgenommen, und ihm eine großzügige Schenkung versprochen. Jetzt wird die Galerie saniert. Das habe ich in der Zeitung gelesen und nicht von Evelyn erfahren. Sie ist echt bescheiden, wenn es um ihr Engagement geht.

Was ich *nicht* aus der Zeitung, aber über Umwege erfahren habe, ist, dass Jacob und seine Zuckerschnecke ernsthafte Beziehungsprobleme haben. Da ich bezweifle, dass sie der Intellekt verbindet, bin ich mir echt nicht sicher, ob ihre Beziehung von Bestand ist.

Oh, und es wird gemunkelt, dass *1-2-Shampoo* seit Neustem im Fokus laufender Ermittlungen steht. Die bedenklichen Inhaltsstoffe, von denen ich ja schon gehört hatte, haben sich als massiv gesundheitsschädlich herausgestellt. Schade nur, dass ich nicht mitkriege, wie die Hausmanns damit umgehen. Wenn ich es mir genau überlege, Menschen wie sie wenden sich wohl ohne mit der Wimper zu zucken dem nächsten bedenklichen Produkt zu. Also falls sie mal auf der *Blue Elena* landen sollten – auf sie mit Gebrüll! Jetzt habe ich ja eine Horde von kleinen Helfern an meiner Seite ...

Ach ja, und apropos kleinen Helfern: Im Herbst kommen die Bates auf die *Blue Elena*. Sie haben extra wegen mir gebucht, ist das nicht rührend? Charlotte und Bobby freuen sich riesig auf mich, haben sie geschrieben. Sie haben gefragt, ob sie sogar ein wenig mitarbeiten dürfen. Ich habe schon ganz viele Ideen, was ich mit ihnen machen werde. Zum Glück habe ich auch hier einen Generalschlüssel! Irgendwie hat sich das Gerücht gehalten, dass ich ein Springer bin. Soll mir recht sein. Der Milbenspray auf diesem Schiff ist allerdings nicht halb so gut wie der auf der *Maid*. Dafür riecht der Parkettreiniger lecker! Alles im grünen Bereich also.

Ich ertappe mich dabei, wie ich immer ein wenig ängstlich nach den Bellinis Ausschau halte. Die scheinen mir die geborenen Kreuzfahrer zu sein! Wenig Aufwand, viele Destinationen, noch mehr Essen. Bis jetzt habe ich sie noch nicht erspäht. Dasselbe gilt übrigens auch für das Ehepaar Simmons. Aber vielleicht haben die langsam erkannt, dass es sich schlicht und einfach nicht lohnt, eine Kreuzfahrt zu machen, wenn man so heikel ist.

Wer bitteschön hat nicht gerne Schokolade?

Letzte Woche habe ich Tiffany Anderson gegoogelt. Einfach so, ich wollte nur mal wissen, was sie gerade so macht. Gemäß ihrer offiziellen Facebook-Seite befindet sie sich auf einem längeren Segeltörn. »Eine Auszeit«, wie sie schreibt. Ich frage mich nur, *wovon* sie eine Auszeit braucht. Vielleicht geht ihr das Goldene-Straktum-Brücken-Gedöns selber auf den Keks? Wer weiß.

Mom und Dad kommen mich nächste Woche besuchen! Freue mich riesig darauf! Irgendwie sind die beiden wieder voll verliebt. Ich habe den Verdacht, dass Mom das richtig sexy fand, was Dad da im Hotel abgezogen hat. Okay, am Anfang war sie eher geschockt, als Dad ihr erzählt hat, was *genau* in Jacobs Zimmer passiert ist. Aber nachdem sie begriffen hatte, dass ja alles vorbei und niemand mehr in Gefahr war, war sie echt stolz auf ihn. Dad ist wirklich cool. Der lässt sich nicht so schnell einschüchtern. Mom hatte ihm von Miami aus alles nach und nach erzählt. Die letzte Info war, dass Jacob offenbar Geld unterschlagen hatte. *Der* Jacob, der Mom und Margaux und auch mich so beleidigt hatte. Und *der* Jacob, dessen Tochter mir Liam weggeschnappt hatte. Das war zu viel für Dad! Wütend ist er ins nächste Flugzeug gestiegen. Naja, der Rest ist Geschichte.

Vor zwei Wochen habe ich einen seltsamen Anruf von Liam erhalten. Er hat behauptet, ich hätte einige Kleider in den Tiefkühler gelegt … Voll komisch. Ich glaube, er braucht dringend mal *richtigen* Urlaub! Nicht so Fremdgeh-Urlaub. Aber das ist mir auch ziemlich egal. Also fast.

Wir haben uns einige Tage später getroffen und lange geredet. Ich bin jetzt noch erstaunt, wie sachlich ich geblieben bin. Ich habe Liam ganz ehrlich gesagt, was ich bei allem empfunden habe. Und obwohl ich es schon vorher wusste, hat es sich für mich bei dem Gespräch bestätigt: Das mit Liam, das ist vorbei. Es hat zwar weh getan, es auszusprechen, aber es war okay. Für mich zumindest.

Liam wollte es unbedingt noch einmal probieren mit uns. Zwei Sachen haben mich allerdings gestört: Einerseits hat er noch keinen klaren Schlussstrich bei Sydney gezogen und andererseits ist das echt ein bisschen typisch Mann – wenn die Frau abspringt, kriegt er Panik. Habe ich bei vielen Freundinnen erlebt. Nein danke, Liam. Und dann gibt es noch etwas, was mir klar geworden ist: Wir *sind* verschieden! Mom hat kürzlich durchsickern lassen, dass Sydney in unser Haus in San Francisco gezogen ist. Soll sie doch. Mittlerweile läuft die Scheidung.

Ich habe zwar meinen besten Freund verloren.

Aber gleichzeitig einen neuen Freund gefunden …

In Miami bin ich mit Emory erst mal ganz gediegen essen gegangen. Der Abend war wirklich schön! Emory hat mir ganz viel von seiner früheren Arbeit erzählt. An dem Abend ist mir bewusst geworden, wie viel Spannendes dieser Mensch zu erzählen hat. Wenn ihm denn mal jemand zuhört. Ich habe gemerkt, dass ich Emory richtig gern habe. Nicht als Partner. Aber als Freund. Es gibt da ein Band zwischen uns, das wir beide spüren – vielleicht auch wegen dem, was wir zusammen erlebt haben. Und Emory ist überglücklich, dass er das erste Mal in seinem Leben einen echten Freund hat. Als ich dann angefangen habe, auf dem Schiff zu arbeiten, habe ich mir überlegt, dass es noch jemand anderes gibt, der niemals wertet.

Kinder.

»Also«, sagt mein Partner in der Kinderbetreuung gerade. »Sitzt ihr bequem?«

»Jaaaa!«, rufen die Kinder einstimmig.

Alle Augen richten sich glänzend auf den Erzähler.

»Es war einmal eine alte Lady«, beginnt Emory.

»Sie war mutig und stark und jeder liebte sie …«